Felicity Hayes-McCoy *est une romancière née à Dublin. Installée à Londres depuis les années 1970, elle écrit aussi bien pour la télévision que le théâtre et le cinéma.* La petite bibliothèque du bonheur *est son premier roman.*

LA PETITE BIBLIOTHÈQUE DU BONHEUR

Du même auteur

Le petit café du bonheur, Prisma, 2018
Le petit jardin du bonheur, Prisma, 2019

Titre de l'édition originale :
THE LIBRARY AT THE EDGE OF THE WORLD

MON POCHE
14 avenue des Droits de l'Homme – 45000 Orléans

Felicity Hayes-McCoy

La petite bibliothèque du bonheur

Traduit de l'anglais
par Ève Vila

MONPOCHE

Pour Wilf.

Les visiteurs qui viendraient découvrir la côte ouest de l'Irlande ne trouveront pas Finfarran. La péninsule et ses habitants n'existent que dans l'imagination de l'auteur.

Chapitre 1

LE CIEL TURQUOISE reflétait la couleur de l'océan. Une dalle tenait lieu d'entrée et, au-delà, un champ couvert de broussailles descendait en pente douce vers la falaise. Un muret de pierres délimitait le terrain. Après, il n'y avait rien d'autre qu'une avancée herbeuse parsemée d'œillets marins roses, surplombant les vagues tumultueuses. La petite maison se dressait au sommet d'un terrain étroit, le dos tourné à la route, la porte donnant sur l'océan. Hanna s'était frayé un chemin à travers un enchevêtrement de jeunes saules, puis avait pataugé dans des flaques boueuses avant de grimper par la fenêtre de l'appentis, à l'arrière de la maison. À présent, debout sur le seuil, le visage offert au soleil, elle percevait derrière elle l'odeur d'humidité des pièces laissées à l'abandon, mêlée aux effluves salés des déferlantes qui cognaient avec fracas contre la falaise.

La dernière fois qu'elle s'était tenue là, c'était quarante ans plus tôt. La maison derrière elle avait toujours été sombre et inhospitalière. Sa grand-tante Maggie avait vécu ici, une femme rousse au teint blafard, constamment en train de chasser ses poules de la maison et de se plaindre du prix du pétrole. À sa mort, Maggie avait légué sa maison à Hanna, qui n'était encore qu'une enfant. Et à présent, cherchant désespérément un peu de solitude, Hanna était venue ici instinctivement avec, serré dans la main, son unique espoir pour l'avenir.

Une mouette poussa un cri strident dans l'air bleuté et, tout près, une grive battit des ailes dans les branches d'un saule. Sur le seuil, des coquilles d'escargots marron et jaune étaient éparpillées comme autant de pierres précieuses. Il était trop tard, maintenant, pour se préoccuper de l'état de ses élégants escarpins, qu'elle portait le matin même à la bibliothèque. Attirée par le bruit des vagues, elle descendit en direction du champ. L'herbe lui arrivait à la taille et les pompons des épillets lui chatouillaient les coudes, alors qu'elle avançait péniblement vers l'énorme arc dessiné par le ciel. Le muret de clôture, bâti avec les pierres du terrain, s'était effondré par endroits. Elle approcha avec précaution. Puis, au-delà d'un carré de ronces en fleurs et d'un réfrigérateur mangé par la rouille, elle trouva quelques pierres descellées qui formaient un siège sur la falaise, au-dessus de l'océan. Des nuages hauts dans le ciel filaient au gré du vent, et au loin, là où des rochers brillants transperçaient les vagues, l'écume scintillait sur les brisants. Hanna s'assit, posa ses pieds boueux sur un coussin d'œillets et contempla l'enveloppe dans sa main.

Quand elle l'avait reçue, son cœur avait vacillé, mais maintenant, elle se retrouvait à soupeser le papier épais et coûteux, à examiner l'adresse imprimée et les couleurs vives du timbre, marqué du cachet de la poste. Elle retourna l'enveloppe dans sa main et se dit qu'une lettre n'était rien d'autre que des mots sur du papier. Et une bibliothécaire savait mieux que quiconque que des mots écrits sur du papier, au mépris de l'espace et du temps, pouvaient changer la vie d'une personne. Deux jours par semaine, Hanna conduisait le bibliobus du comté, depuis des villages isolés jusqu'aux communautés disséminées dans la montagne, du nord au sud de la magnifique péninsule de Finfarran. Elle adorait ces longs périples entre les hautes haies en fleurs. Elle en profitait pour réfléchir aux livres qu'elle transportait. Depuis des siècles, les mots avaient transmis des rêves, des visions et des aspirations à travers montagnes et océans. En conduisant entre les flaques et les nids-de-poule, elle poursuivait ce processus, créant un lien entre des textes manuscrits provenant d'Égypte ou de Mésopotamie et des romans aux couvertures plastifiées, des CD et des livres de cuisine rédigés par des célébrités, alignés à l'arrière de sa camionnette. Par ailleurs, ces heures solitaires passées sur la route étaient des oasis de liberté et de silence. Et elle en avait follement besoin.

C'était le jour où la bibliothèque fermait de bonne heure, par conséquent, Hanna avait verrouillé le local, puis conduit lentement jusque chez elle, nullement pressée à l'idée de passer un autre après-midi en compagnie de sa mère. Mary Casey était gentille, généreuse et amusante, mais elle était aussi intrusive, dépourvue de tact et avait une fâcheuse tendance à bouder. Les choses étaient différentes avant le décès de son mari, Tom, environ dix ans auparavant. Il adorait sa femme, il aimait lui offrir des petits cadeaux et lui faire des surprises. Hanna se rappelait ses parents dans les années 1970, installés dehors pour dîner dans un hôtel de Carrick : Tom dans son plus beau costume bleu et Mary arborant une profusion de perles et une nouvelle coiffure, elle pouffait et minaudait comme une jeune fille. Maintenant que plus personne ne la gâtait, le charme de Mary était moins manifeste que son autoritarisme.

Évidemment, les matins étaient bien moins houleux à présent, sans une adolescente pour accaparer constamment la salle de bains. Malgré tout, il n'était toujours pas facile de boire un café et de savourer des tartines grillées quand Mary Casey, la reine du petit-déjeuner complet à l'irlandaise, faisait frire des tranches de bacon et du boudin noir. La guerre du petit-déjeuner avait commencé dès l'instant où Hanna était apparue sur le seuil de la maison de sa mère, flanquée de deux valises de vêtements inadéquats, empaquetés au hasard de sa fureur, et de sa fille, Jazz, arborant la mine rebelle d'une ado de seize ans.

À ce moment-là, après avoir déraciné Jazz de son foyer londonien sans la moindre explication et débarqué chez sa mère sans préavis, Hanna tentait coûte que coûte de sauvegarder la paix. Mary avait décrété que toute âme vivant sous son toit ne devait affronter la journée sans une seconde paroi à son estomac. Jazz, élevée par sa mère à coups de croissants et de jus d'orange, avait été plutôt décontenancée en découvrant au réveil un œuf dégoulinant sur une énorme pile de *soda bread* frit. Aussi pendant des semaines entières, Hanna avait-elle acheté des yaourts à sa fille, fait griller des champignons pour sa mère et essayé de les intéresser toutes deux au muesli. Une complète perte de temps. Même après le départ de Jazz, à vingt ans, pour une colocation en France où elle travaillait pour une compagnie aérienne, cet enfer matinal s'était poursuivi : Mary continuait de préparer des petits-déjeuners irlandais complets pour sa fille qui, à l'âge de cinquante et un ans, était coincée par un boulot sans avenir et dormait chez elle, dans une chambre à l'arrière de la maison.

Hanna était née et avait grandi à Crossarra, à quelques kilomètres à l'est de Lissbeg, où elle travaillait à présent en tant que bibliothécaire. Cependant, la maison de son enfance avait depuis longtemps disparu. À l'époque, son père tenait le bureau de poste du village qui abritait aussi un comptoir pour l'épicerie et, à l'extérieur, deux pompes à essence. Sa mère s'occupait de la caisse. Les gamins avaient l'habitude de s'y retrouver pour boire de la limonade rouge typiquement irlandaise et manger du chocolat, et les gens qui venaient poster leurs lettres ou percevoir leur retraite s'accoudaient au comptoir pour bavarder. Si une voiture s'arrêtait pendant que Tom pesait un colis ou aidait quelqu'un à remplir un formulaire, Mary le remplaçait derrière la grille du bureau de poste et on appelait Hanna pour découper du fromage ou des tranches de bacon, pendant que son père se chargeait de la pompe à essence. L'épicerie des Casey proposait un peu de tout, de la farine et du thé, de la levure, des pommes et des tapettes à souris, des paquets de biscuits et des cibles, des légumes, des piles et de la marmelade. Mais à présent, les gens qui voulaient de l'essence ou des produits alimentaires allaient à Lissbeg ou dans un des supermarchés de Carrick, à une dizaine de kilomètres, lesquels, si vous achetiez une certaine quantité de pâtes et de liquide vaisselle, vous remboursaient quelques centimes sur l'essence dépensée pour le trajet.

Dans les années 1980, quand Hanna s'était mariée et installée à Londres, son père avait vendu le magasin et fait bâtir une nouvelle maison. Pour un couple vieillissant habitué aux pièces pleines de courant d'air, à un fourneau de cuisine délicat et aux fenêtres qui fermaient dans un bruit de ferraille, le pavillon de trois chambres qu'il faisait construire sur la route principale était l'endroit rêvé où passer sa retraite. Il disposait d'un double vitrage, du chauffage central, d'une cuisine moderne et d'un plafonnier dans chaque pièce. Hanna, qui adorait les vieilles maisons et le cachet de l'ancien, le détestait. Chaque fois qu'elle tournait pour engager sa voiture dans l'allée, elle clignait des yeux à la vue des murs rose fluo et des carreaux bleus du porche, fièrement choisis par Mary. Sur un panneau près de la porte était vissé un gros trèfle irlandais en émail. La discordance entre les murs roses, les carreaux bleus et le trèfle vert pomme faisait toujours grincer les dents d'Hanna.

Près de la porte se trouvait aussi une boîte aux lettres en plastique. Aujourd'hui, quand Hanna en avait soulevé le couvercle, sa gorge s'était serrée à la vue de l'enveloppe, tamponnée du cachet familier de la poste londonienne et adressée à « Mme Hanna Casey, Crossarra, Co. Finfarran, Irlande ». Bien qu'elle l'attendît depuis une semaine, c'est à peine si elle put la sortir de la boîte. Finalement, elle l'avait saisie et se préparait à l'ouvrir lorsque, en quelques secondes, sans avertissement, elle lui avait été arrachée des mains.

Cela s'était produit il y avait à peine une heure. À présent, en haut de la colline, surplombant l'agitation des flots, elle reposa les yeux sur l'enveloppe éclaboussée de ses larmes de colère. Quand celle-ci lui avait échappé, elle s'était retournée pour tenter de la reprendre. Mais Mary l'avait repoussée.

— Maman ! Tu permets ?

— Comment donc tu es *Mame* Hanna Casey et pas Mme Malcolm Turner.

— Eh bien, je ne suis pas Mme Malcolm Turner, n'est-ce pas ? Trois ans ont passé depuis le divorce, Maman, faut t'y faire.

— Oh, je m'y suis très bien faite, crois-moi. Ce que je ne comprends toujours pas, c'est comment toi, tu as pu laisser faire.

— Je n'ai pas laissé faire. Malcolm a divorcé.

— Parce que tu as été assez idiote pour lui en fournir le prétexte.

Hanna se crispa.

— Maman, je ne veux pas parler de ça, OK ? Nous avons déjà évoqué ce sujet des milliers de fois. Je l'ai trouvé au lit avec une autre femme. J'ai pris ma fille et je suis partie. Qu'étais-je supposée faire d'autre ?

— Tu aurais pu rester sur tes positions et t'assurer qu'il paye grassement.

— Je n'ai pas réfléchi…

— Un peu que tu n'as pas réfléchi. Comme tu n'as pas réfléchi quand tu es tombée enceinte, alors que tu ne le connaissais que depuis dix minutes. (Mary était lancée à présent.) Et puis, revenue en quatrième vitesse ici, à la maison, après vingt ans de mariage à Londres ! Tu sais c'que j'vais t'dire, Hanna Mariah ? Tu as agi comme une idiote, comme toujours.

— Ne m'appelle pas Hanna Mariah.

— Ton père a sué sang et eau pour que tu puisses faire des études. On avait un splendide petit magasin là-bas que tu pouvais reprendre, mais non, ce n'était pas assez bien. Envolée, madame, partie à Carrick pour ses cours de bibliothécaire, et ensuite montée à Dublin, puis encore plus loin à Londres. Rien ne t'a fait rester, peu importe ce que je pouvais dire. Et ton père qui a déboursé la monnaie sans compter tout du long.

Hanna s'empara de la lettre pour la fourrer dans son sac. Ses mains tremblaient. Mary la désigna d'un mouvement de tête.

— Je sais très bien ce qu'il y a dans cette lettre. Plein de vieilles âneries d'avocat, et pas un sou.

Hanna parvint à se maîtriser. Elle referma la glissière de son sac et pivota sur ses talons pour entrer dans la maison. Alors Mary la tira en arrière et agita un doigt vers elle.

— Je te l'ai déjà dit et je te le répéterai, tu t'es fait complètement détrousser par cet avocat véreux. Tu as perdu toute chance d'une bonne carrière quand tu l'as épousé. Je me moque de savoir combien d'argent il a mis de côté pour Jazz, il t'en doit à toi aussi, jeune fille.

Soudain quelque chose se cassa net à l'intérieur d'Hanna. Elle saisit Mary par les épaules et lui hurla dessus.

— Bon sang, Maman, est-ce que tu vas enfin t'occuper de tes affaires ?

— Ah ! Dieu tout-puissant, j'ai élevé une imbécile ! Tu es une idiote, Hanna Mariah Casey, et le monde entier est au courant !

Hanna constata avec horreur qu'elle sanglotait. Elle farfouilla dans son sac, mit la main sur ses clés et rejoignit sa voiture d'un pas mal assuré, désirant désespérément silence et solitude, sans la moindre idée d'un endroit où se réfugier. Dix minutes plus tard, elle s'était faufilée à travers les longues herbes et les jeunes saules, avait éclaboussé ses chaussures dans la boue avant de se hisser, par le carreau cassé d'une fenêtre, à l'arrière de l'unique maison sur Terre qu'elle pouvait considérer comme sienne.

L'ennui, c'était que Mary Casey avait raison. Aucune femme sensée n'aurait quitté son foyer sans y réfléchir à deux fois. Ou n'aurait déclaré, quand Malcolm avait demandé le divorce, qu'elle ne voulait pas un centime de sa poche. À l'époque, Hanna avait été tellement meurtrie dans sa dignité qu'elle s'était montrée incapable de raisonner. Mais à présent que sa fille était adulte et envolée à son tour, Hanna, confrontée à un avenir cloîtré avec sa mère, avait ravalé sa fierté et écrit à Malcolm sans en toucher mot à quiconque. De toute évidence, avait-elle indiqué dans sa lettre, il pouvait comprendre sa position. Lui demander d'acheter une maison pour son ex-femme n'avait rien d'excessif, n'est-ce pas ? Il existait un petit lotissement de nouvelles habitations à la périphérie de Lissbeg, avait-elle précisé, sachant pertinemment que le coût d'une telle opération ne représenterait rien pour Malcolm. Ce qu'elle ne savait pas, en revanche, c'est s'il était disposé ou pas à se montrer magnanime.

Dans le lointain, là où des mouettes tournoyaient, une lumière clignota sur l'océan. Dans le poing serré d'Hanna se trouvaient les mots qui allaient changer le cours de sa vie. Elle prit une profonde inspiration, redressa les épaules et déchira l'enveloppe.

Chapitre 2

À LISSBEG, les matinées démarraient toujours dans le vacarme : les klaxons impatients résonnaient, tandis que les voitures rivalisaient avec les camionnettes de livraison et les commerçants qui traversaient Broad Street, bataillant pour rejoindre leur lieu de travail. Conor McCarthy était incapable de s'adapter à cette agitation. La moitié du temps, il laissait sa voiture chez lui et se rendait à la bibliothèque en Vespa. Elle était d'époque, il l'avait achetée en tombant sur une petite annonce à la fin d'un journal, et amoureusement retapée dans une remise au fond de l'étable. Descendre Broad Street en zigzaguant n'était peut-être pas aussi cool que faire le tour des cathédrales en Italie, mais Conor estimait que se rendre au travail en Vespa était bien plus agréable qu'essayer de trouver une place pour garer sa vieille Ford.

Lissbeg se trouvait à environ huit kilomètres du village de Crossarra. Ce n'était guère plus qu'une avenue qui s'élargissait dans le centre-ville et d'où partaient quatre rues étroites. Au niveau le plus étendu, un espace, qui autrefois accueillait le marché, était réservé au stationnement. L'ancien abreuvoir à chevaux trônait en plein milieu ; aujourd'hui rempli de terre et entouré de dalles, la mairie y plantait chaque année des impatiens ou des pétunias. Sur un côté se trouvait un banc, que l'on avait scellé aux dalles. Cependant, peu de personnes s'y asseyaient à cause des voitures garées tout autour. D'après la mère de Conor, dans le temps, tous les gamins de l'école avaient pour habitude de traîner autour de l'abreuvoir. De nos jours, on ne voyait plus guère d'enfants, d'autant que la nouvelle école mixte se trouvait à la sortie du village.

Face à l'abreuvoir, le centre de Broad Street était occupé par l'ancienne école de filles. Le site longeait deux ruelles, comprenant à la fois les anciens bâtiments de l'école et le couvent dont elle dépendait autrefois. Quand les nonnes avaient fermé l'école, le conseil du comté avait loué un espace à l'intérieur. La bibliothèque de Lissbeg avait alors déménagé de son préfabriqué, solution depuis toujours inappropriée, pour prendre place dans la longue pièce lambrissée qui servait autrefois de salle de réunion à l'école. Le bâtiment principal du conseil se trouvait à Carrick, mais quelques-uns de ses bureaux étaient implantés à Lissbeg, dans les anciennes salles de classe du rez-de-chaussée. On avait rogné une partie du jardin des religieuses pour aménager un petit parking. On accédait à la bibliothèque et aux bureaux par une cour, qui était l'entrée de l'école par le passé. Le parking, accessible aux piétons depuis la cour, était fermé par une barrière de sécurité côté rue, dont seules les personnes avec des places attitrées possédaient une télécommande. Mademoiselle Casey avait un espace réservé, marqué de l'inscription « Bibliothécaire » tracée au pochoir en jaune vif sur le goudron. Conor, lui, devait se débrouiller. En effet, selon la bibliothèque du comté de Carrick, un travailleur à temps partiel menant en parallèle une vie de fermier n'était pas un véritable fonctionnaire. Ce qui convenait très bien à Conor. Il ne se prenait pas pour ce que son père appelait un « gratte-papier ». Il aimait simplement les livres.

En réalité, il n'avait aucun mal à trouver un coin pour garer sa Vespa, bien que Mlle Casey se plaigne continuellement qu'aucune place de stationnement ne lui soit réservée. Selon Conor, ces récriminations visaient en grande partie à conserver la sienne et à finir par obtenir du respect pour son assistant. Malgré tout, c'était gentil de sa part. Curieusement, il aimait bien Mlle Casey. La plupart des gens la qualifiaient de snob et de froide, mais elle était super quand on la connaissait un peu mieux. Il était étrange de penser que la bibliothèque avait été une salle polyvalente quand elle était écolière et que tout le site fourmillait de nonnes. Deux d'entre elles, plutôt âgées, vivaient derrière, dans le couvent, et d'après Joe, le frère de Conor, cela expliquait probablement pourquoi l'Église n'avait pas vendu le site depuis longtemps. Certains gars au pub disaient que Joe était stupide. D'accord, c'était un vaste emplacement, idéalement situé en plein cœur de la ville, mais il suffisait de regarder l'état du marché immobilier pour comprendre que personne ne ferait d'offre. Avec les banques qui refusaient des prêts et la région qui regorgeait de maisons flambant neuves qui ne se vendaient pas, l'évêque devait remercier Dieu à genoux d'avoir conclu cet accord avec le conseil. Au moins, il percevait un loyer décent qui lui permettait de préserver les bâtiments de l'humidité et de payer l'électricité.

Conor contourna les véhicules garés dans le centre de Broad Street et se faufila entre les voitures et les camions. Ensuite, il quitta la route et tourna dans l'ancienne entrée de l'école. D'après sa mère, elle n'avait jamais été utilisée par les nonnes. Elles disposaient d'une porte privée de l'autre côté, derrière le pâté de maisons, qui conduisait à l'intérieur du couvent. Sur la porte se trouvait actuellement une affichette en plastique indiquant : « Horaires d'ouverture : 9 h 30 – 17 heures, du lundi au vendredi ». La porte menant à la bibliothèque se situait de l'autre côté de la cour. En général, Conor laissait sa Vespa là, dans un coin, excepté le mercredi quand l'espace était encombré par les poubelles à roulettes. Ce matin, le terrain était libre. Par conséquent, il cadenassa son scooter, enleva son casque et pénétra dans la bibliothèque.

Il adorait l'odeur des livres qui baignait la pièce lambrissée. La plupart d'entre eux étaient plutôt neufs, mais certains appartenaient à une collection déjà présente quand la pièce servait de salle polyvalente. Ils avaient des couvertures en cuir et des pages en papier épais aux bords déchirés ; le cuir et le papier sentaient merveilleusement bon. Il n'était pas sûr de vouloir les lire, avec leurs caractères minuscules, leurs images et leurs schémas sombres, mais il adorait leur contact dans sa main. Les reliures présentaient des bords ouvragés et une décoration dorée un peu effacée ; les pages de garde étaient ornées de motifs évoquant des plumes, comme les décorations d'un millefeuille. Mademoiselle Casey les conservait dans l'ancien meuble bibliothèque aux portes vitrées, situé à l'extrémité de la pièce. Personne ne les remarquait vraiment. Les romans et ouvrages de référence ainsi que ceux de toutes les autres sections étaient disposés sur des étagères modernes en métal. Chacun était protégé par une couverture en plastique transparent. Quand un ouvrage était rendu, on nettoyait la couverture avec un pulvérisateur rempli d'une solution à base de liquide vaisselle. Avant de replacer un livre sur une étagère, on devait vérifier l'absence de marque-pages douteux. Les gens laissaient les choses les plus invraisemblables dans les livres. Une fois, Conor avait découvert une tranche de bacon dans un roman de Maeve Binchy et Mlle Casey avait sauté au plafond. Elle avait rédigé un e-mail sévère stipulant que le livre devrait être remplacé sur-le-champ et qu'une facture officielle allait suivre. Conor adorait l'idée que le vieux Fitzgerald, le boucher, un petit homme irascible dont le visage rappelait le derrière d'une poule, lise secrètement Maeve Binchy. L'ouvrage avait été emprunté par l'épouse de Fitzgerald – c'était presque toujours les femmes qui fréquentaient la bibliothèque –, mais il ne faisait aucun doute que le bacon provenait de la boucherie.

Conor et Mlle Casey n'avaient pas grand-chose en commun. Hormis les livres. Cela dit, à certaines occasions, on aurait pu penser que Mlle Casey ne les aimait pas du tout. À sa façon de refuser d'en discuter. Puis, à d'autres moments, elle lui montrait des choses, comme ce gros livre sur Canaletto, qui contenait des peintures incroyables exécutées en Italie. Par la suite, Conor avait tapé : « Images + Italie » dans un moteur de recherche. Il avait été embarqué par un mélange de peintures anciennes et de photos vraiment chouettes, dont celles de gars sur des Vespa qui roulaient à toute allure autour de places dominées par des cathédrales. C'était ce qui l'avait décidé à se trouver une Vespa.

Aujourd'hui, dès qu'il eut jeté un œil aux ordinateurs, Conor fila en bas se préparer un café. Mademoiselle Casey était à l'accueil, la mine un peu sombre, alors il ne la dérangea pas. Non que son humeur le perturbe le moins du monde. Il y était habitué et puis, comme disait sa mère, « tu aurais le droit d'être mal luné, si tu vivais avec la vieille Mary Casey ». Pendant qu'il attendait que la bouilloire chauffe dans la petite cuisine, il nettoya rapidement l'évier. Il fallait bien s'occuper, puisque les emprunteurs se faisaient rares de bon matin. Néanmoins, de jeunes mamans flanquées de poussettes utilisaient parfois la bibliothèque comme lieu de discussion – ce qui était une autre source de contrariété pour Mlle Casey. Conor devinait que, si elle avait pu faire ce qu'elle voulait, elle aurait placé un écriteau à l'ancienne indiquant : « Silence ». Elle avait une dent contre ce qu'elle appelait les « ragots ». La vue de ce troupeau de jeunes femmes dans le coin la rendait furieuse. Conor, lui, trouvait qu'elles égayaient l'endroit.

Le problème avec Lissbeg, c'était qu'il n'y avait pas assez d'endroits où les gens pouvaient se retrouver. Chaque année, quelqu'un avait l'idée d'ouvrir un café ou une épicerie, où l'on pouvait s'asseoir et bavarder. La personne empruntait de l'argent, repeignait la boutique et sortait des plantes et autres accessoires pour attirer l'attention. Parfois, on en parlait un peu à la radio locale ou bien il y avait une publicité dans le journal gratuit qui était livré aux hôtels et aux *Bed and Breakfast* partout dans la péninsule. Cependant, la plupart des touristes passaient à proximité de Lissbeg sans prendre la peine de s'arrêter et les gens comme la mère de Conor étaient rarement enclins à acheter des pignons de pin biologiques à des prix prohibitifs ou des *wraps* à la mozzarella. Alors, tôt ou tard, des pancartes publicitaires manuscrites annonçant des petits-déjeuners irlandais pour quelques euros apparaissaient aux fenêtres du nouveau *coffee shop* et on offrait le thé et des toasts. À la fin, l'argent venait à manquer, l'affaire s'effondrait et une autre vitrine de la ville se couvrait de listes d'ustensiles de cuisine et de fournitures pour les magasins.

Chaque fois que Conor assistait à une fête d'adieu organisée par un autre de ses amis qui avait renoncé à gagner sa vie à Lissbeg, il remerciait sa bonne étoile de lui avoir donné son job à la bibliothèque. C'était peut-être seulement trois jours par semaine, mais c'était un travail stable et cela signifiait qu'ils n'étaient pas dans l'obligation de vendre la ferme familiale. Le père de Conor, Paddy McCarthy, s'était blessé au dos plusieurs années auparavant. Il se déplaçait encore, mais était incapable d'accomplir les tâches physiques. Le frère de Conor, Joe, ne pouvait travailler seul, et la ferme ne rapportait pas un salaire décent pour tous les trois. S'il n'y avait pas eu la bibliothèque, Conor aurait dû embarquer sur un bateau pour émigrer et la terre que les McCarthy avaient cultivée pendant des générations aurait été vendue à des étrangers. C'était génial de savoir qu'ils pouvaient continuer à faire vivre leur ferme, au moins pour le moment. Et plus tard, si la situation changeait à la maison, il pourrait peut-être suivre une formation qualifiante et décrocher un poste à plein-temps à la bibliothèque. Rien n'était sûr ces temps-ci, néanmoins. Et, comme son père disait toujours quand il était d'humeur sombre, il suffisait d'un trait de stylo de quelque gratte-papier pour chambouler les rêves de tout le monde.

Chapitre 3

À L'AÉROPORT, Hanna était assise dans la salle des départs, son sac posé à ses pieds. Elle contemplait la lettre de Malcolm avec colère. Sa diablesse de mère avait raison à propos de cela aussi. Envoyée du bureau et tapée par sa secrétaire, elle était en effet remplie de vieilles âneries d'avocat. La réponse à sa requête était sans équivoque : Hanna avait clairement exprimé sa position quand la décision du divorce avait été rendue et il n'était nullement question de rouvrir le débat.

Hanna crispa fermement les mâchoires. Certes, c'était elle qui avait rompu avec Malcolm, mais c'était lui qui l'avait conduite à le faire, à cause de ses tromperies et ses mensonges. Contrairement à Mary Casey, qui lui aurait pris chaque centime qu'il possédait, elle ne cherchait pas la vengeance. Tout ce qu'elle souhaitait, c'était un lieu où habiter. Malcolm en avait les moyens. Et il le lui devait. Ils s'étaient rencontrés à Londres alors qu'ils avaient à peine une vingtaine d'années. À l'époque, elle briguait un emploi de bibliothécaire spécialisée en art. Malcolm grimpait les échelons de sa propre carrière, favorisé par des études coûteuses et le milieu irréprochable d'où il était issu. Même s'il voulait l'ignorer aujourd'hui, ils avaient forgé ensemble son succès. La maison qu'Hanna leur avait trouvée était un bâtiment haut, de forme étroite, construit dans un quartier miteux de Londres dont les prix s'étaient effondrés. Mais même un aveugle aurait pu voir qu'il allait forcément repartir à la hausse. La demeure datait de la fin de la période georgienne. Elle avait une devanture en stuc, un hall d'entrée pas très large et un escalier élégant qui menait aux salles de réception du premier étage. Hanna avait trouvé un architecte et un entrepreneur qui l'avaient restaurée et lui avaient rendu sa gloire originelle en ôtant les couches de papier peint et de peinture. Ils avaient démoli des cloisons et rétabli des corniches disparues. Elle avait fait installer une cuisinière à mazout dans la cuisine du sous-sol, ajouter une véranda ouverte sur le jardin à l'arrière et planter des poiriers en espalier contre les hauts murs de briques. Pendant des mois, elle avait ratissé les brocantes qui vendaient des objets d'intérieur, à la recherche de baignoires en fonte et de grilles porte-bûches, d'un profond évier en faïence et de poignées de porte en verre taillé. On avait tapissé les chambres de papier imprimé à la main et la rampe incurvée en acajou fut poncée et polie à la cire d'abeilles. Il avait fallu pratiquement une année pour que la maison soit fin prête et le temps qu'ils y emménagent, Hanna était amoureuse de Malcolm. Lors de leur première soirée chez eux, Malcolm et elle avaient flâné main dans la main à travers les pièces jusqu'à ce qu'ils parviennent à la chambre principale, où Hanna avait choisi des tissus aux nuances de gris pour les harmoniser aux murs vert sauge. Quand elle avait ouvert la porte, elle avait découvert une bouteille de champagne sur la table de chevet, plantée dans un seau à glace en argent, de l'époque georgienne. Malcolm avait ri de son étonnement.

— Est-ce qu'il ne cadre pas avec le reste ? Il est supposé être exactement de la bonne période.

Il l'était, et c'était parfait. Quand il avait versé le champagne, il lui avait répété à quel point il l'aimait. Cette nuit-là, pelotonnée dans le lit au milieu duquel elle devait le trouver plus tard avec Tessa, Hanna s'était dit qu'elle n'avait jamais été aussi heureuse. Des années après, en faisant le rapprochement, elle prit conscience que sa liaison avec cette femme – qui avait été une amie de la famille – avait dû débuter précisément au cours du mois où elle avait choisi les tissus de la chambre.

Quand le numéro de la porte correspondant à son vol apparut sur le tableau d'affichage numérique, Hanna jeta un nouveau coup d'œil à la lettre. L'adresse du cabinet d'avocats de Malcolm révélait l'opulence et le standing de sa société. La place de son nom sur le papier à en-tête indiquait l'échelon qu'il avait atteint à force d'intrigues durant leurs années de mariage. Fourrant l'enveloppe dans son sac, elle se leva et se dirigea vers la porte d'embarquement. Malcolm pensait peut-être que l'affaire était classée, mais l'heure était venue de la rouvrir.

L'inspiration l'avait frappée quand elle avait lu sa lettre trois jours plus tôt, assise sur le muret au-dessus de l'océan. Elle aurait dû savoir qu'écrire à Malcolm revenait à lui donner l'avantage. La lettre qu'elle lui avait envoyée avait entamé sa fierté et miné sa confiance déjà bien diminuée, tandis que sa réponse à lui ne lui avait rien coûté. Si elle écrivait à nouveau, la situation ne ferait que s'envenimer. N'avait-elle pas passé des années à l'écouter pontifier sur les joies de la guerre d'usure ? « Réduis en miettes tes confrères », avait-il dit avec un clin d'œil à son intention, par-dessus l'argenterie polie et une venaison ou un homard hors de prix, offert par quelque client reconnaissant. « Fais-le se sentir stupide et il se comportera comme un tocard. » C'était ce que ses collègues surpayés et lui nommaient la « stratégie ». Alors, depuis le sommet de la falaise, tout en contemplant les vagues argentées et les mouettes qui se laissaient dériver, Hanna avait pris sa décision. Tout ce qu'il fallait, c'était un petit stratagème de sa part. Décrochant son téléphone, elle avait composé le numéro du bureau de Malcolm et parlé d'un ton sec à la secrétaire.

— C'est cela. Madame Turner, son ex-épouse. Dites-lui que je le retrouverai samedi au *Parsons Hotel* de Mayfair.

Elle avait entendu la jeune fille retenir son souffle sous le coup de la surprise, mais elle avait poursuivi en douceur.

— Vous avez noté ? Merci. Dites à Monsieur Turner que je l'attendrai à 15 h 15.

Elle avait refermé son téléphone pour mettre fin à l'appel et adressé un clin d'œil triomphal à une mouette. Non seulement la secrétaire de Malcolm n'avait pas eu le temps d'en placer une, mais choisir 15 h 15 lui avait donné l'impression que son temps était tellement compté qu'elle le mesurait en créneaux de quinze minutes.

À présent, alors que l'avion volait au-dessus du monde et de ses problèmes, une jolie jeune fille – qui aurait pu être Jazz – versait du thé à Hanna. Après quelques gorgées, elle reposa la tasse aussi loin que possible en attendant qu'on la débarrasse. Il ne manquerait plus qu'elle se pointe dans un hôtel cinq étoiles maculée de lait ou ébouillantée.

Elle portait une robe droite, toute simple, taillée dans un lainage souple, couleur lie-de-vin, avec des manches trois-quarts et une encolure montante. Elle l'avait jetée dans sa valise sans même y réfléchir le jour où, en furie, elle avait quitté Malcolm et s'était envolée pour l'Irlande. À Londres, elle s'était toujours habillée à la dernière mode et, dans le cottage de Norfolk où Malcolm, Jazz et elle avaient l'habitude de passer leurs week-ends, des placards entiers regorgeaient de jeans et de hauts, de pull-overs en cachemire, de foulards de créateurs et de chaussures de sport. Néanmoins, elle avait surgi sur le seuil de Mary Casey, avec dans sa valise un assortiment ridicule de vêtements qui ne correspondaient à aucune occasion susceptible de se présenter à elle à Crossarra. La plupart de ce qu'elle avait jeté dans sa valise ce jour-là avait fini depuis longtemps dans les boutiques d'occasion de Carrick. Mais heureusement, elle avait eu assez de jugeote pour conserver une ou deux bonnes pièces toutes simples. La robe avait gardé toute son allure. À l'aéroport, grâce à des épingles à cheveux et un peu de laque, elle avait réussi à enrouler ses cheveux sombres, qui lui arrivaient aux épaules, en un chignon plutôt convaincant. Peu après, elle avait considéré son apparence dans le miroir des toilettes pour dames. Pas exactement Audrey Hepburn, mais sans aucun doute assez bien pour un hôtel de Mayfair. À condition de retirer son manteau – qui venait d'une chaîne de prêt-à-porter – avant d'entrer et de le porter sur le bras.

Il pleuvait quand l'avion atterrit. Hanna prit le métro et émergea sur un trottoir mouillé au cœur de Londres. Repérant un taxi avec sa lumière allumée, elle lui fit signe de s'arrêter. Il était vital de voir les choses en grand. Après avoir décidé de se payer un vol aller-retour et une nuit d'hôtel, le coût d'un taxi était une broutille qui ferait toute la différence. Non seulement, cela empêcherait ses cheveux de s'échapper de son chignon, transformant cette Audrey Hepburn mature en une version aux mèches folles et crépues de Barbra Streisand, mais cela encouragerait le portier de l'hôtel à la devancer. Elle était parfaitement capable de le faire elle-même, mais ce qu'elle recherchait, c'était un air d'autorité qui inciterait les autres à la traiter comme la femme pleine d'assurance qu'il fallait qu'elle soit – ou du moins, qu'elle donne l'impression d'être – quand elle rencontrerait Malcolm. En supposant qu'il vienne. En imaginant le contraire, son estomac se noua. Puis le taxi se gara devant le *Parsons Hotel* et un portier en uniforme se précipita au-devant d'elle, un grand parapluie à la main. Prenant une profonde inspiration, Hanna balança ses jambes hors de la voiture et se dirigea vers les portes de l'hôtel.

Chapitre 4

CONOR AVAIT RAREMENT des moments de loisir durant les week-ends et, la plupart du temps, quand il en avait, il traînait à la maison : il bricolait sa Vespa dans la vieille étable ou bien décompressait devant la télé. Mais cet après-midi-là, il avait reçu un texto de son ami Dan Cafferky qui retrouvait deux filles à Lissbeg pour un café. Aller en ville impliquait de prendre une douche et de se rendre à peu près présentable, mais cela valait mieux que regarder un film d'Harrison Ford avec sa mère qui, ayant atteint le canapé en premier, réquisitionnait la télécommande.

Bríd Carney avait été à l'école avec Dan et Conor, tout comme sa cousine Aideen, mais cette dernière avait deux ans de moins qu'eux. Conor n'avait pas vu Bríd depuis des lustres. Elle venait à peine de se réinstaller à Lissbeg après avoir suivi des cours d'art culinaire. Les deux jeunes filles tenaient la nouvelle épicerie fine qui se trouvait de l'autre côté de la route, en face de la bibliothèque. Elle l'avait baptisée « La Mercerie », d'après l'ancien usage du bâtiment et, selon Bríd, cela marchait bien, même si ce n'était pas génial non plus. En fait, quand Dan et Conor arrivèrent l'endroit était vide, mais au moins, cela signifiait qu'ils pourraient s'asseoir et bavarder un peu. Lorsqu'Aideen hésita à prendre l'argent des cafés, Dan lui dit qu'elle était stupide. Son affaire à lui – qui consistait à organiser des sorties maritimes écologiques au nord de la péninsule – ne marchait pas très bien non plus, dit-il, cependant il pouvait encore se payer un *latte*. Tout juste.

Ils prirent place autour d'une table, Bríd prête à bondir derrière le comptoir et Dan occupé à parler de l'observation des baleines. Ces temps-ci, des cohortes de touristes se passionnaient pour l'écologie. Le problème de Dan était le manque de routes praticables qui leur permettent de venir jusqu'à lui. Pour Bríd, le véritable obstacle était cette maudite route qui menait droit de Carrick à Ballyfin. Les limites de vitesse bien trop élevées n'incitaient pas les touristes à ralentir pour découvrir les magnifiques endroits qui la longeaient. Comme ni la ferme ni la bibliothèque ne dépendaient des touristes, Conor se détendit et écouta les autres parler. Il avait idée que Bríd plaisait bien à Dan quand ils étaient à l'école, mais peut-être étaient-ils passés à autre chose depuis. Il n'y avait rien de sentimental dans leur discussion en tous les cas, qui tournait autour de marges de bénéfices et des façons de s'en sortir. Aideen était bien déterminée à faire marcher leur affaire à Lissbeg.

— Ce n'est pas que je ne veux pas voyager. Je veux avoir le choix. Et finalement, c'est ici que j'aimerais vivre.

Dan versa un sachet de sucre dans son *latte*.

— Tu vois, c'est ce que je pense. J'ai passé un an en Australie, mais je veux m'installer chez moi. Regarde ma pauvre mère et mon père, qui essaient de faire tourner leur boutique. Ils ont aussi le bureau de poste et l'Internet café. Cela fait trois commerces en un et ils n'avancent pas. Et puis il y a moi, qui essaie de monnayer l'observation des baleines à des touristes qui peuvent à peine trouver leur chemin pour me rejoindre. La moitié du temps, il faut que je travaille à d'autres tâches pour réussir à joindre les deux bouts, du coup, je ne suis plus disponible quand ils finissent par arriver.

— Peut-être qu'il te faudrait une sorte de site web ou de blog.

— Peut-être que tu pourrais demander au conseil du comté ou à l'office du tourisme de te donner un coup de main ?

— Les seuls à qui ils donneront un coup de main, ce sont ceux de Ballyfin.

C'était une vieille rengaine, mais Bríd secoua la tête et la qualifia de « paroles prophétiques ».

— Écoute, nous payons tous des impôts. Et je vais te dire autre chose : si tu ne demandes rien, tu n'auras rien.

Dan l'interrompit.

— Ouais, mais je vais te dire ce qui me tape sur le système. Notre avis n'intéresse personne. Personne ne vient nous dire, à nous qui vivons vraiment ici : « Voici ce que nous prévoyons de faire, dites-nous ce que vous en pensez. »

Bríd et Conor hochaient la tête, lorsque Aideen l'interrompit. En fait, dit-elle, ce n'était pas vrai. Il y avait des affiches dans Carrick à propos d'une réunion de consultation du conseil de comté, qui impacterait le budget de l'année suivante pour l'ensemble de la péninsule. Ou peut-être était-ce un programme qu'ils voulaient étaler sur les cinq prochaines années. Quoi qu'il en soit, ils allaient organiser une réunion publique dans les prochaines semaines et présenter leurs idées. Dan partit d'un grand éclat de rire, comme si Aideen était tout bonnement stupide. Selon lui, ce serait une arnaque, parce que c'était toujours la même chanson. Des enveloppes marron échangées dans des arrière-salles. C'est ce que son père disait. Aideen rougit et battit en retraite derrière le comptoir. L'observant qui tripotait la vaisselle dans l'évier, l'air embarrassé, Conor éprouva de la compassion pour elle. Après tout, c'était Dan qui avait mentionné la consultation en premier. Conor eut l'idée fugace de lui donner un grand coup dans le tibia, mais c'était trop tard, et de toute façon, Aideen ne l'en remercierait probablement pas. Elle était assez timide et il y avait des chances qu'elle ne souhaite pas en faire toute une histoire.

Plus tard sur sa Vespa, alors qu'il roulait à toute vitesse jusque chez lui, Conor se dit que Dan Cafferky avait raison à propos d'une seule chose : chaque centime dépensé par les touristes qui venaient sur Finfarran semblait l'être à Ballyfin. Autrefois petit port de pêche, c'était aujourd'hui une station touristique en plein essor, avec des jet-setteurs et des stars de cinéma qui traînaient dans ses rues étroites et une ribambelle de restaurants tendance près de la plage, où le champagne était toujours servi frappé. À cause de la situation éloignée de Ballyfin, à l'extrémité ouest de la péninsule, par-delà les Knockinver Mountains, la ville avait été vendue aux voyageurs du monde entier comme le « secret le mieux gardé de l'Irlande ». Tous les autres habitants de la péninsule l'appelaient le « secret le moins bien gardé au monde ». Mais Aideen avait raison. Bien indiquée et entretenue à grand renfort de subventions généreuses, la route principale depuis Carrick menait directement à Ballyfin et les routes de campagne qui en partaient étaient rarement empruntées par les touristes. Ce qui n'était pas si étonnant, puisque la plupart d'entre elles étaient déjà assez difficiles à prendre en tracteur. En fait, le secret vraiment bien gardé sur la péninsule de Finfarran, c'étaient ses terres cultivées, ses forêts et les falaises qui s'étendaient vers le sud et le nord. Des lieux parsemés de fermes isolées et de villages éparpillés. C'étaient les populations que Mlle Casey servait avec son bibliobus. Et d'après ce que Conor pouvait en juger, c'était à peine si les gratte-papier étaient au courant de leur existence.

Chapitre 5

Au comptoir de la réception, Hanna s'enregistra en tant que M. et Mme Turner, elle prit la clé et rejoignit sa chambre. Puis elle ignora volontairement le fait que le moindre plat du menu coûtât plus que ses paniers-repas pour une semaine à la bibliothèque, et téléphona au room service pour commander un sandwich et un thé.

— Darjeeling ou thé de Chine, madame ?

— Earl Grey, déclara Hanna avec fermeté.

Si elle devait rencontrer Malcolm à 15 h 15, elle ferait mieux de s'entraîner à être sûre d'elle. Il pouvait lui résister par courrier, mais il ne faisait aucun doute que s'ils s'asseyaient dans la même pièce et qu'ils discutaient, ils parviendraient à trouver un arrangement.

Il avait toujours été autoritaire. Avec le recul, Hanna s'en rendait compte. Louisa et George Turner avaient adoré leur fils, si intelligent et si séduisant. Ils l'avaient élevé pour en faire un gagneur. En revanche, les parents d'Hanna, Tom et Mary, avaient été déroutés par l'ambition de leur enfant. Mais Tom avait payé de bonne grâce sa formation à Carrick et avait glissé une liasse de billets de cinq livres dans sa poche, quand elle avait pris la route pour son premier emploi de bibliothécaire à Dublin. Lorsqu'elle avait appelé pour annoncer qu'elle déménageait à Londres, il lui avait souhaité le meilleur. Mary lui avait arraché le combiné des mains et vociféré qu'elle tuait son pauvre père. Hanna était sur le point de raccrocher quand elle avait entendu à nouveau la douce voix de Tom.

— N'écoute pas ta maman, mon cœur, nous sommes ravis pour toi. C'est juste que Londres, c'est très loin d'ici.

— Non, ce n'est pas loin, Papa, et ce n'est pas rien d'avoir une place dans cette université. Cela pourrait me mener à un boulot dans une galerie. Et c'est ce que j'ai toujours voulu.

C'était la vérité. Au départ, seules les images avaient compté pour elle. Les mots étaient venus par la suite. Elle n'éprouvait aucun intérêt pour la lecture quand elle était jeune. En effet, à la maison, dans son enfance, ils ne possédaient qu'une bible usée et la biographie en poche de John F. Kennedy. Le tableau d'une maison avait frappé son imagination en premier lieu.

Il s'agissait d'une huile représentant un manoir du XVIIIe siècle, de forme carrée. Devant la demeure, un jeune homme coiffé d'un tricorne et vêtu d'un manteau jaune, de hauts-de-chausses et d'un gilet magnifiquement brodé se tenait près de la tête d'un cheval. L'animal était harnaché à une calèche décapotée, montée sur de grosses roues. À l'intérieur était assise une jeune femme aux joues roses, tout en boucles poudrées et en jupon matelassé, avec un bambin sur les genoux. Même adolescente, Hanna avait pris conscience de la prouesse que représentait cette peinture. Il y avait un palefrenier quelque part à l'arrière-plan, mais la main posée sur la bride du cheval était celle du maître et l'air de fierté avec lequel il dévoilait sa bonne fortune était bien trop touchant pour être arrogant. Avec le recul, Hanna se rendait compte aujourd'hui que ce qui l'avait attirée, enfant, c'était ce mélange naïf de matérialisme et de romance. Voilà un monde dans lequel des personnes, à peine plus âgées qu'elle, vivaient au sein d'un environnement enviable, baignant dans une harmonie domestique. Manifestement, le couple était amoureux. Clairement, ils possédaient tout ce qu'ils contemplaient. Pour Hanna, élevée dans les salles du bureau de poste de Crossarra, la peinture révélait des possibilités vertigineuses.

Elle l'avait découverte sur un prospectus pour une exposition, glissé dans un livre de la bibliothèque de l'école, qu'un professeur lui avait demandé de lire. Le livre était ennuyeux et l'exposition terminée depuis longtemps au moment où la jeune Hanna, alors âgée de quatorze ans, avait trouvé le prospectus, pourtant la reproduction de la peinture l'avait captivée. Cette année-là, pendant les vacances d'été, elle avait persuadé son père de l'emmener à Dublin pour visiter la National Gallery. Ils avaient tourné en rond pendant une heure sans trouver le tableau, mais Hanna en était sortie fascinée par l'art. Elle savait déjà qu'elle ne valait rien avec un pinceau ou un crayon dans la main, mais il y avait des gens qui veillaient sur toutes ces œuvres, qui écrivaient les cartels sous les tableaux et les statues, et qui créaient des listes et des catalogues. Peut-être était-il possible de trouver un emploi de la sorte. Plus tard, quand elle découvrit que des grandes galeries d'art possédaient leurs bibliothèques, tout se mit en place. Elle se formerait pour devenir bibliothécaire et trouverait un boulot dans une galerie. Et elle passerait le reste de sa vie au milieu des peintures qui faisaient pétiller les yeux et bondir de joie votre esprit, mais aussi parmi ces magnifiques livres qui racontaient tout à leur propos.

À cette époque-là, ce n'était pas seulement le fait d'avoir choisi sa voie qui l'enthousiasmait autant, c'était la perspective qu'un jour, quelque part au-delà des limites de Finfarran, elle dessinerait sa propre version de la vie représentée sur la peinture, en même temps qu'un foyer parfait. Cependant aujourd'hui, en repensant à ce couple du XVIIIe siècle, aussi heureux que n'importe quelle paire d'amoureux du XXIe siècle qui postent des photos sur Facebook, tout ce qu'elle voyait, c'était la fragilité. Le navire marchand disparu en mer. La banque qui faisait faillite. Les germes qui menaçaient la chambre d'enfant et les dangers inhérents à l'accouchement. La fortune perdue au jeu ou dépensée pour entretenir une maîtresse. La solitude d'une femme coincée à la campagne pendant que son époux vadrouille en ville.

Un coup frappé à la porte de la chambre fit sursauter Hanna et interrompit sa rêverie. C'était un serveur qui apportait son sandwich. Lorsqu'il le déposa sur une table près de la fenêtre, Hanna regarda le cadre qui l'environnait. Elle se trouvait dans une pièce sagement décorée, donnant sur une petite rue discrète de Londres, tandis que Mary Casey cheminait probablement dans un bus de campagne, assourdie par des bruits de ferraille, en route pour ses courses hebdomadaires à Carrick. La porte se referma derrière le serveur et Hanna baissa les yeux sur son sandwich au poulet. Près de l'assiette, un petit saladier contenait un mélange de fanes de betteraves, d'épinards et de noix. La vaisselle était en porcelaine et de lourds couverts en argent étaient enveloppés dans une serviette en damas. C'était le type de prestations auxquelles elle s'était habituée pendant son mariage avec Malcolm, mais comme sa mère le lui répétait fréquemment, c'était loin du milieu dans lequel on l'avait élevée. C'était tout à fait différent de l'existence qu'elle menait quand elle avait déménagé la première fois à Londres pour ses études. Lorsqu'elle était arrivée, elle avait trouvé un appartement dans Paddington, où elle vivait avec trois autres filles, à peine dans la vingtaine. Ensemble, elles visitaient les galeries et les musées, faisaient du lèche-vitrines sur King's Road, buvaient de la bière au pub près du fleuve et mangeaient des spaghetti dans des petits restaurants italiens de Soho. Lucy, la plus âgée, travaillait comme second et préparait avec entrain de bons petits plats pour les autres, encore étudiantes comme Hanna. Leur appartement, situé au quatrième étage d'un bâtiment sordide datant de l'époque victorienne, avait un balcon au niveau de la cuisine. L'été, elles s'asseyaient là pour boire du vin à une table bancale, leurs jambes nues étendues au soleil, pendant que Diana Ross chantait *Endless Love* à la radio et que les odeurs de la ville montaient jusqu'à elles, mêlées aux senteurs de l'ambre solaire.

Hanna et Malcolm s'étaient rencontrés pour la première fois dans le restaurant où Lucy travaillait. Les autres filles de l'appartement y avaient emmené Hanna pour son anniversaire. Lucy s'était débrouillée pour qu'on leur offre un plateau de crèmes glacées avec des bougies magiques pour le dessert. Tous les clients du restaurant avaient applaudi, quand les serveurs l'avaient apporté en chantant « Joyeux anniversaire ». Un groupe de garçons assis à une table voisine avait offert une bouteille de champagne. Alors, inévitablement, les deux tables s'étaient rapprochées. Et leur histoire avait commencé. En quelques semaines, Hanna et Malcolm étaient en couple, et un mois plus tard, elle avait rencontré ses parents, qui vivaient dans une immense maison, dans le Kent, avec des pelouses en pente douce et un court de tennis. Ils avaient roulé depuis Londres un samedi. Louisa, la mère de Malcolm, les avait accueillis dans une grande entrée où trônait une cheminée surmontée d'ornements ciselés et d'un vase boule contenant des lis. Pendant que Malcolm garait la voiture, Louisa avait conduit Hanna au salon et elles s'étaient assises dans des fauteuils recouverts de chintz, près d'une porte-fenêtre ouverte. Louisa s'était montrée charmante et Hanna l'avait aimée immédiatement. Elles discutaient sur la façon dont Malcolm et elle s'étaient rencontrés au restaurant, lorsque ce dernier avait pénétré avec nonchalance dans la pièce, interrompant leur conversation.

— Le destin ? Rien de tel. Je l'ai vue au moment où elle a franchi la porte et j'ai su tout de suite que je la voulais !

Ils avaient tous ri, Hanna y compris. À cette époque, l'assurance de Malcolm et son aplomb lui avaient paru chaleureux et affectueux, non pas dominateurs. Bien que ce fût ses manières et sa beauté qui lui aient fait perdre la tête, elle était toujours la fille de Tom Casey de Crossarra. Elle avait grandi derrière un comptoir de magasin, parmi des gens loin d'être idiots. Elle savait qu'il y avait davantage chez Malcolm que son charme de macho. Il était intelligent et courageux, travailleur et intéressant, et très gentil avec ses parents.

Il l'aimait véritablement. Trois mois plus tard, quand elle avait découvert qu'elle était enceinte, la perspective d'un mariage ne l'avait pas effleurée. Elle avait pensé à une interruption de grossesse et lui avait parlé du bébé, parce qu'elle pensait qu'il avait le droit de savoir. Il était ravi. Il l'avait prise dans ses bras. Il voulait annoncer la nouvelle à sa famille. Assise sur le lit, chez les parents de Malcolm, Hanna l'avait regardé avec stupéfaction.

— Comment se fait-il qu'ils ne soient pas furieux ?

— Parce que quand je suis heureux, ils le sont aussi.

Il s'était agenouillé devant elle et lui avait pris la main.

— Est-ce que cela signifie que tu as décidé d'accepter ma demande ?

— Je ne sais pas.

— S'il te plaît, Hanna. Marions-nous. Je t'aime. Je veux veiller sur toi. Je veux que nous élevions notre enfant ensemble et que nous soyons heureux.

— Tu en es sûr ?

— Que je veux être heureux ?

— Non, idiot, tu es sûr que nous sommes faits l'un pour l'autre ? Nous n'avons jamais parlé de mariage. Rien de tout ceci n'était prévu.

— Parle pour toi, mademoiselle Casey, j'ai entendu les cloches sonner à l'instant où je t'ai vue.

— Et quoi ensuite ? Tu as saboté un préservatif pour faire en sorte que ton plan fonctionne ?

Il lui avait fait un large sourire.

— Non, cet épisode était vraiment l'œuvre du destin. J'aurais dû y penser, néanmoins. Tu ne l'aurais jamais découvert.

Elle avait ri avant d'incliner la tête pour l'embrasser, alors qu'il était toujours à genoux près du lit. Durant ces dernières années teintées d'amertume, elle avait pris conscience que ce dont ils avaient plaisanté était un trait de caractère essentiel de la personnalité de Malcolm. Il avait été élevé selon le principe qu'il avait le droit inné d'obtenir tout ce qu'il voulait, et son instinct tendait à manipuler toute personne et toute chose dans ce but précis.

Cela avait été une tout autre histoire quand elle avait appelé ses parents pour leur annoncer ses fiançailles. Mary Casey avait un radar à grossesse qui fonctionnait quelle que soit la distance.

— Dieu tout-puissant, Hanna Mariah, tu t'es mise dans le pétrin. Est-ce que je n'ai pas dit à ton pauvre père qu'il n'arriverait rien de bon avec ces absurdes histoires de bibliothèque ?

Hanna avait écouté sa mère crier au scandale pendant plusieurs minutes, avant que son père ne prenne le combiné.

— Est-ce que ça va, mon cœur ? Es-tu bien avec toi-même ?

Tant qu'elle était « bien avec elle-même », Tom s'était dit satisfait d'entendre son récit : elle s'était joyeusement fiancée sans le moindre signe de bébé à l'horizon. À l'inverse, il aurait retourné l'écriteau sur la porte du magasin puis pris le bateau vers l'Angleterre pour mettre une raclée à tout homme qui l'aurait rendue malheureuse. Hanna avait senti sa gorge se serrer, touchée par la gentillesse de son père, alors que la réaction de Mary l'avait fait enrager :

— Et qu'advient-il de tes géniales perspectives de travail maintenant, jeune fille ? C'est loin des musées et des galeries que tu vas passer ta vie, je te le certifie, avec un enfant sur la hanche et un homme à s'occuper.

Une semaine environ après ce coup de téléphone, Hanna avait emménagé avec Malcolm. Il vivait dans un spacieux appartement au cœur d'un bâtiment de grand standing, près de Sloane Square. Un cousin lui louait pour trois fois rien.

— C'est un bien familial. Je crois que notre arrière-arrière-grand-père commun l'a acheté quand on a bâti l'immeuble.

— Mais où vit ton cousin ?

— Près de chez mes parents. Tu le rencontreras un de ces jours. Il a un pied-à-terre en ville aussi, mais plus près de son travail.

Pour Hanna, l'idée qu'une famille ait des biens immobiliers éparpillés et surtout inoccupés était extraordinaire. En outre, l'appartement était charmant. Il avait deux chambres, un salon avec des fenêtres qui donnaient sur un grand balcon, et une cuisine où la femme de ménage de Malcolm s'occupait des lessives et du repassage une fois par semaine. On accédait au balcon par une porte-fenêtre. Dans l'appartement qu'Hanna avait pris en colocation sur Paddington, on accédait au balcon rouillé – où les filles mangeaient, étudiaient et bavardaient – par une fenêtre à guillotine en montant sur une caisse retournée.

Au début, elle avait essayé de poursuivre ses études. Mais c'était le plein été et Londres scintillait sous l'effet de la chaleur. Par deux fois, Hanna avait été prise de vertiges dans les rames du métro, à tel point que le personnel avait appelé les premiers secours. L'idée de se rendre à ses cours en taxi lui paraissait ridicule, il n'y avait aucun bus direct et cela aurait été trop long d'y aller à pied. Finalement, après s'être sentie si malade qu'elle avait manqué un module entier, elle avait décidé d'abandonner et de se réinscrire l'année suivante. Quand elle avait quitté le bureau de son tuteur, elle avait aperçu une lueur de scepticisme dans son regard.

Avec le recul, Hanna ne se souvenait plus si c'était Malcolm ou sa mère qui avait proposé un mariage dans le Kent. Elle était favorable à tout ce qui lui évitait une journée dirigée par Mary Casey. Elle avait eu un moment d'inquiétude quand elle avait pris conscience que les Turner envisageaient un service dans la divine chapelle médiévale de leur village, tandis que ses parents avaient imaginé une messe nuptiale dans l'église catholique la plus proche. Mais George et Louisa s'étaient montrés compréhensifs. Un réseau de voitures avait été mis en place pour emmener les invités depuis la maison vers l'église et les ramener ensuite. Pour couronner le tout, Malcolm avait totalement séduit le prêtre que Louisa avait invité à boire le thé pour discuter de la cérémonie. La demeure impressionnante des Turner conjuguée à la bienveillance de Louisa avait fait renoncer le prêtre aux séances de préparation au mariage – qui spécifiaient la vision de l'Église. Il serait ravi de les marier, avait-il annoncé en se laissant aller dans un fauteuil confortable tout en acceptant une part de gâteau de Battenberg, et il serait honoré d'assister à la réception. Quand il était parti, lesté d'une bouteille de porto millésimé offerte par George, Hanna l'avait soupçonné d'avoir été tout aussi ravi de la marier à un animiste.

Le jour du mariage était passé en un clin d'œil. Ses parents ne savaient pas bien ce que l'on attendait d'eux au départ, mais George s'était donné un mal fou pour divertir Tom, et Mary s'était liée avec une des tantes de Malcolm qui, comme elle, estimait qu'un mariage n'en était pas un sans la danse. Quand elles avaient découvert qu'il n'y avait pas d'orchestre, elles avaient décidé de chanter en chœur et de se divertir mutuellement dans un coin. Une fois tous les invités partis, Hanna s'était assise sur la terrasse, les pieds posés sur une table, Malcolm l'avait rejointe avec deux flûtes de champagne.

— Je sais que tu ne peux pas boire, mais juste une gorgée. (Il avait enroulé les doigts d'Hanna autour d'une flûte.) Je veux porter un toast à notre amour et à notre vie ensemble.

Hanna avait secoué la tête.

— Ça va me rendre malade. Et de toute façon, je n'ai pas le droit.

— Juste une gorgée. C'est le jour de notre mariage. (Il avait fait tinter sa flûte de champagne contre la sienne.) À toi, à moi et au bébé.

Soudain Hanna s'était sentie submergée par les hormones. Les yeux noyés de larmes, elle avait levé son verre et bu une gorgée malgré ses réticences. En souriant, elle avait répété le toast de Malcolm.

— Toi, moi et le bébé.

Environ trente ans plus tard, assise à une table, devant la fenêtre du *Parsons Hotel* de Mayfair, Hanna se remémorait ce moment. Sachant à quel point Malcolm l'aimait à l'époque, elle n'avait jamais douté de lui par la suite. Les choses auraient-elles été différentes et seraient-ils encore mariés aujourd'hui, si elle n'avait pas perdu le bébé deux mois plus tard ?

Chapitre 6

VERS QUATORZE HEURES, Hanna avait mangé son sandwich, pris une douche et s'était recoiffée. Puis, elle appela le room service pour que l'on débarrasse son plateau. Dix minutes plus tard, elle téléphona à nouveau pour commander un autre thé. Cette fois, quand on lui demanda si elle préférait un thé de Chine ou un thé indien, elle faillit presque répondre un *Builders*, le nom donné par son père au thé anglais très fort du petit-déjeuner. On le servait dans un mug avec plusieurs cuillères de sucre. Dans la famille Casey, le thé *Builders* représentait le réconfort ultime en cas de stress. À cet instant, elle avait grand besoin de sa texture sirupeuse et du coup de fouet du tanin. Sa mère disait toujours qu'il lui faudrait une année entière pour enlever les marques dans la bouilloire.

Dans l'éventualité d'un moment à tuer, elle avait mis dans sa valise une enquête de Kurt Wallander qu'elle n'avait pas encore lue. Mais se concentrer sur un crime basé dans la ville d'Ystad était voué à l'échec. Elle s'assit donc avec sa tasse de thé et regarda au-dehors. Une demi-heure plus tard, à quinze heures quinze précises, le téléphone posé sur la table sonna. Elle décrocha.

— Hanna ?

— Oui.

— C'est Malcolm.

— Oui.

— Je suis dans le hall.

— Oh. Oh, eh bien, monte.

— Tu veux que je monte ?

— Oui, je veux dire, c'est plus calme... Nous serons entre nous.

Croyait-il vraiment qu'elle voulait parler argent dans le hall d'un hôtel, avec des gens autour qui écoutaient ? Il y eut un blanc. Elle songea qu'il était bien étrange de ne pas avoir entendu cette voix si familière des années durant. Puis il se contenta de dire « Bon » et raccrocha.

Il n'avait pas beaucoup changé depuis la dernière fois qu'Hanna l'avait vu. C'était aux obsèques de son père, décédé subitement d'une crise cardiaque. Elle avait pris un vol depuis l'Irlande avec Jazz, encore adolescente rebelle à l'époque. La jeune fille était toujours en colère tout autant que désorientée par le déménagement soudain à Crossarra. Dès leur arrivée, Malcolm avait emmené Jazz avec lui vers les nombreux membres de la famille Turner.

Louisa, qui semblait bouleversée, lui avait adressé un sourire de loin et s'était cramponnée au bras de Malcolm durant toute la cérémonie. Assise au fond de l'idyllique petite chapelle dans laquelle Malcolm et elle ne s'étaient finalement pas mariés, Hanna fixait son regard sur la nuque de Jazz. Sa fille était assise au premier rang, la joue appuyée sur l'épaule de Malcolm. Leur couleur de cheveux était identique. C'était il y a quatre ans. Quand elle ouvrit la porte de sa chambre d'hôtel, Hanna vit que les cheveux de Malcolm étaient coupés plus court qu'à l'accoutumée, vraisemblablement pour détourner l'attention des mèches grises qui ornaient ses tempes. Mais il n'avait pas l'air plus vieux. Seulement beaucoup plus autoritaire.

Elle avait décidé de ne rien dire et de le laisser parler en premier. Elle aussi, elle avait joué au poker en son temps et, par ailleurs, elle n'était pas certaine que sa voix n'allait pas se briser ou couiner. Il pénétra dans la pièce, se retourna pour lui faire face et demeura silencieux. Ce n'était pas ce qui était prévu. Pendant un instant un peu fou, Hanna eut une vision de tous les deux, debout, dans cette pièce, pour toujours : la femme de chambre entrerait pour faire le ménage et de nouveaux clients arriveraient pour s'y installer, mais Malcolm et elle seraient figés là comme des statues, tandis que d'autres vies se poursuivraient autour d'eux. La vision était tellement nette qu'elle faillit en rire. Malcolm parut surpris. Puis son visage se détendit et il lui tendit la main.

— C'est bon de te voir sourire à nouveau.

Hanna sentit le nœud se desserrer dans son estomac. Elle saisit sa main tendue et il l'attira à lui pour l'embrasser sur la joue. Cela allait bien se passer finalement.

— Tu veux une tasse de thé ? Je peux commander une autre théière…

Il secoua la tête et alla s'asseoir à la table.

— Non, ça va. Ne perdons pas de temps.

Il se laissa aller en arrière et s'assit confortablement, apparemment calme et détendu. Hanna en fut désorientée. Elle avait espéré le trouver accessible, mais elle ne s'était pas attendue à ce que la tâche soit facile. Alors qu'elle était sur le point de parler, elle prit conscience qu'il la fixait d'un air interrogateur qu'elle connaissait bien, moitié caresse moitié défi. Il leva les sourcils dans sa direction.

— Cette couleur t'a toujours mise en valeur.

— Comment ?

— Comme un porto tawny. (Il se pencha en avant, le sourire aux lèvres.) Je suis content que tu aies appelé, Hanna, je savais que tu finirais par le faire.

Il tendit la main au-dessus de la table et saisit la sienne. Hanna s'entendit jacasser. Elle n'avait pas le temps de deviner ce qu'il s'apprêtait à faire.

Elle tentait désespérément de garder le contrôle de la situation.

— Eh bien, je suis contente que tu sois content. Je savais que, si nous arrivions à nous voir et à discuter, tu te montrerais raisonnable. Je veux dire, nous nous montrerions raisonnables. Tous les deux. J'ai un emploi, bien entendu. J'ai un emploi, mais j'habite chez ma mère... Bon, tu connais ma mère... Tu comprends bien que je ne peux pas passer le restant de mes jours avec elle... Il faut que j'aie un endroit à moi maintenant que Jazz a grandi et qu'elle est partie. Je n'essaie pas de t'escroquer, Malcolm, je te demande simplement d'être juste.

Voyant les yeux de son ex-mari se rétrécir, elle poursuivit.

— Écoute, je sais que j'ai dit que je ne voulais pas un centime de ta poche. J'ai dû te paraître bien agressive et j'en suis désolée. Mais notre divorce aurait peut-être été différent si nous avions eu une chance de discuter. Je ne pouvais pas négocier avec toi par courrier, Malcolm. Tu te dissimules derrière un jargon juridique et ça me met en colère.

Prenant une profonde inspiration, elle tenta de se concentrer.

— C'est pourquoi je suis ici. J'ai cinquante et un ans, Malcolm. J'ai investi la moitié de ma vie dans notre mariage et dans ta carrière. J'ai géré le chantier de la maison de Londres. J'ai trouvé l'endroit à Norfolk. J'ai fait tourner ta vie sociale comme une horloge, j'ai rempli les réfrigérateurs, j'ai organisé les dîners, j'ai cultivé les relations qu'il fallait, j'ai porté les vêtements qu'il fallait.

Malcolm pinça les lèvres. Hanna se retrouva accrochée à sa main.

— Je t'ai aidé à construire ta carrière et, à présent, tu es le seul à en récolter les fruits. Tu veilleras toujours sur Jazz, je le sais. Mais je suis sa mère, j'ai été ta femme et ce n'est pas moi qui ai brisé notre mariage. Tu me le dois, Malcolm, et il faut que tu te montres raisonnable.

Satisfaite d'être parvenue à rester relativement calme, elle le regarda avec espoir. Malcolm eut un mouvement de recul. Puis il traversa la pièce avant de se retourner brusquement, comme pour interroger un témoin.

— Laisse-moi comprendre… Tu m'as invité ici pour parler argent ?

— Eh bien, oui. C'est ce que j'ai fait. J'ai pensé que nous pourrions nous asseoir et discuter comme deux adultes…

Il la dévisageait comme si elle était folle.

— En plein après-midi ? Dans une chambre d'hôtel ?

— Oui, bon, comme je te l'ai dit, c'est d'ordre privé.

Soudain, elle prit conscience des sous-entendus qu'il venait d'exprimer.

— Tu t'imaginais…

— Que croyais-tu que j'allais imaginer ?

— Tu pensais que c'était une sorte… de rendez-vous secret ?

Elle en resta bouche bée, mais il ne parut pas le remarquer.

— Il est trois heures de l'après-midi, Hanna. On est à Mayfair. (Il fit un pas vers elle.) Et j'imagine que cela fait un moment pour toi…

— Comment ?

Son expression fit reculer Malcolm d'un pas.

— OK, peut-être que ce n'est pas le cas. Peut-être que tu t'es retrouvée au lit avec des pêcheurs irlandais sauvages. Je ne sais pas. (Il lui lança un regard noir.) Tu m'as invité en disant que tu voulais que nous soyons entre nous. Peut-être n'ai-je pas reçu le bon message.

L'incrédulité d'Hanna se mua en colère.

— Oh, que si, tu as reçu le bon message. J'ai dit à ta secrétaire psychorigide que je voulais te voir ici et je suis venue. Et je voulais une discussion en tête à tête, parce que la manière dont tu te sers de ton personnel pour me maintenir à distance me rend malade.

Il ouvrit la bouche, mais elle se leva, en repoussant la table, avant de le pointer du doigt.

— Non, la ferme, Malcolm, on prend sur mon temps, là. Et sur ma carte de crédit. J'ai payé pour venir jusqu'ici, j'ai payé pour cette chambre, et selon mes critères, cela m'a coûté une fortune. Tu passes probablement ton temps à des rendez-vous secrets dans des hôtels à l'étranger, au beau milieu de l'après-midi…

Elle s'interrompit brusquement, les yeux écarquillés. L'expression coupable de Malcolm n'avait duré qu'une seconde, mais c'était suffisant.

— Oh, mon Dieu, c'est probablement ça.

Hanna le contempla ahurie, sa colère virant à l'indignation.

— Tu es vraiment un cas, Malcolm, tu le sais, ça ? Et la pauvre Tessa ? Est-ce qu'elle sait ce que tu fabriques de tes après-midi ? Ou est-ce que tu la ménages elle aussi, tout comme tu m'as ménagée ? Est-ce que tu continues à te dire que tout va bien tant que tu restes discret ?

C'était ce qu'il avait dit cinq ans plus tôt, le jour où Hanna avait débarqué de façon inopinée à la maison. Elle l'avait trouvé au lit avec leur amie Tessa Carmichael, une collègue du cabinet. S'en était suivie une conversation téléphonique épouvantable, qui s'était déroulée le matin après qu'elle avait fait ses valises et emmené Jazz en Irlande avec elle. Consciente que Mary Casey écoutait le moindre de ses mots, dans le vestibule de Crossara, Hanna avait sifflé furieusement dans le téléphone, alors que Malcolm lui hurlait dessus depuis Londres. Quelque part au cœur de son agressivité à lui et de ses récriminations à elle, la vérité sur la longévité de cette liaison avait surgi. Pour Hanna, le choc de les trouver tous les deux dans sa chambre, qu'elle avait elle-même décorée et sur laquelle elle avait veillé si amoureusement, ne fut rien, quand elle découvrit qu'il avait commencé à coucher avec Tessa bien avant la naissance de Jazz.

À présent, son expression coupable se transforma en confiance.

— Je n'ai jamais dit que…

— Oh que si tu l'as dit ! Tu t'es enorgueilli de ta discrétion. Malcolm si délicat, si prévenant, si désireux que tout le monde soit heureux !

— Tout à fait d'accord, c'est ça. J'ai fait de mon mieux !

— Tu as fait de ton mieux ?

— Je te l'ai déjà dit, Hanna. Je n'ai pas voulu tomber amoureux. Ça s'est passé. Et quand ça s'est passé, je me suis comporté de manière responsable. J'ai fait passer ma famille en priorité.

— Tu étais marié avec moi ! Tu couchais avec une autre femme ! Comment ces deux faits montrent que tu faisais passer ta famille en priorité ?

— Tu étais ma femme. Je faisais preuve de respect. Si tu ne le vois pas, je n'y peux rien.

Hanna prit une profonde inspiration. Rien de tout cela ne faisait partie du plan. Leur conversation était censée se dérouler dans le calme et la raison, au lieu de cela ils s'enferraient dans une dispute. Elle s'efforça de reprendre ses esprits. Mais c'était trop tard. Malcolm était sur sa lancée.

Il était furieux de s'être mépris sur la raison de leur rencontre. Il se montrait sur la défensive à cause de sa culpabilité dévoilée par inadvertance.

— Tu es celle qui a brisé notre famille, Hanna. Et au cas où tu l'aurais oublié, cela a eu pour conséquence de traîner notre fille de seize ans loin de toutes les personnes qu'elle connaissait et de sacrifier son bonheur sur l'autel de ton orgueil blessé.

Cette sentence ressemblait tellement à ce qu'Hanna n'avait cessé de se répéter durant ses nuits d'insomnie, dans sa chambre chez Mary Casey, que ses yeux se remplirent de larmes. Immédiatement, Malcolm enfonça le clou.

— Un peu de discrétion. Le sens des responsabilités. La volonté de voir au-delà de ton petit agenda personnel. Ce n'était pas trop te demander, Hanna. Pas à quelqu'un qui se prétend une mère aimante.

Ce n'était pas juste. Mais peut-être était-ce vrai. Hanna cligna des yeux, déterminée à ne pas pleurer. Elle ne pouvait se fier à sa voix, mais son esprit hurlait. Comment pouvait-il se tenir là, l'air hautain ? C'était lui qui avait voulu qu'ils se marient quand elle avait découvert qu'elle était enceinte cette première fois, si tôt après leur rencontre.

Puis quand elle avait perdu le bébé et qu'elle se demandait si ce mariage était une erreur, c'était lui qui l'avait persuadée que les choses pouvaient encore s'arranger. Elle se souvenait s'être assise sur le lit de l'appartement près de Sloane Square, rendue muette par la tristesse de sa fausse couche. Malcolm s'était installé à côté d'elle, l'avait prise dans ses bras, et lui avait assuré qu'ils surmonteraient ce malheur. Il ne pouvait supporter de perdre son épouse en même temps que leur bébé. Ils trouveraient une maison, avait-il déclaré, un endroit magnifique qui serait à eux, pas juste un appartement loué à son cousin. Ce serait le projet d'Hanna. Elle créerait un merveilleux foyer, et en temps voulu, ils auraient d'autres bébés. Même s'ils ne devaient pas avoir d'enfants, cela n'avait aucune importance, lui avait-il dit. Il l'aimait pour ce qu'elle était.

Hanna l'avait cru. Elle aurait pu le quitter alors, retourner suivre ses cours à la fac et renouer avec ses ambitions professionnelles. Au lieu de cela, après avoir vécu comme un zombie les premières semaines après la fausse couche, elle s'était jetée à corps perdu dans son projet de maison à aménager, convaincue qu'il était l'expression de leur amour. Mais il n'y avait pas d'intérêt à revenir sur tout cela aujourd'hui. Prenant une nouvelle inspiration, Hanna s'efforça de garder une voix ferme.

— Je suis désolée, tu as raison, peut-être était-ce idiot de ma part de te demander de venir ici. Je recherchais simplement l'intimité, Malcolm, parce que je croyais que si nous étions seulement tous les deux, nous arriverions à résoudre le problème.

— Je ne vois aucun problème.

— Eh bien, c'est justement le problème. (Elle vit Malcolm se crisper, alors elle continua de parler.) Écoute, c'est une question de pragmatisme, pas d'opinion. Je ne demande pas une fortune. Je pense seulement que je mérite un endroit où vivre après toutes ces années. Et je ne suis pas en train de dire qu'elles n'ont pas été heureuses. Elles l'ont été. En tout cas, je pensais qu'elles l'étaient. Bon, quoi qu'il en soit, ce n'est pas le sujet et je suis désolée de déterrer le passé. La question, c'est que tu n'es pas juste.

L'ayant amenée sur le terrain des excuses, Malcolm sentit que son travail était terminé. Il ramassa sa serviette.

— Ne discutons pas d'équité, Hanna. Ou de ce que je dois à la femme qui a détruit la vie de mon enfant.

— Comment peux-tu dire une chose pareille ? Jazz est heureuse ! C'est une adulte aujourd'hui, elle est partie suivre ses rêves et je suis coincée toute seule sous le même toit que ma mère.

— Jazz sert des repas sous plastique sur des vols low cost pour Malaga. Pas vraiment un rêve, Hanna. C'est plutôt ce à quoi tu l'as réduite.

Malcolm marcha jusqu'à la porte, puis se retourna brusquement.

— Tu as absolument raison. Je veillerai toujours sur ma fille. Mais tu as fait ton choix, Hanna. Tu n'auras pas un centime de ma poche.

Chapitre 7

En descendant de l'avion le lendemain matin, Hanna fut frappée, comme toujours, par le parfum de l'air irlandais. Depuis le haut des marches, à l'arrière de l'avion, elle apercevait les champs verts, et au-delà, la chaîne de hautes montagnes qui gardait les abords de Finfarran.

Elle franchit la douane, retrouva sa voiture et, en une demi-heure, la banlieue fut derrière elle. Au bout de quinze minutes d'autoroute, elle prit la bretelle de sortie et emprunta la route plus ancienne, moins rapide, qui lui rappelait son enfance.

La nuit précédente, dans sa chambre d'hôtel, elle était restée éveillée jusqu'à l'aube. Elle avait pleuré toutes les larmes qu'elle avait dû réprimer chez sa mère. À présent, roulant entre les champs et les cours de fermes qui rapetissaient à mesure qu'elle progressait vers l'ouest, elle prit conscience de son épuisement. Apercevant un petit magasin près du bord de la route, elle acheta une pomme et une part de *flapjack*[1]. Elle s'assit sur un banc près de la porte. Quelques instants plus tard, la femme qui l'avait servie sortit avec une tasse de thé à la main. Elle venait de s'en verser une, dit-elle, est-ce qu'Hanna en voudrait une aussi ? Puis la vendeuse disparut à nouveau dans la boutique après avoir refusé d'un mouvement de tête qu'Hanna la paie. Celle-ci se retrouva avec une tasse de thé *Builders*, généreusement arrosé de lait et bien sucré.

Sur une corde à linge, dans un petit jardin de l'autre côté de la route, des vêtements s'agitaient et claquaient dans le vent. Des années auparavant, Hanna avait décroché des draps et des chemises de nuit en flanelle, étendus sur une corde dans le champ derrière la maison de Maggie. Durant les chaudes journées d'été comme celles-ci, le linge séchait rapidement grâce au vent de l'Atlantique. Quand elle le rapportait à l'intérieur de la maison, il était chaud. Mary Casey adorait la commodité de son lave-linge séchant, et il n'y avait aucun doute sur son efficacité. Tout en avalant des petites gorgées de thé, Hanna repensa au plaisir de son enfance fait de draps de coton rêche, avec l'odeur piquante du sel nichée dans leurs plis.

Une idée germa alors dans son esprit. Peut-être devait-elle considérer sa rencontre avec Malcolm

1. *Il s'agit d'un gâteau typique à l'avoine.*

comme une page qui se tournait et non comme une défaite. Si elle ne pouvait avoir sa petite maison à Lissbeg, qu'en était-il du champ au-dessus de l'océan ? Le site était tout en longueur et la petite maison guère plus grande qu'une coquille de noix. Mais c'était la sienne. Et peut-être, oui peut-être, était-ce la voie à suivre. Sortant son portefeuille de son sac, elle passa en revue les cartes de visite accumulées. Parmi elles se trouvait celle qu'elle cherchait. Les yeux brillants, elle prit son téléphone et composa le numéro inscrit sur la carte.

*

* *

Une demi-heure plus tard, elle était assise dans un café de Carrick et adressait un sourire d'excuse à Dennis Flood.

— Écoute, Dennis, je suis gênée de t'avoir réveillé un dimanche matin.

— Ah, mais non, quelle importance ? J'étais en ville de toute façon.

Dennis était le directeur de la coopérative de crédit de Carrick. Quarante ans auparavant, Hanna avait été en classe avec lui à Crossarra. Il avait toujours le même grand sourire qu'elle se rappelait de la cour d'école. Néanmoins, aujourd'hui, son pantalon était retenu par une ceinture sous une énorme bedaine de buveur de bière et sa chevelure s'était dégarnie au point qu'il ne lui restait que deux ou trois touffes au-dessus des oreilles.

— Et tu es certain que les chiffres collent ?

Dennis baissa les yeux sur la serviette en papier où il avait pris des notes. Pour un projet qui n'en était qu'au stade de l'idée, dit-il, cela lui paraissait tout à fait solide. Le terrain représentait le poste majeur du budget et Hanna le possédait déjà. Si tout ce qu'elle souhaitait c'était remettre une vieille maison en état, elle n'aurait pas besoin d'emprunter beaucoup.

— Et je serais susceptible de recevoir un prêt de la coopérative de crédit ?

— Ah, bon sang, Hanna, tu as le profil idéal ! N'es-tu pas une fonctionnaire dotée d'un super emploi à la bibliothèque de Lissbeg ? Viens me voir lundi, et nous remplirons les formulaires. J'en serai plus que ravi.

*

* *

L'odeur de la mer emplissait l'air quand Hanna descendit la péninsule en direction de Crossarra au volant de sa voiture. Ce qu'il lui restait à faire, se dit-elle, c'était se préparer mentalement. Elle quitta la route principale et progressa vers la maison de Maggie à travers les sentiers battus par les vents et les terres cultivées.

Il y avait une paire de bottes en caoutchouc dans le coffre de la voiture. Après les avoir enfilées, Hanna ouvrit le portail, se fraya un chemin et contourna le mur pignon de la maison pour se retrouver une fois encore dans le champ, surplombant l'océan qui martelait les rochers en contrebas. Quand elle atteignit le muret délabré au bord de la falaise, la lumière sur les vagues était éblouissante. Elle gravit les pierres descellées, s'assit et ferma les yeux. Aussitôt, elle prit conscience de ses autres sens. Des millions de petites vies bruissantes évoluaient tout autour d'elle. En haut, près de la maison, le chant d'un merle se mua en avertissement. Ouvrant les yeux, elle découvrit un faucon en train de tournoyer au-dessus d'elle. L'air iodé porté par le vent se mélangea aux senteurs de miel émanant des fleurs agitées. La chaleur du soleil posée sur ses paupières, elle sourit à l'ironie de la vie.

C'était Mary Casey qui l'avait harcelée pour qu'elle travaille à la bibliothèque de Lissbeg. À quoi d'autre était-elle bonne ? lui avait-elle demandé. Par ailleurs, cette offre d'emploi à Lissbeg ne représentait-elle pas une immense opportunité, maintenant qu'elle avait filé en douce et qu'elle était rentrée à la maison les mains vides après son mariage raté ? Elle devrait remercier Dieu, rafraîchir ses connaissances et saisir sa chance à pleines mains. Pour Hanna, c'était la cerise sur le gâteau. Comment ses rêves de carrière, qui la destinaient à un poste de bibliothécaire spécialisée au cœur de Londres, pouvaient-ils se terminer par un boulot à la bibliothèque locale, dans la ville même où elle était allée à l'école ? En l'absence de tout autre choix, elle s'était présentée à l'entretien. Les épaules voûtées et les dents serrées, elle avait accepté son destin. Pourtant, c'était l'emploi à la bibliothèque de Lissbeg, imposé par sa mère, qui allait lui permettre de concrétiser son rêve aujourd'hui. Épuisée par les tensions des dernières quarante-huit heures, elle se laissa dériver vers le sommeil.

Quelques instants plus tard, son téléphone sonna bruyamment dans son sac. C'était un texto de Mary, comme d'habitude, sans aucune ponctuation et entièrement rédigé en majuscules.

« EST-CE QUE TU VAS RENTRER UN JOUR OÙ ES-TU JAZZ FAIT UNE LONGUE ESCALE ET EST ICI POUR LA NUIT »

Grognant, Hanna appuya sur « Répondre » et écrivit : « dans une demi-heure ». Avant même d'avoir eu le temps d'appuyer sur « Envoi », un autre texto arriva sur son portable.

« VA CHEZ LES JOHNNY »

Hanna prit une profonde inspiration et se souvint de la lumière au bout du tunnel. Puis, en remontant le champ d'un pas lourd, elle grimpa dans sa voiture et fit demi-tour pour se rendre chez les voisins récupérer quelques oignons pour le ragoût de foie de sa mère.

Chapitre 8

Jazz était assise dans la cuisine de sa grand-mère et mangeait une tranche de *barmbrack*[1] beurrée. La table en formica trônait au centre de la pièce. Chaque chaise avait un coussin recouvert d'une housse au crochet attaché et une assise en plastique. Quand ils avaient fait construire le pavillon, Mary avait dit à Tom qu'elle était partante pour une cuisine équipée. Mais dès qu'ils avaient emménagé, elle avait exigé un buffet digne de ce nom. Quel était l'intérêt d'avoir cette jolie vaisselle, avait-elle objecté, si les voisins ne pouvaient l'admirer ? Le buffet se dressait entre le réfrigérateur-congélateur et un tableau de saint Padre Pio. Ses étagères en pin verni, bordées de papier à l'imprimé vichy, accueillaient une collection de carafes. Les placards aux portes vitrées contenaient les services de table et à thé ; et les

1. *Il s'agit d'un cake aux raisins secs.*

tiroirs débordaient de couverts. De l'autre côté de la pièce, là où Mary s'activait à toute vitesse entre l'évier en inox et la cuisinière intégrée, les éléments encastrés étaient devenus des espaces de stockage pour les magazines, d'antiques pots de fleurs, des décorations de Noël et le panier de couture. Jazz trouvait l'ensemble assez douillet, même si elle savait que sa mère détestait.

Quand Hanna entra dans la cuisine, elle posa le sachet en papier avec les oignons sur la table puis tendit les bras vers Jazz, qui l'étreignit un bref instant. À une époque, son retour à la maison suscitait cris d'enthousiasme et câlins. Enfant, Jazz avait même inventé une danse de la joie, à laquelle elle se laissait parfois aller à l'adolescence. Soupirant intérieurement, Hanna se dit que c'était avant l'accumulation de rancœur qui, maintenant que Jazz était plus âgée, s'était muée en une réserve polie. Mary se détourna de la cuisinière où elle faisait frire du foie et versa le contenu du sac sur la table. Un bouquet de sauge dégringola en même temps que les oignons et elle eut une moue de dédain.

— Ben, c'est du Johnny Hennessy tout craché, d'essayer de se débarrasser de ces mauvaises herbes !

Jazz saisit une feuille, dont le vert tirait vers le gris, et la renifla.

— Le foie et la sauge se marient bien. Pourquoi est-ce que tu n'essaies pas, Mamie ?

Mary leva les yeux au ciel.

— Pas habitués à ça dans l'coin, loin d'là, je t'le certifie. Manger des bouts de vieilles herbes et de feuilles !

— En fait, Maggie ajoutait de la sauge à de nombreux plats, Maman. Elle en faisait aussi des infusions. (Hanna s'était assise et déchiquetait une feuille entre ses doigts.) Elle utilisait toutes sortes d'herbes, je crois, je n'arrive pas me rappeler lesquelles.

Mary étala les oignons sur une planche à découper et les attaqua au couteau.

— Pour sûr, tout le monde savait que la pauvre Maggie n'avait plus tout' sa tête. Vivre là-bas sur le bord de la falaise et vous claquer la porte au nez si vous faisiez un saut pour lui rendre visite.

Hanna plissa les lèvres. Elle avait oublié la vieille dispute qui avait eu lieu des années auparavant. Maggie prenait de l'âge et Mary Casey avait décidé que le meilleur endroit pour qu'elle finisse ses jours était la maison de retraite de Carrick.

Friande d'anecdotes, Jazz versa un verre de vin rouge à Hanna et approcha une chaise de la table.

— Qui était Maggie ?

Mary renifla bruyamment.

— C'était la tante de ton grand-père, mon cœur. Margaret était une vieille bique mal intentionnée, Dieu me pardonne de dire une telle chose.

Derrière le dos de sa grand-mère, Jazz haussa les sourcils en direction d'Hanna.

— Une vieille bique mal intentionnée ? Allez, Mamie, dis-nous-en plus.

Hanna parla avant que Mary n'ait pu ouvrir la bouche.

— Oh, vraiment, Maman ! Elle était peut-être excentrique, mais elle n'était pas mal intentionnée.

Avec un grand geste de mépris, Mary envoya les oignons rejoindre le foie. Jazz se glissa vers elle avec la bouteille de vin.

— Que dirais-tu d'une goutte, Mamie ?

Mary l'ignora et remua la poêle à frire avec énergie. Elle épaissit la sauce avec de la fécule de maïs et versa le mélange dans un plat lourd qu'elle avait tapissé de bacon entrelardé. Jazz lui fit un grand sourire, jeta un regard circulaire à la recherche des gants de cuisine et déposa le plat recouvert d'un couvercle au four. Puis, sans qu'on le lui demande, elle mit la bouilloire en route. L'alcool ne faisait jamais partie des ingrédients dans la cuisine de Mary Casey. En fait, il ne franchissait jamais ses lèvres avant vingt et une heures pile, quand elle s'asseyait pour écouter les informations et les prévisions météo, avec ce qu'elle appelait son « petit Martini ». Hanna se rappelait que ce rituel datait de l'époque où le repas du soir était appelé « thé » et non « dîner ». Tom versait la boisson de sa femme avec précaution, dans un des verres droits en cristal, qu'il avait achetés pour leur anniversaire de mariage. Puis il la rejoignait devant la télévision avec son verre de bière brune. Mary s'attabla avec Jazz et Hanna, une tasse de thé à la main. Elle lissa son tablier sur ses genoux et planta ses coudes sur la table.

— Bon, quoi de neuf, alors ? Comment c'était Cork ?

C'était la question redoutée par Hanna. Elle n'avait rien dit à sa mère à propos de sa virée à Londres. À la place, elle avait inventé une fête à Cork pour l'anniversaire d'un vieux copain. Elle avait raconté qu'elle resterait là-bas toute la nuit. C'était ridicule de ne pas avoir été sincère, mais elle s'était suffisamment énervée comme cela et n'avait pas envie d'essuyer une autre dispute.

— Ah, le trajet en voiture a été un peu fatigant. (Elle se tourna prestement vers Jazz.) Et toi ? Je suppose que tu as raconté à ta mamie tous les bons trucs sur Malaga.

— Je vais bien. Pourquoi étais-tu à Cork ?

Il y eut un blanc. Jetant un coup d'œil de l'autre côté de la table, Hanna vit que Mary Casey la contemplait d'un air sardonique. Manifestement, son changement hâtif de sujet n'était pas passé inaperçu. L'esprit d'Hanna enclencha la vitesse supérieure. Elle n'avait nullement l'intention d'expliquer à sa mère, et devant Jazz, que loin d'être à Cork, elle s'était rendue à Londres. Ce dont elle avait besoin, c'était d'une diversion. Alors, après avoir respiré un grand coup, elle largua sa bombe.

Chapitre 9

— Bon Dieu tout-puissant, Hanna Mariah Casey, as-tu perdu la tête ?

La bombe s'était révélée efficace. Ignorant sa mère, dont la bouche était béante au-dessus de sa tasse de thé, Hanna s'adressait à Jazz qui semblait tout aussi estomaquée.

— Je ne comptais pas dire quoi que ce soit avant que mes projets ne soient plus avancés, mais comme nous sommes toutes réunies ce soir, l'occasion m'a paru bonne.

— Mais pourquoi je ne savais pas que tu avais une maison ?

Mary leva les yeux au plafond.

— Parce qu'elle n'a pas de maison, elle a une bicoque de deux pièces dans un champ au bord d'une falaise. Et elle aurait dû être démolie il y a des années !

Hanna continua de s'adresser à Jazz.

— Le financement n'est pas encore arrangé. En tout cas, pas de façon formelle. Je remplis les formulaires demain.

— Oh, Dieu tout-puissant qui êtes au ciel, j'ai élevé une idiote !

Cette fois, ce fut Jazz qui ignora Mary.

— Non, mais vraiment, Maman, comment se fait-il que je n'aie jamais su que tu avais une maison ici ?

En se resservant un verre de vin, Hanna expliqua à Jazz que, dans un certain sens, Mary avait raison. Ce n'était pas réellement une maison, cela ressemblait davantage à quatre murs au milieu d'un champ. Elle n'y avait pas repensé une seule seconde depuis son enfance.

— Mais comment as-tu pu ne pas y penser ?

— Eh bien, je n'y étais pas retournée depuis cette époque. Maggie est morte quand j'avais environ douze ans et je ne suis même pas sûre d'avoir compris qu'elle me la léguait.

— Et tu t'en es souvenue tout à coup ?

— Eh bien, oui, je suppose.

Hanna n'avait pas l'intention de s'étaler sur son besoin cruel de solitude après sa dispute avec Mary. Ou le fait qu'elle ait quitté le pavillon en trombe, submergée par des larmes de colère. La vérité était que la dispute avec sa mère avait provoqué un accès de chagrin, qui la ramenait à la perte de son père. Grâce à ce souvenir, elle s'était retrouvée attirée par la maison de Maggie.

C'était Tom qui lui avait parlé de cet improbable héritage. Ils venaient de rentrer à la maison après les funérailles de Maggie. Elle l'avait aidé à ranger les paquets de biscuits sur une étagère. Le cercueil lui avait paru très petit sous la haute voûte de la chapelle. La plupart des membres du cortège n'avaient pas adressé la parole à Maggie depuis des années, mais ils étaient venus par respect pour la famille. Tom avait troqué son beau costume noir contre le pull-over Fair Isle qu'il portait derrière le comptoir, et Hanna et lui empilaient des biscuits à la figue. Il avait évoqué le testament de Maggie. À cette époque, Hanna s'était montrée aussi incrédule que Jazz aujourd'hui. Les paroles de la vieille dame à son encontre se limitaient à des ordres secs pour lui demander de charrier la tourbe ou de laver les tasses à thé ou encore d'amères récriminations à propos des incursions des poules, du coût de la lampe à pétrole et de la curiosité des voisins. Par conséquent, elle avait été étonnée que Maggie lui ait laissé sa maison. « Mais qu'est-ce que je vais en faire ? », avait-elle demandé à Tom. Son père avait haussé les épaules et lui avait souri : « La vie est longue, mon cœur. On ne sait jamais ce qui peut arriver. »

À présent, quarante ans plus tard, sa propre fille la bombardait de questions.

— Mais pourquoi, Maman ? Et où est-elle ?

— À deux ou trois kilomètres d'ici, en bas de l'emplacement de l'ancien magasin.

— Et tu vas y vivre ?

— Eh bien, non. Pas tout de suite. Enfin, je veux dire, ta grand-mère a raison, c'est inhabitable…

— C'est un vieux trou à rats, dans lequel on ne laisserait même pas dormir un chien pour la nuit !

Mary traversa la pièce d'un pas lourd pour se verser une autre tasse de thé. Dès qu'une théière était prête, elle se retrouvait directement sur la plaque chauffante, à faible température, et elle y infusait longuement jusqu'à ce que la suivante prenne sa place. Elle revint la tasse à la main et la posa brutalement sur la sous-tasse.

— Laisse-moi te dire une chose et une seule, Hanna Mariah. Tu es aussi folle que ta grand-tante Maggie et il faudrait que tu te reprennes !

C'était exactement la réaction à laquelle Hanna s'était attendue. Elle adressa un large sourire à Jazz de l'autre côté de la table.

— Nous y voilà. Je suis aussi folle que ma grand-tante Maggie.

— Alors quel est le programme ?

— Eh bien, j'obtiens un petit prêt de la coopérative de crédit et, avec ça et mes économies, je restaure la maison et j'emménage.

— La restaurer ? Tu veux dire monter à l'échelle et soulever des briques ?

Hanna éclata de rire.

— Certainement pas des briques, elle est en pierre. Et je doute de grimper moi-même à une échelle. Je prendrai un maçon.

En entendant sa mère lâcher un grognement de dérision, elle poursuivit et expliqua à Jazz que le chantier ne serait pas assez important ou complexe pour nécessiter l'intervention d'un architecte. C'était histoire de s'assurer que le toit et les murs étaient solides, les fenêtres et les portes étanches, et de rendre l'intérieur pratique et confortable. Il lui faudrait une nouvelle cuisine et une salle de bains. Elle devrait faire quelque chose pour le chauffage.

— Comment faisait Grand-tante Maggie ?

— Elle avait uniquement un feu de tourbe. Elle cuisinait avec.

— Non ?

— Si !

Hanna se souvenait de la marmite bouillonnante accrochée à la crémaillère au-dessus du feu, les gâteaux de *soda bread* et les scones couverts de farine, que Maggie préparait dans un plat en fonte avec des mottes de terre brûlantes posées sur le couvercle, et qui cuisaient merveilleusement.

Jazz gloussa.

— Je ne peux pas t'imaginer t'en remettre à mère Nature.

Hanna ne le pouvait pas non plus. Mais une cuisine basique ne coûterait pas trop cher à installer et elle garderait la cheminée ouverte. Même si elle ajoutait une sorte de chauffage central, un vrai feu serait agréable lors des soirées d'hiver.

Tandis que Mary s'affairait bruyamment dans la cuisine, Jazz continua de poser des questions, auxquelles Hanna ne pouvait répondre en général. Non, elle n'aurait pas besoin de permis de construire pour l'ouvrage qu'elle avait en tête ; enfin, peut-être que oui, mais elle n'en était pas encore sûre. Oui, il y avait un espace pour garer la voiture ; eh bien, il y avait un espace pour se rabattre près de la route et elle pourrait l'arranger. Elle était pratiquement sûre qu'il y avait de l'eau, mais la pompe ne fonctionnait peut-être pas. Le coût de la restauration ? Eh bien, ça dépendait. Du coin de l'œil, Hanna apercevait Mary Casey écraser des navets et des carottes dans une casserole, mélanger de généreuses cuillerées de crème et saupoudrer la purée avec du poivre blanc. La ferme désapprobation de Mary se lisait même dans son dos et l'expression de son visage, quand elle sortit le ragoût du four, ne fit que le confirmer. Jazz s'enquit du jardin de Maggie.

— Est-ce qu'il est grand ? Est-il aménagé ?

Mary ne put garder le silence plus longtemps.

— Aménagé ? Que Dieu préserve ton innocence, mon enfant, nous parlons de Maggie Casey ! C'est le bout du champ où elle faisait pousser une poignée de patates. Et je suppose que ta mère imagine qu'elle va le remettre en ordre en deux semaines, et avoir neuf rangs de haricots qui vont courir le long de la falaise et une ruche pour les abeilles[1] !

Manifestement ravie d'avoir dénigré les ambitions d'Hanna avec une référence au poète Yeats, elle souleva le couvercle du plat à ragoût et s'éloigna en tourbillonnant pour aller chercher les pommes de terre. Hanna parvint à conserver son calme. De justesse.

Le repas était délicieux, comme l'était toujours la cuisine de Mary. Pas audacieuse ni variée, mais toujours préparée à la hâte, avec générosité, énergie, et servie brûlante. Quand le téléphone de Jazz émit un bip, la jeune fille l'extirpa de sa poche. Elle jeta un œil à l'écran, une fourchette chargée de nourriture à la main.

— Ouah ! Áine et Paula sont chez elles pour le week-end ! Est-ce que je peux t'emprunter la voiture, Maman, et les rejoindre à Lissbeg ?

Dès qu'Hanna acquiesça, Jazz engloutit le reste de son repas et fonça sous la douche. Hanna savait que la soirée avec Áine et Paula impliquait un trajet jusqu'au pub. Mais Jazz était suffisamment intelligente pour ne pas boire quand elle devait

1. *Il s'agit d'une référence à un vers du poème intitulé* L'Île du lac d'Innisfree, *de William Butler Yeats.*

conduire. Quoi qu'il en soit, Hanna se dit que sa fille était trop âgée pour être encore harcelée par sa mère. Dieu seul savait ce qu'elle fabriquait dans des endroits comme Rome ou Malaga. Cela n'avait aucun sens de faire toute une histoire pour une soirée à Lissbeg. Malgré tout, vingt minutes plus tard, lorsque Jazz traversa la cuisine en coup de vent, Hanna lui prodigua un dernier avertissement en lui tendant les clés de la voiture.

— Vas-y mollo, mon cœur, d'accord ? Et ne fais pas de bêtises.

Jazz lui fit une grimace, prit les clés et partit.

Hanna se sentit submergée par une vague de lassitude.

Tout ce qu'elle voulait c'était se coucher tôt, mais Mary traversa la cuisine avec son verre de Martini et s'assit dans le fauteuil près du lave-linge séchant. Le siège paraissait incongru dans cette pièce, tout comme l'énorme buffet en pin, mais elle avait insisté pour qu'on le positionne face à la fenêtre afin de voir qui passait dans la rue. À présent, elle braquait son regard sur Hanna, qui avait redouté ce tête-à-tête.

— Bon, tu vas me raconter ?

Hanna céda face à l'inévitable.

— Je suis allée à Londres pour parler à Malcolm.

— Comme si je ne savais pas que tu avais filé ailleurs qu'à Cork !

— Bon, eh bien, tu avais raison, Maman. J'ai pris un vol pour Londres et j'ai passé la nuit là-bas.

Elle était décidée à livrer à sa mère la version courte de l'histoire. Pas un mot sur l'absurde supposition de Malcolm concernant la raison de cette rencontre dans une chambre. Ou sur la façon dont la brusquerie de son ex-mari l'avait presque réduite aux larmes. Quant à sa dernière tirade au moment de quitter la chambre, le mépris dans sa voix était tellement tranchant qu'Hanna pouvait à peine y repenser. Une partie d'elle-même savait que ce n'était qu'une posture, mais le souvenir la faisait encore tressaillir. Elle n'avait nulle intention d'en faire mention. Elle présenta les faits en se limitant à ce que sa mère avait besoin de savoir, et quoi que Mary puisse lui dire, elle ne perdrait pas son calme.

Mary l'écouta en silence et n'essaya pas de l'interrompre. Hanna lui expliqua qu'elle avait réfléchi à l'avenir et qu'elle s'était décidée à demander à Malcolm l'équivalent du prix d'une maison.

— Et il a répondu non.

— Oui, Maman, c'est ce qu'il a fait. Je sais que tu penses que je l'ai laissé s'en tirer en toute impunité, mais on en est là. (Elle leva les yeux vers Mary.) Et je ne peux pas vivre ici avec toi indéfiniment, Maman, tu en es consciente.

— Je vais te dire ce que je sais, jeune fille, même si je ne vois pas pourquoi je prends cette peine. Tu es partie et tu l'as encore fait.

— Fait quoi ?

— Faire une sortie théâtrale et prendre une décision stupide sans même y réfléchir. Peut-être qu'il n'y a aucune raison de s'acharner. Peut-être que tu as raison ce coup-ci et que j'ai tort. Mais faire un gros emprunt et engloutir toutes tes économies dans la petite cabane de Maggie ! Pourquoi ?

C'était la première fois qu'Hanna entendait Mary admettre qu'elle s'était peut-être trompée. À présent, soucieuse de réagir de façon positive, elle cherchait ses mots afin de s'expliquer. Mais comment raconter à sa mère que ses goûts lui donnaient la chair de poule et qu'elle étouffait en sa compagnie ? Comment lui décrire sa furieuse envie de solitude ? Ou partager avec elle l'excitation qu'elle avait ressentie quand son projet avait pris forme dans sa tête ? Elle devinait que, selon Mary, il n'y aurait aucune différence avec sa décision hâtive de quitter Londres cinq ans auparavant. Dans son esprit à elle, c'était complètement différent. Après cinq ans de paralysie, elle avait finalement entrevu une issue pour l'avenir. Puis, assise avec Dennis Flood dans un café de Carrick, elle avait découvert que c'était réalisable. Même avec un budget serré, elle savait qu'elle était capable de le mener à bien. Le projet était minuscule en comparaison du travail qu'elle avait réalisé dans la maison de Londres et le cottage de Norfolk. En réalité, loin d'être un caprice sans fondement, elle y voyait l'aboutissement d'un processus.

Elle s'efforça de le faire comprendre à Mary.

— Bien sûr, qu'il faut que j'y réfléchisse davantage, Maman, j'en suis consciente. Et je ne vais pas déménager sur-le-champ. Je veux dire, si tu veux bien de moi, je resterai ici jusqu'à ce que les travaux soient terminés, et cela va sûrement prendre une éternité. Des mois, en tout cas. Il va falloir que je fasse des plans et un budget et… tu le sais bien, ces choses demandent du temps.

— Comme si tu ne savais pas parfaitement que je veux bien de toi ! Tu es ma fille. Tu as un foyer ici pour la vie.

Hanna partit d'un rire triste.

— Oh, Maman. Un brin de raison. Est-ce que tu nous vois toutes les deux ici à jamais, en train de nous taper mutuellement sur les nerfs ?

Mary Casey renifla.

— Oh, tu as remarqué ça, pas vrai ?

— Remarqué quoi ?

— Que tu n'es pas la seule dans cette maison qui aime que les choses soient faites à sa manière.

Il y eut un blanc. Malgré ce qu'elle venait de dire sur le fait de se taper sur les nerfs, Hanna s'était toujours perçue comme la sensible et sa mère comme celle trop blindée pour être blessée. À présent, Mary la regardait d'un air perspicace.

— Je ne suis pas idiote, jeune fille, même si j'en ai enfanté une, et je peux très bien me débrouiller sans que ma propre fille me regarde de haut nuit et jour.

— Maman !

— Laisse tomber, Hanna. Nous connaissons toutes les deux la vérité. Et maintenant que Jazz est partie, tu as peut-être raison de penser que nous serions mieux séparées. Dieu sait ce que ton pauvre père disait toujours : que nous étions le portrait craché l'une de l'autre. Alors peut-être n'y a-t-il de place que pour l'une de nous sous un seul toit.

Chapitre 10

Conor était tout seul à l'accueil quand Tim Slattery, le bibliothécaire du comté, pénétra d'un pas nonchalant dans la bibliothèque de Lissbeg. Mademoiselle Casey assistait à une remise à niveau en Hygiène et Sécurité à Carrick, où l'on aurait pu penser trouver Tim Slattery également, puisque c'était là où se trouvait son bureau. Néanmoins, il paraissait passer beaucoup plus de temps en réunion aux quatre coins de la péninsule plutôt qu'assis dans la bibliothèque du comté. Il était petit et quelque peu trapu. Il arborait de beaux cheveux gris acier coiffés en brosse, et son élocution semblait assez pompeuse. Il s'habillait d'une façon plutôt étrange, comme quelqu'un de bizarre qui chercherait à être à la mode. Aujourd'hui, il portait un costume trois-pièces avec un foulard coloré dans sa poche de poitrine et une montre énorme rappelant celle des plongeurs. Chaque fois que Conor le rencontrait, il exhibait une nouvelle montre, parfois grosse et waterproof, ou fine et fluorescente. En général, elles étaient dotées des dernières fonctions permettant de mesurer le rythme cardiaque ou d'évaluer la profondeur de la mer. Dan Cafferky, l'un des meilleurs quand il s'agissait de dénigrer, le surnommait le « Maître du Temps ». Mais Mlle Casey aurait bondi au plafond si elle avait entendu ce surnom. Par conséquent, même intérieurement, Conor s'efforçait d'en rester à « M. Slattery ».

Dès que la porte s'ouvrit, il fourra son téléphone portable sous le bureau. Il n'était pas en train de l'utiliser, mais personne ne voulait faire mauvaise impression à son supérieur.

D'un geste, M. Slattery déploya son mouchoir de poche sur un coin du bureau, puis il posa sa cuisse enveloppée de tweed dessus en renversant les crayons de Mlle Casey. Conor, qui s'était levé pour l'accueillir, comprit que le visiteur ne daignerait pas lui serrer la main. Il se rassit.

— Mademoiselle Casey n'est pas ici, alors ?

Conor ne savait pas ce qu'il devait répondre. Monsieur Slattery savait pertinemment où se trouvait Mlle Casey, puisque le mémo sur la séance Hygiène et Sécurité avait été envoyé depuis son adresse e-mail. Néanmoins, il aurait été sans doute grossier de le lui rappeler. Après tout, peut-être ses mémos étaient-ils envoyés par un modeste employé faisant partie du personnel de Carrick.

De toute façon, M. Slattery ne paraissait pas attendre de réponse. Balançant son pied, chaussé d'une espèce de crocodile, il annonça qu'il avait fait un saut à Lissbeg en revenant d'une réunion à Ballyfin, parce qu'il voulait échanger quelques mots avec Mlle Casey. Il n'y avait pas d'urgence. Il lui enverrait un texto ou discuterait avec elle la prochaine fois qu'il la verrait. Conor ouvrit la bouche pour lui proposer de prendre un message. Puis il la referma. D'après les ragots, le boss dirigeait son service comme s'il était M, le supérieur de James Bond. Par conséquent, Conor n'avait aucune intention de se voir rappeler son statut de simple employé. Il sourit et répondit qu'il n'y avait aucun problème. Sur ce, le téléphone qu'il avait fourré sous le bureau sonna bruyamment.

Conor s'en saisit, découvrit qu'il s'agissait d'un texto provenant de sa maison, et appuya sur le bouton « Éteindre ». Puis, sentant qu'il devait se justifier, il déclara qu'il avait eu un taureau.

— Je veux dire, la ferme a un taureau. Un nouveau.

Une vache venait de mettre bas.

Et c'était génial, ajouta-t-il. Parce qu'il s'était inquiété de ne pas être présent. Parce que son frère n'était pas franchement doué pour le vêlage.

Monsieur Slattery cligna des yeux, probablement parce qu'il avait oublié le statut à temps partiel de Conor. Puis il se leva et éclata de rire.

— Vous parlez de multitâches ! La prochaine fois que je viens ici, il faudra que je me souvienne de vous demander un vaccin contre l'anthrax !

Conor sourit poliment. Puis, comme la silhouette en tweed disparaissait par la porte, il secoua la tête. Avec précaution, il fit glisser les crayons de Mlle Casey à l'intérieur du pot, tout en se disant que le Maître du Temps était un véritable idiot. Sûr qu'il n'y avait pas eu un seul cas d'anthrax en Irlande depuis que Jésus-Christ était jeune homme.

Mademoiselle Casey arriva une heure plus tard environ avec la dernière plaquette en matière d'Hygiène et Sécurité et un panneau « Attention à la marche » tout neuf, pour la porte de la bibliothèque. Elle avait aussi un pot de lavande en fleur. Conor la regarda déplacer le pot de son bureau jusqu'à un rebord de fenêtre, avant de le remettre sur le bureau.

— C'est pour quoi ? Protéger les lecteurs des vampires ?

Mademoiselle Casey redisposa le pot de fleurs sur son bureau.

— Je l'ai vu à Carrick et j'ai pensé que cela ferait joli.

Le parfum de la lavande se mariait plutôt bien avec l'odeur des livres et du cuir.

— Il faut mettre quelque chose en dessous, si vous voulez l'arroser.

En allant chercher une soucoupe dans la cuisine, Conor se dit que Mlle Casey paraissait beaucoup plus enjouée que d'habitude après une réunion. En général, elle revenait en marmonnant à propos de ces crétins opportunistes incapables de distinguer un livre d'un journal à sensation, mais là, elle était tout sourire. Peut-être était-ce parce que sa fille était en congé à la maison. Conor ne connaissait pas bien Jazz, même si elle avait été dans la classe en dessous de lui à l'école. Les gens disaient qu'elle était plutôt irritable, comme Mlle Casey, pourtant quand on l'apercevait dans les parages, ces derniers temps, elle paraissait en grande forme. Dès qu'elle avait terminé l'école, elle était partie avec deux copines pour suivre une formation d'hôtesse de l'air. Chaque fois qu'elle revenait à Finfarran, elle avait toujours un super bronzage. D'après le frère de Conor, Joe, elle était en ville la veille au soir et traînait avec deux ou trois copines. Alors peut-être était-ce la raison pour laquelle Mlle Casey souriait pendant qu'elle examinait le courrier.

— Est-ce qu'il faut répondre à quelque chose ? s'enquit Hanna.

Conor glissa la soucoupe sous le pot de lavande.

— Non. Il y avait un e-mail de la part d'un type en quête d'un bouquin. Il cherchait un livre avec un chien noir sur la couverture, mais les libraires de Carrick n'arrivaient pas à le trouver pour lui.

— D'autres indices ?

— Seulement qu'il y a un chien noir sur la couverture et le nom écrit au-dessus.

— Bon, cela élimine les œuvres complètes de Shakespeare.

Conor se pencha vers l'ordinateur et ouvrit l'e-mail pour elle.

— Je lui ai répondu qu'il pouvait venir et jeter un œil pour voir si nous l'avions.

— Ah, Conor ! Bon, vous pourrez vous occuper de lui quand il viendra.

Elle arborait un large sourire, alors qu'un autre jour, elle aurait pu se montrer incisive. Et quand il lui parla de la visite de M. Slattery, elle sembla très heureuse à propos du vêlage du taureau.

*
* *

Plus tôt ce matin-là, avant d'aller à la réunion Hygiène et Sécurité, Hanna avait rendu visite à la coopérative de crédit de Carrick, elle avait apposé sa signature sur la dernière page de la demande de crédit et tiré un trait ferme au-dessous, au stylo bille bleu. Elle se sentait merveilleusement bien. Quand Dennis Flood lui avait serré la main et souhaité bonne chance, elle était sortie de son bureau en réprimant un vif désir de faire la danse de la joie inventée par Jazz. Puis, apercevant le pot de lavande sur l'étalage du fleuriste, elle s'était précipitée dans la boutique et l'avait acheté simplement parce qu'il avait l'air gai. En tirant un trait sous sa signature, elle avait eu l'impression de barrer la culpabilité et l'appréhension qui avaient marqué ces cinq dernières années. L'ancienne Mme Malcolm Turner était derrière elle. Et Hanna Casey, qui ne devait rien à personne, était en adéquation avec la vie.

Elle s'adressa à Conor avec décontraction.

— Vous ne connaîtriez pas des maçons dans le coin par hasard ?

Debout sur une chaise, il essayait d'enlever l'ancienne pancarte qui surplombait la porte. Il lui lança un regard par-dessus son épaule.

— Pour quel genre de travail ?

— Oh, des petites bricoles. De la restauration… peut-être un peu de réfection de toiture.

Conor abandonna la pancarte et réfléchit à la question. Voyant que sa demande désinvolte prenait le tour d'une discussion, Hanna l'invita prestement à reprendre son travail.

— Si quelqu'un entre, il va vous faire tomber de cette chaise.

— Je ferai les gros titres de *The Inquirer.* « Un homme à terre alors qu'il accrochait une mise en garde de sécurité ».

Voilà une autre question à laquelle Hanna n'avait pas réfléchi. Il était pratiquement impossible de faire quelque chose à Crossarra ou à Lissbeg sans que toute la population de la région n'en parle. À présent qu'elle prévoyait de retaper la maison de Maggie, les cancans allaient sans doute s'en donner à cœur joie. Les sourcils froncés, elle se demanda si elle devait éviter tous les entrepreneurs du coin. Cela risquait de lui coûter plus cher, mais cela en vaudrait peut-être la peine. Ses réflexions sur l'art et la manière furent interrompues par une plainte de Conor.

— Oh, on peut vraiment compter sur les gratte-papier pour vous compliquer l'existence !

Il était descendu de la chaise et levait les yeux vers son œuvre. Il y avait une trace collante sur le mur, au-dessus de la porte, à l'emplacement de l'ancien écriteau. En brandissant le nouveau en l'air pour comparer les tailles, il s'était rendu compte que l'adhésif formait un cadre visible tout autour.

Hanna examina la marque.

— Un peu d'eau chaude ne ferait pas l'affaire ?

— Aucune chance. Il nous faut une goutte de white-spirit. Je vais remettre l'ancien pour le moment, et je m'occuperai du nouveau demain.

Hanna acquiesça, heureuse qu'il semble avoir oublié sa requête. Le temps qu'il replace l'ancienne pancarte, elle s'était plongée dans la paperasse. Si bien que la question des maçons de la région ne revint pas sur le tapis.

Chapitre 11

Dès que sa journée de travail fut terminée, Hanna retourna à la maison de Maggie. Ce n'était pas exactement une occasion de sortir le champagne, mais elle trouvait approprié de marquer le coup de son nouvel engagement. Elle avait quitté le pavillon ce matin-là avec une liste de choses à faire et à rapporter à Mary. Passer chez le teinturier et acheter du boudin noir chez Fitzgerald ne lui prit pas plus de dix minutes. Elle fit un saut à la toute nouvelle épicerie fine de Lissbeg pour commander un café à emporter. Un cappuccino à déguster sur la falaise derrière la maison lui paraissait une bonne façon de célébrer cet événement.

La jeune fille derrière le comptoir sourit quand elle la vit.

— Bonjour, mademoiselle Casey !

C'était l'une des bachelières de l'année précédente. Hanna se souvenait d'elle. Elle hantait la bibliothèque après les heures de classe, étudiant comme une folle à l'approche de l'examen final. Aujourd'hui, les cheveux maintenus en arrière sous un foulard à fleurs, elle servait à l'épicerie. Cela faisait du bien de la voir si joyeuse. La boutique était éclatante avec de la peinture fraîche et des fleurs, et les assortiments en vitrine avaient l'air délicieux. Il y avait de petits fromages de chèvre tout ronds. Hanna savait que c'étaient les préférés de Jazz, et elle en prit un, à emporter avec son café. La jeune fille glissa le fromage dans un sac en papier marron. D'une main experte, elle dessina un motif dans la mousse du cappuccino et lui proposa une truffe au chocolat.

— C'est une nouveauté que Bríd prépare elle-même, et cette semaine, on en offre avec le café.

Hanna secoua la tête.

— Gardez-les pour un prochain client, Aideen. Je devine que leur fabrication n'est pas donnée.

— Mon Dieu, non, elles coûtent une fortune ! (Aideen rougit.) Je ne devrais pas le dire, mais c'est la vérité. Nous voulons vraiment des produits de qualité. Et il faut investir pour capitaliser.

Hanna sourit et prit son café.

— Bien sûr, et je suis certaine qu'elles sont délicieuses.

Avec des visions de graphiques colorés en tête, elle ressentit un élan de sympathie pour le courage et l'imagination que Bríd et Aideen insufflaient dans leur entreprise.

*

* *

On approchait de la maison de Maggie par un virage en épingle, si bien qu'Hanna n'aperçut la camionnette garée près du portail qu'au dernier moment. C'était une Toyota rouge à l'apparence décatie avec une galerie et une barre de remorquage. Hanna fit une embardée pour l'éviter et se rangea un peu plus loin en bas de la route. Tapant des pieds dans ses bottes en caoutchouc, elle marcha en direction du portail avec son café, tout en lançant des regards noirs vers le van. Les couleurs du club de football local pendouillaient sous le rétroviseur. Alors qu'elle approchait, un vieux Jack Russell Terrier sauta depuis le siège passager sur le tableau de bord. Jetant des coups d'œil en haut et en bas de la route, Hanna ne vit personne. Probablement que quelque fermier avait dû laisser la camionnette là pendant qu'il était allé surveiller son troupeau. Si cela devait se reproduire, il lui faudrait lui en toucher un mot.

Elle contourna la camionnette, ouvrit le portail et se dirigea vers le champ situé derrière la maison. Puis elle se fraya un chemin et dépassa les saules entourés de mauvaises herbes au niveau du pignon, et se figea. À quelques pas d'elle, lui tournant le dos, se tenait une grande silhouette voûtée, vêtue d'une longue veste imperméable, aux poches déchirées. L'homme portait un pantalon quelconque en velours côtelé rentré dans de lourds brodequins et un chapeau en laine enfoncé sur des cheveux gris en désordre. Avant qu'Hanna n'ait pu se ressaisir, il s'exprima tout en gardant le dos tourné.

— Bien sûr, vous allez vouloir faire l'imbécile avec les ardoises.

— Pardon ?

L'homme désigna d'un mouvement de tête le toit recouvert de petites ardoises. Tout son charme provenait de leur irrégularité et de leur couverture de mousse. Hanna avait prévu de remplacer celles qui manquaient ou étaient abîmées par celles qu'elle trouverait dans des dépôts de récupération. Avant qu'elle ne pût ouvrir la bouche, l'homme parla à nouveau.

— Vous n'en trouverez pas, vous savez. (Il jeta un coup d'œil par-dessus son épaule et révéla un visage austère et mal rasé flanqué d'un long nez.) Et si vous y parvenez, ils vous verront arriver à des kilomètres et Dieu seul sait ce qu'ils vont vous faire payer.

Sans attendre de réponse, il se tourna vers la maison et hocha la tête d'un air pensif.

— Je liquiderai ce lot et cela vous rapportera une pièce ou deux. Nous conserverons la charpente, par contre. Pour sûr, si elle a lâché par-ci par-là, je pourrai la découper.

— Je suis désolée (le ton de sa voix lui parut révolté), savez-vous que vous êtes entré ici par effraction ? C'est une propriété privée.

— Par effraction ? Dans le champ de Maggie Casey ?

L'homme se retourna brusquement et, l'espace d'un instant, Hanna eut peur. Mais il la dépassa d'un pas raide sans lui accorder un seul regard. Il avait la soixantaine bien tassée et c'était manifestement un homme d'ici. Elle le rappela.

— Je ne voulais pas me montrer grossière mais, je suis désolée, je ne sais pas qui vous êtes. Ni de quoi vous me parlez.

— Très bien, ma fille, pas de problème pour moi.

Il continua de marcher à grandes enjambées en direction du portail tout en maintenant sa longue veste serrée autour de lui. Il traversa les ronces comme une cigogne et Hanna le rattrapa près de la camionnette. À l'intérieur de la cabine, le terrier se mit à aboyer frénétiquement, ses griffes s'entrechoquaient contre le tableau de bord.

Hanna éleva la voix.

— Je ne sais pas si vous savez qui je suis, je suis Hanna Casey.

L'homme se hissa à l'intérieur de la cabine et le chien se calma.

Il y eut un fracas émanant de la boîte de vitesses et la camionnette s'éloigna du portail. Tandis qu'elle disparaissait dans un virage, Hanna continua de regarder dans sa direction avec perplexité. Puis, haussant les épaules, elle rejoignit son propre véhicule. Manifestement, l'homme était un dingue. Curieusement, sa présence déconcertante avait gâché la perspective d'un cappuccino festif.

Chapitre 12

JAZZ ÉTAIT ASSISE dans le patio derrière le pavillon de sa grand-mère et projetait de rentrer pour repasser son uniforme. C'était la dernière nuit de sa longue escale et elle devait se lever aux aurores le lendemain. Cependant, allongée dans une chaise de jardin matelassée, elle se dit qu'elle allait prendre cinq minutes de plus pour contempler les giroflées qui embaumaient l'air du soir et luisaient dans la nuit tombante. Il y avait une éternité de cela, son grand-père lui avait dit que les giroflées diffusaient davantage de parfum si on les plantait dans un endroit où on ne les dérangerait pas en bêchant. Et, si on ne leur donnait pas trop d'eau et qu'on ne les embêtait pas avec de l'engrais, elles s'ensemenceraient année après année et parfumeraient tout le jardin le soir venu. À présent, humant l'air chargé de fragrances épicées, Jazz se dit que faire sa valise devenait une telle routine que cela ne lui prendrait que quelques minutes. Elle adorait son travail, qui la faisait constamment voyager. Mais elle appréciait tout autant les longs week-ends passés dans le confort du pavillon de sa grand-mère, aussi affreux que pratique. Ici, le patio était bordé de grosses pierres provenant de la plage. Il n'avait rien à voir avec le discret jardin à la française situé à l'arrière de la maison londonienne où elle avait grandi ou avec le vaste verger plein de recoins qui entourait le cottage de Norfolk. Et il ne pouvait être plus différent de la cour partagée en France, où les plantes en pot n'en finissaient pas de rendre l'âme, parce que personne n'était jamais à la maison pour en prendre soin.

Les amies avec lesquelles elle louait l'appartement en France travaillaient toutes pour la même compagnie aérienne. Même si leurs plantes en pot étaient dans un état lamentable, leur immeuble demeurait un endroit charmant et animé en plein cœur de la ville et à une demi-heure seulement de l'aéroport. Cela dit, les chambres étaient encore plus petites que la cour, alors Jazz s'estimait heureuse d'avoir quelques placards aux dimensions convenables chez sa grand-mère, dans lesquels elle conservait encore des affaires.

Il n'y avait presque plus rien dans les placards de son ancienne chambre à Londres aujourd'hui et son père avait vendu le cottage de Norfolk depuis une éternité. Sa mère avait annoncé la nouvelle de la vente, comme si elle s'était attendue à ce que Jazz devienne complètement folle. En réalité, cela ne l'avait pas beaucoup dérangée. Tant qu'elle pouvait encore passer du temps avec son père. Elle s'était habituée à l'étrange déménagement en Irlande, même si sur le moment elle avait détesté partir. Elle n'avait jamais vraiment aimé Norfolk : un court de tennis et un gigantesque jardin ne servent pas à grand-chose quand on ne passe pas assez de temps sur place pour se faire des amis.

Alors que la lumière déclinait et que le parfum des giroflées gagnait en intensité, la porte s'ouvrit dans son dos.

— Ça t'embête si je me joins à toi ?

— On est dans un pays libre.

Jazz se mordit la langue. Sa réponse semblait agressive, alors que ce n'était pas son intention. Sa mère avait l'habitude de se déplacer sur la pointe des pieds autour d'elle, comme si elle marchait sur des œufs. Cette manie était très irritante. Avec tous les autres, elle était Hanna Casey la vive, la compétente, celle qui était ravie d'appeler un chat un chat. Avec Jazz, elle se montrait si sensible et hésitante que la jeune fille devait passer la moitié du temps à essayer de ne pas la froisser. Elle n'était jamais ainsi en Angleterre. Jazz allongea la jambe et attrapa la chaise de jardin inoccupée. Elle l'approcha de la sienne. Des excuses lui semblaient trop exagérées, mais une sorte de geste d'invitation lui paraissait de bon aloi, et elle espérait que cela suffirait.

Lorsque Hanna s'installa dans le fauteuil, elle se demanda si c'était intrusif d'envahir ainsi l'espace de Jazz pour sa dernière soirée à la maison. Mais les soirées dans le patio, parmi les odeurs de giroflées, avaient toujours été un plaisir à partager. Quand Jazz était enfant, elles passaient tous leurs étés ensemble en Irlande. À cette époque-là, Hanna avait cru les affirmations de Malcolm, quand il disait qu'il les aurait rejointes s'il n'y avait eu une telle pression au travail. Plus tard, quand la vérité sur sa liaison avait éclaté au grand jour, elle avait le poil hérissé à la pensée que, pendant que Jazz et elle construisaient des châteaux de sable à Finfarran, Tessa et lui jouaient au papa et à la maman à Londres. Ses voisins ne lui avaient jamais rien dit. Comment auraient-ils pu ? Ils n'avaient pas voulu la blesser, tout comme elle ne voulait heurter Jazz.

C'était par intérêt pour sa fille qu'elle était restée bouche cousue la première fois où Jazz avait mentionné Tessa comme étant la « nouvelle petite amie de papa ». Dès qu'elle avait terminé le lycée, et sans consulter sa mère, Malcolm avait emmené Jazz dans un restaurant coûteux de Londres et lui avait exposé sa relation à Tessa comme une sorte de coup de foudre. Jazz était arrivée chez elle à Crossarra tout excitée.

— Franchement, Maman, est-ce que tu le crois ? Alors qu'ils avaient travaillé ensemble pendant si longtemps ? Et devine quoi ? Papa m'a invitée à une croisière avec eux cet été.

Le cœur d'Hanna avait fait une embardée si violente qu'elle avait cru se trouver mal. Pendant qu'elle cherchait ses mots, Mary Casey avait surgi et posé bruyamment une tasse de thé devant elle. À présent, assise dans le jardin parfumé, Hanna se souvenait du sang qui lui battait les tempes, la chaleur de la tasse dans ses mains froides et la voix de sa mère remplissant l'espace laissé par sa propre insuffisance.

— Que dis-tu, Jazz ?

Jazz avait décliné l'invitation. Elle venait de recevoir une proposition pour suivre la formation d'hôtesse de l'air avec ses amies de lycée Afric et Shane.

— Et qu'est-ce que ton père a dit quand tu lui as répondu non ?

Jazz avait éclaté de rire.

— Eh bien, il ne voulait pas vraiment que je les empêche de respirer, pas vrai ? Je crois qu'il était soulagé. Quoi qu'il en soit, voilà toute l'histoire et qui l'aurait crue ? Tessa Carmichael et Papa !

Cette conversation datait de plus d'un an. Le récit du coup de foudre était devenu un autre mensonge qu'Hanna se sentait contrainte de cautionner. C'était ça ou révéler la vérité : la liaison de Malcolm avait commencé avant même la naissance de Jazz. L'ennui était que Malcolm l'avait devancée. Bien avant qu'elle n'ait été capable de trouver les mots pour parler à Jazz de leur séparation, il avait déclaré que leur divorce était dénué de souffrance. Un autre mensonge qui, sous couvert de protéger Jazz, mettait Hanna dans une position impossible. Peut-être était-ce toute la question. Peut-être était-ce manigancé pour la punir d'avoir emmené Jazz. Ou peut-être croyait-il sincèrement que les mensonges ne posaient pas de problème et que le mal consistait à les révéler. D'une manière ou d'une autre, il s'était arrangé pour préserver sa relation avec Jazz tout en paralysant simultanément celle d'Hanna avec sa fille. « Bon sang », se dit Hanna, elle se retrouvait encore à perdre son temps à songer à Malcolm plutôt que de profiter de sa fille.

À ses côtés, Jazz s'étira et huma l'air embaumé.

— Ça me rappelle toujours Grand-père.

— Moi aussi.

Quand Hanna était enfant, Tom avait planté des fleurs odorantes de chaque côté du banc, devant la porte de la boutique, et fait pousser de hauts arums blancs sous la fenêtre. Dès qu'il avait pris sa retraite et que le pavillon fut construit, il avait été dans son élément : il avait sélectionné les graines et les arbustes, et agencé les dalles du patio. Hanna se souvenait de Jazz, à l'âge de huit ou neuf ans, durant les vacances d'été : jambes nues, cheveux éclaircis et taches de rousseur, elle aidait son grand-père à traîner sur le sable de grosses pierres polies par les vagues. Ils les posaient sur une serviette de plage, avant de les faire basculer dans le coffre de la voiture. Ensemble, ils avaient évalué leurs tailles et leurs couleurs, et avaient fait rouler chaque pierre à sa place autour du patio. Jazz avait été beaucoup plus intéressée par les pierres que par le jardinage, mais cela faisait plaisir de savoir qu'elle gardait de bons souvenirs du temps passé en Irlande durant son enfance.

La mère de Malcolm, Louisa, était la jardinière de la famille Turner. Le domaine de la demeure dans le Kent faisait dix fois la taille du jardin des Casey, mais lors des quelques occasions où les parents de Malcolm avaient rencontré ceux d'Hanna, Tom et Louisa avaient discuté de leur amour commun pour les fleurs. La maison de Londres était toujours emplie de fleurs envoyées du Kent par Louisa. Malcolm était en visite chez ses parents quand Hanna, enceinte de Jazz, avait appris qu'elle attendait une fille. Il revint à la maison ce soir-là avec un bouquet de jasmin blanc de la part de sa mère. Celle-ci avait enveloppé les fleurs en forme d'étoiles et les feuilles d'un vert brillant dans un papier humide pour les garder au frais pendant le trajet. Hanna avait humé le parfum du jasmin et s'était émerveillée à la pensée de son bébé. Après sa fausse couche, onze ans plus tôt, les médecins lui avaient dit qu'il y avait peu de chance qu'elle tombe à nouveau enceinte. Sur le moment, elle l'avait vécu comme une tragédie, mais avec le temps, la carrière de Malcolm et leur union avaient pleinement occupé son existence.

Durant ces onze années bien remplies avant la naissance de Jazz, si quelqu'un lui avait demandé si elle était heureuse, elle aurait répondu oui. Au coin de la rue se trouvait une charmante bibliothèque publique de style victorien, où elle avait commencé par rechercher des ouvrages d'architecture et de design. Elle avait poursuivi par l'univers de la littérature. Des livres sur les logements de la fin de l'époque géorgienne l'avaient conduite vers des biographies et des romans de la même période. Des ouvrages illustrés sur les tissus et les matières lui avaient fait traverser la Manche et découvrir les splendeurs des châteaux français, le confort florissant des intérieurs hollandais et les inspirations grecques et romaines des architectes anglais du XVIIIe siècle, coiffés de leurs tricornes aux rebords relevés. À cette époque-là, ses lectures ne suivaient aucune logique.

Elle en était venue aux histoires du détective P. D. James par le Maigret de Simenon, et avait découvert le romancier irlandais John McGahern, dont elle n'avait jamais entendu parler chez ses parents, dans un essai rédigé par un psychologue américain. Le temps que la rénovation des maisons de Londres et de Norfolk soit terminée, bien qu'elle ait suffisamment d'argent pour acheter tous les livres qu'elle voulait, la bibliothèque du coin de la rue était devenue son petit plaisir.

Ce ne fut qu'à l'annonce de sa nouvelle grossesse qu'elle avait compris combien elle désirait un bébé. Malcolm avait été fou de joie en apprenant que c'était une fille. Cette nuit-là, assise avec le bouquet humide et parfumé sur les genoux, Hanna avait parlé pendant des heures de leur avenir avec Malcolm. C'était Malcolm qui avait eu l'idée d'appeler le bébé Jasmine. Sa mère allait adorer, avait-il dit, qu'en pensait Hanna ?

— J'adore aussi.

Elle lui avait souri.

— Avec toi, elle va être pourrie gâtée, pas vrai ?

— Bien sûr.

Pourtant cela n'avait pas été le cas. Il s'était montré un père rigoureux, généreux mais ferme. En ce qui concernait Jazz, Hanna et lui s'étaient bien complétés. En contemplant sa fille paresser dans le crépuscule, près d'elle, Hanna était fière de ce qu'ils avaient accompli. Malcolm, qui avait toujours projeté d'envoyer Jazz à l'université, méprisait peut-être son travail dans une compagnie aérienne low cost, mais Jazz avait grandi et elle était heureuse, en bonne santé et responsable. Elle avait quitté le lycée avec des résultats tout à fait corrects au bac. Qui savait ce qu'elle choisirait de faire de sa vie dans les années à venir ? La bouche ouverte, Hanna était sur le point de dire à Jazz à quel point elle était fière d'elle. Avant qu'elle n'ait pu émettre le moindre mot, la porte coulissante s'ouvrit et Mary avança d'un pas résolu dans le patio.

— Il y a une espèce de fromage qui empeste sacrément dans le réfrigérateur. Est-ce que l'une de vous a l'intention de le manger ?

Hanna adressa un large sourire à Jazz.

— Fromage de chèvre de *La Mercerie*. J'ai pensé que tu apprécierais pour ton dernier soir.

— Miam ! (Jazz se leva et pivota pour entrer dans la maison.) Est-ce qu'on peut en manger en entrée avec des crackers ?

— Ben, pas besoin de t'embêter à apporter une assiette pour moi !

Quand la porte du patio se referma, Mary se baissa et se glissa dans la chaise de jardin que Jazz venait de libérer.

— C'est loin de ce qu'elle mangeait enfant.

Hanna éclata de rire.

— Oh, Maman ! Elle a presque été sevrée avec des crudités trempées dans de la sauce.

Il y eut un blanc pendant lequel elles écoutèrent Jazz vaquer dans la cuisine. Mary désigna la fenêtre d'un mouvement de tête et, pour une fois, parla à voix basse.

— Tu ne lui as pas dit que tu étais à Londres, je présume.

— Non.

— Bon, tu ne m'écouteras pas, bien sûr, comme toujours. Mais tu tends le bâton pour te faire battre, ma fille, je te le dis.

Hanna garda le silence. Mary s'enfonça dans le fauteuil et haussa exagérément les épaules.

— Il n'est pire aveugle que celui qui ne veut pas voir, c'est ce que ton père disait toujours. Tu penses peut-être que tu mets en route ta nouvelle et belle existence, en toute indépendance, Hanna, mais ce type là-bas à Londres te mène toujours par le bout du nez.

La porte du patio coulissa et Mary baissa davantage la voix :

— Je vais te dire autre chose que tu ne veux pas entendre. Cette fille n'est plus une enfant. Un jour, elle va découvrir le genre d'homme qu'est son père. Et ce jour-là, elle découvrira que ses deux parents sont des menteurs.

Chapitre 13

LE PLAISIR SOLITAIRE de conduire à travers des paysages stupéfiants valait sans conteste l'heure supplémentaire que le bibliobus imposait à la journée d'Hanna. Lors de ses déplacements, elle conduisait jusqu'à Carrick. Là, elle laissait sa voiture à la bibliothèque du comté, puis se remettait en route et descendait dans la péninsule avec le bibliobus.

Son trajet aujourd'hui l'emmènerait loin de la route principale, vers le sud de la péninsule et ensuite vers Ballyfin. La météo était maussade au départ, mais le temps qu'elle quitte Carrick et mette le cap vers l'ouest, les nuages avaient commencé à se lever. Son premier arrêt fut un village en bord de mer, accessible par une route à voie unique, qui serpentait depuis la route principale jusqu'au sommet peu élevé d'une colline. Quand elle arriva en haut, l'horizon se mit à scintiller et un arc-en-ciel déploya sa voûte jusqu'à un petit groupe de maisons en surplomb de la plage. Hanna descendit tranquillement jusqu'au village et aperçut des enfants en train de jouer près de la cour d'une école, non loin de la jetée. Au-delà se trouvait une anse où des fous de Bassan nichaient dans les falaises. Ils fondaient en piqué pour suivre les bateaux de pêche, en poussant des cris aigus. L'école, qui comportait deux salles, était dirigée par une enseignante et son assistante. Si l'on exceptait la présence de deux ordinateurs et d'un piano électrique, les enfants évoluaient dans le même environnement que leurs parents et leurs grands-parents avant eux. Les rangées rectilignes de bureaux avaient disparu et, sur le mur autrefois recouvert du tableau noir, étaient accrochés les dessins des élèves. Dans le hall d'entrée, les mêmes rangées de patères, chargées en cette période de doudounes et de sweats à capuche, avaient par le passé vu des imperméables ceinturés et des vestes en velours, et avant cela encore, des châles et des manteaux de ratine. Hanna avait elle-même fréquenté ce type d'école avant de sortir diplômée des classes dirigées par les religieuses. Cependant, tout comme l'ancien couvent de Lissbeg, la plupart des écoles primaires de Finfarran avaient fermé leurs portes des années auparavant. Les gamins qui couraient rejoindre leurs parents dans la queue du bibliobus étaient parmi les derniers sur la péninsule à pouvoir aller à pied jusqu'à l'école, par la route ou la plage, ou bien encore à vélo.

Sur le chemin du retour, Hanna se dit que la liberté de grandir sans la surveillance constante des adultes était finalement l'une des choses qu'elle estimait le plus dans son enfance. Peut-être était-ce pour cela que Jazz avait tant apprécié ses vacances en Irlande. Le rythme de la vie ralentissait ici. Au lieu d'être trimballés à toute vitesse à un cours de danse classique, une colonie de vacances ou un atelier créatif, les enfants se divertissaient par eux-mêmes et participaient aux activités de la famille ou de la ferme.

Débouchant de la voie qui l'avait conduite au village, Hanna se joignit au flot des touristes qui se dirigeaient vers l'ouest. En l'absence de virages ou de nids-de-poule, elle appuya sur l'accélérateur. Moins de dix kilomètres plus loin, elle ralentit et tourna à gauche pour emprunter une autre route, qui sinuait au milieu des champs et des bois. Quand, des années auparavant, elle l'avait prise pour la première fois, bringuebalée sur sa bicyclette, les fougères et les ronces des fossés dissimulaient les champs à sa vue. La conduite de la camionnette était différente. De la cabine en hauteur, elle pouvait voir à des kilomètres. Sur un patchwork de pâturages et de labours, des vaches paissaient entre des murs de pierre tandis que les fleurs de pommes de terre agitaient leurs têtes crème sur des tiges vertes dans le vent, rappelant les mouvements de l'écume.

Elle se dirigeait vers le village de Knockmore. Là, un centre de soins de jour pour les personnes âgées jouxtait la salle paroissiale. Il y avait un parking très pratique près de l'église. Les gens prenaient souvent l'arrivée du bibliobus comme prétexte pour faire un saut à la boutique du village ou déjeuner au pub, tout en en profitant pour emprunter des livres. Aujourd'hui, alors qu'elle passait devant le portail d'une ferme, une femme sortit en courant, un livre à la main, et lui fit signe de s'arrêter. En soupirant, Hanna stoppa la camionnette. En théorie, ce n'était pas censé arriver, mais en pratique, cela se produisait fréquemment. Elle baissa la vitre et se pencha au-dehors. La femme arriva à hauteur de la portière et s'accrocha à la poignée, à bout de souffle.

— Désolée, mademoiselle Casey, Maman a pris un peu froid, donc nous n'irons pas jusqu'au centre aujourd'hui.

— Pas de problème, Nell, ne vous inquiétez pas.

Hanna tendit le bras hors de la cabine et saisit le livre.

— Alors ce rhume ? Est-ce qu'elle vient de l'attraper ?

— Ah, elle le traîne depuis un moment. Malgré tout, elle en a profité pour lire ce roman que nous avons emprunté la semaine dernière. Vous n'en auriez pas un autre quelque part à l'arrière ?

Il ne lui fallut que dix minutes pour trouver un livre pour Mme Reily, qui adorait les policiers, ainsi qu'une saga familiale pour Nell. La plupart du temps, expliqua Nell, sa mère et elle faisaient de la dentelle tout en regardant la télévision.

— Mais je ne peux pas m'installer pour faire de la dentelle quand Maman ne va pas bien, ajouta Nell, et je n'aime pas que la télé soit allumée, au cas où je ne l'entende pas crier. Ces bouquins nous sauvent jusqu'à ce qu'elle puisse à nouveau redescendre.

Elle posa les livres en équilibre au sommet du portail et fit un signe de la main, alors que la camionnette quittait le bas-côté.

Jetant un coup d'œil dans le rétroviseur, Hanna la vit retourner vers la maison d'un pas sautillant. Cela n'avait duré que quelques minutes, pourtant le contact humain, la perspective d'un ou deux romans à lire et un bavardage sans conséquence avaient illuminé sa journée. Peu importe combien les fermes ou les villages étaient isolés sur la péninsule, des relations personnelles et communautaires reliaient les gens entre eux et leur apportaient un soutien. Hanna se dit que cela ne valait pas seulement pour les personnes âgées. Les camarades de classe de Jazz et ceux de Conor, qui souhaitaient construire leur vie dans la région, avaient besoin d'une communauté susceptible de les aider. Même si ces mêmes rituels et relations pouvaient aussi vous rendre fou.

Ce matin-là, Conor était arrivé sur sa Vespa, à l'instant où elle déverrouillait la porte de la bibliothèque. Il était clair qu'il avait quelque chose en tête. Néanmoins, elle se focalisait elle-même sur le fait d'arriver à Carrick à l'heure pour récupérer la camionnette. Espérant que son problème à lui n'était pas grave, elle s'était efforcée de l'ignorer. Au moment de partir, elle avait jeté un œil vers l'ancien panneau « Attention à la marche » et lui avait demandé de le remplacer avant la fin de la journée. Cependant, c'était précisément le sujet qui l'ennuyait. Alors, comme il n'y avait aucun moyen d'y échapper, elle avait passé les dix minutes suivantes à débrouiller une histoire alambiquée. En réalité, l'intrus dégingandé avait effectivement été envoyé par Conor.

— Je ne faisais pas de commérages, mademoiselle Casey, sincèrement, j'essayais seulement de vous donner un coup de main. Et je ne lui ai jamais demandé d'aller traîner dans les parages. Je ne sais même pas comment il a su où aller. C'est juste qu'il est maçon et vous m'avez demandé si je connaissais des maçons. Alors quand je suis allé chez lui pour une goutte de white-spirit, j'ai simplement mentionné votre nom.

Hanna avait renoncé à partir à temps pour éviter le gros de la circulation. Elle s'était perchée sur le bord de son bureau, tandis que Conor, le visage cramoisi, lui expliquait que l'ancienne pancarte ne pouvait pas être décrochée avant que la nouvelle ne soit accrochée. Et que la nouvelle ne pouvait l'être avant que Fury O'Shea ne vienne avec du white-spirit. Et que Fury ne pointerait pas le bout de son nez, puisque la rumeur disait qu'Hanna en personne l'avait mortellement insulté. Non qu'elle en ait eu l'intention, s'empressa d'ajouter Conor. Quelqu'un les avait vus se quereller près de la camionnette de Fury et cela avait dû lancer les ragots. Quand Hanna avait suggéré à Conor d'aller chercher une bouteille de white-spirit pour quelques euros, il l'avait regardée avec épouvante. Et qu'arriverait-il si Fury apportait le white-spirit finalement ? Il serait doublement fâché, s'il pensait que Conor avait douté de lui. Et que faire de la foule susceptible de venir chercher des livres, si Conor filait à la quincaillerie ? Il lui faudrait mettre le panneau « Fermé », et comment réagir en cas de plaintes ? Constatant que les yeux de Conor s'écarquillaient à la perspective d'un affront doublé d'un désastre, Hanna l'avait calmé sans ménagement.

— Bon, il n'y a pas de quoi faire une crise à propos d'un simple malentendu. Laissez le panneau où il est jusqu'à ce que vous voyiez si M. O'Shea va venir et, si c'est le cas, nous nous en occuperons demain.

À présent, elle accélérait sur la route défoncée en espérant rattraper le temps qu'elle avait passé avec Nell Reily et elle s'inquiétait. Pour avoir grandi à Crossarra, elle savait exactement ce qui arriverait si Conor avait dit vrai et que ce O'Shea se sentait mortellement insulté. Non seulement O'Shea refuserait de travailler pour elle, mais personne d'autre dans la région ne prendrait un boulot qu'il avait refusé. Ou tout du moins personne qu'elle aurait envie de faire travailler. Hanna grogna. Avec un peu de chance, Conor exagérait. Mais d'après la situation, elle eut l'impression d'avoir commis une grave erreur. Puis elle se raisonna. C'était l'ancienne Hanna qui anticipait toujours les problèmes. La nouvelle Hanna était différente. Après tout, à quel point serait-il difficile de gérer ce Fury O'Shea ?

Chapitre 14

FURY O'SHEA contourna Broad Street, repéra une place pour se garer et s'y engagea. Un routard à sac à dos assis près de l'abreuvoir à chevaux, aujourd'hui rempli de fleurs, sursauta quand le capot de la Toyota rouge s'arrêta à quelques centimètres de ses genoux et qu'un petit chien se jeta sur le tableau de bord en aboyant comme un fou. Repliant sa carte, le jeune homme se leva du banc, arrondit le dos pour enfiler son énorme sac à dos et s'éloigna en colère. Dans la cabine, Fury retira les clés du contact et tendit le bras vers la boîte à gants. Ensuite, enfonçant une bouteille en plastique tout éraflée dans la poche déchirée de sa veste, il balança ses longues jambes hors du van. La circulation matinale vrombissait de chaque côté de Broad Street. Fury se faufila entre une voiture et un camion, et se dirigea vers la bibliothèque. Sentant que sa présence n'était pas requise, le chien, connu sous le nom de Diablo, se tassa sur le siège passager et enfouit son museau sous sa queue. Fury longea le trottoir près du mur de l'ancienne école, tourna au niveau du couvent et pénétra dans la cour.

Installé à son bureau, Conor leva les yeux vers la haute silhouette sombre qui apparut dans l'encadrement de la porte.

— Comment ça va, monsieur O'Shea ?

— On ne peut mieux.

Avec une décontraction bien étudiée, Fury sortit la vieille bouteille en plastique de sa poche et la fit glisser sur le bureau.

— C'est bon, tu as ce qu'il faut maintenant, mon garçon.

— Ah, c'est génial, Fury, merci mille fois.

Fury plissa les yeux vers le panneau au-dessus de la porte.

— Tu as essayé d'accrocher le nouveau ?

— Bien sûr, il fait la moitié de la taille. C'est pour ça que j'ai besoin de ce truc.

Conor tira une chaise en direction de la porte et s'apprêta à enlever le cadre dessiné par l'adhésif sale à l'aide du white-spirit.

— Ne bougez pas, Fury, je vais mettre la bouilloire à chauffer dès que j'ai terminé.

— Pas besoin, mon garçon, j'ai un travail à faire. (Fury lança un regard circulaire à la bibliothèque.) Elle n'est pas là aujourd'hui ?

Conor secoua la tête. Il était certain que Fury savait pertinemment où était Mlle Casey. Mais il amenait le sujet avec lenteur. À en juger par ce qu'elle avait dit le matin même, avant de prendre la route avec le bibliobus, il faudrait une sacrée dose de diplomatie pour que ces deux-là gardent leur sang-froid en présence l'un de l'autre. Ayant eu l'idée de les associer, Conor était décidé à faire en sorte que cela fonctionne entre eux.

D'après le père de Conor, aucun ouvrier qualifié sur la péninsule n'arrivait à la cheville de Fury. C'étaient les vieilles maisons qu'il aimait lui aussi. Pas ces machins modernes qui avaient poussé par centaines durant les années prospères du tigre celtique, quand les spéculateurs avaient perdu la tête. Fury comprenait la pierre et le bois de charpente, la maçonnerie et la menuiserie. Et il détestait le gaspillage. Là où un autre gars vous ferait payer une fortune pour économiser trois sous, Fury s'y attaquait avec adresse et il le faisait bien. Conor avait pensé qu'en le présentant à Mlle Casey, il avait mis sur pied l'association idéale. Au lieu de quoi, il avait déclenché une guerre. Mais qui sait, le duo pourrait peut-être changer d'avis. Pour Conor, il suffisait d'agir comme avec les vaches. Si vous les laissiez suivre leur rythme, elles étaient plus rapides à aller où vous vouliez les amener.

*
* *

La deuxième halte d'Hanna sur son itinéraire était le village de Knockmore. Là, le centre de soins de St Mary était abrité dans la salle paroissiale. En se garant, elle aperçut le père McGlynn marcher vers sa voiture. Les retraités, qui habitaient à des kilomètres à la ronde, venaient au centre de soins de jour et lui racontaient les luttes que Père McGlynn menait en leur nom. S'il n'était pas là, disaient-ils, chaque fois qu'ils avaient besoin d'une pédicure ou envie de faire une pause dans la préparation de leurs repas, ils auraient dû rejoindre l'atroce bâtiment en verre qui tenait lieu de centre de jour à l'autre bout de Carrick. En percevant l'angoisse dans leurs voix, Hanna s'était parfois demandé si le père McGlynn ne cédait pas à la tentation de se voir en héros. Mais peut-être une paroisse aussi éloignée que St Mary avait-elle de la chance de compter sur un membre aussi dynamique. Comme Nell Reily l'avait chuchoté à Hanna un jour, alors qu'elle choisissait un livre en gros caractères, la moitié des prêtres des paroisses rurales de tout le comté avaient dépassé l'âge de la retraite depuis bien longtemps.

— Franchement, mademoiselle Casey, avait-elle déclaré, en allant directement à la dernière page de l'ouvrage pour voir si elle l'avait déjà lu, la plupart d'entre eux ne sauraient pas dire pour quelle raison ils se lèvent le matin.

Hanna pénétra dans la grande salle et s'assit près d'une table basse inoccupée. Les retraités, qui prenaient leur déjeuner dans la pièce voisine, arriveraient sous peu pour boire un thé ou un café. Cependant, durant les dix prochaines minutes, elle était assurée d'une paix relative pour manger son sandwich. Les habitués du centre considéraient la venue hebdomadaire du bibliobus comme un événement : il y avait toujours quelqu'un pour préparer un gâteau ou apporter quelque chose de son jardin, et l'offrir à Hanna. Souvent, on lui avait aussi proposé un chaton ou un chiot à la recherche d'un foyer. Sachant que Mary Casey serait outrée si elle revenait à la maison avec un animal de compagnie, elle avait toujours refusé. Mais maintenant, en déballant son sandwich, elle se demandait si un chat sur la cheminée serait un bon compagnon quand elle aurait déménagé.

Quand les retraités se levèrent de table, il y eut un fracas de chaises dans la pièce voisine. Au même instant, un texto de Tim Slattery apparut sur le portable d'Hanna. Elle y jeta un rapide coup d'œil. Il l'avait ratée le matin même quand elle avait récupéré la camionnette, mais il souhaitait lui demander un service. Pouvait-elle lui téléphoner quand elle aurait un moment ? Tapant prestement un « Pas de problème », Hanna appuya sur

« Envoyer » et éteignit son téléphone à l'instant où une foule bruyante envahit la pièce.

Dix minutes plus tard, sa vision d'une cheminée, d'un chat qui ronronne et d'un endroit à elle lui sembla s'éloigner. Dès que les retraités s'étaient installés, Hanna avait mentionné le nom de Fury O'Shea. Elle avait pensé que le papotage enjoué qui accompagnait toujours leur café serait une couverture précieuse pour sa petite enquête. Le résultat fut déprimant. Tout le monde s'accorda à dire qu'il valait mieux ne pas mettre Fury en colère. Il n'était pas violent, mais il était têtu comme une mule et extrêmement respecté. Hanna les écouta le cœur lourd. Manifestement, Conor avait raison. Elle avait créé tout un bazar dès leur première rencontre, précisément avec l'homme dont elle avait besoin. Non que Fury fût une personne avec qui elle aimerait travailler. Apparemment, il ne faisait pas de devis, encore moins d'estimations, pas plus qu'il ne respectait de calendrier. Et vous ne saviez jamais où le trouver non plus, lui dit-on. Il éteignait son portable en permanence et ignorait les messages. En fait, de l'avis général, il était une espèce de diable bien pire que son bruyant petit chien. On ne l'avait pas appelé Fury pour rien. Quand il s'attaquait à un travail, rien ne le freinait et il ne s'arrêtait qu'une fois la tâche terminée.

L'homme qui se tenait aux côtés d'Hanna, un boulanger à la retraite, lui proposa un gâteau. Il les avait préparés en personne le matin même, dit-il, parce que c'était la journée bibliothèque. Ils étaient délicieux et d'ailleurs, Hanna en avait déjà mangé deux. Néanmoins, apercevant la mine anxieuse de son épouse, elle sourit et en prit un autre. La petite femme rayonna de plaisir et donna un léger coup dans les côtes de son mari. Puis il se leva avec effort afin de proposer les gâteaux à une autre table. L'épouse se pencha alors vers Hanna et chuchota :

— Il en faut pour qu'il garde le moral ces temps-ci, mademoiselle Casey. Alors c'est super qu'il ait une bonne raison de faire des gâteaux.

Entre-temps, un éclat de rire résonna à l'autre bout de la pièce et, quand le boulanger revint, il gloussait.

— Écoute ça maintenant, je l'avais oubliée celle-là. Pour sûr, c'étaient les commérages du pub à cette époque. Savez-vous ce qu'il a fait il y a des années, le Fury en question ? Il a enlevé d'un coup toutes les ardoises du toit de la maison d'une pauvre femme et les a vendues à un entrepreneur. « Laissez-moi vous avoir un bon prix pour ça », qu'il lui a dit. Et la moitié a fini directement dans sa propre poche. Sérieusement, il avait un toupet de tous les diables !

Chapitre 15

Mary Casey ouvrit en grand la fenêtre de la chambre, défit le lit d'une main experte et le refit avec des draps propres. Jazz était partie travailler aux aurores. Elle avait profité de faire le trajet en voiture avec une copine. Elle avait rejeté sa couette au pied du lit et laissé une pile d'affaires en pagaille sur la coiffeuse. Cela n'embêtait pas Mary. Elle s'estimait la seule à savoir faire correctement un lit ou lustrer une surface. Fourrant un oreiller dans une taie propre, elle le secoua et le tapota. Elle le remit à sa place avant de lisser la housse de couette fraîchement repassée et de disposer deux coussins volantés en forme de cœur contre la tête de lit matelassée. Puis, une fois la coiffeuse rangée, elle jeta un regard circulaire pour apprécier son travail, les bras chargés de linge.

La chambre individuelle ressemblait beaucoup à ce qu'elle était la nuit où Hanna et Jazz étaient apparues sur le pas de sa porte. Dans les années qui suivirent leur arrivée inopinée, le papier peint aux motifs de roses avait disparu sous les posters punaisés. Toute la pièce avait été jonchée d'ordinateur portable et de téléphones, de vêtements et de maquillage. Toutefois, dès que Jazz avait décroché son nouvel emploi, elle avait débarrassé les murs, rangé ses affaires, et jeté ce stupide bureau et sa chaise – installés sur l'insistance d'Hanna.

Tout en claquant son chiffon en direction d'une abeille qui avait réussi à entrer par la fenêtre ouverte, Mary se dit qu'Hanna avait affreusement changé. Elle avait toujours été comme son père, beaucoup trop encline à faire confiance et disposée à croire les gens. Il aurait été préférable qu'il en soit autrement quand on voyait la manière dont son mari l'avait roulée. Désormais, son comportement était affligeant. Elle ne faisait plus confiance à personne. Elle était trop crispée pour se détendre et être elle-même. Brutalement, Mary abattit l'abeille avec le torchon et secoua le cadavre duveteux par la fenêtre. Il y avait plus d'une chose qu'elle ne pardonnait pas à ce Malcolm, mais laisser la pauvre Hanna dans cet état était la pire de toutes.

De retour à la cuisine, Mary empila le linge de lit dans la panière et se mit à laver son torchon dans l'évier. Tom avait installé une petite corde à linge pour elle dans le patio des années plus tôt. Là, ses torchons et ses chiffons séchaient à l'abri. Tout le reste allait au lave-linge séchant le lundi matin, qu'il pleuve ou qu'il vente. Mary fouettait l'écume d'une eau mousseuse dans l'évier et se remémorait sa pauvre mère qui, pendant des années, avait dû porter son alliance sur une chaîne autour du cou. Les longues heures passées à récurer le sol et à éplucher des pommes de terre dans l'eau froide avaient paralysé ses doigts. Le souvenir de ses articulations rouges et enflées hantait l'esprit de Mary depuis. C'était bien joli pour des gens comme Hanna de mépriser une maison chauffée et confortable avec toutes les commodités modernes pour rêver à une vie de hippy dans une cabane. Une fois l'hiver venu, elle surgirait bien assez tôt avec une pile de linge sale. Seulement, bien entendu, elle ne le ferait pas. Essorant la mousse de son torchon, Mary se dit que c'était l'ennui avec Hanna. Elle était têtue comme une mule.

Elle avait utilisé cette expression pour la qualifier le matin même, dans la boutique de Fitzgerald, le boucher. Pendant que Mary choisissait des saucisses, Pat Fitzgerald était descendue de l'appartement du dessus et elles s'étaient appuyées sur le comptoir pour papoter. Mary et Pat avaient été à l'école ensemble. Elles s'agitaient dans le fond de la classe sous l'œil froid de Sœur Consuelo et fonçaient droit vers la porte à la seconde où la cloche sonnait, leurs cartables rebondissant sur leur dos. Le premier rendez-vous que Mary avait eu avec Tom Casey s'était fait à quatre avec Pat et le camarade de Tom, Ger Fitzgerald. Quand Pat et Ger s'étaient mariés, Mary et Tom avaient été leurs témoins, bien que Mary n'ait jamais vraiment compris ce que Pat trouvait à Ger. Même en ce temps-là, c'était un petit gars renfrogné, à la mine sévère. Mais il était fils unique et son père possédait une affaire florissante, alors peut-être y avait-il un rapport. Ce matin-là, inclinée sur le comptoir, Mary s'était retrouvée à se confier à Pat, comme elle le faisait il y a des années, au fond de la classe. La vérité, c'était qu'elle se faisait un sang d'encre pour Hanna. Comme si cela ne suffisait pas que ce type, là-bas à Londres, l'ait dépouillée de tous ses droits, elle avait maintenant cette nouvelle lubie de déménager dans la maison de Maggie Casey.

— Elle est têtue comme une mule, c'est le problème avec elle, ça ne sert à rien de lui parler, avait-elle dit en remontant son sac de courses sur sa hanche et en secouant la tête. Et Dieu sait que nous n'avons pas toujours été d'accord elle et moi, mais tu sais toi-même que je ne l'ai jamais mise dehors.

Pat avait hoché la tête avec compassion. Elle avait toujours été une oreille attentive.

— Le fait est, Pat, qu'elle ne peut pas économiser grand-chose. Et elle n'a pas assez cotisé pour toucher une retraite décente non plus, comment elle aurait pu ? Le seul emploi qu'elle ait jamais eu de sa vie avant de partir pour Londres, c'était son premier poste à Dublin. Et quand elle va être à la retraite, elle aura seulement cumulé dix ans à Lissbeg.

— Et, bien sûr, elle n'a rien obtenu du mari au moment du divorce.

— Rien obtenu ? Rien voulu ! Têtue comme une mule ! Et combien ça va lui coûter maintenant de faire toutes ces rénovations ?

Pat secoua la tête.

— Pour sûr, c'est un trou à rats, cet endroit.

— C'est exactement c'que j'lui ai dit. Alors tu sais ce qu'elle a fait ? Elle est allée à la coopérative de crédits.

— Ah, Mary !

— Endettée ! À son âge ! Je ne sais pas ce que son pauvre père dirait.

À ce moment-là, la porte derrière elle s'était ouverte, un homme était entré et Mary avait pris congé. Mais Pat l'avait accompagnée jusque sur le trottoir en secouant toujours la tête.

— Ça ne va pas être facile pour toi non plus, toute seule là-bas, hein ?

Mary l'avait toisée d'un air dur.

— Quoi ?

— Ne me saute pas à la gorge, je me préoccupe de toi. Elle va te manquer, Mary, tu sais que c'est vrai. Et Jazz partie elle aussi…

Mary avait levé les yeux au ciel.

— Mon Dieu, Pat Fitz, tu te moques de moi ? Essaie un peu de courir dans tous les sens après ces deux-là et tu verras si elles te manqueront ! Et est-ce que Jazz n'est pas de retour à la maison toutes les dix minutes, avec une valise pleine de linge sale et ses toasts à toutes les heures ?

Le souvenir de l'expression soucieuse de Pat continuait d'agacer Mary, tandis qu'elle se tenait près de l'évier, les deux mains dans la mousse. Elle rinça son torchon sous l'eau chaude, le tordit avec vigueur et sortit. Après l'avoir étendu, elle traversa le patio, ramassa les fleurs d'onagre flétries durant la nuit, tombées au pied du pot, et les posa soigneusement dans la poubelle à roulettes. Demain était jour du ramassage des ordures et la poubelle devait se trouver devant la maison. Quand Hanna rentrait, elle était fatiguée après une journée dans la camionnette, mais pour lui rendre justice, il fallait admettre qu'elle tirait toujours la poubelle dehors, devant le portail, avant de venir à table pour le dîner. Mary éloigna la poubelle de son emplacement près de la porte du patio et passa un coup derrière avec le balai de la cour. Un épouvantable tas d'araignées se fichait là si on n'enlevait pas les toiles. Puis, une fois dans la maison, elle lança un regard à sa cuisine immaculée et se demanda que faire ensuite.

Chapitre 16

Le dernier arrêt de la journée était Ballyfin. Hanna gara le bibliobus, comme d'habitude, sur la place, en face d'un joli petit immeuble. Devant, un grand panneau « CENTRE D'INTERPRÉTATION » dissimulait presque entièrement le mot « BIBLIOTHÈQUE », gravé sur le fronton au-dessus de la porte. L'immeuble avait été construit deux cents ans plus tôt grâce aux dons des Lancy, une famille anglo-irlandaise qui, des siècles durant, avait été propriétaire de biens sur toute la péninsule. Aujourd'hui, leur acte de bienfaisance n'était plus qu'un lointain souvenir. Le dernier membre de la famille résidait encore, solitaire, dans le château ancestral près de Carrick, mais, vingt ans auparavant, quand le legs de la bibliothèque Lancy était arrivé à court, le conseil régional avait récupéré le bâtiment. Le pouvoir en place avait jugé qu'il était gâché par la présence des livres.

Les livres, cartes, photos et archives qui constituaient la collection de Lancy avaient été déménagés vers la bibliothèque de comté, à Carrick. Ce qui avait été autrefois une bibliothèque publique devint une expérience patrimoniale interactive. À présent, si des habitants de Ballyfin voulaient emprunter ou se reporter à un livre de la bibliothèque, il leur restait l'option de conduire jusqu'à Lissbeg ou Carrick, ou d'attendre l'arrivée d'Hanna avec le bibliobus.

À l'accueil situé juste après la porte du centre d'interprétation, un affichage numérique alternait les mots « INFORMATION TOURISTIQUE » avec les images d'un poisson qui danse. Année après année, le nombre de touristes venus à Ballyfin pour pêcher diminuait. Le poisson représentait malgré tout le cœur de son image de marque, non pas à cause de l'histoire maritime de la ville, mais plutôt d'un livre qui s'était transformé en phénomène touristique. Intitulé *A Long Way to LA*[1], l'ouvrage retraçait la vie d'une immense star de cinéma sexy dont la formidable carrière à Hollywood s'était étendue sur trente ans. Dans une tentative désespérée pour la distinguer des autres biographies de célébrités, l'éditeur s'était saisi du fait que l'acteur, en pleine dépression, était

1. *« Un long chemin vers Los Angeles ».*

venu pêcher à Ballyfin[1]. Ignorant que le nom de la ville dérivait du nom d'un saint du Moyen Âge, le graphiste à l'origine de la couverture avait conçu un visuel montrant une énorme nageoire dorsale dépassant des vagues. L'éditeur avait décidé que le récit présenterait les pensées de la célébrité, pendant ses longues semaines passées à Ballyfin, à lutter contre un poisson énorme. L'idée était censée donner du corps à l'ouvrage, et augmenter l'aura de l'acteur, qui émergeait tel une sorte de Capitaine Achab, combattant la folie et ses démons. *A Long Way to LA* devint un best-seller mondial, aidé en cela par le divorce de la star de sa cinquième épouse et de son mariage avec la sixième, une jeune chanteuse de vingt et un ans, comptant une horde de fans sur Internet. Ballyfin devint l'endroit à visiter.

Dernièrement, la ville permettait davantage de manger des crustacés que de les attraper, et *A Long Way to LA* était épuisé depuis longtemps. Mais des photos de la star et la couverture de l'ouvrage apparaissaient encore partout dans Ballyfin, et la combinaison Hollywood et paysages magnifiques continuait d'attirer les foules.

Du point de vue d'Hanna, la ville était triste. Elle se souvenait d'une époque où les boutiques de la place vendaient des provisions, des uniformes

1. *Le terme* fin *signifie « aileron ».*

scolaires et du matériel électrique. Elles étaient séparées par un cabinet médical, un notaire et un salon de coiffure. Tout comme elle se rappelait le temps où la péninsule comptait sept bureaux de poste. Aujourd'hui, le dernier, à l'ouest de Carrick, était tenu par les parents de l'ami de Conor, Dan Cafferky. Ils bataillaient pour le garder ouvert. Ballyfin, qui avait perdu sa bibliothèque, n'avait gagné en échange que des magasins de souvenirs et des hôtels.

Jetant un coup d'œil à sa montre, elle vit qu'il était temps de reprendre la route. Alors qu'elle contournait la place au volant de la camionnette, Gráinne, une des jeunes filles qui assuraient la permanence de l'office de tourisme, surgit, une affiche à la main. Elle fit signe à Hanna qui s'arrêta pour échanger un mot.

— La journée a été bonne ?

— Oh, vous savez comment ça se passe. Occupée, occupée. (Gráinne s'approcha et s'appuya contre la camionnette.) C'est l'époque de l'année, pour sûr, on y est habitué.

Il y avait un panneau d'affichage à l'intention du public près du centre d'interprétation, un vestige de l'époque où le bâtiment était plus utile à la population locale qu'aux touristes.

Gráinne plissa les yeux vers le ciel.

— On va avoir une belle soirée encore. Je vais mettre ça sur le panneau, avant de fermer et d'aller nager.

Hanna baissa les yeux sur l'affiche.

— Qu'est-ce que c'est ?

— Oh, une réunion de consultation du conseil de comté sur leur projet concernant le budget de l'année prochaine. C'est arrivé ce matin de Carrick. Personne ne va la lire.

Hanna éclata de rire.

— À cette époque de l'année, c'est stupide de s'attendre à ce que les gens de cette ville lisent des affiches. Ou participent à des réunions.

— Eh bien, on ne sait jamais, peut-être est-ce toute la question ! Peut-être que la dernière chose qu'ils veulent vraiment, c'est que des gens fassent des remarques.

Hanna sourit, tourna le volant et prit la route. Elle ne voulait pas se montrer grossière avec Gráinne, qui était plutôt gentille, mais l'appel qu'elle avait passé à Tim Slattery l'avait conduite à promettre d'assister à une manifestation ennuyeuse, organisée par le conseil le soir même. Par conséquent, la dernière chose qu'elle voulait, à ce stade de la journée, c'était bavarder des enjeux politiques de la petite ville.

Hanna aimait bien Tim. Quand elle avait postulé pour son emploi à Lissbeg, il s'était montré extrêmement chaleureux, n'avait posé aucune question personnelle au sujet des années qu'elle avait passées à Londres et avait annoncé que le département bibliothèque de Finfarran avait de la chance de la compter dans son équipe. C'était lui qui lui avait octroyé sa place de stationnement attitrée à Lissbeg. Même si elle ne l'avait jamais admis, y compris à elle-même, cela lui avait donné un sentiment de fierté. Par ailleurs, ses manières raffinées l'amusaient. De temps à autre, elle s'était demandé si lui aussi se sentait enfermé à Finfarran. Ses parents avaient possédé une affaire florissante à Carrick, et sa sœur occupait un poste important à Dublin. Pourtant, malgré sa haute fonction de bibliothécaire du comté, il travaillait dans ce qui n'était guère plus qu'un cagibi au sein d'un immeuble miteux dénué du moindre charme. Étant donné son sens extravagant du style, cela ne lui correspondait guère. Sensible au respect dont il avait fait preuve envers sa vie privée, Hanna n'avait jamais sondé ses sentiments.

Aujourd'hui, au téléphone, il s'était montré encore plus courtois qu'à l'accoutumée. Il était désolé de l'ennuyer, mais pouvait-elle assister à une fête ? Enfin, plutôt un cocktail sans intérêt. La directrice du tourisme qui faisait partie du conseil de comté avait invité un ministre du gouvernement de Dublin, et, après lui avoir fait visiter la péninsule en quatrième vitesse, elle prévoyait de le noyer dans la boisson.

— Rien à faire de nous, bien sûr, mais elle est prête à tout pour l'impressionner, alors elle attire le plus de monde possible.

Hanna avait pesté intérieurement. Dieu seul savait quel service Teresa O'Donnell, la responsable du tourisme, avait rappelé à Tim pour l'inciter à battre le rappel, mais c'était ainsi que les choses marchaient. Elle-même se sentait redevable envers lui. Durant les cinq années qui avaient suivi sa rupture avec Malcolm, loin d'avoir fréquenté le lit de pêcheurs irlandais, c'est à peine si elle avait eu une vie sociale. Si bien que les dîners occasionnels avec Tim et sa compagne avaient été une pause bienvenue parmi les longues soirées à regarder la télévision en compagnie de Mary Casey, pendant que Jazz s'enfermait dans sa chambre. Les conversations ponctuelles avec Tim, dont l'intérêt pour les livres était plus que professionnel, avaient enrichi ses journées de travail. Par conséquent, prise au dépourvu par son appel, elle avait été dans l'incapacité de lui dire non.

— Je suis en déplacement, et je ramène le bibliobus à Carrick de toute façon. Ce sera un plaisir de prendre un verre.

— Crois-moi, ça m'étonnerait. Le rouge sera de la piquette et le blanc trop sucré. Je sais que je te demande un grand service, mais je t'en suis vraiment reconnaissant. On se voit vers dix-neuf heures.

D'après le timing, elle avait une heure à tuer. Sur le trajet du retour, baignée par la lumière oblique du soir, Hanna ne put résister à l'envie de faire un détour pour voir la maison. Conor aurait fermé les portes de la bibliothèque et laissé les choses en ordre à Lissbeg. Il était fiable, même si son empressement à se rendre utile pouvait lui faire dépasser les limites. En réalité, le problème avec Fury O'Shea était entièrement sa faute à elle. Elle aurait dû savoir que, tout comme il réglait avec zèle les problèmes d'ordinateur défectueux, Conor essaierait de trouver une solution à son problème de maçon. En pensant à Conor, elle prit soudain conscience que l'événement de ce soir lui permettrait d'améliorer sa situation au sein du département de la bibliothèque. Aussi, une fois à la maison, lui envoya-t-elle un texto pour lui dire de la retrouver à Carrick vers dix-neuf heures et de porter un costume.

Hanna reporta ensuite son attention sur ses propres préoccupations. Lorsqu'elle gara la camionnette devant le portail, elle se demanda si le plus raisonnable n'était pas de trouver un maçon qui ne serait pas du coin. D'une manière ou d'une autre, qui qu'elle choisisse, il lui faudrait avoir une idée du travail avant de le briefer. La première action à entreprendre consistait à nettoyer le terrain. On avait l'impression que la moitié de la paroisse l'avait utilisé comme décharge depuis la mort de Maggie. Se frayant un chemin le long de la maison, elle se dit qu'une des choses qu'elle avait apprises de ses rénovations en Angleterre était l'importance de maîtriser le projet de construction d'entrée de jeu. Puis, tournant au coin du mur pignon, elle se retrouva face à face avec un bouc.

Chapitre 17

Hanna regarda fixement l'animal osseux au pelage marron et blanc qui broutait calmement l'herbe. Il était attaché par une longue corde sale à la roue d'une charrette à moitié enterrée. Dans le périmètre autorisé par la corde, le champ qui descendait en pente douce derrière la maison était à présent aussi ras que s'il avait été tondu. Par-delà la circonférence du cercle, les mauvaises herbes étaient hautes comme à l'accoutumée et des massifs d'ajoncs flamboyaient dans la lumière du soir. À l'instar de tous les détritus éparpillés, la roue à laquelle on avait attaché le bouc avait manifestement été jetée dans le champ il y a bien longtemps, puis laissée sur place pour qu'elle se décompose. Sur l'herbe rase, elle paraissait presque décorative. Le fait qu'un petit espace ait été nettoyé rendait les herbes environnantes moins impressionnantes. Le bouc leva distraitement la tête et observa Hanna un moment. Puis il marcha d'un pas tranquille et continua à brouter, plutôt contemplatif. Perplexe, Hanna était sur le point de faire un pas dans sa direction quand la tête à cornes se tourna à nouveau et que les yeux jaunes aux pupilles oblongues se concentrèrent sur un point derrière elle. Quelques secondes plus tard, elle entendit une voix familière.

— Je dirais que maintenant faut le déplacer jusqu'au congélateur.

Fury O'Shea traversait le champ à grandes enjambées, sa veste fermement serrée sur ses hanches pour se prémunir contre les ronces. Diablo sautillait devant lui, apparaissant et disparaissant dans l'herbe ondoyante. Arrivé aux pieds d'Hanna, il dirigea son museau dans sa direction et aboya avec virulence. Pointant son doigt vers le bouc, elle hurla sur Fury.

— Qu'est-ce que cet animal fait sur ma propriété ?

Le chien se calma. Fury parvint à leur hauteur et Hanna répéta la question. Fury inclina un sourcil dans sa direction.

— Comment êtes-vous si sûre que je sais ce qu'il fait ici ?

— Est-ce que vous êtes en train de me dire que vous ne savez pas ?

— Bien sûr que si. Je l'ai emprunté pour vous.

— Vous l'avez emprunté pour moi ? Est-ce que quelqu'un vous a dit que j'avais besoin d'un bouc ?

— Pour sûr, comme si le monde entier ne voyait pas que vous avez besoin d'un bouc ? Il vaudrait mieux que vous en ayez deux. J'en guette un autre, mais cela peut prendre une semaine quand même.

L'indignation et le bon sens s'affrontaient dans l'esprit d'Hanna. Puis le bon sens l'emporta.

— Combien de temps faudrait-il à deux boucs pour nettoyer ce champ ?

— Nom de Dieu, ma fille, où as-tu été élevée ? Tu ne le sais pas toi-même ?

Avant qu'elle n'ait eu le temps de répondre, il la saisit par le coude et la conduisit vers la roue de la charrette.

— Je ne peux pas venir ici nuit et jour pour le déplacer. Défais cette corde maintenant et nous allons le descendre jusqu'au congélateur.

Dix minutes plus tard, avec le chien aux poils hérissés à ses pieds et le bouc qui nettoyait un nouveau cercle d'herbe autour du réfrigérateur-congélateur tout rouillé, Hanna se retrouva assise sur le muret aux côtés de Fury O'Shea. Ils avaient de la chance, car la charpente était bonne, dit-il. Il n'y avait rien qui clochait avec les murs et pas besoin de revoir leur étanchéité.

— Comment le savez-vous ?

Fury tourna la tête et la toisa d'un air sévère.

— Qu'est-ce que tu fais comme travail ?

— Vous savez ce que je fais, je suis bibliothécaire.

— Et je suis maçon. On s'en tiendra là ?

Il se leva soudainement et pendant un instant, Hanna songea qu'il allait s'éloigner à grandes enjambées comme la dernière fois. Au lieu de cela, il lui tendit la main et la tira pour qu'elle se remette debout.

— Allons voir l'intérieur, alors.

Suivant Diablo, elle remonta le champ dans les pas de Fury.

Lorsqu'ils pénétrèrent dans la maison, Hanna retint son souffle, consternée. Est-ce qu'elle projetait vraiment d'en faire un foyer ? La porte vacillait dans son encadrement pourrissant et les fenêtres aux minuscules carreaux étaient sales ou cassées. Le sol était recouvert de débris tombés du plafond, qui, dans un coin, était maculé par l'humidité. Le haut buffet en bois de Maggie tenait toujours debout, dans une alcôve près de la cheminée, enveloppé de toiles d'araignée. Derrière ses portes en verre tachées, des tasses et des verres sans âge attendaient sur des étagères. Un nid de corneilles était tombé dans l'âtre du sommet de la cheminée, transportant dans sa chute un tas de suie et une masse de plumes. Par la porte ouverte à l'extrémité de la pièce, Hanna voyait l'angle du lit aux montants de cuivre, qui avait autrefois appartenu à Maggie. Derrière, le papier peint aux couleurs fanées se décollait du mur. Elle observa Fury qui examinait la petite extension : sa toiture en panneaux de tôle ondulée était dangereusement déformée par le lierre qui poussait à l'extérieur.

Il y eut un bruit furtif dans le dos d'Hanna, qui fit volte-face avec inquiétude. Elle poussa un soupir de soulagement quand elle vit Diablo surgir de la chambre à coucher, le museau plein de poussière. Le visage de Fury s'encadra dans le chambranle de la porte menant à l'extension. Se sentant stupide, Hanna fit de grands gestes en direction de la chambre.

— J'ai cru qu'il y avait des rats.

— Tu peux être sûre qu'il y en a. Je dirais que tu as besoin de Diablo autant que d'un bouc avant d'arriver à mettre en ordre tout ce bazar.

De retour sur le muret, alors que le soleil plongeait dans l'océan, il lui certifia qu'elle n'avait nulle raison de paniquer. Il y avait des rats dans toutes les maisons à l'abandon, surtout avec un vieux matelas posé sur un cadre de lit. Ce qu'il fallait faire, c'était vider entièrement la maison et la mettre à l'abri des intempéries. Il ne faudrait pas plus de dix minutes pour démolir l'ancien appentis et un rien de temps pour le reconstruire avec des dalles.

— C'est l'endroit où tu auras tes cabinets, ta douche et un petit espace buanderie. Nous ferons des essais avec des placards et un four dans la pièce principale. Tu pourras te faire une cuisine chic. Pour sûr, avec un évier, un four, un réfrigérateur et des plans de travail, tu n'y croiras pas toi-même. Tu laisseras le feu dans l'âtre et tu auras un fauteuil confortable à côté. Et une fois que nous nous serons chargés du toit et que nous aurons relié les arrivées d'eau et d'électricité, tu rigoleras bien.

Tout allait beaucoup trop vite pour Hanna. Il fallait qu'elle réfléchisse, dit-elle, et qu'elle voie des plans sur papier. Et il faudrait qu'elle fasse un budget, et donc qu'elle ait un devis. En se remémorant la conversation du centre de soins, elle braqua son regard sur Fury avec l'air qu'elle réservait d'habitude aux emprunteurs qui dépassaient les délais de retour.

— Vous me comprenez bien ? Je voudrais que tout soit inscrit noir sur blanc.

— Bien sûr que c'est ce que tu veux. (Fury se leva et chercha des yeux Diablo, qui faisait plus ample connaissance avec le bouc.) Tu sais quoi ? Je dirais qu'il va pleuvoir. Il vaut mieux que je rentre.

Hanna se leva prestement et posa une main sur son bras.

— Écoutez, je suis désolée, je sais que j'ai été grossière avec vous l'autre jour.

Il y eut un blanc, puis il haussa les épaules.

— Écoute, ma fille, toi et moi on connaissait Maggie Casey. Si elle avait pensé qu'un intrus se trouvait sur son terrain, elle serait allée chercher une arme.

Hanna lui fit un large sourire.

— C'est vrai.

— Alors peut-être aurais-je dû avoir plus de jugeote et ne pas prendre offense d'un peu d'incivilité de la part de sa petite-nièce.

— Peut-être. Mais malgré tout, je suis désolée.

Fury arracha un brin d'herbe et le mâchouilla en contemplant l'horizon.

— Maggie était une femme dure mais, tu sais quoi ? Je l'aimais bien. Je lui ai filé un coup de main ici pendant un temps, quand j'étais jeune. Juste un mois environ. Elle se fâchait toujours avec les voisins, alors elle voulait de vraies limites autour de son terrain. Et moi, je voulais de quoi me payer un billet pour l'Angleterre, alors j'ai construit ces murs pour elle.

Il hocha la tête en direction de la maison.

— J'ai rafistolé quelques trous dans la toiture pendant que j'y étais.

— Autre chose. (Hanna le dévisagea avec sévérité.) Je veux conserver les ardoises d'origine quand on les retirera du toit.

— Bien sûr que oui.

Fury enfonça ses mains dans ses poches, tira sa longue veste autour de ses hanches minces et siffla Diablo.

— N'oublie pas de déplacer le bouc. Je ne pourrai pas toujours te surveiller pour vérifier que tu le fais convenablement.

— Oui, mais attendez, j'aurais besoin de votre numéro de portable.

— Pourquoi ?

— Eh bien, comme ça, nous pourrons rester en contact.

— Tu ne resteras pas en contact avec moi de cette façon, ma fille, je n'allume jamais ce fichu truc.

Chapitre 18

PARFOIS, songeait Conor, son emploi à la bibliothèque n'était pas si génial que cela. Ce matin, il avait passé plusieurs heures à la ferme avant de rouler jusqu'à Lissbeg. Puis, quinze minutes à essayer de faire démarrer son scooter avant de rentrer chez lui sous la pluie. Alors maintenant, il apprécierait bien d'aller se pieuter et de ne rien faire. Mais à la place, il devait prendre une douche, puis se mettre sur son trente et un, pendant que le reste de la famille mangeait des pizzas devant un jeu télévisé. Quand il redescendit dans son beau costume, son frère Joe secoua la tête en signe d'incrédulité. Est-ce que quelqu'un lui payait des heures supplémentaires pour se pomponner et conduire jusqu'à Carrick ? Conor haussa les épaules sans répondre. Tout ce qu'il avait reçu, c'était un texto sec de la part de Mlle Casey qui le conviait à une fête dans le bâtiment du conseil de comté.

— Qu'est-ce que c'est que cette idée de t'inviter toi ? (Joe, qui était joyeusement avachi sur le canapé en survêtement, ouvrit une canette de bière.) Je veux dire, tu vas faire tache, pas vrai ? Peu importe la quantité de gel que tu te colleras dans les cheveux.

Leur mère donna un coup à Joe.

— Laisse ton frère tranquille, il est superbe. Et pourquoi on ne l'inviterait pas à une fête ? Ils le préparent probablement à un bel avenir.

Conor se pencha par-dessus le dossier du canapé et embrassa le sommet de sa tête.

— Je ne dirais pas que c'est probable, mais merci quand même.

Il était de notoriété publique qu'Orla McCarthy pensait qu'une grâce émanait de ses fils. En fait, elle aurait été la risée de la paroisse si les gens n'avaient pas été véritablement impressionnés par la manière dont Conor et Joe avaient repris les rênes de la ferme quand Paddy, leur père, s'était blessé au dos. Une douleur quasi permanente et une déception continue faisaient de Paddy McCarthy un homme difficile à vivre, mais que pouvaient-ils faire d'autre à part unir leurs efforts et s'en sortir ? Conor piqua une olive sur la pizza de Joe au passage et Paddy l'interpella.

— N'oublie pas que le vétérinaire vient dans la matinée.

— T'inquiète pas, je serai de retour aux alentours de vingt-deux heures.

Tandis qu'il conduisait sous la pluie vers Carrick, Conor se dit que Joe marquait un point. Dieu seul savait pourquoi Mlle Casey lui avait demandé de venir à cette fête, qui ne semblait même pas avoir quelque chose à voir avec la bibliothèque ? Néanmoins, il supposait qu'il le découvrirait une fois sur place.

*

* *

Hanna retrouva Conor dans le hall du bâtiment du conseil à dix-neuf heures. Ils montèrent dans le même ascenseur et entrèrent dans une salle de séminaire où, à en juger par l'étalage de bouteilles et de verres, on s'attendait à faire salle comble. Teresa O'Donnell devait avoir rappelé au bon souvenir de ses collaborateurs un nombre conséquent de faveurs qu'elle leur avait accordées. Apercevant Tim Slattery à l'autre bout de la pièce, Hanna pilota Conor dans sa direction en déclarant gaiement que, bien qu'elle lui ait envoyé un texto après ses horaires de travail, il avait été heureux de venir. Obéissant aux instructions qu'elle lui avait données dans l'ascenseur, Conor sourit et déclara qu'un emploi de neuf heures à dix-sept heures n'existait pas. Tim hocha la tête en signe d'approbation et l'enregistra manifestement comme une personne sur qui on pouvait compter. Avec un peu de chance, se dit Hanna tandis qu'elle éloignait Conor de Tim, cela contrebalancerait l'effet malencontreux de leur discussion sur le vêlage.

Conor n'avait pas compris que, avant de prendre un verre, ils allaient devoir s'asseoir et écouter un discours. Des rangées de chaises étaient disposées devant une estrade. Quand Teresa O'Donnell, la directrice du tourisme, arriva, ils prirent tous place pendant qu'elle présentait un type qui montrait ses belles dents et qui se révéla être un ministre du gouvernement. Il y eut toute une histoire au moment de l'installation du ministre. Puis un accès de panique au moment d'apporter un verre d'eau à O'Donnell. Enfin, sous de vagues applaudissements, elle se leva pour rejoindre le pupitre et s'exprima. Conor ne remarqua pas si d'autres l'écoutaient. Au bout de quelques minutes, il décrocha. Seul un petit coup de coude donné par Mlle Casey le ramena à la réalité. Teresa O'Donnell, avec un grand sourire, semblait galoper vers le poteau d'arrivée.

— … alors voici l'application *Hands On Hands off* ! Une réponse directe aux recommandations du gouvernement pour des prévisions budgétaires ciblées dans les régions. Elle est conçue localement et divisera nos dépenses en matière de tourisme par dix, tout en proposant une expérience excitante, ancrée dans le XXIe siècle, aux visiteurs de la péninsule de Finfarran. Je suis convaincue que tout le monde ici sera d'accord pour dire que c'est une mesure gagnant-gagnant.

Elle recula pour s'éloigner du pupitre sous une salve d'applaudissements initiée par le ministre. Puis, tendant la main pour prendre une gorgée d'eau, elle jeta un regard autour d'elle dans l'attente de questions.

— S'il vous plaît, n'hésitez pas à poser des questions. Je meurs d'envie d'avoir vos retours.

Le ministre passa une main manucurée sur sa nuque et jeta un coup d'œil dans la pièce.

— Eh bien, je suis intéressé par le nom choisi pour cette application. Pouvez-vous nous en dire plus à ce sujet ?

Conor se dit que le nom était la dernière chose qui importait. C'était plutôt de l'application en elle-même, qui semblait assez stupide, dont il fallait discuter. Mais O'Donnell repartait de plus belle.

— Bien sûr. Le nom définit le cœur du concept. « Avec les mains » parce que l'application livre une expérience personnalisée et valorisante à l'utilisateur. « Sans les mains » parce qu'elle facilite une interaction directe entre l'individu et la région touristique de son choix. Avec elle, nous remplaçons une interface obsolète et généralisée par le nec plus ultra du marketing de niche. Et elle s'accompagne de sa propre image de marque. C'est l'expérience « HaHa ». Teresa dessina des guillemets dans l'air. « L'appli de la péninsule de Finfarran. Téléchargez-la et vous allez rire. »

Conor réprima un fou rire. Jetant un regard furtif à Mlle Casey, il ne put déchiffrer l'expression de son visage. Alors il garda le silence.

Dès que le ministre hocha la tête, des mains se levèrent dans la pièce. Hanna vit que trois d'entre elles appartenaient à Gráinne, Phil et Josie qui assuraient la permanence des bureaux des offices de tourisme de Carrick et de Ballyfin. Les ignorant, Teresa désigna sa propre assistante assise au fond. La jeune fille bondit immédiatement.

— Je me demandais si vous pouviez développer sur l'analyse coûts-bénéfices.

Il se passa dix bonnes minutes avant que Teresa ne prenne le temps de respirer et le ministre leva à nouveau la main.

— Donc en définitive, cette appli remplacerait les offices du tourisme existants ?

— En définitive, oui. En effet. Absolument.

— On les fermerait tout simplement ?

— Et on les remplacerait par un système qui, tout en répondant aux objectifs du gouvernement central, apporterait un niveau incommensurable d'amélioration dans la région. Le fait est que nous devons rester connectés à notre époque. Des recherches ont démontré que le visiteur moyen de

Finfarran est très informé sur le plan numérique et expert en Smartphone.

Les gens, dit-elle, voulaient de l'immédiateté, de l'amusement et de l'excitation. Ils souhaitaient un tourisme culturel livré avec un package dynamique. Mais par-dessus tout, ils désiraient maîtriser.

— Et si nous voulons qu'ils cliquent sur Finfarran quand ils choisissent leurs vacances, c'est ce que nous devons leur procurer.

Dix minutes plus tard, Hanna se retrouvait dans un coin avec Tim Slattery. Par-dessus son épaule, elle vit que la plupart des invités – des conseillers locaux et des employés du conseil municipal – profitaient de l'occasion pour descendre autant d'alcool que possible. À l'autre bout de la pièce, les jeunes filles de l'office du tourisme marmonnaient dans un coin. De l'autre côté, dans une alcôve, Teresa monopolisait le ministre. Hanna remarqua que le regard de Tim papillonnait de temps à autre dans leur direction. Ce n'était pas très surprenant. C'était rare que des ministres du gouvernement prennent la peine de voyager jusqu'à Carrick.

Pendant qu'ils attendaient que Conor leur apporte un verre, ils parlèrent boutique. Tim avait hâte d'enrichir le fonds du comté avec des ouvrages de non-fiction. Hanna lui dit qu'à Lissbeg, les habitants attendaient impatiemment des livres non romanesques. Et ne serait-il pas une bonne chose, s'enquit-elle, de rouvrir la bibliothèque de Ballyfin et de rapporter la collection de Lancy dans le bâtiment qui avait été construit à cet effet ? Il y eut une pause d'un instant durant laquelle les yeux de Tim voletèrent à nouveau vers le ministre. Hanna le dévisagea, l'air sévère.

— Je rate quelque chose là, n'est-ce pas ?

— Quel genre de chose ?

— Cette idée du HaHa ne va pas nous affecter, n'est-ce pas ? Je veux dire, il n'est pas question de fermer la bibliothèque de Lissbeg ?

Tim fit un geste emphatique de la main, révélant par là même une grosse montre violette sur un bracelet à motif écossais.

— Plutôt mourir ! Bien sûr que non.

Mais l'inquiétude continuait de la turlupiner et elle posa sa main sur le bras de Tim.

— Tu es certain ?

Tim haussa les sourcils pour feindre le reproche et, honteuse, elle éclata de rire. Puis, de crainte de l'avoir offensé, elle lui présenta ses excuses. À ce moment précis, Conor apparut à travers la foule, avec des verres de vin en équilibre. Se tortillant comme un contorsionniste, il atteignit sans incident le coin où ils se trouvaient. Les coudes collés au corps, Tim et Hanna abandonnèrent leur conversation et se concentrèrent sur le vin. Il était aussi mauvais que prévu. Dès que ce fut possible, Hanna annonça son départ et Conor l'imita.

— Nous avons le vétérinaire qui vient dans la matinée.

À ces mots, il rougit en se souvenant des directives qu'Hanna lui avait données dans l'ascenseur. Devant son visage cramoisi, elle ne put que sourire. Peu importait à quel point elle essayait de faire avancer son plan de carrière, elle pouvait faire sortir Conor de la ferme, mais impossible de faire sortir la ferme de Conor.

Chapitre 19

LA SEMAINE SUIVANTE, le trajet d'Hanna en bibliobus la conduisit le long de la côte nord de la péninsule. La route courait entre une frange de forêt ancienne et de falaises noires qui dominaient des criques rocheuses, très différentes des plages de sable que l'on trouvait au sud. C'était une autre journée alternant éclaircies et averses. Au-dessus de l'océan, des nuages tourbillonnants emplissaient le ciel. Les arbres sombres regorgeaient de chants d'oiseaux et la route creusée d'ornières empruntée par Hanna était tachetée d'une lumière filtrant à travers les feuilles qui bruissaient.

Parce que les villages étaient moins nombreux et plus éparpillés sur ce côté de la péninsule, son programme comportait plus de haltes, mais qui duraient moins longtemps. L'une des premières avait lieu à un croisement où une ancienne forge et la maison adjacente avaient été transformées en maison d'hôtes. Idéalement placée entre la forêt et les falaises, elle avait été achetée et rénovée quelques années auparavant par un jeune Allemand et son épouse irlandaise. La maison de Günther et Susan proposait quatre chambres avec cabinets de toilette. L'ancienne forge était devenue un espace ouvert pour les clients, où l'on servait les repas sur de longues tables en bois. Un ensemble de canapés et de fauteuils confortables étaient installés en cercle autour d'une cheminée. Günther cuisinait et Susan s'occupait du ménage, gardait les moutons et les chèvres et fabriquait le fromage dans une étable en pierre avec un sol en ardoise qu'ils avaient bâtie derrière la forge.

Lorsque Hanna s'arrêta au croisement, Susan descendit en courant pour lui parler.

— Bonjour, Mlle Casey. Avez-vous réussi à avoir le livre que j'ai commandé ?

Hanna fit le tour de la camionnette pour ouvrir la portière arrière et prendre l'ouvrage. Cette partie de la péninsule avait une couverture haut débit assez efficace et Susan utilisait fréquemment le système en ligne pour demander des prêts interbibliothèques. Peu d'emprunteurs âgés avaient recours à ce système, même si certains retraités du centre de soins comptaient s'inscrire à des classes d'informatique à Carrick qui, étaient-ils convaincus, révolutionneraient leur vie. Ce qui était dommage, avaient-ils dit à Hanna, c'était qu'ils ne pouvaient pas trouver des cours plus près de chez eux. Aller à Carrick le soir n'avait rien d'excitant, même en été. Pour l'heure, leur projet n'avait donc pas abouti. Quoi qu'il en soit, le haut débit sur la péninsule était inégal. Comme Lissbeg était relativement près de Carrick, il y fonctionnait bien. Les gros complexes hôteliers et les commerces importants de Ballyfin avaient exercé une forte pression pour s'assurer que le site de l'antenne tout au bout de la péninsule leur soit favorable. Comme disait Susan, pour tout le monde, c'était chacun pour soi.

— Nous avons de la chance ici, parce que le cousin de Günther à Stuttgart tient une agence de voyages et qu'il nous envoie des gens. Nous recevons aussi des groupes de randonneurs qui reviennent toujours une fois qu'ils connaissent notre adresse. Mais la moitié des B & B ici ont arrêté les frais.

Hanna donna à Susan l'ouvrage qu'elle avait commandé et l'aida à choisir un livre d'images pour Holly, sa fille de cinq ans. Puis, après avoir servi la petite file de personnes qui s'étaient assises sur le mur pour patienter, elle rejoignit le point suivant, à savoir la boutique de Cafferky et le bureau de poste. Comme la boutique de sa famille à Crossarra trente ans plus tôt, elle était tenue par un couple qui vivait à l'étage et s'occupait d'un jardin à l'arrière. Les mêmes articles d'épicerie de base, dont Hanna se souvenait, étaient empilés sur les étagères, mais elle se demandait souvent ce que

Tom aurait pensé des sandwiches et des smoothies que Fidelma Cafferky préparait à la demande, ou du petit Internet café, qui consistait en un ordinateur et deux chaises au fond de la pièce. Elle l'avait mentionné à Mary une fois, qui avait levé les yeux au ciel et reniflé.

— Pour sûr, est-ce que Tom Casey n'a pas été le premier homme à des kilomètres à la ronde à installer une machine à trancher le bacon électrique ? À cette époque-là, aucun de nous n'était à rebours en matière d'innovation. Nous n'aurions jamais survécu si nous étions restés à l'âge de pierre !

En regardant la boutique ordonnée des Cafferky et l'Internet café avec sa liste d'instructions et de tarifs inscrits sur le mur, Hanna estimait que sa mère avait raison. Les gens de Finfarran avaient toujours été pleins de ressources. De nombreux adultes tout comme des gamins de l'âge de Conor cumulaient aujourd'hui deux ou trois emplois pour gagner leur vie, alternant parfois un travail entre l'été et l'hiver, souvent en gérant même une petite ferme. Hanna se reprocha intérieurement de ne pas apprécier la stabilité de son emploi à sa juste valeur. Elle demanda à Fidelma comment marchaient les éco-trips organisés par son fils Dan. Cette dernière haussa les épaules et fit la grimace.

— En toute franchise, il se cramponne à un cheveu. Nous continuons à espérer qu'ils investissent dans les routes pour faire venir plus de visiteurs de ce côté-ci de la péninsule. Ils nous le promettent toujours. Mais on ne sait jamais. Bien sûr, s'ils accouchent d'une quelconque grosse autoroute comme celle qui mène à Ballyfin, ils vont carrément détruire le site.

Son époux se rendait malade à force de rédiger des lettres au conseil à ce sujet.

— Il a écrit si souvent qu'ils le prennent pour un vrai hurluberlu. Et le problème, mademoiselle Casey, c'est qu'il devient terriblement amer. Et il entraîne Dan à devenir aussi cynique que lui.

Fidelma se força à sourire et se retourna pour entrer dans la boutique.

— Vous prendrez bien une tasse de thé quand même, tant que vous êtes là ?

Elle en rapporta une sur un plateau chargé d'un scone tout chaud et d'une autre tasse pour elle-même. Hanna but son thé et servit un vieux monsieur qui était venu restituer un roman. Elle était sur le point de retourner dans la cabine lorsqu'une voiture s'arrêta et qu'une jeune femme aux cheveux rouges en bataille en sortit. Elle était suivie d'un bambin vêtu d'une salopette couverte d'éclaboussures de peinture. La femme, qui portait un tee-shirt *oversize*, un leggings et quantité de perles en ambre, approcha de la camionnette avec une pile de livres. Elle éleva la voix alors qu'elle était encore à plusieurs mètres.

— B'jour, mademoiselle Casey. Je crois que certains sont en retard.

Hanna se raidit.

— Quand vous dites « certains », madame Kelly, je suppose que vous savez lesquels ? Vous trouverez la date de retour dûment tamponnée à l'intérieur de la couverture.

Elle entendit sa propre voix revêche, mais les femmes comme Darina Kelly avaient le don de l'énerver. Celle-ci déposa les livres en une pile chancelante sur le mur et s'accroupit pour détacher le gamin qui lui avait entouré les jambes de ses bras.

— Oh, je dirais seulement quelques-uns. En réalité, ils sont peut-être tous bons. Je ne me suis rendu compte de la date qu'au moment de partir. (Elle lui fit un grand sourire.) Nous avons tellement de chance, n'est-ce pas, d'avoir le bibliobus. Je veux dire, c'est tellement un truc communautaire. Ça réunit les gens. Et beaucoup mieux que de balancer une fortune sur Internet pour acheter des livres qu'on ne lit qu'une seule fois.

Attrapant son bambin, Darina sortit un livre pour enfants du bavoir de la salopette. Il avait été roulé comme un parchemin et les pages étaient toutes gribouillées. L'enfant ouvrit la bouche et hurla. Puis, en titubant dans la direction d'Hanna, il lui toucha la jambe avec le pouce. Sa mère éclata de rire.

— Ce n'est pas mignon ? Un petit dévoreur de livres. Il ne veut pas le rendre.

Elle le souleva et le jucha sur sa hanche d'où il sortit sa lèvre inférieure, colla son doigt sur son nez pour le remonter et regarda Hanna de travers. Darina le ballotta de haut en bas tout en riant.

— Méchante, Mlle Casey ! Vilaine, vilaine bibliothèque !

C'en était trop pour Hanna. Le dos raide comme un piquet, elle se dirigea d'un pas assuré vers la camionnette, plaça les livres dans le compartiment approprié et s'en prit à Darina Kelly.

— Comme vous pouvez le voir, madame Kelly, le livre a été abîmé. Il faudra le remplacer et vous recevrez une facture par courrier. Des frais d'administration seront ajoutés et j'apprécierais un paiement rapide. Aucune amende n'est imputable pour les retards sur les livres pour enfants, mais il y a quatre amendes impayées concernant des livres que vous avez empruntés dans la collection pour adultes. Trois d'entre eux sont dans un état scandaleux. Je suis bibliothécaire, madame Kelly, ce n'est pas mon travail d'enlever les traces collantes sur les couvertures des livres qui sont sous ma responsabilité. Je suggère que, si vous souhaitez profiter des services de la bibliothèque publique à l'avenir, vous surveilliez votre enfant et retourniez vos livres à temps et en bon état !

Plus tard, quand elle quitta la route des falaises et pénétra dans l'ombre de la forêt, Hanna se dit que perdre son sang-froid avec une femme comme Darina Kelly était tout bonnement pathétique. Mais que pouvait-on faire d'autre avec quelqu'un qui laissait son enfant bousiller le *Gruffalo* ?

Chapitre 20

Les matinées d'Hanna commençaient maintenant par une visite au bouc. C'était assez relaxant de se lever une heure plus tôt et de conduire jusqu'à la maison, entre les fossés ornés d'une dentelle de toiles d'araignée constellées de rosée. À chaque fois, elle déplaçait l'animal, attelant sa longe à de lourds objets rendus visibles par son broutage. C'était déprimant de découvrir la quantité de déchets qui se trouvait là, mais rassurant aussi de constater avec quelle efficacité il nettoyait le champ. À certains endroits, la hauteur de l'herbe et l'épaisseur des broussailles le tenaient en échec. Dans l'ensemble, il semblait satisfait de manger sans arrêt. Comme l'arrivée d'Hanna signifiait un déplacement vers un pâturage tout frais, il était toujours ravi de la voir.

Ce matin, elle gratta le poil court et sec sur son front. Elle le détacha d'une vieille essoreuse et l'attacha à un bidon de lait décrépit et plein de terre. Puis elle descendit le champ en flânant vers le mur effondré, avec l'idée de s'asseoir un moment et de contempler l'océan. En traversant le carré dont elle venait de retirer le bouc, elle trébucha et perdit l'équilibre. À genoux sur l'herbe à peu près rase, elle comprit pourquoi : ce coin empli d'ornières était l'endroit où Maggie faisait pousser des pommes de terre.

Fermant les yeux, Hanna inspira le parfum de l'herbe coupée et l'air salé de l'océan. Elle pouvait presque entendre la voix de Maggie l'appeler, le fracas de la poignée du seau en acier galvanisé et le braiment de l'âne qui vivait autrefois dans le champ voisin. Ses mains explorèrent la terre en se remémorant l'enthousiasme annuel, quand elle cherchait les pommes de terre à tâtons dans les sillons. Elle ramassait les premières de la saison. En général, les adultes désapprouvaient l'idée de récolter les pommes de terre, alors qu'elles pouvaient encore grossir. Mais Maggie, qui n'acceptait d'autres diktats que le sien, avait un amour pour les petites pommes de terre nouvelles qu'elle appelait « *poreens* ». Armée du seau et avec la consigne très stricte de ne se servir que de ses mains et jamais d'une fourche, chaque année, Hanna extirpait les plus petites en laissant les autres arriver à maturité. Quand le seau était à moitié plein, elle lavait les *poreens* à l'eau courante. Puis elle les secouait dans la marmite noire suspendue à la crémaillère en fer et les balançait au-dessus du feu. En un rien de temps, elles étaient préparées, versées dans une passoire, mises à sécher près de l'âtre, puis revenues sur la table de la cuisine. Assises sur des tabourets de chaque côté de la table, Hanna et Maggie se les partageaient, trempant chaque bouchée dans un bol de babeurre. Souvent, c'était l'unique assaisonnement qu'elles avaient ; mais parfois, elles les mangeaient avec du poivre blanc ou un gros morceau de beurre, jaune comme du fromage, préparé par un voisin avec lequel Maggie ne s'était pas brouillée. Il apparaissait à l'occasion, posé sur une marche, enveloppé dans une feuille de chou vert. Hanna se rappelait le goût fort, salé, la texture fondante des pommes de terre et la lumière du soleil qui tombait sur la table en bois, bien récurée, par la petite fenêtre. L'été, avec la porte ouverte et l'odeur de paraffine portée par la brise, ces repas-là lui avaient paru merveilleux. Bien entendu, une partie du plaisir venait du fait que Mary Casey aurait désapprouvé leur façon de manger. D'après Maggie, Dieu faisait les pommes de terre pour qu'on les mange avec les doigts. D'après Mary, Dieu, qui avait créé le monde, connaissait tout des germes et des bactéries, ce qui expliquait pourquoi il avait créé les couverts. Rien n'aurait pu les mettre d'accord. Hanna avait appris à manger ce qu'on lui donnait chez Maggie et n'en disait pas un mot chez elle.

À genoux entre les sillons qu'elle avait autrefois explorés à la recherche de trésors cachés, au souvenir de ces repas anciens, elle eut l'eau à la bouche.

Plus tard, assise derrière son bureau à la bibliothèque, elle se demanda si elle devait téléphoner à Fury. Elle avait soutiré son numéro à Conor, mais ne l'avait pas encore utilisé. Son budget pour la maison de Maggie était minuscule en comparaison de ce qu'elle avait dépensé pour ses propriétés en Angleterre. À l'image de la maison d'ailleurs. Mais elle avait bien fait comprendre à Fury qu'elle voulait que les choses soient faites dans les règles. Naturellement, il lui faudrait du temps pour calculer le prix de la main-d'œuvre et des matériaux, et pour lui fournir les informations sur le planning des travaux exigé par le conseil. La dernière fois qu'elle avait entendu parler de lui, c'était il y a une semaine, à l'arrivée du bouc. Cela valait peut-être la peine de lui passer un coup de fil.

À la bibliothèque, la matinée était calme. Vers dix heures, deux jeunes mères passèrent la tête à la porte espérant, à l'évidence, y trouver Conor, et non Hanna. Constatant qu'elles n'avaient pas choisi le bon jour, elles firent demi-tour, redescendirent les poussettes cahin-caha et repartirent avec fracas à la recherche d'un autre endroit pour papoter. Conor avait récemment suggéré à Hanna d'animer un club de lecture, un matin par semaine, pour les mamans avec des enfants en bas âge.

— Vous ne voulez pas que des bambins courent partout dans la bibliothèque, avait-il dit, mais les petits bébés dorment la plupart du temps.

— Et hurlent le reste du temps.

— Ouais, mais la plupart du temps, ils ne hurlent pas. Quoi qu'il en soit, une fois nourris, ils retournent dormir.

Voyant le visage d'Hanna, il avait enchaîné prestement.

— Pas en public, évidemment. Nous pouvons mettre un paravent dans un coin, mettre une ou deux chaises là-bas et peut-être une table avec quelques fleurs.

Hanna en avait déduit que quelque chose d'approchant et de beaucoup moins discipliné devait se passer les jours où elle n'était pas là. Elle s'était montrée inflexible. Une bibliothèque, avait-elle dit à Conor, est une bibliothèque, pas un club. Et certainement pas une crèche. Des jours entiers, elle avait été tourmentée par l'air abattu de Conor, mais elle était restée sur ses positions. La vérité était tout autre. Revenue en Irlande après une rupture humiliante, elle était déterminée à ne pas susciter l'attention des gens. Si elle accordait à Conor son club de lecture, il n'y aurait pas de limites au bavardage et aux commérages. Au lieu de se trouver en droit de les faire taire, on s'attendrait à ce qu'elle se joigne à eux. Et puis, une fois les vannes ouvertes, on voudrait qu'elle préside des comités, organise des sorties et qu'elle lance toutes sortes d'affreux projets qui ne feraient qu'empirer les choses.

Bannissant ce qu'elle savait être une vision absurde d'elle assise au milieu d'un groupe d'atelier d'écriture pour partager l'histoire de sa vie, Hanna s'assura que la porte était correctement fermée derrière les mamans, avant de prendre son téléphone pour appeler Fury. Sans surprise, il ne décrocha pas. Elle patienta en espérant tomber sur son répondeur. Après une longue attente, la ligne fut coupée. Elle reporta son attention ailleurs. Quelques instants plus tard, un petit bip lui signala la réception d'un texto. Hanna fouilla dans son sac, espérant une réponse à son appel manqué. Une fois le téléphone en main, elle regarda l'écran.

ON M'A ACCOMPAGNÉE POUR ACHETER DES TRANCHES DE LARD EST-CE QUE TU RENTRES DIRECTEMENT À LA MAISON

Avec un profond soupir, elle ferma les yeux et se résigna à ramener Mary Casey à la maison après sa virée à Lissbeg.

Alors que sa fille lui avait donné rendez-vous à 13 h par texto, Mary arriva prestement à 12 h 55, un sac de courses en toile cirée sur le bras et sa meilleure amie Pat Fitzgerald sur les talons. Hanna vit immédiatement que c'était un coup monté. Mary n'avait pas quémandé un trajet à Lissbeg à son voisin, Johnny Hennessy, d'une patience à toute épreuve, juste pour acheter des tranches de bacon. Elle avait fait des allusions toute la semaine au fait qu'elle mourrait d'envie de voir la maison de Maggie. Avec Pat Fitz à ses côtés, elle mettait sa fille au défi de le lui refuser. Pat, qui portait une jupe en tweed, des chaussures à Velcro et un anorak jaune vif, affichait un sourire radieux et confiant à l'attention d'Hanna.

— Tu sais quoi ? J'adorerais jeter un œil à ton nouveau projet en allant chez Mary.

Le visage de sa mère était l'incarnation de l'innocence. Elle avait proposé à Pat de venir chez elle pour papoter, dit-elle. Ger assistait à une réunion à Carrick, du coup, il viendrait la chercher plus tard et la reconduirait chez elle.

Comme Hanna les conduisait jusqu'au pavillon, est-ce que ce ne serait pas une excellente idée de faire un détour par la maison de Maggie ?

Sauf à déclencher une bagarre en règle avec sa mère, sous les yeux de Pat, Hanna ne vit aucune issue possible. Elle faisait une demi-journée à la bibliothèque. Elle prit une petite revanche en leur donnant l'ordre de s'asseoir sur un banc jusqu'à treize heures, l'horaire officiel de fermeture. Elle s'accorda ensuite dix minutes de plus pour tout ranger. Puis elle les conduisit jusqu'au parking et avança sa voiture pour leur permettre de grimper à l'arrière. Pat fut hautement impressionnée par les lettres jaunes peintes au pochoir sur sa place de parking.

— Est-ce que tu vois ça, Mary ? Je ne l'ai jamais remarqué auparavant. Je dirais qu'ils ont beaucoup d'estime pour elle à la bibliothèque du conseil s'ils font ça.

Dans le rétroviseur, Hanna les observa en train de s'installer sur la banquette arrière, comme si elles étaient en route pour une promenade. Pendant un instant, elle s'attendit à ce que des sandwiches tout mous et un Thermos de thé émergent du sac de courses de sa mère. Par le passé, les sorties de la famille Casey avaient toujours impliqué des disputes houleuses à propos de l'endroit où pique-niquer. À cette époque-là, la moitié du divertissement pour Hanna résidait dans le fait de trouver un endroit adapté pour manger les sandwiches. Tom, qui était d'accord avec elle, était toujours partant pour faire un peu de marche à la recherche du coin idéal. Mary Casey faisait preuve de bon sens : la nourriture était faite pour être mangée dans un endroit confortable, non pas sur quelque rocher maudit où on était sans cesse tourmenté par des insectes. Chaque fois qu'elle avait le dessus dans la discussion – ce qui était, en général, le cas – ils consommaient leurs sandwiches Marmite-tomate[1] dans la voiture, fenêtres

1. *Marmite est une pâte à tartiner à base de levure.*

fermées pour contrecarrer les projets des mouches, avec de vieux torchons étalés sur les genoux à cause des miettes.

Pat et Mary bavardèrent gaiement durant tout le trajet. Rien qu'à la position des épaules d'Hanna, Mary voyait qu'elle était furieuse de devoir les emmener là-bas mais, pour sûr, cela importait peu. Vous n'obteniez rien dans cette vie à moins d'aller le chercher. Mary n'en pouvait plus de faire des allusions. Depuis qu'on avait vu Fury O'Shea revenir avec sa camionnette à la vieille maison de Maggie, la moitié de la paroisse spéculait sur l'idée stupide d'Hanna. L'autre moitié avait fait un saut jusqu'au pavillon et cuisinait Mary pour obtenir des informations. Non qu'elle en aurait dit un mot, remarque, même si elle avait eu quelque chose à raconter. Mais elle se sentait comme une véritable idiote, assise là, avec un air de réserve, alors qu'elle n'avait pas la moindre idée de ce qui se tramait. Une mère n'avait-elle pas le droit de savoir ce que sa propre fille fabriquait ?

Lorsque la voiture bifurqua pour quitter la route principale, les passagères assises à l'arrière se perdirent dans leurs souvenirs. Les haies n'étaient-elles pas bien mieux entretenues à l'époque et les arbres bien plus petits ? Pour sûr, les arbres grandissent sacrément en trente ans. Ce champ là-bas avait été celui de Dinny Cassidy ou était-ce celui de Bob Murtagh ? Quoi qu'il en soit, il y avait à l'époque deux granges là-bas tout au bout. À moins qu'elles n'aient été ailleurs. Quand Hanna ralentit pour aborder le tournant qui précédait la maison, Mary se pencha en avant et lui tapota le bras avec le doigt. Est-ce que ce n'était pas le meilleur endroit pour se garer, là où la route était le plus large ? Irritée et distraite par le doigt osseux de sa mère, Hanna prit le virage, se gara et éteignit le contact avant de regarder la maison. Alors qu'elle s'apprêtait à ouvrir la portière, elle resta bouche bée. L'extension avait disparu. Le toit en tôle ondulée et les blocs qui la composaient s'étaient tout simplement volatilisés De même que les ardoises du toit. Quant au toit à deux versants de la maison, ce n'était plus qu'une charpente dépourvue d'ardoises.

Le cerveau abasourdi d'Hanna se concentra sur une logique simple : puisque Pat et Mary n'avaient pas la moindre idée de ce à quoi s'attendre, il n'y avait pas de raison qu'elles sachent qu'elle était sidérée. L'essentiel consistait à ne pas avoir l'air surpris. Sur la banquette arrière, on s'agitait en secouant la tête.

— Mon Dieu, c'est dans un mauvais état tout de même, pas vrai ? (Pat Fitz plissa les yeux en regardant par la vitre, l'air dubitatif.) Il va falloir pas mal d'argent pour remettre cet endroit debout, je dirais, Mary.

Mary Casey tendit brusquement la main vers la poignée de la portière.

— Allons jeter un œil, maintenant que nous sommes là.

Hanna eut un accès de panique. Dieu seul savait ce qui avait bien pu se passer de l'autre côté de la maison, ou à l'intérieur. Mary se souleva pour sortir de la voiture et resta debout à contempler la maison. Pat, qui s'était précipitée dehors, de l'autre côté, grimaçait en regardant la boue. Hanna s'exprima promptement.

— Le jardin est une tourbière pour le moment, je suis désolée. J'y ai abîmé une superbe paire de chaussures avant d'acheter mes bottes en caoutchouc.

De l'autre côté de la voiture, Mary rejeta la tête en arrière.

— Un jardin ? Quel jardin ? Tu as une porcherie boueuse de ce côté-ci et un vieux champ à l'arrière.

— Je sais. Écoute, pourquoi ne pas revenir un autre jour quand cela ressemblera moins à un chantier ?

Cette suggestion n'eut aucun effet sur Mary Casey.

— Si c'est ce que tu appelles un chantier, ma fille, tu divagues. Est-ce que ce n'est pas une remise délabrée ouverte aux quatre vents ? Je croyais que tu avais dit qu'il y avait un toit ?

D'un geste péremptoire, Mary écarta simultanément Hanna et encouragea Pat, qui était clairement inquiète pour ses chaussures à Velcro. L'espace d'un instant, on aurait pu croire que celle-ci était sur le point de fléchir, mais Mary, qui pour l'occasion s'était chaussée de grosses bottes de jardinage, se dirigeait déjà d'un pas lourd et décidé vers le portail. Prenant conscience que rien ne pouvait l'arrêter, Hanna se débrouilla pour l'atteindre en premier. Au moins, si elle était devant, avait-elle une chance de garder le contrôle de la situation. Redressant les épaules, elle ouvrit le portail et, suivie par Mary, avec Pat dans son sillage, elle les conduisit le long de la maison sur ce qui était devenu à présent un sentier souvent emprunté. Puis, inspirant profondément, elle tourna à l'angle du mur pignon, faisant un pas hors de l'ombre pour pénétrer dans la lumière du soleil. Le champ qui surplombait l'océan ressemblait beaucoup à ce qu'il était quand elle l'avait laissé le matin même. Il n'y avait nulle trace de Fury. Mais attaché à la poignée d'un rouleau à gazon rouillé se tenait un second bouc en train de brouter, encore plus gros que le premier.

Chapitre 21

AYANT DÉPOSÉ Mary et Pat au pavillon, Hanna roula jusqu'à Carrick avec son téléphone sur haut-parleur. Elle tenta d'appeler Fury sur le chemin. Son numéro avait sonné plus d'une vingtaine de fois le temps qu'elle conduise jusqu'au parking et deux fois pendant qu'elle prenait l'ascenseur pour monter au service d'urbanisme du conseil. En sortant de l'ascenseur, elle essaya à nouveau tout en sachant qu'elle perdait son temps. Il n'y eut pas de réponse non plus quand elle fit tinter la sonnette de l'accueil. Pourtant, il fallait qu'elle discute avec un employé du service. Une porte vitrée flanquée du panneau « Réservé au personnel » et d'un système d'entrée avec code séparait la zone de l'accueil d'un vaste bureau sans cloisons. Hanna regarda à travers la vitre et constata que la plupart des postes de travail étaient inoccupés. Bouillant intérieurement, elle retourna à l'accueil et appuya de nouveau sur la sonnette. D'après le site web du conseil, il était possible de parler à un agent du service urbanisme sans rendez-vous à condition de venir avant dix-sept heures. Il était entendu, néanmoins, que les agents qui effectuaient des visites de site tard dans l'après-midi pouvaient rentrer chez eux ensuite sans revenir au bureau. Aujourd'hui, songea Hanna furieuse, le réceptionniste avait filé lui aussi.

Tandis qu'elle lançait des regards noirs en direction de la porte, un homme avec une sacoche en toile sortit et se dirigea vers l'ascenseur. Manifestement, il ne répondait pas à la sonnette de l'accueil. Hanna appuya dessus une nouvelle fois. Lorsque les portes de l'ascenseur s'ouvrirent, il y eut un bruit métallique derrière elle. Puis, au lieu de monter, l'homme se retourna et s'adressa à elle.

— Puis-je vous être d'une quelconque utilité ?

Il avait autour de quarante-cinq ans. Il était grand et paraissait réservé. Il coiffait ses cheveux sombres vers l'arrière. Son jeans noir et sa veste indigo sans forme évoquaient vaguement une tenue de bureau, et sa chemise ouverte était manifestement coûteuse. Pourtant, à en juger par son col légèrement effiloché, ainsi que par la veste en lin décolorée, ses vêtements avaient dû être achetés il y a fort longtemps. Remontant sa sacoche sur son épaule, il fit un signe de la tête en direction du comptoir de l'accueil.

— Personne ne va vous répondre, je suis désolé. Jo est parti plus tôt parce qu'il était malade.

Hanna leva les yeux au ciel. Elle ne savait pas pourquoi elle avait l'impression que c'était la goutte qui faisait déborder le vase. Les portes de l'ascenseur se refermèrent et l'homme lui adressa un regard interrogatif.

— Puis-je faire quelque chose pour vous ?

— J'en doute. (Hanna était au summum de son irritabilité.) Pourquoi diable n'y a-t-il personne pour remplacer votre réceptionniste ?

Il la dévisagea un instant, avant de hausser les épaules et de se détourner.

— Oh, et puis mince ! (Hanna fit un pas dans sa direction.) C'était grossier de ma part, je vous prie de m'excuser. C'est seulement que... C'est seulement que j'ai conduit depuis Crossarra à tombeau ouvert en espérant attraper un agent de l'urbanisme.

— C'est inhabituel.

— Comment ?

— Eh bien, en général, ce sont plutôt les médecins ou les avocats.

Hanna le regarda d'un air ahuri et il fit une grimace.

— Pardon, mauvaise blague. Je voulais dire qu'un agent de l'urbanisme est rarement considéré comme un bon parti. Généralement, ce sont les médecins ou les avocats.

Hanna sourit avec réticence.

— Oui, eh bien, j'ai déjà essayé l'avocat et je puis vous assurer qu'ils ne sont pas tous aussi géniaux qu'on le dit.

Il lui renvoya un sourire ; s'ensuivit un silence embarrassé durant lequel les portes de l'ascenseur s'ouvrirent avec un bruit métallique et personne n'en sortit. Ensuite, il tendit la main.

— Est-ce que je ne vous ai pas vue l'autre soir à la sauterie de Teresa O'Donnell ?

N'ayant aucun souvenir de l'avoir croisé auparavant, là-bas ou ailleurs, Hanna lui serra la main. Sa voix était agréable et elle ne parvenait pas vraiment à identifier d'où venait son accent.

— Brian Morton.

— Hanna Casey. Je suis bibliothécaire à Lissbeg.

— Bon, est-ce que nous ne recommencerions pas tout depuis le début ? Je suis agent de l'urbanisme.

*

* *

Une demi-heure plus tard, Hanna se levait pour quitter le bureau de Brian Morton. Elle rassembla les formulaires et les brochures qu'il avait réunis pour elle.

— Alors cela devrait vraiment être bon ?

— Tout à fait. D'après ce que vous me dites, l'extension était trop petite pour être couverte par la réglementation. Et même si ce n'est pas le cas, nous pourrons toujours y remédier rétrospectivement.

— Vous êtes certain ?

— Je vous l'ai dit. Les réglementations ne sont pas aussi draconiennes. En fait, on nous encourage à nous plier en quatre pour assister quiconque projette de rénover un bâtiment ancien. Contrairement à la construction du neuf.

— Oui, mais dans mon cas, rien ne semble être planifié, que ce soit selon vos paramètres ou les miens. Dieu seul sait ce qui va se passer ensuite. Je veux que tout soit fait dans les règles, et non pas remis en ordre rétroactivement.

— Voire rétrospectivement.

— Peu importe le terme. Néanmoins, si c'est ainsi que vous le formulez, c'est une erreur grammaticale.

Il la dévisagea d'un air songeur.

— Vous savez, toucher à une maison peut se révéler une expérience pleine d'émotions. Je me rends bien compte que vous avez géré des projets auparavant…

— Oui, c'est vrai. Et bien plus importants que celui-ci.

Sa bouche se durcit et Hanna se maudit intérieurement. Son stress, c'était son affaire et elle n'était pas venue ici pour suivre une thérapie, mais elle n'avait pas non plus l'intention de le snober avec une telle impolitesse.

Brian repoussa sa chaise derrière lui.

— Bon, si c'est tout ce...

C'était épouvantable.

— Non, écoutez, vous alliez rentrer et maintenant on est en pleine heure de pointe. Voudriez-vous... Je veux dire, puis-je vous offrir un verre ?

Il y eut un blanc au cours duquel Hanna fut prise de panique, sentant qu'elle lui devait une explication.

— Je veux juste, voyez-vous, vous remercier. Pour tout. Enfin... pour les informations.

— C'est inutile.

— Oui, mais...

— Écoutez, c'est moi qui devrais vous présenter des excuses. Il aurait dû y avoir quelqu'un à l'accueil à votre arrivée. Et vous avez raison, je partais moi-même en avance, ce que je n'aurais certainement pas dû faire.

— Je n'avais pas l'intention de suggérer...

— Non. Quoi qu'il en soit, vous avez la paperasse et, si vous avez besoin d'aide, n'hésitez pas à téléphoner. (Il désigna son bureau d'un mouvement de tête, qui était parfaitement rangé.) Il faut que je range des choses ici. Il y a un bouton à droite de la porte qui mène à l'accueil. Vous pourrez sortir.

Gênée, Hanna ramassa ses papiers, s'éloigna entre les postes vides et pénétra dans la zone de l'accueil. Un pied dans l'ascenseur, elle afficha un sourire désabusé. Niveau hérissage de poils, la différence était faible entre cette rencontre et le premier face-à-face entre Diablo et le bouc.

Chapitre 22

HANNA AVAIT PARCOURU la moitié du parking quand elle décida, au lieu de se faufiler au milieu de la circulation plutôt dense, de prendre le verre qu'elle avait proposé à Brian Morton. Alors qu'elle faisait demi-tour, elle aperçut Ger Fitz, le mari de Pat, qui se dirigeait vers le bâtiment du conseil. Juste derrière lui se trouvait Joe Furlong, le propriétaire du plus grand hôtel de Ballyfin. Joe n'était pas vraiment un ami, mais Hanna et lui s'étaient fréquemment rencontrés, aussi lui fit-elle un signe de la main. Ger, qui le devançait, avait déjà disparu à l'intérieur du bâtiment, mais à la surprise d'Hanna, Joe tourna la tête, choisissant manifestement de l'ignorer. Pensant qu'il ne l'avait pas reconnue, elle refit un geste à son attention. Les épaules voûtées comme pour se faire tout petit, il disparut par la porte sans regarder derrière lui. Peut-être ne l'avait-il pas vue ou était-il en retard à un rendez-vous. Malgré tout, c'était étrange. Il la connaissait suffisamment bien pour connaître sa réserve, si bien qu'il n'avait pas pu craindre qu'elle l'accapare par des bavardages.

Perplexe, mais pas vraiment préoccupée, elle traversa la route, se fraya un chemin jusqu'au centre-ville et se trouva un coin dans le bar lounge du *Royal Victoria Hotel*. Il y faisait sombre et frais. Les stores étaient à moitié tirés et d'énormes ventilateurs en cuivre ornaient le plafond, sans qu'on les allume jamais. Étant donné le climat de Carrick, cela aurait été parfaitement inutile. L'hôtel avait été construit à la fin du XIXe siècle, en prévision d'une visite à Finfarran d'un membre secondaire de la famille royale britannique. Son nom rendait hommage à la reine, et les investisseurs de l'époque victorienne avaient espéré que, en tant que portail de la magnifique péninsule du comté, Carrick pourrait devenir une destination royale régulière, éclipsant par là même les lacs de Killarney. Cependant, le représentant royal était arrivé avec un rhume de cerveau, et il avait plu durant les vingt-quatre heures de son séjour. Au lieu d'apprécier les délices de Finfarran, il était resté au lit, se plaignant furieusement de bruits dans le système de chauffage de l'hôtel. Le problème des canalisations d'eau chaude avait été résolu une semaine plus tard, et le soleil resplendissait une heure après son départ, mais c'était trop tard. C'était plus d'une centaine d'années avant que Ballyfin ne devienne le secret le moins bien gardé au monde, et depuis, la plupart des visiteurs qui venaient à Carrick préféraient des chambres d'hôtel modernes avec des douches à hydromassage. Néanmoins, les clients du *Royal Victoria Hotel* y découvraient des chambres tranquilles, des lits confortables ainsi que des parties communes avec du mobilier en acajou et des tissus d'ameublement en velours défraîchi. Alors ils y revenaient encore et encore. Il y avait un salon pour dames avec des tables d'écriture, du papier à lettres avec des motifs embossés et des encriers en cuivre ; un fumoir pour les *gentlemen*, transformé en une bibliothèque officieuse pour les clients ; un restaurant grill fréquenté par les directeurs de banque ; et le bar, qui servait du café, des sandwiches aussi bien que de l'alcool. Les membres du personnel étaient, pour la plupart, d'âge mûr et le service excellent. Parmi les barmen se trouvaient des étudiants polonais et roumains. En observant les relations entre eux et leurs collègues, Hanna estima qu'ils s'en étaient bien sortis. Manifestement, les serveuses les maternaient et le chef barman, avec sa mèche un peu rigide rabattue pour dissimuler sa calvitie et un savoir encyclopédique des vins et des spiritueux, adorait son statut de mentor.

C'était le bar qui maintenait le *Royal Victoria* à flot. Les hommes d'affaires du coin s'en servaient pour leurs réunions, ceux qui faisaient leurs courses passaient en coup de vent prendre un café et PJ, le chef barman, avait mis en place un service efficace de plats à emporter pour le déjeuner qui engendrait de longues files d'employés de bureau. Installée dans son coin avec un gin tonic, une petite assiette d'amandes et d'olives, et des rubans de bœuf saignant entre de fines tranches de pain, Hanna se félicita de sa décision. Non seulement elle allait éviter les embouteillages autour de Carrick, mais avec un peu de chance, Pat Fitz et Mary Casey auraient terminé leur papotage à son retour. L'amitié de ses parents avec les Fitzgerald lui avait toujours paru peu vraisemblable. Peut-être Pat, qui n'aurait pas fait de mal à une mouche, était-elle un faire-valoir pour l'effronterie de Mary Casey. Ger Fitzgerald, quant à lui, était tout simplement un pauvre type doté d'une bouche en cul-de-poule et d'un regard froid, qui affichait un air faux et mauvais derrière son étal. L'hypothèse de Conor, qui faisait de lui le lecteur secret de Maeve Binchy, ne faisait rien pour améliorer son image, même si Hanna était certaine que ce n'était rien d'autre qu'une affabulation. Cependant, il y avait eu cette tranche de bacon dans l'exemplaire du *Cercle des amies*. Hanna sirota son gin tonic et sourit en se laissant aller dans le fauteuil. C'était une habitude répréhensible bien entendu, mais les gens laissaient vraiment des choses très intéressantes dans les livres de bibliothèque. Des fils de laine, des images pieuses, des brins d'herbe, parfois même des billets de banque. Et des prospectus comme celui de l'exposition qui avait changé le cours de sa vie.

C'était cela sa vie à présent : faire coïncider l'incompatible. Néanmoins, le plaisir d'avoir une maison à elle la réconcilierait avec elle-même. Inexplicablement, ou peut-être parce que lui aussi avait paru un peu décalé dans son contexte, son esprit voleta jusqu'à Brian Morton. Elle était désolée de l'avoir mouché alors qu'il s'était montré si gentil, mais pourquoi s'était-il vexé ? Il avait trop d'ancienneté pour s'inquiéter de ses accusations sur le fait qu'il quittât son travail trop tôt. En y repensant, il était aussi trop âgé pour occuper un tel emploi. Quand il l'avait conseillée, ses manières expertes et simples lui avaient davantage évoqué un chef de service qu'un *gratte-papier*, comme disait Conor. De toute façon, cela avait peu d'importance et elle ne s'en souciait pas vraiment. Elle avait apprécié son aide. Avec le recul, elle se rappelait son conseil. Il avait écouté son coup de gueule contre ces fripouilles de maçons irresponsables qui agissaient de façon unilatérale, et avait patienté jusqu'à ce qu'elle soit à bout de souffle. Puis il avait levé un sourcil interrogateur.

— Vous souhaiteriez discuter de Fury O'Shea ?

Le trouble d'Hanna avait dû être manifeste. Elle n'avait pas eu l'intention de dire du mal de Fury à un étranger, encore moins à un fonctionnaire. Mais Brian avait souri.

— Fury fait peut-être la loi, mais vous ne pourriez trouver meilleur maçon.

— Tout le monde n'arrête pas de me le dire. Malgré tout, il ferait perdre patience à un saint.

— Je vais vous dire ce qui peut aider, même si vous ne me remercierez pas.

— Allez-y alors.

— Fury est de l'ancienne école. Une fois qu'il commence un travail, votre maison ne vous appartient plus, c'est la sienne. Vous la retrouverez quand il aura rempli le contrat, et pas avant. Non que Fury signe quoi que ce soit. Mais c'est une autre histoire. Personne dans ce bureau n'a jamais été capable de dire s'il est analphabète ou simplement circonspect.

À l'expression d'Hanna, il éclata de rire.

— J'ai dit que vous ne me remercieriez pas, mais c'est la vérité. Et si vous l'acceptez, je dirais que ce sera plus facile pour vous.

Hanna ne l'avait pas remercié, et l'idée de confier la maîtrise de son unique bien immobilier aux mains d'un illettré irresponsable était absolument absurde. Mais comme elle semblait avoir Fury dans les pattes, elle appréciait de savoir qu'une personne – autre que les retraités du centre de soins – l'estimait en tant qu'ouvrier du bâtiment.

— Mais s'il est analphabète, comment diable se débrouille-t-il avec le système ?

— À mon avis, c'est au système de se débrouiller avec lui. Même si nombre de mes collègues ne sont pas d'accord avec moi.

Il avait paru irrité en disant cela. Peut-être était-ce cela. Peut-être Brian Morton était-il vu par son service comme un marginal qui ne cadrait pas pour une promotion. Le comportement d'un marginal n'avait aucunement sa place au sein d'un conseil de comté sur Finfarran, où la plupart des gens essayaient de s'assurer un emploi à vie. Malgré tout, Hanna soupçonnait fortement qu'il y avait autre chose. Elle avait peu de chance d'en découvrir le fin mot, étant donné la façon dont ils s'étaient quittés.

Quand PJ le barman surgit avec des amandes et des olives supplémentaires, elle jeta un coup d'œil à sa montre.

— Un autre gin tonic, mademoiselle Casey ?

— Non merci, PJ, je conduis.

— Peut-être un café alors ?

Ce n'était qu'un petit gin tonic, mais consciente des avertissements répétés qu'elle faisait à Jazz, Hanna hocha la tête. Un café au *Royal Victoria* était toujours préparé à la perfection et servi dans des tasses peu profondes en porcelaine de Chine avec un petit morceau de *shortbread*. Elle avait un exemplaire d'un recueil de nouvelles de Saki dans son sac à main, une lecture qui se mariait bien avec ce bric-à-brac impérial. Une autre demi-heure sous les ventilateurs silencieux lui garantirait que Pat et Mary auraient terminé leur bavardage à son arrivée au pavillon.

Chapitre 23

GER FITZGERALD avait convenu de passer prendre Pat au pavillon de Mary Casey à dix-huit heures trente, mais sa femme savait qu'elle ne devait pas s'attendre à ce qu'il arrive à l'heure. Elle s'en moquait bien, se disait-elle, mais parfois c'était contrariant. Elle avait renoncé à la conduite l'année précédente, alors maintenant, elle n'était pas mieux lotie que cette pauvre Mary, qui n'avait jamais appris à conduire. Bien d'autres auraient pris la route malgré des mains pétries d'arthrite et une vision défaillante, mais Pat n'était pas du genre à prendre des risques. Contrairement à Mary qui envoyait sans cesse des textos à ses voisins, elle ne pouvait se contraindre à faire le tour de ses proches pour quémander un trajet en voiture. Pour être juste, néanmoins, Mary résidait à la campagne, tandis qu'elle-même habitait au cœur de Lissbeg avec tout ce qu'il fallait autour de chez elle. Ger n'avait jamais aimé sa façon de vadrouiller dans sa voiture, qui était un présent de leur fils aîné, Frankie. Encore aujourd'hui, il n'appréciait pas qu'elle passe une journée dehors, et faire un saut chez Mary relevait de l'exception.

Ger avait toujours adoré le pauvre Tom et, pour dire la vérité, il avait autrefois été intéressé par Mary. C'était étrange que Tom et lui ne se soient pas brouillés à son sujet, quand tous les quatre étaient chez les sœurs et les frères et qu'ils mangeaient des chips après l'école près de l'abreuvoir sur Broad Street. L'abreuvoir était encore rempli d'eau en ce temps-là. Un jour que Ger se pavanait le long du bord comme un funambule, un autre garçon l'avait poussé dedans. Mary et Pat l'en avaient sorti pendant que Tom saisissait l'autre camarade par le cou et lui collait la tête sous l'eau. Cela se passait ainsi entre Tom et Ger : ils s'étaient toujours soutenus mutuellement. Finalement, tous les quatre étaient restés bons amis. Quand Mary acquit, en se mariant, le bureau de poste de Crossarra, Pat obtint la boucherie de Lissbeg. Pour rendre justice à Ger, elle avait eu de la chance de l'avoir, malgré son côté difficile à satisfaire. Tom avait dépensé tout son argent pour répondre aux caprices de Mary Casey, mais Ger était un homme avare qui, à ce stade, pouvait vendre et acheter la moitié de la péninsule. Alors, d'une certaine façon, Pat n'avait aucun regret : elle avait fait la meilleure affaire.

Elle regrettait vraiment une chose toutefois : la séparation d'avec ses deux plus jeunes garçons, tous deux partis au Canada. Ger n'avait jamais fait de secret sur la manière dont il laisserait son argent. Pas plus que son père avant lui, avait-il dit, il n'avait travaillé toute sa vie pour voir ses affaires dilapidées par ses fils. Donc tandis que Frankie, l'aîné, avait pris sa relève à Lissbeg, Jim et Sonny furent envoyés à l'université. Leur diplôme en poche, ils s'étaient envolés pour le Canada, tout comme Ger l'avait prévu. Puis, au bout de quelques années, ils s'étaient installés et mariés à Toronto. Avec leur travail et le coût prohibitif des vols jusqu'en Irlande, aucun d'eux n'était souvent revenu durant les vingt dernières années. Par conséquent, malgré les appels téléphoniques, les cadeaux et un voyage de temps en temps au Canada, pour une première communion ou une confirmation, les petits-enfants de Pat avaient grandi à l'autre bout du monde. Il était plus facile de rester en contact aujourd'hui, avec Skype et les e-mails, mais chaque fois qu'elle postait une photo sur la page Facebook de la famille Fitzgerald – que Frankie avait ouverte pour elle –, Pat se disait que le mal était fait et qu'il n'y avait aucun moyen de revenir en arrière. Elle faisait de gros efforts pour poster des choses susceptibles d'intéresser les petits-enfants, mais parfois, les photos restaient là pendant des semaines sans susciter aucun commentaire. Puis un smiley ou un « On t'aime, Maman » suivi de trois points d'exclamation apparaissait dessous à côté d'une petite image de Sonny. Ce qui la rendait encore plus malheureuse. Les Fitzgerald n'avaient jamais exprimé leur amour mutuel, et aucun des enfants de Pat ne l'avait jamais appelée « Maman ». Parfois, elle se disait que Sonny ne regardait jamais la page Facebook, pas plus que ses enfants, et que c'était son épouse canadienne qui collait les sourires et les commentaires, par pure pitié. Les enfants de son autre fils, Jim, qui étaient à présent à l'université, pensaient apparemment que Facebook était « bidon ». Par conséquent, ils ignoraient complètement la page. Mais au moins envoyaient-ils des lettres pour remercier Pat des chèques livres envoyés pour leurs anniversaires, même si elle n'était jamais certaine qu'ils mettent les chaudes écharpes et pull-overs qu'elle leur tricotait. Il faisait un froid terrible au Canada, elle le savait, et rien ne rivalisait avec la chaleur de la laine.

Installée dans la cuisine de Mary Casey, Pat se dit que c'était un endroit génial pour papoter. Dès qu'Hanna les avait déposées au pavillon, Mary avait mis la bouilloire sur le feu d'un geste vif puis sorti un magnifique gâteau. Il était au café et aux noix, comme Pat les adorait. Ils n'en mangeaient jamais à la maison à cause des dentiers de Ger. Mary n'était pas du genre à manger à l'extérieur alors, bien que le soleil soit de sortie et que le jardin ait l'air charmant, elles s'assirent à la table de la cuisine. Pat devinait que Mary n'avait pas été emballée par la maison de Maggie, et qui pourrait l'en blâmer ? C'était une vieille carcasse et le champ une décharge.

Cela dit, tenta-t-elle, les boucs allaient nettoyer les herbes tout autour en un rien de temps, et n'était-ce pas une riche idée que de les avoir mis là ?

Mary mélangea son thé en désapprouvant massivement et déclara qu'il faudrait plus que deux boucs pour rendre l'endroit habitable. Tout était dans un état désastreux et l'avait toujours été. Hanna Mariah pouvait dire ce qu'elle voulait, mais une expression fugace révélait que les choses lui avaient échappé. Comme un lapin pris dans les feux d'une voiture. Est-ce que Pat l'avait vu ? Cela faisait peur. Mary baissa la voix avec un air de mauvais présage.

— Je te dis une chose aujourd'hui, Pat, et je ne te dirai rien de plus. Peu importe comment elle s'attendait à trouver cet endroit, ce n'était pas ce que nous y avons trouvé.

— Ah, pour sûr, tu ne peux jamais amener un maçon à coller au planning.

— Mais regarde qui elle fait travailler.

Pat sentit qu'un peu d'équité devait être injectée dans ce drame.

— Bon, aux dires de tous, Fury travaille bien.

— C'est un opportuniste et il l'a toujours été.

Mary déposa une grosse tranche de gâteau sur une assiette ornée de roses et la poussa sur la table. Et n'avait-il pas été génial avec Maggie Casey cinquante ans auparavant ?

— Tu n'es pas en train de dire… ?

— Un peu de bon sens, ma fille, pour sûr Maggie avait dans les soixante-dix ans ! Ce que je dis c'est qu'ils faisaient la paire. Fury n'a jamais un mot courtois pour âme qui vive et tu sais très bien comment était Maggie.

— Ah, elle n'était pas si mauvaise. (Pat retira une noix de sa tranche de gâteau et la grignota avec plaisir.) Tu as toujours eu une dent contre la pauvre femme et, à mon avis, Mary Casey, tu étais un tout petit peu jalouse d'elle.

Elle inclina la tête vers Mary, remua son thé et attendit que la tempête se déchaîne. Mary sourit d'un air grave.

— Au nom du Seigneur, Pat Fitz, depuis combien de temps on se connaît toi et moi ? Est-ce que tu penses vraiment que je vais mordre à cet hameçon ?

Pat haussa les épaules.

— Est-ce que Tom ne passait pas un sacré paquet de temps avec Maggie ?

— Et quand bien même ?

— Oh, rien du tout, je disais seulement ça comme ça.

Mary se leva, marcha d'un pas raide jusqu'au réfrigérateur et revint avec une bombe de crème chantilly. Après l'avoir vigoureusement secouée, elle libéra une montagne mousseuse sur le côté de l'assiette de Pat avant d'en faire de même sur la sienne. Puis, se rasseyant, elle s'appliqua à manger son gâteau au café. La vérité, se dit-elle, était que Pat Fitz avait raison. Tom était l'époux le plus attentionné que vous puissiez trouver à des kilomètres à la ronde. Pourtant, elle lui en avait voulu quand, au lieu de consacrer son temps libre à sa pauvre épouse qui le méritait, il se rendait chez Maggie pour empiler de la tourbe, terrer des pommes de terre ou lui tenir compagnie pendant des heures près du feu. Cela rendait Mary folle, mais bien sûr, elle n'en disait rien. Elle aurait eu l'air fin de se plaindre que Tom s'occupait de sa tante, alors qu'il était son unique parent. Au début, elle avait souri et l'avait toléré. Puis, dès qu'Hanna avait été assez grande, elle avait commencé à envoyer sa fille là-bas pour donner un coup de main à Maggie. Mary était tout à fait consciente qu'Hanna détestait la vieille dame coléreuse autant qu'elle, mais comme elle le disait à Tom plusieurs fois par jour, cela ne faisait pas de mal à l'enfant de se rendre utile. Ce qu'elle ne disait à personne, c'était que les sollicitations d'Hanna pour attirer l'attention de Tom la contrariaient aussi, alors en l'envoyant dans la maison de Maggie, elle faisait d'une pierre deux coups.

Un tas de crème fouettée tomba de la fourchette de Pat sur la table. Mary se leva en quatrième vitesse et alla chercher une lavette dans l'évier. Personne ne se doutait à quel point Tom lui manquait. Elle savait bien que tous pensaient qu'il l'avait gâtée, et peut-être était-ce le cas. Mais elle savait aussi qu'il l'avait aimée à l'instant où il l'avait vue à l'autre bout de la cour d'école à Crossarra, et que le jour où elle avait accepté de l'épouser était le plus beau jour de sa vie. C'était la dernière chose qu'il lui avait dite dans l'horrible box de l'hôpital, avec le médecin au visage bovin qui se penchait sur lui en le revendiquant comme sien. Ils avaient essayé de mettre Mary dehors, mais elle n'avait pas bougé d'un centimètre. Tom avait attrapé sa main et elle n'avait aucune intention d'aller nulle part, pas même si le ciel leur tombait sur la tête et que la terre s'ouvrait sous ses pieds. Elle tint bon contre tous sans exception. Tom l'avait attiré à lui et lui avait murmuré ces mots à propos de leur mariage. Puis il était parti.

Chapitre 24

BRIAN MORTON examina les options possibles. Un gratin de pâtes au poulet dans un plateau en aluminium recouvert de plastique ou une brique de soupe épaisse au prix ridiculement élevé, avec un sachet de feuilles de salade lavées. Rien ne lui semblait appétissant. Dans son appartement l'attendaient les ingrédients nécessaires à la préparation d'un vrai repas, mais pour cela, il devrait les décongeler, les mélanger puis les cuisiner, or c'est tout de suite qu'il avait faim. Chassant la pensée aussi indigne qu'infondée qu'il y aurait davantage de choix en promotion s'il avait rejoint le supermarché plus tôt, il rejeta à la fois le poulet et la soupe, puis retourna à sa voiture, les mains vides. La journée avait été torride et promettait un magnifique coucher de soleil. Par conséquent, il ferait tout aussi bien de rentrer se changer, d'attraper du fromage et quelques biscuits et de partir se balader. L'un des avantages à vivre à Carrick consistait à profiter de l'arrière-pays sauvage qui s'étendait à l'intérieur de la péninsule. Une autre compensation résidait dans les couchers de soleil spectaculaires que l'on pouvait admirer, assis sur les falaises à l'ouest de Finfarran. De retour dans son appartement, Brian se changea et enfila des chaussures de marche. Il prit son appareil photo et un coupe-vent. Du sixième étage, il descendit par l'ascenseur jusqu'au parking souterrain de l'immeuble avant de se mettre en route pour Ballyfin. Malgré l'attrait indubitable de ses restaurants gastronomiques, la ville de Ballyfin en elle-même ne l'intéressait guère. À six ou huit kilomètres à l'extérieur de Carrick, il quitta la route nationale bien entretenue, tourna à droite, descendit une route secondaire sinueuse et se dirigea vers son perchoir préféré : à l'abri d'un énorme bloc de roche sur une falaise battue par les vents. La seule construction à des kilomètres à la ronde était une ferme dans le lointain, entourée de granges et d'étables. Un œil rivé sur le ciel, Brian se gara près d'un champ, escalada le portail et traversa le pâturage accidenté. Un groupe de moutons, perturbés par son arrivée, dériva hors de son chemin. À l'autre bout du champ, il se glissa entre quelques fils barbelés tendus sur des piquets de clôture en bois, puis se fraya un passage le long du bord dépourvu de rambarde, qui surplombait l'océan. Après avoir un peu crapahuté, il atteignit la masse rocheuse et s'assit en y calant son dos. Le timing était parfait. Sur ce haut promontoire, il pouvait manger des biscuits salés et du camembert adossé à la pierre chaude et contempler le soleil décliner. La vue était à couper le souffle. Les chaussures plantées dans l'herbe sèche et coriace, il fouilla à tâtons dans sa poche à la recherche de son casse-croûte, l'étala devant lui et fixa l'horizon du regard.

*
* *

La journée avait été vaguement irritante, ce qui n'avait rien d'inédit pour Brian. Il partageait un bureau avec des gens agréables, avec qui il n'avait pas grand-chose en commun. Comme la majorité d'entre eux avait la moitié de son âge, ceux qui ne sortaient pas tous les soirs faisaient des économies en vue d'un mariage ou s'occupaient d'une maisonnée pleine d'enfants. Par conséquent, la conversation autour de la fontaine à eau était limitée. Cela aurait été trivial de rejeter ses collègues à cause de leur manque d'ambition, mais pour Brian, qui avait toujours considéré les quatre murs d'un bâtiment du conseil comme le périmètre de l'enfer, leurs aspirations les rendaient antipathiques à ses yeux. Naître dans une petite ville rurale qui avait toutes les prétentions d'une grande sans en avoir le raffinement, puis choisir de s'y installer lui semblait bien étrange. Pourtant ses collègues partageaient tous une chose : que leur travail les remplisse d'enthousiasme ou leur fournisse un moyen facile de se la couler douce jusqu'à la retraite, ils paraissaient contents d'évoluer dans cet environnement. Brian supposait que les personnes de leur génération, sans attaches et libres comme l'air, s'étaient précipitées vers les aéroports et les gares, dès la fin de leurs études. À l'inverse, ceux qui restaient s'étaient dépêchés de trouver des emplois proches de leurs anciens camarades d'école et de leur famille.

À leur âge, l'idée même de s'installer était inconcevable pour Brian. Même maintenant, se dit-il tout en mordant dans une pomme découverte dans la poche de sa veste, son boulot actuel, de neuf à dix-sept heures, lui hérissait presque le poil. D'un autre côté, songea-t-il, s'il devait passer ses journées dans le bureau central de l'urbanisme de Finfarran, il était mieux loti dans l'open space que dans un cagibi partagé avec ses supérieurs du département, dont l'un adorait sa patrie et l'autre était un ivrogne. Quelques années plus tôt, quand Brian avait débarqué ici à quarante-six ans, il était surqualifié pour le boulot auquel il postulait. Con Short et Paddy Mackin, tous deux au cœur de la cinquantaine, avaient laissé tomber leurs petites chamailleries et s'étaient unis pour qu'il ne gravisse pas les échelons. Aujourd'hui, cette alliance perdurait par pure habitude. Au fil des ans, Brian n'avait révélé aucune ambition dissimulée. Tout le personnel du service avait donc cessé de se demander ce qu'il fabriquait là – contrairement à Brian lui-même qui se posait cette question presque chaque jour sans jamais trouver de réponse convaincante.

Ce qu'il savait néanmoins, c'est que l'introspection ne le menait nulle part. Alors, le dos collé contre la pierre chaude, il se concentra sur son environnement immédiat. Comment pourrait-on avoir envie d'être ailleurs qu'ici ? Il regardait droit vers l'ouest où le ciel s'embrasait de nuages écarlates. Une trouée de lumière commençait à scintiller à travers l'océan en direction du soleil couchant. Tendant la main pour prendre l'appareil photo dans sa poche, Brian hésita et, à la place, enserra ses genoux de ses mains.

Il avait pris tellement de photos de couchers de soleil ces dernières années que les murs de l'appartement qu'il louait à Carrick en furent progressivement recouverts. Finalement, quand le dernier carré de peinture rose pâle eut disparu sous une autre étude écarlate et or, il les avait toutes décrochées pour les jeter à la poubelle. Il lui avait paru ridicule de tenter de capter cet instant sublime où le disque ardent disparaissait dans l'océan. En regardant dans l'objectif, l'œil perdait sa vision périphérique. Autour, les senteurs et les sons qui faisaient intégralement partie du moment se perdaient dans la tentative vaine de le capturer. En se remémorant les murs vierges de son appartement du sixième étage, transpercés par une multitude de minuscules trous de punaises, Brian essaya d'annuler à la fois l'expérience et l'impatience, et de se concentrer sur le présent. Les nuages étaient marbrés de doré. Les vagues se soulevaient mollement tandis que le rayon de lumière qui les éclairait s'élargissait de plus en plus. Sous lui, le bruit des déferlantes qui heurtaient les falaises évoquait le rythme de percussions. Brian était assis là, face à l'horizon, pendant que le soleil disparaissait dans l'océan. Le ciel gigantesque se changeait en nacre et le bord des falaises, qui s'éloignaient en dessinant des courbes vers le nord-ouest, s'assombrissait et s'atténuait. Puis une brise fraîche vint fouetter l'herbe, éparpilla les miettes de biscuits et emporta violemment l'emballage du camembert. Brian lança son pied droit sur le papier pour l'épingler au sol d'un coup de talon. Quand il releva les yeux, l'horizon était une tache sombre bordée d'argent et la trouée de lumière avait disparu.

Il avait projeté une balade au crépuscule le long des falaises. Mais comme le vent venu de l'océan gagnait en force, il se leva et regagna sa voiture. Le fromage et les biscuits salés lui avaient ouvert l'appétit, et ce dont il avait envie, c'était d'un vrai repas. Néanmoins, l'idée de chercher une table dans un restaurant de Ballyfin en haute saison était vouée à l'échec, aussi tourna-t-il pour prendre la route principale et entamer le trajet de retour jusqu'à Carrick. En plus d'avoir faim, il était aussi vaguement mécontent. Il continuait à penser qu'il aurait trouvé un dîner décent au supermarché, si cette Casey ne l'avait pas retardé. Bien entendu, il aurait pu l'ignorer en sortant du bureau, mais son air assuré dissimulait tellement mal sa panique qu'il s'était retrouvé, malgré lui, à lui proposer de l'aide. Maintenant, il se disait qu'il aurait dû faire preuve de plus de bon sens. Les gens qui prenaient en charge plus qu'ils ne pouvaient gérer avaient toujours été sa *bête noire**[1]. S'ils voulaient se compliquer la vie, c'était leur affaire, mais quand ils attendaient des autres qu'ils viennent à leur secours, c'était rageant. Dans ces cas-là, choisir de s'impliquer était idiot. Sur le coup, il avait conscience que cette femme allait lui causer des difficultés. Il savait, d'après les ragots qui circulaient, que les gens ne l'appréciaient pas. « Snob » était l'adjectif le plus clément qu'il avait entendu au sujet d'Hanna Casey. Après leur rencontre aujourd'hui, il voyait assez bien pourquoi. Pourtant, en l'apercevant à l'autre

1. *Les mots en italique suivis d'un astérisque sont en français dans le texte original (NDT).*

bout d'une pièce lors de diverses manifestations, ou pendant qu'elle se faufilait dans la circulation à Lissbeg, il avait apprécié son dos droit et la manière dont elle nattait ses cheveux sombres en arrière. Dans son bureau, il avait trouvé les mains d'Hanna avec leurs ongles coupés court plutôt attirantes. Un salon de manucure chinoise venait d'ouvrir à Carrick et toutes les femmes de la ville semblaient arborer des serres aux couleurs criardes, qui s'écaillaient ou cliquetaient chaque fois qu'elles répondaient au téléphone ou se servaient d'un clavier. Hanna Casey ne portait même pas de bague.

Sur le trajet vers Carrick, Brian ralentit pour permettre à une camionnette de s'insérer dans le flux de la circulation. Elle émergeait de l'allée privée en gravier d'un pavillon rose fluo, qui agaçait Brian chaque fois qu'il passait devant. La camionnette, sur laquelle il était écrit : « Boucher Fitzgerald, Lissbeg », traversa la voie devant lui. Le petit homme ratatiné qui conduisait regarda droit devant lui d'un air maussade, mais la femme assise à ses côtés, vêtue d'un ciré jaune, lui adressa un geste de remerciement. Il la salua d'un hochement de tête et continua sa route en se demandant une fois encore comment diable ce pavillon tape-à-l'œil avait bien pu recevoir un permis de construire.

Dans la camionnette du boucher, Pat lança un regard oblique à Ger. Il n'avait jamais été le genre de conducteur qui remerciait les gens sur la route, mais ce soir, il paraissait encore plus fermé que d'habitude. Il n'avait eu aucune envie de s'arrêter boire un verre en venant la chercher au pavillon. Pat n'était pas portée sur la boisson en règle générale, mais elle appréciait de prendre un martini avec Mary. C'était un très bon moyen de se détendre et cela lui rappelait les jours anciens, quand Tom était encore vivant. Tom préparait toujours des martinis pour Mary et elle, et il servait une bière ou un whisky pour Ger et lui. Ger était en forme quand ils se retrouvaient tous les quatre. Maintenant, sur le chemin de Crossarra à Lissbeg, il demanda des nouvelles de Mary.

— Pour sûr elle va très bien, tu ne l'as pas vue quand tu es entré ? Tu aurais dû rester prendre un verre.

Il avait eu une longue journée, dit-il, et n'avaient-elles pas cancané toutes les deux pendant des heures de toute façon ?

— Bon sang, Ger, tu aurais pu prendre une bière. N'étais-tu pas content d'entrer et de voir Mary ?

Ger grogna. Il l'était, supposait-il, même s'il ne savait pas que la pauvre Mary allait aussi bien.

— Ah, Tom lui manque. Tout le temps, je dirais. Et même si elle ne l'admettra jamais, elle est bouleversée à la pensée de perdre Hanna. Ce pavillon a toujours été trop grand pour Mary après la mort de Tom.

— Hanna ne fait que déménager un peu plus loin sur la route, femme, de quoi parles-tu ? Et est-ce que Jazz ne réapparaît pas toutes les dix minutes avec une pile de linge sale ?

Pat soupira. Il disait sûrement vrai et Mary Casey avait plus de chance que beaucoup d'autres, mais Ger ne comprendrait jamais ce que c'était qu'avoir un nid vide. Elle pinça les lèvres et se tut. Au bout d'un moment, il lui lança un regard oblique et grogna.

— Je suppose que ça s'agite et ça s'active dans ta tête sur le fait de ne jamais rendre visite aux enfants à Toronto ?

— Même si c'était le cas, ce serait de toute façon une perte de temps.

— Eh bien, tu pourrais te tromper.

Il eut l'air heureux comme un pape, tandis qu'il balançait le volant pour prendre le tournant de Lissbeg. On ne sait jamais, ils pourraient peut-être se volatiliser tous les deux pour le Canada à Noël, ajouta-t-il. Pat en resta bouche bée, mais avant qu'elle n'ait eu le temps de poser la moindre question, il remua un doigt dans sa direction.

— Attention, je ne promets rien. Le silence est d'or. Mais j'ai eu une bonne réunion aujourd'hui à Carrick, c'est tout ce que je peux dire. Non, je dirais plus, j'ai eu une excellente réunion.

Pat se sentit presque prise de vertige quand elle s'appuya contre le dossier du fauteuil passager.

Elle n'avait aucune idée du projet que Ger avait dans les cartons pour arriver avec cette perspective extraordinaire. Ger adorait se voir comme un homme d'affaires. La plupart du temps, elle le soupçonnait de ne rien faire d'autre que de bonnes transactions à la bourse aux bestiaux ou de repérer un morceau de terrain. Néanmoins, elle se doutait bien que beaucoup d'argent passait entre ses mains. Étonnamment, il semblait envisager d'en dépenser. Cela faisait quinze ans que Pat n'avait pas vu Sonny, Jim et ses petits-enfants. À peine quelques instants plus tôt, elle n'avait aucune idée du moment où elle pourrait les revoir. Les quelques mots de Ger avaient le pouvoir de tout changer. Rendue muette par un sentiment de reconnaissance, elle se retourna et lui sourit. Son esprit bouillonnait. Elle se mit à anticiper des virées de courses à la recherche de valises et tous les cadeaux adorables qu'elle pourrait choisir, empaqueter et emballer.

Chapitre 25

Jazz s'étira, roula sur son lit et contempla les heures oisives qui l'attendaient. Avec les déplacements professionnels effectués par ses colocataires, on ne pouvait jamais savoir comment la journée allait tourner, mais cette fois le timing était parfait. Elle aurait l'appartement pour elle seule presque toute la journée. Dans la soirée, ses colocataires rentreraient. Georgiou avait proposé de préparer le dîner pour les filles, si Jazz allait faire les courses. Il lui avait laissé une liste pour le marché, avec des instructions précises sur la façon de tâter les melons pour s'assurer qu'ils étaient mûrs, et d'acheter la bonne sorte d'origan. Georgiou était toujours suspicieux quant à la qualité des produits français, ce que les autres trouvaient hilarant. C'était un merveilleux cuisinier qui économisait pour suivre une formation de chef. Comme il ne cessait de le leur répéter, elles avaient de la chance de l'avoir. À présent qu'elle était réveillée, les projets de Jazz consistaient à s'accorder un long bain au lieu de sa douche quotidienne, passer la matinée à paresser dans la cour et aller au marché vers midi. Là, elle prendrait un café sur la place et achèterait la nourriture pour le dîner.

Bien qu'elle appréciât le travail d'équipe et la convivialité dans son travail, elle attachait beaucoup de valeur à ces heures de solitude. Quand les autres étaient à la maison, il y avait toujours quelqu'un pour jouer de la musique ou pour crier d'une chambre à l'autre. Des portables sonnaient sans arrêt. Elle roula hors de son lit sans prendre la peine de jeter un œil à son téléphone et sortit à pas feutrés sur le balcon. Elle avait choisi une chambre à partager pour le plaisir de ce minuscule espace. La vigne s'enroulait autour de la balustrade et, au loin, des montagnes se laissaient apercevoir entre les toits du voisinage. Sa camarade de chambre, Sarah, était rarement sur les mêmes déplacements qu'elle. Par conséquent, ce n'était pas réellement une camarade de chambre. De toute façon, elles s'entendaient bien. En fait, à l'exception de disputes ou de bouderies occasionnelles, et des fois où Georgiou poussait une gueulante au sujet de l'état du four, la vie dans la maisonnée était une vraie réussite. Elle n'aurait jamais pu l'imaginer quand elle s'était retrouvée là via l'un des panneaux d'affichage de son travail, mais cette colocation avait bien fonctionné dès le départ. La grand-mère de Jazz était devenue dingue quand elle en avait entendu parler pour la première fois.

— Tu emménages avec un tas d'étrangers que tu as rencontrés sur Internet ? Est-ce que tu as perdu la tête ou n'as-tu jamais lu le journal ?

Cela n'avait servi à rien d'expliquer que le panneau d'affichage se trouvait dans la section personnel, du site internet de la compagnie aérienne : Jazz avait même ouvert son ordinateur portable et lui avait montré que le panneau n'était accessible qu'aux employés, qui pouvaient poster des annonces par le biais d'un modérateur, mais Mary Casey n'avait pas été ébranlée.

En réalité, la mère de Jazz avait été la seule à s'être montrée raisonnable. Quand son père avait entendu parler de la colocation, il avait eu un regard stoïque et avait proposé de lui payer le loyer d'un logement à elle, si elle se désengageait. De toute manière, son père détestait son travail dans la compagnie aérienne. Ils ne s'étaient pas réellement disputés à ce sujet. La plupart du temps, il refusait la dispute, estimait Jazz, parce qu'il ne supportait pas de la perdre. Il avait gardé son regard stoïque pendant plusieurs de ses visites. Cependant, très tôt dans sa vie, elle avait appris à l'ignorer. Se mettre en colère contre son père était une perte de temps. Tôt ou tard, il céderait et lui rendrait son sourire, parce qu'il n'avait pas d'autre option. Tout du moins, c'était ainsi que cela fonctionnait pour Jazz. Ils aimaient passer du temps ensemble et, en définitive, il ne pourrait jamais se résoudre à mettre cette relation en péril. Des années plus tôt, il avait dit à Jazz que la chose la plus importante dans la vie était d'être heureux. Même à cette époque-là, elle avait trouvé que cette philosophie était dangereuse : à moins de vivre dans une boîte, le bonheur dépendait largement des autres ; de sorte que si le bonheur vous importait plus que tout, votre vie, que vous en ayez conscience ou non, reposait en grande partie dans les mains d'autrui.

Jazz, quant à elle, voyait les choses d'un œil différent. La chose la plus importante pour elle était l'expérience – bonne, mauvaise ou neutre –, et de vivre des désaccords, pas forcément d'en sortir vainqueur. Quand elle était à l'école, tout le monde avait imaginé qu'elle irait à l'université. Son père avait voulu qu'elle aille dans son ancienne université à Cambridge, où à l'aube des temps, grand-père George avait également étudié. Par conséquent, la majeure partie de sa vie, Jazz avait supposé que c'était ce qui se passerait. Puis, dans la tourmente du déménagement en Irlande, il était apparu que, d'une certaine façon, tous ces plans étaient tombés à l'eau. Elle avait détesté ce déménagement au début. Elle aussi avait adopté un regard stoïque pendant un temps. Avec les années, son nouvel environnement lui avait ouvert des possibilités inédites. Dans son école privée de Londres, tout le monde empruntait le même cheminement étroit : un diplôme à Oxford, un prestigieux stage en entreprise – certainement payé par Papa –, et une carrière qui, année après année, assurait une augmentation constante du revenu. Par opposition, les gens avec qui elle allait à l'école à Lissbeg avaient toutes sortes d'aspirations ; peu d'entre elles renfermaient une certitude. Peut-être était-ce parce que leurs modèles étaient différents. Pour la plupart, leurs parents étaient fermiers ou pêcheurs, et leurs moyens de subsistance dépendaient de la météo, ou alors c'étaient des personnes dont les affaires changeaient et évoluaient au gré du climat économique. Certains de ses camarades de classe projetaient de continuer leurs études. D'autres se contentaient de rire et de dire qu'ils n'en avaient pas les moyens. Pourquoi ne pas commencer à travailler au lieu de se retrouver coincé avec un énorme prêt étudiant ? Il y avait aussi des gens comme Conor McCarthy avec une famille à charge. Conor avait toujours rêvé d'aller à l'université, lui avait-il confié, mais au vu de la situation, il n'y avait aucune chance que cela lui arrive : son frère Joe et lui devaient continuer à faire tourner la ferme.

— C'est probablement aussi bien. Si j'étais allé à l'université, mon père m'aurait forcé à prendre agriculture.

— Et tu n'aurais pas eu envie ?

— Mon Dieu, non. La moitié des trucs qu'ils t'enseignent porte sur l'expansion et la rationalisation, et des trucs qui ne m'intéressent pas du tout. C'est de l'agro-industrie, pas de l'agriculture.

Ce qu'il voulait, c'est être bibliothécaire comme la mère de Jazz. La jeune fille ne voyait pas ce qui l'attirait là-dedans. La bibliothèque de Lissbeg semblait vide la plupart du temps et sa mère paraissait ne tirer aucun plaisir de son travail.

— Bon, ouais, peut-être et… ce n'est pas contre elle, remarque, mais je dirais qu'elle pourrait changer les choses si elle le voulait. Vraiment changer l'ambiance, en quelque sorte.

Jazz avait l'impression que le grand bâtiment du couvent avec sa partie fermée à l'arrière, sa cour d'école à l'abandon et les bureaux temporaires du conseil ne pouvait être autre que sinistre. Alors, de quelle façon la bibliothèque, coincée dans le hall de l'ancienne école, pourrait-elle bien se transformer en un centre vibrant d'énergie comme Conor l'envisageait ? Mais il ne lui semblait pas juste de contester ses dires. Le pauvre gars était bloqué à Lissbeg avec ses fantasmes, alors que des personnes comme elle n'avaient qu'à se lever et partir. C'était tout l'attrait de son travail dans une compagnie aérienne. Elle pouvait voyager dans le monde entier et vivre où elle le voulait, découvrir de nouvelles façons de penser, de manger, de se quereller et d'expérimenter des choses que ses camarades de Londres ne pourraient même jamais imaginer. Il fallait reconnaître que, en ce moment, elle voyait tout un tas d'horribles aéroports et pas grand-chose d'autre. Mais elle ne travaillait que depuis six mois et elle en était là, à vivre en France dans son appartement, avec une cour, une vigne et un balcon, même si elle devait tout partager.

La salle de bains étincelait, ce qui signifiait que Georgiou avait été le dernier à l'utiliser. Jazz se fit couler un bain et s'enfonça joyeusement dans une eau profonde et parfumée. À l'annonce de son projet de colocation, sa mère avait eu pour seule réaction de lui demander combien il y avait de salles de bains. En entendant qu'il n'y en avait qu'une, elle s'était mise à rire et avait prévenu Jazz de nettoyer après son passage.

— Les pires disputes qui éclatent dans un appartement portent sur les auréoles de saleté dans la baignoire et les serviettes mouillées par terre.

— Comment tu le sais ?

— Parce que je m'en souviens.

Apparemment, sa mère avait vécu avec trois filles quelque part à Londres avant d'épouser son père.

— Où était-ce ?

— Près de la gare de Paddington.

— Cool.

— Pas à cette époque. C'était un peu sordide et très poussiéreux, et on était tout le temps réveillé par les sirènes de police.

— Ça t'a plu, malgré tout ?

— Bien sûr. Nous étions jeunes. C'était mon premier appartement. Enfin, mon seul appartement. Après cela, j'ai emménagé avec ton père.

— Quoi, avant de vous marier ?

— C'étaient les années 1980, pas le Moyen Âge. Il avait un appartement près de Sloane Square – qui était très agréable, d'ailleurs – et nous avons habité là-bas avant de trouver la maison.

— Je pensais que c'était toi qui l'avais trouvée.

— Eh bien, oui. J'avais le temps de faire des recherches.

— Et ensuite tu l'as fait rénover.

— Oui.

— Papa dit toujours que tu es une décoratrice de génie. Pourquoi est-ce que tu n'as pas fait carrière là-dedans ?

— Eh bien, parce que...

— ... Je veux dire, vous étiez mariés depuis une éternité quand vous m'avez eue.

Jazz n'y avait jamais pensé auparavant, mais cela semblait vraiment étrange que sa mère n'ait jamais travaillé. Et pourquoi travaillait-elle maintenant, alors qu'elle n'y était pas obligée ? Elle devait recevoir une grosse pension alimentaire de son père. Peut-être était-ce parce qu'elle s'ennuyait en Irlande ou qu'elle en avait assez d'être cloîtrée avec Grand-mère. En y réfléchissant, pourquoi faisait-elle un prêt à la coopérative de crédit ? Nul doute que Papa lui prêterait l'argent dont elle avait besoin pour la maison de Maggie afin de lui épargner des intérêts ? En fait, si Papa était heureux de balancer de l'argent dans un appartement pour elle en France, pourquoi ne donnerait-il pas à Maman ce dont elle avait besoin pour retaper sa maison en Irlande ? Jazz tint l'éponge à bout de bras et la pressa pour faire couler un filet d'eau sur son visage. Un soleil flamboyant s'invitait par la fenêtre de la salle de bains et des hirondelles dansaient dans l'air : on pouvait voir de la cour en dessous qu'elles avaient fait un nid sur l'avant-toit. Elle songea qu'un peu plus tard elle pourrait dépoter de grandes jarres en terre cuite dans la cour pour y mettre de nouvelles plantes achetées au marché. Les géraniums qu'elle avait plantés il y a une éternité avaient rendu l'âme par manque d'arrosage. Aucun des locataires de l'immeuble n'éprouvait un sentiment de propriété par rapport à la cour, c'était la raison pour laquelle les pots étaient généralement remplis de plantes mortes. Seule la vigne, qui était enracinée dans un parterre près de la porte, résistait à leur négligence.

La société de gestion allait probablement la couper pour préserver les gouttières, mais pour l'instant, elle continuait à faire des vrilles sur l'extérieur du bâtiment et à s'entortiller autour des balcons permettant aux hirondelles de nicher.

La baignoire vidée et la salle de bains scrupuleusement nettoyée, Jazz suspendit sa serviette sur la balustrade du balcon, ce qui n'était pas très indiqué. Elle s'habilla pour une tranquille promenade vers le marché. Au rez-de-chaussée, elle lança un bref « Bonjour, madame » à la concierge, qui parlait au téléphone, puis se glissa dehors par la porte de devant, consciente de la serviette de bain qui claquait au-dessus de sa tête.

Elle descendit la colline à grandes enjambées en direction de la place tout en songeant au nouveau projet de sa mère. D'après sa grand-mère, c'était un désastre annoncé, mais elle adorait faire des drames. Jazz pensait parfois que cela n'avait pas dû être facile pour Hanna de grandir avec une mère si négative. Quoi que vous vouliez ou projetiez, Mary Casey était certaine d'y déceler une faille. La plupart du temps, c'était amusant, mais parfois cela vous abattait. Sa mère ne disait pratiquement jamais rien, pourtant Jazz en était récemment venue à suspecter que cela l'embêtait plus qu'il n'y paraissait. Avant leur déménagement en Irlande, elle avait navigué dans la vie, l'air serein. Toujours bien habillée, elle organisait des dîners pour les amis de son père à Londres et faisait expédier des paniers hebdomadaires au cottage de Norfolk par l'épicerie de luxe Fortnum & Mason. Même durant les longues vacances d'été qu'elles avaient passées en Irlande, quand Jazz était petite, sa mère s'était montrée enjouée et détendue. Mais Grand-père était en vie à cette époque et sans doute cela faisait-il toute la différence. Quelle qu'en fût la raison, il n'y avait plus rien de serein chez elle à présent. Peut-être que déménager de chez Grand-mère et avoir son propre espace à elle était une bonne idée. Elle trouvait étrange de choisir pour cela une ruine. La prochaine fois qu'elle irait à la maison, songea Jazz, il faudrait qu'elle aille y faire un tour. Il y avait des chances pour que sa grand-mère en fasse des tonnes et que la maison se révèle être une parfaite carte postale avec du chèvrefeuille qui se balance au-dessus de la porte.

Chapitre 26

Un homme en survêtement se frayait un chemin le long des étagères et inspectait les livres un par un. Il avait commencé par le fond de la bibliothèque et avançait toujours dans la même direction. Il sortait un livre à la fois, en contemplait la couverture avant de le remettre à sa place. Hanna l'observait depuis environ une demi-heure avant de ne plus pouvoir y tenir. Elle se leva de son bureau, traversa la pièce et, à voix basse, lui parla d'un ton sec.

— Puis-je vous aider ?

L'homme jeta un regard autour de lui, la dévisagea à travers des verres en cul-de-bouteille et parla d'une voix de crécelle.

— Oh non, tout va bien pour moi, ma fille, je me sens très bien.

— Pourriez-vous baisser la voix, s'il vous plaît ?

— Non, non, je vais bien, franchement.

— Oui, pourriez-vous parler à voix basse…

— Non, pas du tout, cela ne me dérange pas, Conor m'a aidé à me débrouiller.

En tournant le dos, il tendit la main vers un livre de poche, inspecta sa couverture et replaça le livre sur son étagère. Parvenu à la fin d'une rangée, il leva la main et recommença le même rituel sur celle du dessus. Hanna renonça. Lui demander à nouveau de parler à voix basse lui paraissait vain. Il ne faisait rien de mal et, après tout, il n'avait pas émis un seul son avant qu'elle-même ne lui parle.

Haussant les épaules, elle retourna à son bureau et s'apprêta à se battre contre son ordinateur. Hier, il avait commencé à se comporter d'une manière étrange et aujourd'hui, sa tentative pour accéder à des données relevait de la roulette russe. La plupart du temps, elle ne rencontrait aucun problème, mais parfois, des fichiers disparaissaient et réapparaissaient mystérieusement dans des dossiers inappropriés. Le type de l'assistance informatique à la bibliothèque du comté était à l'évidence convaincu qu'elle était incompétente. Après vingt minutes passées au téléphone, il avait soupiré profondément et dit qu'il viendrait la semaine suivante.

— Mais je ne peux pas rester assise ici jusqu'à la semaine prochaine avec un ordinateur qui ne me sert à rien.

— Désolée, mademoiselle Casey, c'est le mieux que je puisse faire. Êtes-vous sûre d'avoir suivi mes instructions ?

— Bien sûr que oui. Et avant de vous appeler, j'ai fait tout ce qui m'a traversé l'esprit.

À l'instant où elle avait prononcé ces mots, elle savait qu'elle n'aurait jamais dû. La voix ennuyée à l'autre bout du fil se fit encore plus condescendante.

— Écoutez, vous feriez probablement mieux de laisser tout en l'état, vous ne ferez qu'aggraver la situation si vous continuez à le tripoter.

Faisant un terrible effort pour se maîtriser, Hanna l'avait remercié d'un ton sec avant de raccrocher. Elle ne parlait peut-être pas couramment le langage informatique, mais elle n'avait pas pour habitude de « tripoter » ses outils professionnels, et si cela n'avait pas déclenché davantage d'hostilité chez lui, elle aurait adoré le lui dire. Malgré tout, l'important était de réveiller ce foutu machin et de le faire fonctionner correctement, non de marquer des points contre un boutonneux de Carrick.

Elle venait tout juste de se rasseoir à son bureau lorsque Conor pénétra dans la bibliothèque. Il était enveloppé de la combinaison zippée qu'il portait sur sa Vespa et coiffé de son casque.

— Comment va l'ordinateur ?

— Il me rend dingue. Mais, Conor, vous n'êtes pas censé être ici.

— Je sais, ouais, mais je venais en ville pour une pièce du tracteur et j'ai eu une illumination en chemin. Je me disais qu'il faudrait peut-être réinstaller le dernier programme.

Hanna se mit de côté tandis qu'il filait derrière le bureau en enlevant son casque.

— Machin de la technique l'a installé la dernière fois qu'il est venu. (Conor s'assit et fronça les sourcils en direction de l'écran.) Je me suis dit à ce moment-là qu'il mettait le bazar.

— Il a dit au téléphone que je ne devais pas le tripoter.

Conor grogna.

— Tu m'étonnes. Il sait qu'il a fait une erreur. Donnez-moi une minute. Je vais vous débrouiller ça.

Dix minutes plus tard, il éloigna la chaise du bureau et lui adressa un sourire rayonnant.

— Je suis quoi ?

— Vous êtes un génie.

— Bien sûr. Retenez votre respiration, gardez vos doigts croisés et vous ne devriez plus avoir de problème.

— Je suppose que vous ne voulez pas une tasse de café ?

— Non. J'ai des vaches à traire, un tracteur à réparer. (Il attrapa son casque.) On se voit demain.

Hanna lui ouvrit la porte et il batailla avec la sangle sous son menton. À l'autre bout de la pièce, une tête apparut derrière l'étagère et l'homme en survêtement et cul-de-bouteille beugla une salutation enjouée.

— Vous êtes là, Conor. Comment ça va ?

— Super, merci, Oliver. Pas de coup de bol jusqu'ici ?

— Pas le moindre, encore, Conor, mais pour sûr, je vais persévérer. Vingt minutes tous les deux jours, c'est mon rythme de travail.

Quand la tête eut disparu derrière les étagères, Hanna saisit le bras de Conor.

— Bon sang, qui donc est ce type ?

— C'est l'homme au chien. Vous ne vous rappelez pas ?

— Quel homme au chien ?

— Monsieur Bidule qui nous a envoyé le mail à propos du livre qu'il n'arrive pas à retrouver, avec un chien noir sur la couverture.

— Alors il va arpenter entièrement la bibliothèque ?

— Eh bien, il a déjà fait les librairies.

— Depuis combien de temps est-ce que cela dure ?

— Quelques semaines maintenant. J'imagine que d'habitude il vient ici pendant vos journées de déplacement. J'ai dit que c'était OK. Il y a un problème ?

Hanna secoua la tête.

— Non, non, bien sûr que non.

— Je lui ai dit qu'il devrait essayer de se souvenir du titre tant qu'il y était.

— C'est probablement une bonne idée.

De retour à son bureau, Hanna cliqua sur sa souris et regarda le fichier demandé apparaître sur son écran exactement comme il le fallait. Derrière la porte de la bibliothèque, le bruit du moteur de la Vespa résonna contre les murs de l'avant-cour avant de s'éloigner à toute allure. Dix minutes plus tard, l'affluence de parents accompagnés de leurs enfants signalait le retour de l'école. Derrière eux, les mains calées dans les poches et le ciré rabattu autour de ses maigres hanches, Fury O'Shea surgit, suivi de près par Diablo.

Chapitre 27

HANNA TRAVERSA LA PIÈCE à toute allure et contint Fury dans l'encadrement de la porte.

— On est dans une bibliothèque publique, vous ne pouvez pas faire entrer Diablo ici.

Si Diablo n'était plus tout jeune, il savait reconnaître une inimitié quand il en reniflait une. Pointant son museau vers Hanna, il se planta raide sur ses pattes en émettant un grognement depuis les profondeurs de sa gorge. À l'autre bout de la pièce, un enfant éclata en sanglots et un père se retourna, plein de ressentiment. Il lança un regard furieux à Hanna, qui siffla à l'attention de Fury :

— Vous-ne-pouvez-pas-amener-un-chien-ici. Faites-le sortir.

Diablo émit un autre grognement encore plus menaçant. Fury baissa les yeux vers son chien d'un air pensif, puis reporta à nouveau son regard sur Hanna.

— Et dire que je croyais que tu essayais de me contacter. Très bien, alors, on est parti.

En se retournant, il cala l'extrémité de sa botte sous les côtes de Diablo et le souleva pour lui faire passer la porte.

— Non, attendez une minute…

Il y eut un bruit vif de désapprobation de la part de parents dans le « Coin enfants » où Darina Kelly, en short et spartiates, choisissait un livre de Fifi Brindacier que son bambin éclaboussé de peinture pourrait détruire. Hanna attrapa la manche de Fury et le tira d'un coup sec à l'intérieur. La porte claqua derrière lui, laissant Diablo au-dehors.

— Pourquoi n'avez-vous pas répondu au téléphone ?

— Est-ce que je ne te l'ai pas dit le jour où tu m'as embauché, ma fille ? Il n'est jamais allumé.

— Je ne vous ai jamais embauché. Ni ce jour-là, ni aucun autre.

— Ben, tu as été contente de profiter de mes boucs.

Hanna prit une profonde inspiration.

— Écoutez, je ne dis pas que vous n'avez pas pris en charge le projet. Je pense vraiment que vous vous y êtes attaqué. Je croyais seulement que vous vous comporteriez normalement.

— Normalement ?

— Oui. Comme une personne normale qui comprend quand on lui parle. Je vous ai dit que je voulais des papiers. Un permis de construire en bonne et due forme. Des devis. Pas des foutues estimations. Je m'attendais à ce que vous me fournissiez un calendrier de travail. Et je vous ai clairement spécifié que je voulais que les ardoises du toit soient conservées. Je suis venue l'autre jour et j'ai découvert que l'extension avait été démolie et que les ardoises avaient disparu sans un seul mot de votre part.

Fury posa son regard sur le groupe de parents qui avaient abandonné toute velléité de faire semblant de regarder les livres. Était-elle certaine, demanda-t-il, que c'était l'endroit approprié pour parler ? Hanna le saisit par le coude. Un hurlement se fit entendre depuis le seuil, où Diablo semblait sentir à travers la porte en chêne que Fury était menacé. Fury l'ouvrit, fit un pas au-dehors et rugit : « La ferme, Diablo ! » avant de rentrer en prenant grand soin de refermer la porte sans bruit. Hanna fourra ses mains dans ses poches et, avec un brusque mouvement de tête, elle le précéda dans la bibliothèque et se dirigea vers la cuisine. Une fois à l'intérieur, elle referma la porte de la cuisine, enfreignant par là même sa propre règle cardinale, à savoir ne pas laisser les livres sans surveillance, et fit face à Fury dans la pièce étroite.

Avant qu'elle n'ait eu le temps de prononcer un seul mot, il inclina la tête dans sa direction.

— Comment sais-tu que tes ardoises ne sont pas empilées quelque part à l'abri des intempéries, prêtes à retourner d'où elles viennent ?

Hanna le regarda bouche bée.

— C'est le cas ?

— Non. Je les ai vendues.

— Vous les avez vendues ?

— Bon, non, en fait, non. Je les ai échangées.

Quand il avait dénudé le toit, dit-il, il avait découvert que les solives étaient dans un état pire que ce qu'il pensait. Remarquez, c'était souvent le cas, vous ne pouviez jamais être sûr avant de les voir. De toute manière, le plus raisonnable était de recommencer à zéro avec une nouvelle charpente qui allait coûter bonbon.

— Alors j'ai troqué les ardoises contre un tas de tuiles, démonté la charpente sur le côté.

— Mais je vous ai dit…

— Comme si je ne savais pas ce que tu m'avais dit ! Mais tu n'as jamais dit de gaspiller ton argent.

Hanna contempla son reflet dans la bouilloire, s'exhortant au calme.

— Et c'est toute la question, pas vrai ? C'est mon argent. Je suis la cliente, vous êtes l'ouvrier. C'est mon argent et c'est moi qui décide comment le dépenser.

— Et tu sais combien cette charpente aurait coûté ?

— Non. Je ne sais pas. Mais je sais ce que je veux. Et je vous ai dit que je voulais conserver ces ardoises. Vous me comprenez ?

Fury tendit la main vers la boîte près de la bouilloire et prit une poignée de biscuits fourrés à la vanille.

— Oh, je te comprends très bien, ma fille, n'en doute pas.

— Parfait. Je serai à la maison de Maggie demain, et je m'attends à ce que les ardoises soient revenues.

— Ben, si c'est ça que tu attends, tu seras déçue. (Fury hissa une hanche osseuse sur le plan de travail de la cuisine.) C'est ce que je suis venu te dire. Je ne serai pas dans le coin durant une semaine environ.

C'était effarant. Tout comme le fait, songea Hanna, que tout le monde, y compris elle, continue de faire référence à sa maison comme étant celle de Maggie.

— Vous ne pouvez pas partir et stopper le travail.

— Bon sang, tu es une femme curieuse à changer d'avis tout le temps. (Fury parla la bouche pleine de miettes.) Combien de temps penses-tu que cela prenne d'obtenir un permis de construire ?

Hanna le regarda avec des yeux ronds et il secoua la tête dans sa direction.

— Ah, tu ne peux pas avoir les deux. Tu veux que je me mette au boulot ou pas ? Si je suis ta logique, il ne devrait même pas y avoir un seul bouc sur cette herbe avant que je n'aie la paperasse.

Irritée outre mesure, Hanna parla sans réfléchir.

— Oui, mais je n'ai pas réellement besoin d'un permis de construire, étant donné les dimensions de l'extension. Et même si c'était le cas, je pourrais l'obtenir rétroactivement.

— Rétrospectivement.

— Comme vous voulez.

— Ben, si tu sais ça, mademoiselle Casey, tu sais aussi que je n'ai pas besoin d'en faire la demande.

Fury fixa du regard un point au loin en croquant un biscuit d'un air pensif. Il y eut un long silence durant lequel Hanna comprit combien elle s'était ridiculisée. Puis il lui adressa un clin d'œil et partit.

Chapitre 28

FURY APPROCHAIT de Castle Lancy par la rocade de Carrick, qui éloignait la circulation de la péninsule, en direction de l'est, vers les limites de Cork et du comté de Kerry. Alors que sa camionnette roulait le long de l'autoroute avec un bruit de ferraille, les murs du château se dressèrent sur leur piton rocheux, dans les contreforts de la montagne située à sa gauche. Au Moyen Âge, les Lancy avaient choisi ce site dans une perspective défensive. Protégé par les montagnes, mais à un bon tir de flèche du terrain élevé le plus proche à l'arrière, le château dominait l'entrée de la péninsule. La ville de Carrick en elle-même n'était au départ qu'un bourg qui pourvoyait aux besoins de la famille.

Pas une seule âme sur la péninsule n'ignorait l'histoire du château. Il avait été bâti au XIIIe siècle par les lords anglo-normands de Finfarran. Cette demeure fortifiée était flanquée de tours jumelles à l'entrée, de douves, d'un pont-levis et de murailles en pierre tombant à pic autour du donjon. Au fil des siècles, le risque d'une attaque de la part de leurs voisins irlandais s'atténua. Les générations successives des Lancy agrandirent les fenêtres, étendirent le bâtiment, et gommèrent ses caractéristiques moyenâgeuses. En définitive, ils comblèrent les douves. Au XVIIIe siècle, les membres de la famille étaient devenus des marchands d'épices prospères et des *landlords* vaguement philanthropes, contrôlant toute la péninsule. Ils possédaient une maison dans l'un des meilleurs quartiers de Londres, où ils allaient passer « la saison » chaque année. Ils mariaient leurs filles à l'aristocratie, assistaient à des pièces de théâtre. En Irlande, ils démolirent les vestiges de leur demeure médiévale et la remplacèrent par un manoir de l'époque géorgienne, équipé de tout le confort. Néanmoins, les murailles de la forteresse d'origine, enfermées dans la solide roche sur laquelle elles se dressaient depuis des siècles, continuèrent de l'enserrer comme un poing. Avec le temps, les Lancy continuèrent de s'enrichir par le commerce et investirent une partie de leur fortune dans des initiatives en faveur de leurs métayers, à l'image de la bibliothèque qu'ils firent bâtir à Ballyfin. Puis, au milieu du XIXe siècle, l'un des fils, animé d'un esprit pionnier, découvrit une mine d'argent en Amérique. La famille se retira alors de la guerre agraire qui sévissait en Irlande et traversa l'Atlantique, où elle acheta un hôtel particulier à New York. Quand la querelle qui sévissait en Irlande se mua en guerre d'indépendance, puis en une guerre civile destructrice, les Lancy partagèrent leur année entre New York et Londres, laissant le château de Finfarran sous la protection de leurs murailles médiévales. Contrairement à de nombreuses autres grandes maisons d'Irlande appartenant à des *landlords* absents, Castle Lancy survécut. La dynastie, néanmoins, s'éteignit.

Lady Isobel de Lancy, née à New York dans les années 1930, était la dernière de la lignée et elle décéda sans descendance. Son époux, Charles Aukin, fils d'un banquier américain, et elle passèrent la plus grande partie de leur vie conjugale à parcourir le monde sur des bateaux de croisière luxueux avant de tomber amoureux de Castle Lancy dans les années 1990. La restauration du château, sur lequel avaient veillé des générations de domestiques issus de la région, devint le hobby de Lady Isobel. Quand elle mourut, dix ans plus tard, Charles continua d'y demeurer seul. La plupart des pièces étaient fermées aujourd'hui, mais une femme de la région continuait de faire office de gouvernante. La cour, les écuries et les jardins encerclés par les antiques murailles commençaient à se délabrer.

Traversant lentement l'autoroute, Fury prit la bretelle de sortie en direction du château et passa sous l'arche entre les tours jumelles, où les portes cerclées de fer, qui étaient restées fermées durant les longues absences de la famille, étaient à présent ouvertes en permanence. Il s'arrêta sous le portique qui avait autrefois abrité des dames poudrées sortant de leurs calèches, se pencha pour ouvrir la portière de la cabine et libéra Diablo du siège passager. Puis, balançant ses longues jambes hors de la camionnette, il fit crisser le gravier sous ses pas. Diablo disparut de sa vue et contourna le bâtiment à la recherche du chat de la cuisine, un vieil ennemi. Fury grimpa les larges marches peu élevées et passa la porte principale, qui était entrouverte. Puis, debout au pied de l'escalier central qui trônait sous le dôme à cannelures, il éleva la voix. Quelques instants plus tard, un autre cri résonna en guise de réponse et Charles Aukin apparut au sommet de l'escalier.

— Ben, tu as pris ton temps ! Monte, je suis dans le salon.

— Ce n'est pas là où tu es qui m'intéresse. C'est là où se trouve le problème.

— Oh, c'est encore la chaudière, comme toujours, mais crois-moi, tu ne vas pas apprécier de t'agiter au sous-sol.

— Tu as sacrément raison. Mais c'est ce qui m'amène.

Fury se dirigea d'un pas raide vers la porte située au fond du hall. Elle menait à l'escalier de derrière. Charles se pencha par-dessus la balustrade et hurla dans son dos.

— Bon, monte quand tu auras fait des miracles. J'ai quelque chose à te montrer.

Installé à l'occasion d'un mariage, le chauffe-eau de Castle Lancy était le nec plus ultra de la plomberie édouardienne. Avant que l'idée d'un mariage au cœur de la nature sauvage de la campagne irlandaise ne l'interpelle, la jeune mariée, la tante de Lady Isobel, ne s'était jamais rendue au château. Les baignoires sabot dans les chambres et les domestiques chancelant sous le poids des brocs d'eau chaude avaient été jugés inacceptables. Par conséquent, on avait fait descendre des ouvriers de Dublin pour installer une monstrueuse chaudière en cuivre au rez-de-chaussée et l'eau courante dans des salles de bains fraîchement construites.

Dans la vie de Fury, la chaudière était une peste. Il fallait reconnaître que cette beauté en cuivre aurait dû être remplacée il y a des années. Acheter et installer de nouvelles pièces sur les systèmes de chauffage était un moyen pour un ouvrier qualifié comme lui d'en tirer un honnête profit, ce dont Charles Aukin était tout à fait conscient. Pourtant, trouver de nouvelles pièces pour le monstre du rez-de-chaussée était voué à l'échec, si bien que Fury ne pouvait qu'inventer des stratagèmes toujours plus ingénieux pour amadouer et tromper la bête afin de continuer à travailler. Tout ce qu'il pouvait faire payer à Charles, c'était son temps.

Cette option le desservait et il le savait. À moins de lui extorquer des sommes folles, conduire jusqu'à Castle Lancy pour y passer des demi-heures inconfortables, accroupi au rez-de-chaussée, ne rapportait rien à Fury. À un moment donné, maintenir le monstre en état de marche s'était mué en défi personnel. Par ailleurs, il avait une admiration teintée de réticence pour la fourberie de Charles. La manière dont ce rapace était devenu riche était manifeste. Il fallait admettre que les semblables des Lancy avaient rempli les poches des artisans et des ouvriers qualifiés à leur époque. Pourtant, le plus important tenait au fait que le lien de la famille O'Shea avec le château remontait à fort longtemps. La plupart du bois de charpente provenait d'anciennes forêts situées au cœur de la péninsule. Bien avant que les Lancy ne se voient accordés des droits dessus au Moyen Âge, ces forêts avaient appartenu aux O'Shea. Donc, pour Fury, huit cents ans à payer un fermage aux Lancy ne faisait aucune différence. Ils n'étaient rien d'autre que des nouveaux venus. Les gens qui possédaient vraiment le château étaient ceux qui l'avaient construit et entretenu, qui avaient porté les pierres, choisi le bois de charpente et créé l'édifice entier, depuis les fondations ceintes par la montagne, jusqu'aux panneaux de verre poli enfermés dans l'imposte au-dessus de la porte d'entrée. À présent, accroupi devant le monstre de cuivre, il posait sa main sur le côté de la machine et respirait profondément. Elle avait peut-être bien dépassé sa date de péremption, mais elle n'allait pas mourir sous la surveillance de Fury O'Shea.

*

* *

Une demi-heure plus tard, Fury grimpa l'escalier jusqu'au salon et trouva Charles assis près de la fenêtre, occupé à ses mots croisés.

— Est-ce qu'elle est à nouveau sur pied ?

— Elle râle comme une vieille bique.

— Oh, c'est seulement une question de caractère.

Charles se leva et débarrassa un espace sur le canapé de l'autre côté de la fenêtre. C'était un homme à l'air doux, qui perdait ses cheveux. Il avait dans les soixante-dix ans, portait un costume taillé sur mesure et une paire de pantoufles en cuir élimé.

— Alors elle va tenir le coup pour l'instant, hein ? Brave homme. Assieds-toi. Tu veux un verre ?

— Non. Tu sais très bien que je n'en veux pas, sinon tu ne m'en aurais pas proposé.

— Reste un peu quand même. Qu'est-ce que tu racontes ?

De la part de quiconque autre que Charles, la question aurait déclenché un flot d'anecdotes. Venant de lui, elle laissait toujours Fury sans voix. Charles était un homme assez gentil avec un esprit fin et indépendant, mais quel était l'intérêt de lui faire part des dernières nouvelles ? Il n'avait aucune idée de qui possédait quel champ sur Finfarran, quelle famille était en bisbille avec quelle autre, ou des échos du passé qui façonnaient chaque drame local. Le style de Fury en tant que conteur était aussi soigneusement élaboré que son travail de maçon. Il n'était pas prêt à être interrompu toutes les cinq secondes par une série de détails sans importance, qui n'auraient fait que perturber son récit. Malgré tout, il plaignait le pauvre homme coincé ici dans le château. On disait que Lady Isobel avait laissé un testament stipulant qu'elle voulait être enterrée dans la crypte sous la chapelle familiale. Charles aurait alors annoncé qu'il mourrait ici plutôt que la laisser toute seule. Fury trouvait toujours cette histoire touchante. On racontait tout et n'importe quoi, bien entendu, par ici. Et si le pauvre homme gardait sa chaufferie dans un tel état juste pour un brin de conversation, il fallait avoir de la compassion pour lui.

Ignorant la question de Charles, il s'assit sur le canapé, sur lequel s'empilaient de vieux journaux.

— Tu disais que tu avais quelque chose à me montrer ?

— Ah, tu as raison. Jette un œil là-dessus.

Charles traversa la pièce et revint avec un lutrin en bois gravé, conçu pour être posé sur une table ou un bureau. Il avait un dos à lamelles en position inclinée et une tablette le long du bord inférieur. Fixées à la tablette se trouvaient deux pièces en cuivre en forme de feuille que l'on pouvait faire pivoter de l'horizontale à la verticale pour maintenir les pages ouvertes à un endroit particulier, comme celles qui maintenaient les recueils de partition ouverts sur un piano. Elles étaient vissées sur une baguette étroite en bois qui reposait parfaitement sur le devant de la tablette. Les feuilles étaient intégrées à l'intérieur du bois et les vis fraisées dans le cuivre, de sorte que les finitions étaient parfaitement planes. Fury prit le lutrin des mains de Charles et l'examina d'un regard suspicieux.

— Le bois de structure est fendu. (Il fit tourner le lutrin dans sa main.) Vieux de trois cents ans au moins, et quelqu'un l'a bien bousillé !

Charles acquiesça d'un air désolé. Fury lança un regard noir sur le lutrin et l'examina plus attentivement. La bande de bois sur le devant s'était fendue à l'horizontale, de chaque côté des feuilles en cuivre.

— Tu as essayé de remplacer une vis, n'est-ce pas ?

— Eh bien…

— Bon sang, mon vieux, ne sais-tu pas faire la différence entre une maudite vis et une autre ? Tu as essayé de visser quelque chose de bien trop grand !

— J'ai pensé…

— Et quand tu as senti la résistance, tu as fait encore un tour, histoire de le détruire complètement ?

Fury se leva et regarda Charles d'un air magistral.

— Et maintenant tu veux que je le répare. J'ai raison ?

— Tu peux ?

— Et ce n'est plus une question de vis, pas vrai ? Plus maintenant. Il s'agit de trouver le bon bois de structure. Il faudra démonter cette bande-là et la graver à nouveau. Et mettre une nouvelle vis. Et ajuster le placement du cuivre. Tu as salopé le trou de la vis. Et si je change son emplacement, il va falloir que je déplace l'autre. Il faudra repenser la forme. Bon sang, tu es un sauvage.

Charles s'affala dans son fauteuil.

— Mais j'en ai besoin pour mes mots croisés.

Il fit un mouvement de tête en direction de la pile de journaux sur le canapé.

— Je n'arrive plus à aller au bout comme avant. Ces jours-ci, ils ont tendance à s'empiler. Alors j'ai un système. Celui sur lequel je travaille retourne toujours sur le lutrin. Mais j'ai besoin du lutrin pour être fonctionnel. Sinon tout le système est déséquilibré.

La mine de Charles passa du ressentiment à la résignation.

— Cela va me coûter cher, n'est-ce pas ?

— Eh bien, tu pourrais toujours l'envoyer à Sotheby. J'ai entendu dire que leur filiale de New York avait un remarquable service de restauration.

Charles lui adressa un clin d'œil.

— Tu es sûr de ne pas vouloir le boire ce verre ?

— Écoute, Charles. Je vais emporter ça et m'en charger, et tu peux toujours aller fureter dans ta cave. Je vais te dire encore une chose. Quoi que tu décides de me proposer, aucune chance pour que ce soit assez vieux.

Chapitre 29

HANNA GARA LA CAMIONNETTE à sa place attitrée derrière la bibliothèque du comté et pénétra dans le bâtiment pour rendre les clés. Tim Slattery se trouvait à côté de l'accueil quand elle arriva. Il arborait une pochette à pois dans sa poche de poitrine et ce qui paraissait être une montre de plongée en caoutchouc au poignet. Il tira sur ses manches de chemise et fit un signe à Hanna qui approchait, révélant par ce geste une paire de boutons de manchettes en onyx.

— Exactement la personne que je cherchais ! Attends une minute.

Abandonnant l'accueil pour se rendre dans son bureau, il ressortit un instant plus tard, un tube en carton à la main.

— Je savais que tu viendrais aujourd'hui, alors j'ai mis ceci de côté pour économiser l'affranchissement. Chaque sou compte. (Il tendit le tube à

Hanna.) Peux-tu veiller à ce que ce soit accroché sur ton panneau aussi vite que possible ?

Il y avait un panneau d'affichage à destination du public à l'extérieur de la bibliothèque de Lissbeg. Hanna avait l'habitude d'y accrocher les informations provenant de sources officielles qu'elle recevait. Elle retira le morceau d'adhésif de l'extrémité du tube, fit sortir à demi le rouleau de papier qui se trouvait à l'intérieur et reconnut l'affiche que Gráinne de l'office du tourisme de Ballyfin avait collée sur le panneau à l'extérieur du Pavillon d'interprétation.

— Qu'est-ce que c'est ?

— Le bout d'un long tunnel. Non pas, bien entendu, que nous soyons encore arrivés, mais un projet est en place et nous en sommes au processus de consultation. Cela n'a rien à voir avec moi, personnellement. C'est le projet du conseil. Un truc intéressant.

Hanna en doutait. Chaque année apportait son lot de discussions à propos de la manière dont le budget annuel du conseil de comté serait alloué. Même si elle n'y avait jamais prêté beaucoup d'attention, le résultat se résumait à des budgets en constante diminution, qui étaient déplacés de case en case sur le même vieux plateau de jeu. Les lobbyistes de la voirie écrasaient de temps à autre les défenseurs de l'environnement, et les politiciens locaux revendiquaient des victoires en matière de toilettes publiques ou amélioraient les systèmes de circulation. En définitive, peu de personnes remarquaient une différence. Elle mit l'affiche dans son sac à main, le referma et tourna les talons en disant à Tim qu'elle le verrait la semaine prochaine.

Tim acquiesça.

— Bonne soirée.

— Toi aussi.

Tim tira sur ses manchettes à nouveau. Les voyant de plus près, Hanna remarqua qu'ils étaient gravés de petits crânes et de tibias entrecroisés. Associés à la montre de plongée, ils faisaient allusion au monde des pirates en haute mer, ce qui devait probablement être une source intime d'amusement pour Tim cette semaine.

*

* *

Il pleuvait quand Hanna traversa le parking. Tête baissée, les mains dans les poches, elle négocia un chemin entre les flaques, tout cherchant ses clés à tâtons. Arrivée à sa voiture, elle ne les avait toujours pas trouvées. Debout sous la pluie, les épaules recroquevillées, elle fourragea dans son sac.

— Bonjour.

Surprise, Hanna leva les yeux et découvrit Brian Morton, à côté de la voiture près de la sienne. Il tenait un grand parapluie.

— Désolé. Je vous ai fait peur ?

— Non, c'est juste que je ne vous avais pas entendu arriver. Mes clés se sont volatilisées et je crois que je commence à me noyer.

Brian fit le tour de la voiture et tint le parapluie au-dessus de sa tête. Hanna recula.

— Mince alors, non, ne vous donnez pas cette peine. Tout va bien, vraiment.

Ses doigts découvrirent ses clés au fond du sac et elle les en extirpa d'un air triomphal.

— Vous voyez. Merci quand même.

— Pas de problème.

Tandis qu'elle déverrouillait sa portière, il s'exprima à nouveau.

— Écoutez, je me demandais... Seriez-vous partante pour ce verre maintenant ?

Avant qu'Hanna ne puisse répondre, il lui sourit.

— Vous n'êtes pas vraiment obligée de dire oui. Je vous donne simplement l'occasion de me snober.

— Comment ?

— Eh bien, cela satisfait mon sens de l'équité. Je me suis montré extrêmement grossier avec vous la semaine dernière.

Malgré elle, Hanna éclata de rire.

— Je dirais que nous avons tous deux eu notre moment de mauvaise humeur.

— Et quoi qu'il en soit, vous n'avez aucune envie de rouler sous ce déluge.

C'était vrai, effectivement. Si elle se fiait aux nuages, il était probable que le soleil revienne d'ici une demi-heure.

— Bon, d'accord, oui, merci. Mais je vous en dois un.

— Battons-nous en chemin. (Brian inclina le parapluie pour lever les yeux vers le ciel et suggéra de ne pas y aller à pied.) Connaissez-vous le *Royal Victoria* ? Nous pourrions y aller à une seule voiture.

Ils choisirent celle d'Hanna. Ainsi Brian pourrait revenir au parking à pied avec le parapluie, si d'aventure il pleuvait encore après. Plus tard, Hanna se rendit compte que cela leur évitait de traverser la ville de Carrick, bras dessus bras dessous, sous un parapluie comme Lucy et Tumnus, les personnages du *Monde de Narnia*. Sans compter qu'aucune des commères de la bibliothèque ne verrait sa voiture garée dans le parking, bien après qu'elle eut quitté les lieux.

Le temps qu'ils arrivent à l'hôtel, la météo ne s'était guère arrangée. Après une conversation guindée dans la voiture et l'une des tentatives de créneau les plus maladroites qu'elle ait jamais faites, Hanna était mortifiée. Il s'agissait de se détendre autour d'un verre en compagnie d'une connaissance après une journée de travail.

Pourquoi se comportait-elle comme l'une des camarades de classe de Jazz à un premier rendez-vous ? En réalité, se dit-elle sévèrement, la génération de Jazz était bien moins idiote. À sa décharge, Brian Morton ne l'aidait pas beaucoup.

Une fois qu'ils eurent pris place dans un coin de la salle, PJ le barman revint avec des noix et des olives. Il faisait preuve d'une telle discrétion qu'Hanna avait envie de rire.

— Un gin tonic, mademoiselle Casey ? Monsieur ?

Tandis que PJ partit chercher la commande, Brian capta le regard d'Hanna.

— Vous n'êtes pas l'épouse frivole d'un officier parti chasser le tigre à l'intérieur des terres ? Parce que si c'est le cas, je crois que vous pouvez compter sur la discrétion de PJ.

Hanna pouffa de rire et avala une olive de travers. Repoussant l'élan de Brian qui voulait lui taper dans le dos, elle balbutia pour retrouver sa contenance et lui adressa un large sourire.

— La dernière fois que je suis venue ici, j'ai lu une nouvelle de Saki.

— Je vois bien pourquoi. Est-ce que c'est celle des grands éléphants gris du Cutch Behar ?

Charmée de découvrir qu'il partageait son goût pour la littérature édouardienne, Hanna sourit.

— Comment avez-vous deviné ?

— Cela me semble tout simplement adapté à ce merveilleux bric-à-brac.

— Vous aimez ? L'hôtel, je veux dire.

— Je l'adore. Je n'y viens jamais, simplement parce que personne au bureau ne vient.

— Aucun employé de la bibliothèque ne vient non plus. Dieu seul sait pourquoi. Je trouve que c'est divin. Ce n'est pas plus mal ainsi. S'ils venaient, cela ne le serait probablement pas.

À l'instant où les mots sortirent de sa bouche, Hanna regretta de les avoir prononcés. Brian partageait peut-être son goût pour Saki, mais cela ne signifiait pas qu'elle devait faire de lui un confident. À son grand soulagement, il ne poursuivit pas sur cette lancée. En attendant les boissons, il sembla plutôt se concentrer sur la parodie de poème qui se trouvait dans la nouvelle de Saki. Hanna le regarda avec amusement et lui souffla quelques vers, tandis qu'il essayait de se souvenir des mots. C'était le genre de conversation qu'elle n'avait pas eu depuis des années.

— OK, c'est censé commémorer le Dehli Durbar, qui est la raison pour laquelle les éléphants viennent de Cutch Behar…

— … parce que ça rime.

— Exactement. Alors cela donne : « Rentrés dans leurs foyers sur les monts himalayens, / Les grands éléphants gris de Cutch Behar / Roulent comme des galions sur une mer étale...[1] »

— ... Et ensuite Bertie dit que Cutch Behar n'est pas proche de l'Himalaya.

— Et il y a le passage sur le fait qu'il existe peu de poèmes sur la Russie en Angleterre parce qu'on ne trouve rien qui rime avec des noms comme Minsk et Tobolsk.

— Et cela continue : « ... Déroulant ses anneaux le cobra qui s'ennuie... » « Le tigre qui rôde traque les boucs méfiants... »

Brian fronça les sourcils, tentant de se souvenir.

— Je crois qu'il y a d'autres parties entre les deux.

— Non.

— Si.

Hanna le dévisagea d'un air sévère.

— Quand avez-vous lu cette histoire pour la dernière fois ?

Il lui adressa un large sourire.

— Probablement quand j'étais à l'école.

— Eh bien alors ! Je l'ai lue la semaine dernière.

— Oh, très bien. Peut-être que j'aimais tellement les « boucs méfiants » que j'ai imaginé qu'il y en avait d'autres.

---

1. Clovis et la poésie, *dans* Nouvelles – Édition intégrale, *de Saki et H. H. Munro, traduction de Gérard Joulié, éditions L'Âge d'homme, Lausanne, 2003.*

Hanna écarquilla les yeux.

— Oh, mon Dieu, vous venez de m'y faire penser. Je n'ai pas déplacé mes boucs.

Chapitre 30

Brian Morton entra dans son appartement et se dirigea directement vers le réfrigérateur pour prendre une bière. Puis il alla sur le balcon, s'appuya sur la balustrade et regarda vers l'ouest. Au-delà des lumières de Carrick, les montagnes situées à l'extrémité de la péninsule se dessinaient en violet dans le crépuscule. Quelque part par là-bas, Hanna Casey déplaçait probablement ses boucs. Brian prit une gorgée de bière et sourit en se remémorant le vers du poème satirique de Saki à propos du cobra qui s'ennuie. Comme cela avait été étrange de le citer dans le décor du *Royal Victoria*, et plus étrange encore de se retrouver assis là-bas avec la femme qui l'avait tellement perturbé la semaine précédente.

La soirée entière avait été curieuse. Il n'avait pas idée de ce qui l'avait poussé à abriter Hanna Casey avec son parapluie ou pourquoi il lui avait proposé un verre. Il avait éprouvé de vagues remords de l'avoir snobée, mais n'en avait pas perdu le sommeil pour autant. En fait, il ne lui avait pas accordé la moindre pensée depuis le jour où elle était sortie de son bureau, la tête haute, sa natte sombre se balançant dans son dos. Cependant, aujourd'hui, alors qu'elle traversait le parking, les épaules voûtées pour se protéger de la pluie, il avait décidé qu'il devait se montrer courtois.

Brian était tout à fait conscient que sa réputation de froideur gardait ses voisins et collègues à distance ; c'était exactement pour cela qu'il la cultivait. Ayant senti le même genre de réserve chez Hanna, après son départ du bureau, il avait été frappé d'avoir cédé à sa nature aux dépens de cette femme. Si bien que, ce soir, il lui avait paru juste de s'amender. Malgré tout, songea-t-il en prenant une autre gorgée de bière, il n'avait pas eu l'intention de le faire de façon aussi rapide. Une minute, il l'abritait avec son parapluie pendant qu'elle cherchait ses clés, la minute suivante, il lui proposait un verre. Le trajet jusqu'à l'hôtel avait été si embarrassant qu'il avait regretté d'avoir ouvert la bouche. C'est l'intérêt commun pour un livre qui avait brisé la glace. Même ensuite, il y avait eu des instants où ils avaient bien failli redevenir muets. Appuyé sur la balustrade, Brian fit la grimace à ce souvenir. Manifestement, aucun d'eux n'était habitué à prendre un verre dans un hôtel. Ou peut-être avaient-ils tous deux perdu cette habitude.

En moins d'une demi-heure, cependant, ils avaient migré jusqu'au grill. Là, ils s'étaient détendus dans un coin du bar. Comme il pleuvait toujours au-dehors, un steak leur avait paru une bonne idée. Le restaurant-grill du *Royal Victoria* était habillé de panneaux en chêne sombre et des stores d'un pourpre foncé occultaient de longues fenêtres. L'endroit scintillait de cuivre poli et de plats en argent. Les fougères en pot étaient innombrables et une merveilleuse odeur s'échappait de la cuisine. Hanna n'y avait jamais mangé auparavant.

— Vraiment ?

— Vraiment. Je ne sais pas pourquoi. Eh bien, oui, c'est vrai, le restaurant ne m'a jamais semblé très accueillant pour une femme seule. (À ces mots, elle avait froncé les sourcils.) Mon Dieu, c'est scandaleux ! Ce doit être l'effet subtil de PJ et de l'empire des Indes.

Brian s'était laissé aller en arrière contre le cuir capitonné.

— Alors que c'est un endroit rêvé pour qu'un type en fasse son repaire.

— C'est votre cas ?

Il lui adressa un large sourire.

— Non. Mais c'est génial pour un steak. À condition d'avoir faim.

— Alors allez-y ! (Hanna avait secoué sa serviette.) C'est incroyable à quel point on peut être affamé après avoir passé des heures dans une camionnette stationnée dans Ballyfin.

Pendant qu'elle inspectait le menu, Brian avait étudié son visage. Tout comme il avait apprécié son dos droit et ses mains sans bijoux la semaine précédente, il avait admiré ses sourcils quand elle avait baissé la tête et incliné la carte vers la lumière. Ils étaient aussi sombres que ses cheveux. Sa peau était claire et parsemée de taches de rousseur. Son large front n'avait presque pas de rides, mais le temps avait creusé de profondes marques au-dessus de l'arête du nez, où ses sourcils se rejoignaient quand elle réfléchissait. Même le menu du grill faisait apparemment l'objet d'une étude minutieuse. En proie au doute, Brian avait dit que le repas était pour lui. Hanna avait rapidement levé les yeux.

— Ça n'a aucun sens, nous allons partager la note en deux.

— Qui vous dit que je ne vais pas boire une barrique de porto *vintage* ?

— Très bien, alors nous partagerons la note en conséquence. Sinon, nous allons entrer dans un cercle infini de dettes.

Était-elle en train de s'assurer de ne plus le revoir ? Brian était amusé de se retrouver légèrement dépité. Interprétant son sourire de travers, elle prit un air renfrogné.

— Je suis tout à fait à même de payer mon dîner.

— Bien entendu. C'est ce que nous allons faire alors.

Chacun sa part. Elle avait annoncé sa commande à la serveuse avec autorité.

— Je souhaiterais mon steak saignant, s'il vous plaît, et je veux vraiment dire saignant. Et je préférerais qu'il soit servi sans oignons.

La serveuse le nota et se tourna vers Brian.

— Oh, je prendrai le mien à point, je suis une mauviette.

L'employée avait éclaté de rire avant de s'activer vers la cuisine. Dans le silence qui suivit, il leur avait semblé un instant qu'ils n'avaient rien à se dire. Puis, Hanna avait jeté un regard circulaire à la pièce.

— Étrange de songer à ces investisseurs de l'époque victorienne qui dépensaient tellement d'argent dans l'espoir d'une faveur royale.

— En effet. Pas une seule illustration de « si tu le construis, ils viendront ».

— Pouvez-vous imaginer ce pauvre prince à l'étage en train de renifler dans son mouchoir ? Et puis rentrer chez lui et dire à l'impératrice de rester fidèle aux lacs de Killarney ?

— Eh bien, c'est l'industrie touristique. Quatre-vingt-dix pour cent de bouche-à-oreille.

— Est-ce que c'est une statistique réelle ou vous venez de l'inventer ?

Brian avait ri.

— Je l'ai inventée. Mais c'est un fort pourcentage. Et un marché notoirement volatil. Regardez Ballyfin.

— Quoi Ballyfin ?

— Bon, c'est en pleine expansion maintenant, mais personnellement, je n'investirais pas là.

— Ah non ? Et pourquoi ?

— Eh bien, il me semble qu'ils frisent dangereusement la saturation. Et si vous voulez mon avis, cette nouvelle répartition du budget est tout bonnement stupide.

Hanna beurra un morceau de pain.

— Quelle nouvelle répartition du budget ?

Brian lui fit un grand sourire.

— Mon Dieu, c'est tellement rafraîchissant de passer du temps avec quelqu'un qui ne travaille pas ici, à Carrick.

Quand la serveuse réapparut avec une corbeille de pain, il expliqua que l'année à venir était censée voir le lancement d'un nouveau programme d'investissements pour le comté.

— Ils le bricolent depuis des mois et ils ont d'interminables séances de débriefings en interne ; franchement, je trouve que le truc entier est dingue.

— Est-ce que vous l'avez dit ?

— On ne demande pas l'avis de personnes de mon niveau.

À présent, appuyé contre la balustrade du balcon avec sa bouteille de bière, Brian se remémorait ce moment-là, quand il avait parlé sans réfléchir et du moment qui avait suivi, chargé d'un possible bouleversement qui aurait ôté tout intérêt à sa vie et sa carrière. Mais en un seul regard, Hanna avait semblé percevoir son trouble. Au lieu de poser des questions, elle avait attrapé son sac et sorti un tube en carton.

— Est-ce que c'est sur cela que porte l'affiche ?

Elle l'avait déroulée sur la table entre eux et Brian avait acquiescé.

— C'est ça. Ils ont effectué tout le truc et les études de faisabilité en interne. Maintenant, ils le rendent public. Avant de passer au vote des conseillers du comté.

— Oui, mais quelle est la proposition à proprement parler ? Ils évoquent une réunion de consultation, mais on dirait une présentation.

— Par là, vous voulez dire un *fait accompli**.

— Je ne sais pas ce que je veux dire. Vous êtes celui qui est au courant.

— Eh bien, ce n'est pas un secret d'État. Quelqu'un a été inspiré par ce qu'ils appellent les « prévisions budgétaires ciblées ». En gros, s'il n'y a pas assez d'argent, on ne l'éparpille pas.

Au lieu de cela, on cible les projets pour produire un maximum de bénéfices.

— Et dans ces conditions…

— Dans ces conditions, Ballyfin espère accueillir des dizaines de milliers de touristes en plus chaque année, si le conseil dote la ville d'un port de plaisance pour les bateaux de croisière. Pas les paquebots, évidemment. Mais cela implique la destruction de l'ancienne jetée.

— Et c'est le projet ? Faire porter le budget entier du comté sur Ballyfin ?

— Et Carrick.

— Qu'est-ce qui se passe à Carrick ?

— Eh bien, c'est pour cette raison que le conseil adore la proposition. Ballyfin obtient le port de plaisance et Carrick reçoit un complexe pour abriter le conseil avec tout le tralala. Bureaux, centre sportif, infrastructures sociales, prestations de soins pour la population…

Brian s'était interrompu pour faire un grand sourire à la serveuse qui arrivait avec les steaks.

— Merci, c'est merveilleux, ça a l'air délicieux.

À présent, il se rendait compte que, sans cette intervention, il aurait peut-être continué et demandé à Hanna son opinion sur le projet d'incorporer la bibliothèque du comté au nouveau complexe. Mais la serveuse avait posé leurs plats sur la table avec une attitude suggérant une telle intimité que son attention avait été détournée, car il craignait qu'Hanna n'en soit irritée. À la place, elle s'était contentée de sourire et de dire que le plat avait l'air délicieux. Puis, quand ils avaient repris leur conversation, elle l'avait interrogé sur l'appli HaHa :

— Est-ce qu'elle est attachée à la proposition du conseil ?

— Non, pas directement. Mais si vous êtes dans les prévisions budgétaires ciblées, l'appli est au cœur du message. Et finalement tous les chemins mènent à Rome.

— Vous voulez dire à Dublin ?

— Bien sûr. Le gouvernement pense que les prévisions budgétaires ciblées sont géniales.

Hanna s'esclaffa.

— Et Teresa O'Donnell lorgne un emploi au gouvernement.

Brian lui adressa un grand sourire.

— C'est surprenant à quel point certaines personnes sont motivées quand il s'agit d'améliorer leur statut. Mais triomphera-t-elle ? (Brian avait mimé un roulement de tambour dramatique.) Elle se retrouvera peut-être coincée à Finfarran pour un bon moment.

L'espace d'un instant, il avait regretté la blague en se demandant si l'image de Finfarran comme un trou paumé en pleine campagne manquait de tact. Après tout, Hanna avait choisi de revenir sur la péninsule, alors que, vraisemblablement, elle aurait pu rester à Londres. Mais elle avait ri avec lui, et bientôt, ils reparlaient de livres et s'efforçaient de retrouver l'origine de « Si tu le construis, ils viendront ».

— C'est *Jusqu'au bout du rêve*, n'est-ce pas ? Le film ?

Hanna avait secoué la tête.

— Non, ce n'est pas ça. Et c'est « il viendra », en réalité. C'est tiré du livre dont le film s'est inspiré, *Shoeless Joe*.

— Je suis impressionné.

Elle avait souri.

— Je suis bibliothécaire.

— Et c'est ce que vous faites à longueur de journée alors ? Lire votre stock ?

— Pas du tout. Dernièrement, j'ai passé beaucoup de temps à aller jusqu'au bout de mon rêve, dans mon propre champ.

Cela avait été ce genre de dîner, ponctué de références et d'intérêts communs, ajoutant au plaisir de sa compagnie. Sur son balcon, Brian souriait. Dans une certaine mesure, ils avaient tous deux fait les intéressants comme un couple d'adolescents frivoles. Mais c'était amusant. Il devinait que chacun d'eux ne s'était pas senti aussi détendu depuis longtemps.

Chapitre 31

ALORS QUE BRIAN se tenait sur son balcon à Carrick, Hanna était assise dans le crépuscule sur un tas de pierres éboulées. Les boucs broutaient de chaque côté d'elle. Au-dessus des murs en pierre qui entouraient son futur, les plafonds dénudés ressemblaient à des dents se détachant sur le ciel. Une seule étoile clignait de l'œil et semblait perdue dans un nuage à la dérive. Puis les nuages se levèrent et un rideau d'étoiles apparut au-dessus de l'océan. Malgré ses dires, Fury était venu jusqu'à la maison la semaine passée. Nombre des détritus à moitié ensevelis avaient disparu et les boucs paissaient sur des nouvelles parcelles dans le champ broussailleux, empli d'ornières.

Plus tôt, elle s'était tenue sur le pas de la porte et avait observé la coquille vide qui servait d'intérieur. En face de la porte, de nouvelles planches barricadaient ce qui avait été l'entrée de l'extension. Sans les ardoises et le plafond affaissé, les pièces étaient plus lumineuses. Il y avait aussi une odeur nouvelle. Cela ne sentait plus du tout le renfermé, mais plutôt le froid humide d'une cave. Fury avait dû enlever dans la maison tout ce qui s'était décomposé : la porte avec ses planches pourries et ses gonds rouillés avaient disparu, tout comme les boîtes empilées et les morceaux de meubles cassés. Seul le haut buffet en bois de Maggie demeurait dans son alcôve, près de la cheminée, les toiles d'araignées balayées par l'eau de pluie.

Hanna avait traversé la pièce et ouvert le buffet. À l'intérieur, les antiques verres et tasses occupaient toujours les étagères sales. Un verre en particulier, aux parois droites et doté d'une base lourde, servait à mesurer le babeurre que Maggie utilisait pour faire le *soda bread*. Le bord était irrégulier et le verre d'une teinte verte. Hanna l'avait soulevé. Elle ne l'avait pas touché depuis plus de quarante ans, pourtant, elle se rappelait son poids dans sa main. Elle l'avait emporté quand elle avait descendu le champ pour rejoindre les boucs.

Maintenant, assise sur les pierres, le verre à la main, elle se demandait si elle avait perdu la volonté de se battre contre Fury O'Shea. Peut-être Brian Morton avait-il raison : pour le moment, la maison appartenait à Fury, et non plus à elle. En cet instant, elle se retrouva rattrapée par d'autres émotions plus anciennes.

Elle avait vingt et un ans quand elle avait perdu son bébé. Ridicule que le souvenir resurgisse maintenant alors qu'elle était assise sur un mur effondré, avec les étoiles qui brillaient au-dessus de la maison de Maggie et l'océan qui martelait la falaise en contrebas. C'était arrivé un lundi, dans l'appartement de Malcolm, près de Sloane Square. Elle s'affairait en robe d'intérieur et essayait de maîtriser sa nausée matinale après un petit-déjeuner composé de toasts et d'un thé léger. Joni Mitchell chantait *Chelsea Morning* sur la stéréo. Malcolm était parti au travail. Les bow-windows étaient ouvertes et la porte menant au balcon entrebâillée. Les longs rideaux en voile fin, immobiles, filtraient les rayons du soleil qui tombaient sur le plancher en bois.

Depuis plus d'une semaine, Hanna ne faisait rien de plus que s'activer ou s'allonger sur le canapé pour lire. Ce jour-là, elle s'était dit qu'elle terminerait au moins une tâche. Sa robe de mariée était toujours dans la penderie, sous sa housse en plastique, attendant d'être portée chez le teinturier. C'était une robe fourreau crème, froncée jusqu'à un empiècement sur le devant. Une semence de perles était cousue tout autour de l'encolure et un ourlet en feston tombait à hauteur de mollet. Déambulant du séjour jusqu'à la chambre, elle avait ouvert la penderie et tendu le bras pour en sortir la robe. La légère crampe avec laquelle

elle s'était réveillée le matin s'était muée en une douleur vive comme un coup de poignard. Elle avait lâché la robe et étreint son ventre, laissant échapper un cri. Puis, terrifiée par le jaillissement soudain d'un liquide, elle avait traversé le salon d'un pas mal assuré jusqu'aux toilettes.

Plus de trente ans plus tard, Hanna serra son ventre dans ses mains. Elle pouvait encore voir les rayons de lumière tomber sur le parquet du séjour et se rappeler la voix de Joni Mitchell qu'elle entendait à travers ses larmes, tandis qu'elle s'accroupissait pliée en deux sur les toilettes. La porte de la salle de bains était ouverte et, la tête sur ses genoux, elle était consciente des bruits de la ville par-delà les fenêtres de l'appartement. Finalement, elle avait marché jusqu'au téléphone, composé le numéro de son médecin et obéi aux instructions : appeler un taxi et venir jusqu'au cabinet médical. Après quelques questions rapides, la voix de la réceptionniste à l'autre bout de la ligne s'était radoucie. Elle devait prendre son temps, il n'y avait pas d'urgence. Si son époux était en route, elle pouvait l'attendre. Mais Malcolm était au tribunal et c'était une époque antérieure aux téléphones portables.

— OK. Bon, détendez-vous et venez ici dès que vous pourrez.

Le téléphone à la main, Hanna avait pris conscience de ce qu'on lui disait. Il était trop tard pour faire quelque chose. Son bébé était parti.

Des heures plus tard, alors qu'elle était allongée sur le lit et que Malcolm faisait du thé dans la cuisine, Hanna n'avait rien senti. Le soleil baignait toujours l'appartement de sa teinte caramel, mais tout ce qui l'entourait semblait être à des milliers de kilomètres. Malcolm lui avait apporté un thé, le visage baigné de larmes. Le lendemain, il avait téléphoné à Louisa pour l'informer et, comme ses parents à lui étaient au courant, Hanna avait aussi téléphoné chez elle. C'était Mary qui avait décroché. Mourant d'envie de parler à son père, mais sachant que ce ne serait pas gentil de contourner sa mère, Hanna lui avait raconté de façon abrupte ce qui était arrivé. Quand elle avait entendu la nouvelle, la réaction de Mary avait été immédiate.

— Ah, mon enfant chérie, rentre ou c'est moi qui viens.

Sa voix s'était brisée et, quelques instants plus tard, Tom était à l'autre bout du fil. Lui aussi avait incité Hanna à rentrer à la maison, sanglotant à moitié ; elle avait refusé. Même les semaines suivantes, quand son mariage lui avait semblé être une erreur, elle n'avait pas songé à quitter Londres. Si Malcolm et elle avaient déclaré forfait, son projet aurait été de retourner à ses études. Au lieu de cela, il l'avait convaincue que leur vie parfaite était toujours accessible. Elle leur trouverait une magnifique maison et, un jour, un autre bébé viendrait. Et elle l'avait trouvée. Puis, il y avait eu Jasmine, leur bébé fleur, qui avait vécu, poussé et grandi pour devenir Jazz, l'adolescente difficile qui était aujourd'hui une femme sur le point d'embrasser son existence. Même si Malcolm avait menti, qu'il l'avait trompée et fait de leur mariage une imposture, il demeurait encore le seul à pouvoir partager le chagrin d'Hanna. Pendant des années, il s'était souvenu de la date et, sans un mot, il lui avait apporté des fleurs. Elles ne venaient pas du jardin de sa mère, mais d'un marchand ambulant installé à un coin de rue près de Sloane Square. Autrefois, son étal avait été un point de repère visible de la fenêtre de leur appartement. C'était un des souvenirs qui avaient serré le cœur d'Hanna quand elle avait découvert la liaison entre Malcolm et Tessa. Maintenant, assise si haut au-dessus de l'océan, sans aucune raison, elle sentit qu'il lui faisait moins mal.

Chapitre 32

Les yeux toujours clos, Conor chercha à tâtons sous le lit, débusqua son téléphone et enclencha la répétition de l'alarme. Puis, fourrant sa tête sous l'oreiller, il essaya de se rendormir. Cinq minutes plus tard, sa mère tapa à la porte et jeta un œil à l'intérieur de la pièce.

— Tu te lèves, Conor ? Ton père fait toute une histoire.

Conor grogna. Il reconnaissait cette pointe de nervosité dans la voix de sa mère. Elle signifiait que son père avait passé une mauvaise nuit et que la journée allait être compliquée. À présent que sa mobilité était réduite, Paddy McCarthy reconnaissait sa chance d'avoir deux fils préparés à prendre le travail à la ferme à bras-le-corps. Mais il lui était toujours difficile d'accepter son état physique et ses antalgiques le rendaient irritables. Certaines nuits, la souffrance mêlée à la dépression l'empêchait de dormir. Les jours qui suivaient se révélaient difficiles pour toute la famille.

Aujourd'hui, un dur labeur attendait Joe et Conor dans les champs. Paddy, lui, projetait de s'asseoir à l'intérieur pour faire de la paperasse. En fait, il n'avait nul besoin de patauger dans les piles de formulaires, de reçus et de factures qu'il détestait, parce que Joe avait converti la plupart des choses en transactions dématérialisées. Néanmoins, s'il n'était pas un minimum impliqué, Paddy se sentait inutile. Il n'avait jamais pris le coup de main avec l'ordinateur. C'est pourquoi on avait conservé un peu de paperasserie pour le maintenir occupé. Conor ne savait pas si c'était une bonne idée. Nul n'ignorait que c'était de la comédie et, à la fin de la journée, le résultat était loin d'être efficace. Ce qui inquiétait tout le monde.

La mère de Conor avait l'air désolé.

— Il veut que tu ailles à Lissbeg en Vespa avant de monter aux champs.

— Dans quel but ?

— Ah, il y est allé pour jouer aux cartes avec Johnny Hennessy la nuit dernière et il a oublié ses lunettes.

C'était un désastre. Sans ses lunettes, Paddy ne pouvait avancer sur les papiers, et le fait de ne pouvoir conduire jusqu'à Lissbeg pour les récupérer le rendait fou. Conor roula hors de son lit et annonça qu'il serait en bas dans une seconde.

— Merci, mon cœur. Tu sais comment ça se passe…

La voix d'Orla McCarthy faiblit et Conor pesta intérieurement. Aucun d'eux ne voulait blâmer le père, mais il y avait des fois où l'on avait presque envie de l'étrangler. Malgré tout, ce devait être infernal d'être aussi dépendant, quand, quelque temps plus tôt, vous auriez pu soulever une montagne. Désormais, si le pauvre homme voulait passer une soirée dans le pub de Moran à Lissbeg, il fallait que Johnny Hennessy l'y conduise et qu'il l'aide à monter et descendre de voiture, comme s'il avait quatre-vingt-dix ans.

Quand Conor entra dans la cuisine, Paddy bouillonnait.

— À quelle heure as-tu arrêté de boire hier soir pour être au lit à cette heure-ci ?

Paddy était encore bouleversé par l'ordre du médecin qui lui avait interdit l'alcool à vie. Le fait que beaucoup de gens boivent du café ou se contentent d'un soda dans les pubs aujourd'hui ne lui importait guère. Un jeu de cartes chez Moran n'avait aucun sens s'il n'avait pas de pinte à côté de son coude. En fait, il avait fallu tous les efforts conjugués de sa famille et de Johnny Hennessy, qui rendait toujours service à tout le monde, pour le faire sortir de la maison : la nuit dernière avait été sa première visite à Lissbeg depuis des semaines.

Maintenant, il regardait Conor l'air honteux, conscient de s'être montré injuste. Conor ignora sa question et lui demanda où il avait laissé les lunettes.

— C'était dans l'arrière-salle chez Moran. J'ai dû les poser sur le rebord près de la porte.

— Pas de problème. (Conor avala son thé et désigna la pendule de la tête.) Je ne serai pas parti longtemps.

Tandis qu'il zigzaguait dans la circulation matinale en route vers Lissbeg, Conor se dit qu'il était effectivement rentré tard la nuit dernière. C'était inhabituel. Ce genre de soirée n'a pas de sens quand vous devez vous lever tôt le matin pour travailler à la ferme. Et sortir boire un verre coûte de l'argent. Mais hier, il avait rencontré Dan après le travail et ils étaient tombés sur Bríd et Aideen. Tous les quatre avaient fini dans l'épicerie, stores baissés, à manger un reste de quiche. Puis Dan et lui avaient invité les filles à boire un verre. Ils étaient allés dans un endroit un peu éloigné de Broad Street, où le cadre était plus moderne que chez Moran et les pintes tout aussi bonnes. Bríd et Aideen s'étaient serrées derrière une table d'angle pendant que Conor et Dan étaient allés chercher les boissons. Quand ils étaient revenus, Bríd avait saisi un verre et l'avait levé.

— Et un de plus !

Elle avait passé un temps fou à remplir des formulaires pour tenter d'obtenir des subventions qui lui permettraient de promouvoir l'épicerie, dit-elle, et ce jour-là elle avait essuyé un autre refus. Dan lui avait demandé ce qu'elle comptait faire.

— Sais pas. Juste continuer de continuer. Je voulais de l'aide pour des flyers et engager une personne pour vérifier mon business plan. Mais je suppose que nous le ferons toutes seules.

Pendant que Dan se levait pour chercher des cacahuètes, Aideen avait évoqué la réunion de consultation du conseil. Peut-être devraient-ils y faire un tour et poser des questions ? Découvrir ce qu'était le vaste projet et voir s'ils pouvaient y contribuer ? Peut-être pourraient-ils émettre des idées pour encourager les touristes à venir visiter Lissbeg.

Conor avait le sentiment que, quoi que fût le projet du conseil, il y avait de grands risques qu'il soit débile. Tout en sirotant sa pinte, il leur avait raconté la stupide soirée qu'il avait passée avec Mlle Casey à Carrick.

— Je vous le dis, les gars, la femme qui parlait l'autre soir était effrayante. D'après elle, le visiteur moyen de Finfarran appartient à trois catégories distinctes, mais avec des caractéristiques communes : « il est très informé sur le plan numérique et expert en Smartphone ».

— Et alors ?

— Qu'est-ce que j'en sais ? Elle le disait comme si c'était toute une histoire.

— Mais de quoi parlait-elle ?

— D'une appli qu'elle a conçue pour le touriste qui s'y connaît en Smartphone et qui cherche une expérience interactive pendant ses vacances. Un ministre descendu de Dublin hochait la tête de loin et se réjouissait avec elle.

— Ah, bon sang ! (Dan éventra un paquet de cacahuètes et les renversa sur la table.) La moitié des touristes dont je m'occupe meurent juste d'envie de jeter leurs Smartphones à la poubelle. Pour sûr, ils en sont assez esclaves au travail.

— Eh bien, d'après celle de Carrick, elle va remplacer une interface généralisée et obsolète avec le nec plus ultra du marketing de niche.

— Et tu la crois ?

— Bien sûr que non, et la moitié des gens présents dans la pièce non plus. Et l'autre moitié n'était pas intéressée. Le conseil voulait seulement que l'endroit soit plein à craquer par rapport à ce type descendu de Dublin.

Bríd grogna.

— Mince, pensez-vous que quelqu'un quelque part prendrait seulement le temps d'écouter des gens comme nous ?

Aideen, qui essayait d'intervenir, avait souligné que les affiches de la réunion de consultation disaient en fait : « VOTRE CONSEIL VOUS ÉCOUTE. »

Dan lui avait répliqué d'un ton cinglant :

— Pour sûr, mon père se crève à écrire des courriers au conseil et ils n'en ont jamais fait le moindre cas.

Avant qu'Aideen ne puisse répondre, Bríd avait donné un coup de poing sur la table.

— Vous voyez ? Les types importants se font entendre et les gens comme nous ne peuvent jamais en placer une.

Après quelques verres de plus, elle avait cogné la table encore plus fort.

— Vous savez quoi ? Nous devrions convoquer notre propre réunion. Dire que nous en avons assez de suivre des directives et que nous voulons un processus de consultation en bonne et due forme !

*

* *

Alors qu'il approchait du pub de Moran sur sa Vespa, Conor prit conscience qu'à partir de ce moment-là, la soirée de la veille devenait un peu floue. Personne n'avait fini ivre, mais il y avait eu beaucoup de coups de poing sur la table et, de l'avis général, il fallait faire quelque chose. Dan en avait assez, parce qu'il avait dû mettre de côté ses écovisites et aller travailler pour Fury O'Shea afin de joindre les deux bouts, et Bríd déclara que la moitié des filles avec qui elle avait été à l'école seraient restées dans les environs de Lissbeg, si elles n'avaient pas été contraintes de partir pour trouver un emploi. À l'heure de la fermeture, tous quatre s'étaient dit au revoir, convaincus de la mission à accomplir, même si Conor n'arrivait pas à se rappeler vraiment pourquoi. Maintenant, garant sa Vespa dans la cour à côté de chez Moran, il regarda par la fenêtre de l'arrière-salle. Madame Moran l'aperçut et vint lui ouvrir la porte.

— Ah, te voilà, Conor, tu es venu pour les lunettes de ton père.

Elle souleva l'étui à lunettes d'entre les bouteilles derrière le bar et le tendit à Conor, qui le mit dans sa poche puis referma la fermeture Éclair.

— Merci mille fois, madame Moran.

— Pas de problème, mon garçon. Comment va ce pauvre Paddy ?

— Eh bien, il a des hauts et des bas, mais il va bien, madame Moran. Il vaut mieux que je lui rapporte cette paire tout de suite.

Joan Moran, qui était bavarde comme une pie, le suivit jusqu'à la porte.

— Et la pauvre Olga, comment va-t-elle ?

— Super. Elle va bien. Écoutez, je suis désolé, madame Moran, je dois les avertir que j'ai récupéré les lunettes.

Il poussa la Vespa loin des oreilles de Joan Moran, s'assit dessus et alluma son téléphone. Un message de Dan Cafferky apparut sur son écran. « Nous allons avoir foule ce soir. » Il y avait deux autres textos, envoyés le matin même. Le premier signé Aideen : « J'ai passé des coups de fil. » Le second, de Bríd : « Tu veux aide avec chaises ? » Aucun d'eux n'avait de sens pour Conor. Cependant, un vague souvenir de la veille commença à poindre dans son esprit. Quelques instants plus tard, tout était clair comme de l'eau de roche et terrifiant. Il fit démarrer sa Vespa d'un coup de kick et se dit que les lunettes de son père n'étaient plus la priorité. Il fallait qu'il regagne la bibliothèque en quatrième vitesse et qu'il fasse une confidence à Mlle Casey.

Chapitre 33

HANNA ÉTAIT ASSISE à son bureau, quand Conor passa la tête à sa porte. Il portait ses gants de moto et avait repoussé son casque au sommet de son crâne. Son expression enjouée habituelle avait laissé place à un air inquiet. Hanna leva les yeux vers lui.

— Bon, tu ne travailles pas aujourd'hui et il n'y a rien qui cloche avec l'ordinateur, alors que diable fabriques-tu ici ?

Après avoir quitté le pub de Moran, Conor avait traîné près de l'abreuvoir sur Broad Street pendant une bonne demi-heure en attendant l'ouverture de la bibliothèque. Il guettait la voiture de Mlle Casey et priait pour avoir mal compris. Il avait téléphoné à Dan Cafferky, qui avait confirmé son horrible souvenir de la veille.

Mademoiselle Casey le dévisagea d'un air sévère.

— Eh bien, entre, puisque tu es là.

Conor inspira profondément et s'approcha du bureau. Debout, devant la table, le casque toujours perché sur la tête, il serrait ses gants de moto en signe d'embarras. Enfin, il réussit à vider son sac. Il adressa un regard nerveux à Mlle Casey durant le long blanc qui suivit. Elle n'avait pas l'air content.

— Tu veux dire que vous avez organisé une réunion ici même, à la bibliothèque, ce soir ?

— Non, pas vraiment. (Le visage de Conor était déformé par l'inquiétude.) Enfin, ce n'était pas mon intention. C'est juste que... on était en train de parler et tout le monde était vraiment... dedans, vous voyez, et alors... Franchement, mademoiselle Casey, je ne me souviens même pas de ce que j'ai dit.

— Et c'est censé me rassurer ?

En aucun cas, bien entendu, mais c'était la vérité. Après avoir quitté les filles la veille au soir, Dan avait dit que le site de la météo annonçait une incroyable pluie d'étoiles filantes. Dan avait l'intention d'aller les contempler sur les falaises et avait proposé à Conor de l'accompagner. L'idée lui avait paru géniale, alors ils avaient roulé jusque chez Dan avant de rejoindre le promontoire. Dan avait emporté du whisky et ils l'avaient partagé, les yeux rivés sur un rideau argenté d'étoiles.

— Tu es en train de me dire que tu t'es soûlé ?

Conor supposait que c'était le cas. Un peu. Il n'avait jamais eu l'intention d'organiser une réunion dans la bibliothèque. Il l'avait peut-être involontairement suggéré. Dan s'était levé ce matin et avait envoyé des textos aux filles. Puis, cela avait fait boule de neige. D'après Dan, à qui il venait de parler, de nombreuses personnes allaient venir. La réunion était fixée à dix-neuf heures.

— Franchement, mademoiselle Casey, je suis désolé. Et je ne sais pas quoi faire.

Un son bref émana de sa poche et il sursauta comme une bête aux abois. Au-dessus de la tête de Mlle Casey, un énorme écriteau stipulait : « Éteignez votre portable ». Conor tenta désespérément d'ôter un de ses gants. L'attache en Velcro l'en empêchait jusqu'à ce que Mlle Casey tende sa main au-dessus du bureau et ne la défasse d'un geste brusque, comme une infirmière retirant un pansement. Conor enleva son gant puis extirpa son téléphone de sa poche pour regarder l'écran.

— C'est mon père qui me dit qu'il va me massacrer si je ne suis pas à la maison dans dix minutes.

Il perçut les tremblements dans sa voix et en fut horrifié.

Aussi énervée qu'elle fût, Hanna ne pouvait se résoudre à ajouter au désespoir du jeune homme.

— Calme-toi. S'ils ont besoin de toi, mieux vaut que tu y ailles.

— Mais comment vais-je empêcher les gens de venir ici ce soir ?

— À mon avis, c'est trop tard, alors on ne va pas se donner cette peine. La moitié des gens qui disent qu'ils vont venir à ce genre de réunion ne le font jamais.

— Mais je ne sais même pas de quoi on est censé parler !

— Peux-tu te souvenir de quoi vous avez discuté hier soir ?

— Eh bien, il y avait cette réunion de consultation. Aideen a dit que le conseil la préparait. Et Dan trouve que c'est n'importe quoi.

D'un mouvement de tête, Hanna désigna l'affiche que Tim Slattery lui avait donnée.

— Tu veux parler de cela ?

Conor pivota sur ses talons et y jeta un œil.

— Je crois. Aideen a vu une annonce à Carrick.

— Vous ne pouvez pas organiser une réunion pour annoncer que Dan a de sérieux doutes sur quelque chose dont il n'a aucune idée.

— Je sais !

Conor se prit la tête dans les mains. Hanna le conduisit vers la porte par le coude.

— Rentre chez toi et cesse de t'inquiéter. Je garderai la bibliothèque ouverte ce soir jusqu'à vingt heures. Avec un peu de chance, aucune âme ne pointera son nez. Tu feras un discours disant qu'une réunion de consultation aura lieu sous peu, et tu inviteras les gens à y assister. Ensuite, tu attireras l'attention du public sur l'annonce affichée au mur.

— D'accord. (Conor semblait apeuré.) Et ensuite quoi ?

— Ensuite, tu les remercieras d'être venus et tu les renverras chez eux.

— Ah, mon Dieu, mademoiselle Casey, je ne sais pas ce que Dan va penser de tout ça.

— À toi de choisir. Ou tu avoues à tes copains que tu n'as aucune espèce d'autorité pour faire de la bibliothèque un lieu de réunion, ou tu suis mon conseil et tu t'en sors honorablement.

Hanna percevait presque les rouages tourner dans la tête de Conor. Il serra les mâchoires et acquiesça.

— OK, je vais faire comme ça.

— Bon. Et ne le dis pas aux autres. Même quand ce sera terminé. Même pour plaisanter. Je connais cette ville, ils vont se moquer de toi durant les sept prochaines générations.

Conor hocha la tête à nouveau en redressant les épaules.

— D'accord. Merci, mademoiselle Casey.

De retour à son bureau, Hanna espéra avoir pris la bonne décision. Il ne lui avait pas paru possible de laisser ce pauvre Conor perdre la face. Si elle s'était fermement opposée à l'utilisation de la bibliothèque, cela aurait été d'elle, et non de lui, que l'on se serait moqué, si la soirée se révélait être une farce.

*

* *

À la pause déjeuner, Hanna décida d'agrémenter son sandwich maison d'un café et d'un gâteau. En général, quand elle était seule à l'accueil, elle fermait une demi-heure au déjeuner. Elle s'accordait une pause dans la cuisine avec son sandwich et un livre. Elle était censée prendre une heure entière, et les jours où Conor travaillait, elle le faisait, mais de nombreux habitants de Lissbeg n'avaient le temps de venir à la bibliothèque que pendant leur heure de déjeuner. Alors Hanna estimait que c'était son devoir de laisser la porte ouverte.

Mary Casey la trouvait ridicule.

— Bon sang, ma fille, n'as-tu pas droit à un véritable repas et à un peu de paix et de tranquillité ? Tu crois que les commerçants de Lissbeg gardent leurs portes ouvertes une minute de plus que nécessaire ? Jamais. Ils te claquent la porte au nez dès que la pendule sonne treize heures !

De telles paroles n'avaient aucun sens. Les boutiques de Lissbeg restaient ouvertes durant l'heure du déjeuner et ce depuis des lustres. Les élucubrations de Mary Casey sur une Irlande des années 1950, où les épiciers vendaient du sucre dans des emballages en papier kraft, s'amplifiaient au fur et à mesure qu'elle vieillissait. Hanna les trouvait profondément agaçantes, surtout parce qu'elles l'effrayaient. La plupart du temps, l'agressivité de Mary semblait être alimentée par son enthousiasme, mais parfois, Hanna y décelait un manque de connexion avec la réalité. Cette éventualité présageait une perte d'indépendance future. Une Mary de plus en plus dépendante n'était pas une perspective à laquelle sa fille avait envie de songer. Pas au moment où elle projetait de regagner son indépendance.

Elle ferma la porte de la bibliothèque et se mit en route. Il y avait la queue au comptoir de *La Mercerie*, où Aideen et Bríd étaient occupées à prendre des commandes. Après avoir choisi une tranche de gâteau aux amandes et gagné le comptoir pour récupérer son café à emporter, Hanna félicita Aideen pour l'affluence.

— Je sais ? C'est génial, n'est-ce pas ? Et ce serait encore mieux si on avait la place de mettre deux ou trois tables. À l'heure des repas, il y a foule pour les plats à emporter, mais le reste de la journée, c'est calme.

Sur Broad Street, Hanna se faufila entre les voitures tout en songeant qu'Aideen avait raison. Ce serait bien de prendre sa pause déjeuner à l'intérieur, au sein de ce charmant décor, avec ses peintures vives et ses odeurs alléchantes. Arrivée au milieu de la rue, elle envisagea de s'asseoir sur le banc près de l'abreuvoir, mais elle y renonça. Les géraniums écarlates, baignés par les rayons du soleil, étaient certes attirants, mais les voitures garées tout autour rendaient le lieu déprimant. Elle retourna donc dans la cuisine de la bibliothèque avec son café sous le bras.

Le café d'Aideen était aussi bon qu'à l'accoutumée : bien chaud, avec une feuille dessinée d'une main experte dans la mousse. Hanna le but à petites gorgées en se demandant si la réunion de consultation annoncée sur l'affiche – qu'elle avait accrochée le matin même – était effectivement un prétexte pour dissimuler un *fait accompli**. Si cela se confirmait et que le budget entier était alloué au développement de Carrick et Ballyfin, les commerces dans les autres localités de la péninsule auraient du mal à survivre. Ce qui, malgré les efforts et l'énergie déployés par Aideen et Bríd, n'augurait rien de bon pour *La Mercerie.*

Le cours de ses pensées la mena jusqu'à Jazz. Sa fille passerait son prochain long congé aux côtés de Malcolm. Chaque fois que Jazz se rendait à Londres, Hanna avait envie de lui demander si son père avait changé le papier peint et si Tessa avait déraciné les poiriers ou déplacé les meubles. Cependant, la simple évocation de Tessa risquait de faire découvrir à Jazz la véritable longévité de sa relation avec Malcolm. Une discussion sur cette maison risquait de réveiller des souvenirs teintés de mensonges. Hanna doutait de sa propre capacité à étayer encore la fiction élaborée par Malcolm. Toujours tourmentée par les accusations de son ancien époux dans la chambre d'hôtel, elle s'obligeait à rester responsable : ses sentiments ne pesaient rien quand la sérénité de sa fille était en jeu. Debout dans la cuisine, au fond de la bibliothèque de Lissbeg, elle laissa son esprit vagabonder. En pensée, elle monta un grand escalier en acajou, lustré à la cire d'abeille, marcha jusqu'à une chambre tapissée d'un papier peint fait main, où des tissus soyeux, tirant vers le gris, se mariaient harmonieusement avec des murs vert sauge.

Toutefois, cette maison appartenait à son passé. Son futur résidait dans celle de Maggie avec sa vaste vue sur l'océan. Elle froissa le papier d'emballage du gâteau aux amandes et le laissa tomber dans la tasse à café vide. Puis elle retourna le panneau suspendu à la porte d'entrée. Son emploi l'ennuyait peut-être, mais il était stable. À présent, l'heure était venue de faire un nouvel acte de foi. Il s'agissait d'un investissement risqué dans l'amour et la créativité : transformer une coquille de pierres creuse en un sanctuaire. Elle avait fait son choix, engagé son argent et rien ne pourrait l'arrêter.

Chapitre 34

Conor passa la moitié de la journée à imaginer des désastres au sujet de la réunion à venir. Que se passerait-il si des centaines de personnes surgissaient et qu'elles déclenchaient une émeute ? Et s'il avait un blanc soudainement ? Et si Mlle Casey gardait la bibliothèque ouverte et que personne ne venait ? Comme si cela ne suffisait pas, le tracteur faisait des siennes et Joe fit remarquer plutôt vivement à son frère que c'était la deuxième soirée qu'il désertait.

Pour se donner de l'assurance, Conor prit grand soin de son apparence, ce qui ne détendit pas l'ambiance au moment de son départ. Comme à l'accoutumée, son frère fit une remarque méprisante sur le gel que Conor avait mis dans ses cheveux. Complètement stressé, ce dernier ne parvint pas à en rire. Au contraire, il balança une tape sur la tête de Joe et son père lui hurla dessus. La dernière chose qu'il entendit en faisant démarrer sa

Vespa fut la voix anxieuse de sa mère qui s'efforçait de ramener la paix.

Quand il arriva, la bibliothèque était vide, excepté la présence d'Oliver, l'homme au chien, et d'Aideen, qui installait des chaises. Apparemment, Mlle Casey avait téléphoné aux bureaux du conseil et s'était arrangée pour emprunter quelques sièges supplémentaires. Conor déposa son casque dans la cuisine et traversa la cour pour aller les chercher. La porte était fermée, mais il cogna à la fenêtre et un type le fit entrer. Conor reconnut Liam Ryan, dont la famille tenait un garage à la périphérie de Lissbeg. Le hall d'entrée ressemblait encore un peu à celui d'un couvent avec ses panneaux de lambris sombres, son sol carrelé et ses images pieuses plutôt lugubres, que l'on n'avait jamais décrochées. Liam le conduisit entre deux bureaux, à travers une salle d'attente.

— Mademoiselle Casey a dit qu'il vous fallait huit chaises à peu près.

Conor n'en avait aucune idée. À un certain moment, il avait fébrilement imaginé la présence de soixante personnes, voire de six cents. Mais il acquiesça avant de les empiler.

Liam lui donna un coup de main.

— Je reste ici encore un moment, je pourrai faire un saut pour les récupérer quand vous aurez terminé.

Le temps que Dan arrive en compagnie de Bríd, Mlle Casey avait installé un pupitre et Aideen et Conor avaient disposé les chaises en demi-cercle près de la section Biographie. À dix-neuf heures, l'assemblée se composait de Conor, Dan, Bríd, Aideen, deux amis de Dan, une fille qui mâchait un chewing-gum, Mlle Casey et Oliver. Dès que le groupe de Dan arriva, ils occupèrent six chaises. Un des garçons passa son bras autour de la fille au chewing-gum et posa son pied sur la chaise devant lui. Il ne fallut que quelques secondes à Mlle Casey pour réagir. Elle le fixa d'un regard froid jusqu'à ce qu'il remette ses pieds à terre et qu'il désigne ostensiblement la corbeille et une boîte de mouchoirs en papier à sa petite amie. Le chewing-gum était interdit dans l'enceinte de la bibliothèque, dit-elle. Ils regardèrent tous ailleurs quand la fille sortit un gros morceau rose de sa bouche, l'enveloppa dans un mouchoir et le laissa tomber dans la corbeille. Cet incident fut suivi par un silence pesant. Puis, Fury O'Shea entra d'un pas nonchalant et vint s'appuyer contre le mur. Mademoiselle Casey avança vers le pupitre et leur souhaita à tous la bienvenue. En son for intérieur, Conor avait vaguement espéré qu'à la dernière minute elle anime elle-même l'événement. Au lieu de quoi, elle le présenta au public en tant que président de la soirée et retourna à son bureau. Alors, avec l'impression désagréable que sa cravate était trop serrée et ses pieds bien trop grands, Conor marcha jusqu'au pupitre et commença à parler.

Plus tard, avec le recul, la soirée revêtit l'apparence d'un rêve. Conor fit exactement ce que Mlle Casey lui avait conseillé. Il désigna de la main l'affiche sur le mur et déclara que le but de ce rassemblement était d'alerter les gens de la péninsule sur la réunion de consultation imminente. Puis, il poursuivit par quelques généralités pendant qu'Aideen, au premier rang, le regardait d'un air encourageant, que Bríd parcourait subrepticement des photos sur le portable de Dan et qu'un type dégingandé en veste de cuir l'interrompait régulièrement pour traiter le conseil et tous ceux qui y travaillaient de méprisables opportunistes.

— Même les chiens dans la rue savent que c'est une histoire d'enveloppes cachetées ! De pots-de-vin ! Vous ne tirerez jamais un mot de vrai de ces types !

Conor lança une série de regards de plus en plus angoissés vers Mlle Casey, mais à son expression, il était clair qu'il devait se débrouiller seul. Alors Conor saisit le pupitre à deux mains et annonça que ce n'était ni le lieu ni le moment de faire des allégations infondées. Ce dont on avait besoin, c'était une implication publique dans un processus démocratique établi dans le but exprès de partager l'information et de récolter des suggestions. Lui, par exemple, était heureux de cette opportunité, non pas seulement de tenir ses représentants élus responsables de leurs dépenses vis-à-vis de l'argent des contribuables, mais de travailler avec eux de manière responsable pour le bénéfice de la communauté dans son ensemble. Aideen applaudit, mais le type en veste en cuir lança une boulette de papier à travers la pièce en articulant silencieusement « enveloppes ». Heureusement, Conor n'eut pas besoin de disserter davantage car la fille au chewing-gum frappa violemment son petit ami et lui demanda d'arrêter de l'ennuyer. Au même instant, la porte s'ouvrit et Diablo fonça dans la pièce en aboyant, suivi de peu par Liam Ryan. Fury souleva immédiatement son chien et referma un poing sur son museau. Conor sauta sur l'occasion pour annoncer qu'il remerciait tous les participants de leur présence, Mlle Casey d'avoir permis l'utilisation de la bibliothèque et le conseil pour les chaises que Liam était venu récupérer. Ignorant la légère protestation de ce dernier, il bondit du pupitre, attrapa deux chaises et commença à les empiler. Les participants se mirent aussitôt à l'aider. Il entendit le type à la veste en cuir qui continuait de débiter des trucs sur des enveloppes. Mais au moins, la réunion était terminée et personne n'avait déclenché d'émeute.

Chapitre 35

Après la réunion, Fury O'Shea roula jusque chez lui dans le crépuscule, avec Diablo sur le siège passager. Lors de temps immémoriaux, la famille de Fury avait possédé l'ancienne forêt qui se trouvait au cœur de la péninsule, là où se dressait encore la maison de son enfance, aujourd'hui délabrée. La maison dans laquelle il vivait était la première qu'il avait construite en revenant au pays, vingt ans plus tôt. Au préalable, il avait passé vingt ans sur des chantiers de construction à Londres, incapable de se résoudre à rentrer.

Fury avait toujours su que son frère aîné Paudie était un fainéant. Aussi loin qu'il s'en souvienne, il savait aussi que Paudie hériterait de la terre et de la maison, et que ce serait un désastre. Leur père, un homme taciturne, profondément amoureux de la forêt, était également conscient de ce qui se passerait quand son fils aîné viendrait à hériter. Si son épouse avait été encore en vie, elle aurait pu le faire changer d'avis, mais elle était morte quand Fury avait six ans. Quelques amis du vieil homme tentèrent de le raisonner, mais il demeura inflexible. Paudie était l'héritier, la maison et les arbres lui revenaient par droit d'aînesse. Il avait mis de l'argent de côté pour la sœur de Fury et conservé quelques arpents de terre pour ce dernier, s'il les voulait. Tout le reste était pour Paudie, même s'ils savaient tous qu'il dilapiderait l'héritage en boisson quelques mois après la mort du vieil homme.

Et il en alla ainsi. À seize ans, Fury avait quitté l'école et était parti travailler pour son père. À cette époque, Paudie était déjà au pub six jours sur sept et, quand il n'était pas sur un tabouret de bar, il restait au lit. Quand leur père mourut un an plus tard, Fury décida d'émigrer. Sa sœur était partie en Amérique et Fury n'avait nulle intention de rester là à regarder Paudie négliger cette terre que la famille avait toujours chérie. Il lui fallut trois mois pour réunir l'argent d'un billet pour Londres et un peu plus afin de le maintenir à flot jusqu'à ce qu'il s'installe. Il n'était pas maçon de profession, mais il s'y connaissait en bois de construction et, comme n'importe quel homme de Finfarran de sa génération, il avait grandi en sachant comment bâtir un mur en pierres et se débrouiller avec ses mains. La majeure partie de l'argent provint des murs qu'il construisit pour

Maggie Casey. Le chantier chez Maggie avait vraiment été un coup de chance. Les O'Shea étaient une famille respectée et les gens éprouvaient de la compassion pour le jeune Fury, orphelin à dix-sept ans. Cependant le début des années 1970 était une époque difficile sur la péninsule. Les faibles y étaient souvent trompés par les forts. Maggie Casey lui avait payé ses gages sans déduire d'argent pour de fausses raisons, contrairement à certains artisans pour lesquels il avait travaillé avant de quitter Finfarran.

À Londres, il mena la vie d'un ouvrier itinérant, déterminé à ne pas rentrer avant la mort de Paudie. Il errait dans les rues et s'asseyait dans les bibliothèques publiques pour se tenir au chaud, mais à chaque emploi, il en apprenait davantage sur son métier. Il fut bientôt de plus en plus demandé. Des nouvelles de sa région lui parvenaient par l'intermédiaire des autres émigrés. Des types de Finfarran apparaissaient dans des pubs d'Hammersmith ou de Cricklewood et lui racontaient comment son frère vendait des parcelles de forêt pour de l'argent de poche. Puis, un jour, alors que Fury était assis à l'*Empire Café* de Kilburn en train de feuilleter le *Finfarran Inquirer*, il lut que la forêt entière était vendue aux enchères. Sachant de quoi Paudie était capable, il téléphona au commissaire-priseur à Ballyfin et précisa que son propre terrain était exclu de la transaction.

À en juger par le ton de son interlocuteur, il avait bien fait d'appeler. Quelques semaines plus tard, au troisième étage d'un échafaudage dans une usine à Croydon, un jeune gars de Knockmore lui avait annoncé que la forêt avait été achetée par un homme de Dublin, parti pour l'Australie.

Le temps que Fury retourne à Finfarran, Paudie était décédé. Il avait bu jusqu'au moindre centime gagné aux enchères et l'énorme étendue de forêt autrefois gérée par les O'Shea était devenue un territoire sauvage. Le terrain que leur père avait légué à Fury ne se résumait plus qu'à quelques arpents plantés d'arbres et à un bout de terre près du carrefour où Günther et Susan tenaient la maison d'hôtes de l'ancienne forge. Susan et Günther étaient gentils, travailleurs et ne voyaient aucun mal à ce que Fury leur emprunte deux boucs, comme il l'avait fait pour Hanna Casey. Même s'ils avaient transformé la forge en une magnifique maison d'hôtes, Fury se rappelait l'époque où celle-ci fonctionnait encore, quand on entendait à peine les voix d'hommes par-dessus le fracas du fer. Le fourneau du forgeron rougeoyait d'un éclat doré et remplissait d'étincelles l'obscurité caverneuse. Il se souvenait aussi du temps passé au milieu des arbres, à apprendre les sentiers qui les parcouraient, les formes de leurs branches et de leurs feuilles, la nature du bois de construction qu'ils produisaient : dur ou souple, lisse ou noueux, fait pour les lattes de plancher ou les solives, pour le mobilier raffiné ou la délicate marqueterie. Quand il était rentré, au printemps 1993, il s'était cru incapable de vivre sur le lopin qu'on lui avait légué. Il donnait sur la forêt laissée à l'abandon et Fury craignait de regretter le monde de son enfance. En définitive, comme ce terrain était tout ce qu'il avait, il y bâtit une maison.

L'année suivante, il avait vu mourir le forgeron et la forge sombrer dans la décrépitude. Parallèlement à ces événements, une vague d'émigrants se dirigeait vers l'est de la péninsule pour rejoindre les bateaux et les aéroports. La bulle qu'avait été le tigre celtique avait gonflé puis éclaté en laissant des familles crouler sous les dettes et subir le contrecoup d'espoirs utopiques. Durant ces années d'essor puis de faillite, les ouvriers demandaient des sommes folles pour du travail mal fait et les gens étaient assez idiots pour les payer. À Ballyfin, des hommes que Fury avait connus démunis achetaient des terrains pour une bouchée de pain et les revendaient une fortune. Quelques spéculateurs revenus d'Angleterre avaient attendu trop longtemps pour investir. Ils avaient acheté des terres malgré la hausse des prix et s'y étaient brûlé les doigts. D'autres, comme le vieux Ger Fitz, qui étaient restés chez eux et avaient senti le vent tourner, s'étaient montrés plus malins et s'en étaient sortis brillamment. Fury lui-même avait acheté peu et épargné suffisamment pour n'être redevable à personne.

Il tourna et pénétra sur son propre terrain. Le gravier de l'allée privée crissa sous les pneus et la camionnette s'arrêta près de la maison. Il l'avait bâtie perpendiculaire à la route avec des arbres sur trois côtés. À l'arrière se trouvait une série d'étables et contre l'une d'elles, il avait construit une niche pour Diablo. De l'extérieur, la maison n'avait rien de notable mis à part ses bonnes proportions. À l'intérieur, elle était sommairement meublée et convenait très bien à Fury.

Il entra dans le salon avec son chien sur les talons et se dirigea vers une table près des étagères. Là, il retira le journal qui enveloppait le pupitre des Lancy, sur lequel il travaillait. Plusieurs outils étaient étalés sur la table. Fury avait déjà enlevé la latte de bois fendue et choisi une en remplacement. Les deux pièces de cuivre en forme de feuilles étaient posées sur le côté, enveloppées dans un chiffon de coton. Les nouvelles vis sur lesquelles elles pivoteraient attendaient dans le couvercle retourné d'un ancien bocal à café. Il avait confectionné les vis lui-même et percé de nouveaux trous dans la tablette, sur le devant du pupitre, pour les accueillir. À cause de l'intervention maladroite de Charles, les pièces en cuivre devraient être bien plus éloignées qu'auparavant. Mais elles rempliraient malgré tout leur fonction, Fury était confiant. Les subtiles modifications apportées à la gravure de la latte d'origine équilibreraient la nouvelle.

En retirant le bois fendu, il altérait forcément l'original. Trois cents ans plus tôt, peut-être une autre personne avait-elle remplacé ou ajouté la latte avec son motif de feuille de frêne et de baies. Peut-être les manuscrits du Moyen Âge posés sur le lutrin avaient-ils été maintenus ouverts par des marque-pages en cuir. Les pièces pivotantes en forme de feuilles avaient peut-être été ajoutées plus tard, comme des innovations techniques. Le lutrin était confectionné en bois de frêne. Selon Fury, l'arbre qui avait donné la latte fendue était à peine un baliveau, quand le bois utilisé pour le reste de la pièce avait été coupé. Durant des siècles, les rayons de soleil et la cire d'abeille avaient assombri à la fois le jeune bois et l'ancien. La bande que Fury était en train de graver paraîtrait presque dorée en comparaison de la tablette sur laquelle il allait la fixer. Mais elle aussi foncerait avec le temps, racontant sa propre histoire à ceux qui avaient des yeux pour regarder.

Tirant un banc vers la table, il saisit la nouvelle latte de frêne, avec son ruban à moitié gravé de baies et de feuilles. Il avait fraisé les orifices des vis parmi le feuillage. Quand le bois s'assombrirait, les vis apparaîtraient comme des baies dorées. Il serait mort depuis longtemps avant que cet effet ne soit visible. Mais cela ne l'ennuyait nullement. En réalité, cela faisait aussi partie du plaisir de créer. Il choisit un burin parmi ceux posés sur la table, attrapa ses lunettes et se mit au travail.

*
* *

Fury était un homme qui aimait savoir à quoi s'attendre. Il n'avait aucune raison particulière d'assister à la manifestation du jeune Conor, par exemple, mais voyant que quelque chose se tramait, il était allé y faire un tour. C'était le même élan qui l'amenait au fond de l'église le dimanche et dans les couloirs du bâtiment du conseil de Carrick s'il se trouvait dans le coin. Quarante ans auparavant, Maggie Casey l'avait accusé d'avoir un œil d'espion. Après une journée de travail, elle lui avait tendu une tasse de thé près du feu et l'avait observé qui regardait le buffet dans l'alcôve, près de la cheminée. À l'époque, le buffet avait des étagères au-dessus, une plus large, à hauteur de taille, en guise de plan de travail et un espace ouvert en bas conçu à l'origine pour servir de poulailler. Maggie détestait que les poules entrent dans la maison et elle passait sa vie à les chasser hors de sa cuisine. Fury avait proposé de poser des étagères et des portes pleines en bas, et des portes vitrées dans la partie supérieure pour protéger la vaisselle de la poussière. Il les avait fabriquées en frêne et la pièce qu'il gravait actuellement était un vestige de ce travail – conservée avec d'autres chutes dans une boîte en fer dans une étable –, le bois avait gardé sa couleur dorée pendant plus de quarante ans.

L'année où il rentra à Finfarran, Fury s'arma d'un pied-de-biche et fit sauter les verrous des annexes qui se trouvaient derrière son ancienne maison. Il avait emporté les outils, du bois de charpente et d'autres pièces dépareillées, accumulées par son père et son grand-père avant lui. En théorie, cela appartenait à l'homme à qui Paudie avait vendu, mais il n'avait eu aucun scrupule à les prendre. Ses voisins disaient qu'il n'obéissait qu'à sa propre loi, et sans doute était-ce vrai. Il croyait à une action menée par le bon sens et, par-dessus tout, il détestait le gaspillage.

Sous son burin, une grappe de baies de frêne prit forme dans le bois. Il se remémora un moment dans le bâtiment du conseil de Carrick. Joe Furlong, le propriétaire du plus gros hôtel de Ballyfin, était sorti d'un bureau du service de l'urbanisme et s'était faufilé dans un ascenseur en espérant ne pas se faire repérer. Fury savait que Joe tâtait de la promotion immobilière depuis des années, et il avait entendu des rumeurs à propos du prochain plan du conseil. Il avait donc déduit ce qui se tramait. Puis quelques jours plus tard, il avait aperçu les têtes de Joe Furlong et de Ger Fitzgerald dans un pub de Ballyfin. Ce soir, lors de la réunion organisée par Conor dans la bibliothèque, les accusations habituelles sur les conseillers qui acceptent des pots-de-vin dans des enveloppes avaient été lancées par un garçon en veste de cuir. Mais Fury n'y croyait pas. Les conseillers n'avaient pas besoin de pots-de-vin. Le plan proposé intégrait un nouveau complexe qui augmenterait considérablement le prestige et le confort de leurs emplois. Certains parmi eux devaient également penser que cela améliorerait les performances du conseil. Malgré tout, pour que le projet obtienne le soutien et l'approbation du gouvernement de Dublin, il fallait des appuis discrets et bien placés, que les hommes d'affaires de Carrick allaient s'empresser de fournir.

Fury tourna la gravure dans sa main et souffla pour faire s'envoler les copeaux de bois. Des années auparavant, il le savait, Ger Fitzgerald avait acquis un terrain à la périphérie de Ballyfin, assez grand pour accueillir un gigantesque hôtel. Il se trouvait juste au-dessus du site proposé pour le port de plaisance, qui permettrait aux bateaux de croisière de programmer des escales à Ballyfin. Si Ger et Joe s'associaient sur un projet d'hôtel, ils feraient forcément fortune grâce à la construction de la marina. Fury devinait que c'était aussi simple que cela. Rien de véritablement suspect. Personne n'enfreignait la loi. Juste un habile arrangement qui, une fois encore, mettait de l'argent dans de très grosses poches tout en le gardant bien loin des petites.

Chapitre 36

Mary Casey posa bruyamment la poêle sur la cuisinière. Elle sortit un emballage en papier kraft du réfrigérateur et attrapa les ciseaux à lard. Cela ne cessait d'étonner Hanna : Mary, qui détestait le fromage industriel et les gâteaux chimiques, était une puriste en matière de tranches de lard. Elle exigeait ce qu'elle appelait des tranches « correctement velues », découpées devant ses yeux à la bonne épaisseur, avec une couenne qu'elle incisait d'une série d'entailles, avant de les disposer dans la poêle à frire. Les incisions empêchaient les tranches de s'enrouler durant la cuisson et la couenne « poilue » était retirée avant que chaque morceau de bacon parfaitement cuit ne finisse dans l'assiette. Le seul boucher à qui Mary achetait des tranches de lard était Ger Fitzgerald. Ger, affirmait-elle, proposait de la viande digne de ce nom, alors que les machins pâlots enveloppés de plastique vendus à Carrick n'étaient rien d'autre que de l'air et de l'eau. Aussi loin qu'Hanna puisse s'en souvenir, les tranches de lard arrivaient dans la maison des Casey enveloppées dans du papier sulfurisé, puis glissées dans des sacs en papier kraft. Le papier sulfurisé était si épais que les sacs demeuraient immaculés, et des piles de ces sacs, soigneusement pliés et mis de côté pour un usage futur, jaillissaient de chaque tiroir de la cuisine de Mary.

Avec un air méprisant pour l'assiette d'Hanna, emplie de yaourt et de muesli, Mary Casey déposa trois tranches de bacon dans la poêle et la secoua avec énergie. Puis elle les retourna au bon moment. Elle attrapa son couteau au manche noir et découpa des tranches dans une miche de *soda bread* bien blanc.

— Je suppose qu'il n'y a aucune chance que tu prennes un petit-déjeuner décent, au lieu de partir travailler avec une cuillerée de graines pour les poules dans le ventre ?

Hanna ignora la question et alluma son téléphone. Mary déposa les tranches de bacon dans une assiette, qu'elle glissa au four pour les garder au chaud. Elle cassa un œuf dans la poêle. Une fois cuit, elle le poussa sur un côté de la poêle et se servit des carrés de *soda bread* pour saucer le reste du gras du bacon. Elle les mit sur la flamme jusqu'à ce chacun d'eux soit croustillant et doré sur l'extérieur, tout en restant fondant à l'intérieur.

— Des nouvelles de Jazz ?

Un texto de sa fille l'informait qu'elle avait choisi un vol pour Londres et s'était arrangée pour dîner avec Malcolm à son arrivée. Mary Casey leva les yeux au ciel quand Hanna lut le message à haute voix.

— Eh bien, nous savons toutes les deux que ceci n'est pas un sujet de conversation à cette table. Si cette enfant savait quelle sorte de sale blanc-bec est son père, elle lui dirait ce qu'elle pense de lui et ne mangerait plus son *foie gras** !

Hanna se mordit la langue. Après tout, elle ne tarderait plus à prendre son petit-déjeuner dans sa propre maison. Près du feu. Assise sur le pas de la porte, avec les mouettes au-dessus de sa tête. Ou perchée sur le mur au-dessus de la haute falaise, écoutant le bruit des vagues. Ces dernières semaines, elle avait à peine osé se laisser aller à ses rêveries. Mais après la réunion à la bibliothèque, Fury l'avait rejointe et suggéré de se retrouver sur place pour programmer la restauration. Apparemment, il avait un créneau pour ce travail. Peut-être que lors du prochain séjour de Jazz à Crossarra, la maison aurait pris forme. Peut-être Jazz et elle pourraient-elles aller sur Internet ou faire une virée pour jeter un œil à des placards de cuisine et réfléchir à des peintures. Avec une telle perspective, il n'était pas trop difficile de sourire et de se montrer polie avec Mary. Poussant le sucrier sur la table, elle demanda ce qu'elle avait prévu pour la journée.

Mary Casey haussa les épaules avec humeur.

— Rien du tout, à part un peu de ménage.

— Voudrais-tu que je te conduise à Lissbeg pour voir Pat ?

Mais apparemment Pat était de sortie à Carrick pour acheter des cadeaux pour ses petits-enfants.

— Tu n'aimerais pas faire les boutiques avec elle ? Je pourrais t'amener à Lissbeg, si Ger la conduit à Carrick. Et je te reprends au passage ce soir, quand je sors du travail.

Mary se renfrogna. Si Pat avait envie de sa compagnie, elle le lui aurait demandé, répondit-elle. En outre, Pat était folle de ces gamins et n'était pas de bonne compagnie quand elle faisait du shopping pour eux. Hanna perdit patience. Quel était l'intérêt d'aider quelqu'un qui ne le voulait pas ? Prenant une dernière gorgée de café, elle se leva, se força à sourire et annonça qu'elle devait y aller. Mais Mary Casey refusa de croiser son regard. À la place, elle harponna un morceau de lard sur un carré de *soda bread* et le porta à la bouche avec une expression de reproche. Cette attitude marquait le début d'une bouderie qui pourrait bien durer des jours entiers.

Plus tard, en roulant jusqu'à Lissbeg, Hanna se demanda si elle aurait dû gérer les choses différemment, sans vraiment voir comment. C'était comme si, par manque d'occupations, Mary transformait les bouderies en hobby. Hanna n'avait jamais eu l'habileté de son père pour l'amadouer et lui faire retrouver sa gaieté. Ni l'envie de le faire. Il lui tardait simplement de troquer l'ambiance houleuse du pavillon pour les joies d'une maison à elle.

L'horaire de fermeture approchait cet après-midi-là quand elle leva les yeux de son ordinateur et vit Tim Slattery dans l'embrasure de la porte. L'affluence de la sortie d'école était terminée, Conor rangeait le Coin enfants et Oliver, l'homme au chien, avançait parmi les livres de cuisine, même si Hanna lui avait assuré que la plupart des éditeurs choisissaient des images de nourriture, et non de chiens, pour leurs couvertures.

Mais Oliver avait une méthode.

— Je commence au commencement, mademoiselle Casey, je continue jusqu'à ce que j'arrive à la fin et alors je m'arrête. C'est la manière dont j'aime appréhender les tâches qui m'incombent dans la vie.

Comme c'était manifestement un fan de Lewis Carroll, Hanna avait été tentée de lui proposer *La Chasse au Snark* en guise de léger divertissement durant sa quête. Mais elle avait finalement acquiescé et laissé continuer. Oliver était courtaud, myope et d'âge mûr. Pour l'aider à atteindre les étagères du haut, Conor lui avait trouvé un escabeau. Il avait aussi essayé de lui donner un coup de main en vérifiant les sites des éditeurs et une fois, en début de semaine, il avait cru un instant avoir trouvé l'insaisissable livre. Mais le labrador noir qui figurait sur la couverture de *The Plague Dogs*, de Richard Adams, n'avait pas la bonne forme d'oreilles. Alors la recherche continua.

Hanna se leva pour accueillir Tim. Il s'était fait tout beau. Il portait un costume trois-pièces et une chaîne de montre qui semblait purement décorative. À son poignet, il arborait une montre minimaliste qui consistait en une bande élastique et une paroi en Perspex. Le bandeau vert acide rappelait à Hanna les élastiques à cheveux qu'elle achetait quand les queues-de-cheval faisaient fureur dans la cour d'école de Jazz. Tim traversa vivement la pièce à grandes enjambées et lui serra la main. Il ne faisait que passer, dit-il, et il avait fait un saut pour échanger deux ou trois mots. Elle tira une chaise pour qu'il s'assoie, mais avec un regard pour Conor, il lui demanda s'ils pouvaient parler en privé. Hanna réprima un sourire. C'était typique de la part de Tim de transformer une discussion sur des acquisitions et des systèmes d'ordinateur en une séance à haute responsabilité, portes closes.

— Bien sûr. On va prendre un café.

Elle le conduisit dans la cuisine et remplit la bouilloire. Elle se dit aussi qu'elle devait le remercier pour pas mal de choses. Certes, ses manières excentriques et pompeuses pouvaient à l'occasion être agaçantes, mais depuis son retour sur la péninsule, il faisait partie des rares personnes qu'elle pensait pouvoir qualifier d'ami. Quelques minutes plus tard, alors que la bouilloire chauffait, Hanna se demandait comment elle avait pu se tromper à ce point.

Chapitre 37

— Attends, est-ce que tu essaies de me menacer, là ?

Hanna lança un coup d'œil par-dessus son épaule pour vérifier que la porte de la cuisine était bien fermée. Quelle que soit la réponse de Tim Slattery à sa question, c'était une conversation qu'elle ne souhaitait pas que l'on surprenne. Tim se laissa aller en arrière et s'appuya contre le plan de travail. Il passa une main manucurée sur sa coupe en brosse bien rigide.

— Oh, allez Hanna, tu sais que c'est ridicule.

— Ça l'est. Complètement ridicule. Cela vaut aussi pour ce que tu viens de dire.

— Je disais simplement qu'il serait sage que tu fasses attention.

Hanna respira profondément et redressa les épaules.

— D'accord, mettons les choses au clair. Es-tu en train de suggérer que je n'ai aucune autorité pour organiser un événement dans ma propre bibliothèque ?

— Ce n'est pas comme si tu avais organisé un club de lecture ou une conférence. Il s'agissait d'une réunion de contestation.

— N'importe quoi ! (Hanna le dévisagea d'un air sévère.) Qui t'a dit cela ?

— Tu dois comprendre que nous ne pouvons pas accepter que des employés d'une branche de la bibliothèque du comté accusent les conseillers du comté, qui travaillent dur, de toucher des pots-de-vin.

— Écoute, j'ai organisé et assisté à cette réunion. Elle était présidée par Conor, qui travaille directement sous mes ordres. Nous avons discuté et nous nous sommes mis d'accord sur le contenu à l'avance. Tout ce que lui ou moi avons dit était parfaitement approprié. Il y a eu certains commentaires émanant d'un seul individu dans l'assistance, auxquels Conor a réagi promptement, poliment, exactement comme il le devait. S'il en avait été autrement ou s'il ne s'était pas montré à la hauteur, je serais intervenue. Mais ce n'était pas le cas. Alors je n'ai rien dit.

Tim haussa les épaules.

— Quoi qu'il en soit…

Hanna plissa les yeux.

— Mais ce n'est pas la question, n'est-ce pas ? En réalité, tu viens d'entrer dans ma bibliothèque pour me dire de faire attention où je mets les pieds.

— Ce n'est pas tout à fait cela.

— Précisément cela. Clairement. Et je veux savoir pourquoi.

Mais elle n'en avait pas besoin. Il était évident que Liam Ryan devait avoir rapporté aux autres employés du conseil l'histoire du garçon qui avait parlé des dessous-de-table. À Carrick, cela donnait l'impression qu'elle avait organisé une réunion de protestation. Ce qui était assez comique, puisqu'à l'origine, le pauvre Conor, habituellement très responsable, était sorti et s'était soûlé.

Hanna ne voulait pas s'engager sur ce terrain. Elle fut horrifiée de constater que des larmes lui montaient aux yeux. Comment Tim osait-il croire de telles absurdités ? Et même s'il y croyait réellement, pourquoi ne prenait-il pas sa défense, en tant que collègue et ami ? Elle s'était battue en faveur de Conor, même si l'idée de cette réunion était stupide. Elle n'avait nulle intention de faire machine arrière.

Alors qu'elle cherchait ses mots, Tim haussa les sourcils. Il n'avait pas besoin de lui faire un dessin. Le plan d'investissement proposé par le conseil impliquait une restructuration complète des équipements de la bibliothèque du comté. Dans le futur, la collection entière serait abritée dans le nouveau complexe de Carrick. Avec un seul bâtiment et les progrès technologiques, des licenciements économiques seraient inévitables. Tim haussa les épaules. Ce qu'il voulait dire, précisa-t-il, c'était que le plus sage serait d'empêcher les commérages idiots et de soutenir le plan du conseil.

Hanna le dévisagea avec une totale incrédulité. À peine quelques semaines plus tôt, il lui avait assuré que la bibliothèque de Lissbeg ne serait pas fermée. Il devait s'en souvenir aussi bien qu'elle. Il avait même employé l'expression « Plutôt mourir ! ». Et elle, comme une idiote, lui avait présenté ses excuses pour de telles craintes.

Un millier de questions et de récriminations tournoyèrent dans son esprit. Néanmoins, l'instinct de survie la poussa à garder le silence. Il fallait qu'elle réfléchisse et non qu'elle l'agresse. Si la proposition du conseil nécessitait de restructurer le système de la bibliothèque, Tim avait forcément été impliqué dans son organisation. Une partie du projet consistait à fermer sa bibliothèque. Il lui avait donc menti par peur de son opposition. Apparemment, il avait présumé qu'elle l'avait découvert et commencé un mouvement de protestation. Alors qu'en réalité, elle avait été bien trop naïve pour mettre sa parole en doute.

S'arrachant violemment à ce nouveau sentiment d'humiliation, elle prit conscience que Tim leur avait versé une tasse de café à chacun. Il lui posait une question. Comment cela se passait avec son ordinateur ? Est-ce qu'elle trouvait toujours le système informatique de la bibliothèque un petit peu trop complexe à saisir ? C'était un stratagème tellement grossier qu'Hanna réussit tout juste à se maîtriser. Les affectations à la bibliothèque dans le nouveau complexe reviendraient à Tim, bien entendu, et les partisans du luddisme, opposés aux nouvelles technologies, auraient probablement peu de chances de se voir accorder ne serait-ce qu'un entretien. Personne ne serait surpris si la pauvre Hanna ne figurait pas sur la liste. L'espace d'un instant, elle songea à lui balancer sa tasse de café à la figure. Mais le bon sens lui indiqua que perdre son sang-froid reviendrait à faire le jeu de Tim. Pauvre vieille Mlle Casey, qui travaillait bien, à sa manière, mais à cette période de leur existence, les femmes ont souvent du mal à affronter la vie. Elles deviennent versatiles. Très vite survoltées. La faute aux hormones, sans doute. Il n'y aurait aucun motif de discrimination parce que rien ne serait dit en public. Pour autant, les propos médisants continueraient de circuler.

Elle s'exhorta à ne pas s'énerver et réussit à le fixer du regard. Il ne suffisait pas de rester calme, il fallait contre-attaquer.

— Oh, allez, Tim, le système informatique n'a rien de compliqué. Le plus difficile, c'est de trouver et de garder une assistance technique compétente. Pas si facile pour quelqu'un qui a un périmètre de relations aussi restreint que toi, mais je suis certaine que tu fais de ton mieux.

Sa voix était aussi sereine qu'elle l'avait espéré et elle fut récompensée par une lueur craintive dans le regard de Tim. L'effet fut de courte durée. Car sa bibliothèque était menacée de fermeture et ses perspectives plutôt sombres. Si le projet du conseil était mené à bien, elle serait jetée à la casse, sans aucun revenu, aucun avenir, une maison inhabitable et un prêt impayé. Peut-être le projet serait-il rejeté par le vote. Mais peut-être pas. Finalement, pour quelles raisons les conseillers du comté de Finfarran seraient-ils plus honnêtes que le bibliothécaire du comté ?

Après le départ de Tim, il restait une heure avant la fermeture. Hanna retourna à son bureau. À l'extrémité de la pièce, Oliver continuait de fouiller les étagères. Conor finit de ranger le Coin enfants et demanda à Hanna ce qu'il devait faire ensuite. Craignant que son expression ne révèle son état d'esprit, elle garda la tête baissée et lui demanda de mettre de l'ordre dans la cuisine.

— OK. (Conor se retourna pour partir, puis jeta un regard en arrière.) Qu'est-ce que Tim Slattery avait à vous dire ?

— Rien qui te concerne. Peux-tu te remettre au travail, s'il te plaît ?

Elle le regarda disparaître de la pièce. Puis elle reprit la litanie indignée qu'elle ressassait en boucle depuis le départ de Tim. Comment avait-il pu se révéler si hypocrite ? Comment avait-elle pu commettre une telle erreur de jugement ? Comment osait-il entrer ici et la menacer comme un tyran à la petite semaine ? Et – pire que tout le reste – combien de personnes savaient que son emploi était en danger, alors qu'elle avait été d'une ignorance béate ? Soudain, elle serra les poings et écarquilla les yeux : c'était pour cette raison que Joe Furlong l'avait évitée dans le parking du conseil de Carrick. Il devait être au courant, savoir qu'elle ne savait pas, et être incapable de la regarder en face.

Quand Conor eut terminé avec la cuisine, elle lui dit de rentrer chez lui.

— Il n'y a pas beaucoup de travail. Et puis, tu as fait beaucoup d'allées et venues ici dernièrement, alors que tu n'étais pas censé être là.

— Mais au contraire, le travail ne manque pas. (Conor eut l'air préoccupé.) Vous n'allez pas... Vous n'allez pas réduire mes heures, n'est-ce pas ?

C'était un aspect de la situation auquel Hanna n'avait pas pensé. Son emploi n'était pas le seul menacé. Les McCarthy dépendaient également de la bibliothèque de Lissbeg. Bien que Conor ne l'ait jamais dit, elle savait que son travail à temps partiel avait été intégré au budget soigneusement équilibré de sa famille, et sa perte renforcerait la tension qui régnait chez lui. Elle se força à lui sourire, déterminée à ne rien lui révéler tant qu'elle était en état de choc.

— Bien sûr que non. Je te dis juste de finir tôt et de rentrer avant l'heure de pointe. Alors vas-y avant que je ne change d'avis.

— Merci, mademoiselle Casey.

Conor hésita un instant, se demandant s'il devait ou non ajouter autre chose. Puis, virant au cramoisi, il se décida.

— Ce n'est pas seulement une question d'argent. Tout le truc des livres, c'est quelque chose qui compte vraiment pour moi. J'adore la bibliothèque de Lissbeg. Et apprendre de vous, c'est génial.

Sur le chemin du retour, en conduisant sa Vespa, il se demanda s'il n'avait pas été un peu mièvre. Mais il voulait le lui dire depuis des lustres, car c'était la vérité.

Chapitre 38

Ce dont Hanna avait désespérément besoin à présent, c'était de réfléchir. Inévitablement, deux femmes firent leur apparition dix minutes avant la fermeture et flânèrent en regardant les livres. Hanna recouvrit les ordinateurs, descendit le store sur la porte et annonça que la bibliothèque fermait. Les femmes n'y prêtèrent aucune attention. Finalement, elle dut les presser vers le seuil et récolta les mêmes gloussements outragés et les regards furieux que ceux qu'elle recevait, enfant, de la part des poules qui faisaient irruption dans la cuisine de Maggie Casey. Dès qu'elles furent parties, Hanna enclencha l'alarme, ferma les portes et traversa la cour en se demandant où aller pour trouver la paix et la tranquillité.

Cela avait été une magnifique journée estivale. Alors qu'elle approchait du parking, elle remarqua les rayons du soleil qui baignaient le jardin un peu plus loin. Quand on avait rogné un angle du jardin du couvent pour créer le parking, on avait construit un muret en briques en guise de barrière. Le jardin laissé à l'abandon gardait peu de traces des allées recouvertes de gravier et des parterres bien entretenus, entre lesquels des générations de religieuses s'étaient promenées dans leur isolement silencieux. Toutes les haies de buis étaient envahies de mauvaises herbes, les arbres n'étaient pas taillés et, dans la partie clôturée qui avait été autrefois le cimetière des sœurs, la statue de la Vierge était perdue au milieu des rosiers grimpants.

Les clés dans la main, Hanna hésita près de sa voiture en écoutant les oiseaux chanter dans le jardin des religieuses. Elle n'avait pas envie de rentrer au pavillon. Mais où pouvait-elle bien aller ? Elle ne pouvait se rendre chez Maggie, car il y avait des chances que Fury s'y trouve. Même s'il n'y était pas, comment réussirait-elle à s'asseoir dans un endroit qu'elle en était venue à aimer pour contempler ses projets ruinés ? La maison et son champ qui descendait en pente douce vers la falaise étaient destinés à devenir un sanctuaire, où elle aurait fait face à un futur inconnu avec une confiance retrouvée. S'asseoir sur les pierres au-dessus de l'océan avec pour seules perspectives des dettes et le chômage lui paraissait insupportable.

Pendant qu'elle hésitait, elle entendit des bruits de pas derrière elle. D'un instant à l'autre, quelqu'un pouvait surgir et l'apercevoir. Devoir discuter à bâtons rompus était la pire option qu'elle puisse imaginer à cet instant. Machinalement, elle passa par-dessus le muret et se glissa entre deux frênes dans le jardin des sœurs.

Cela n'avait rien à voir avec le champ de Maggie, où le bout des herbes râpeuses avait été brûlé par la brise de l'océan. Ici, les herbes négligées poussaient bien grasses et vertes sous de hauts sureaux et des aulnes ; au pied des chênes, des champignons à collerette brillaient dans l'humus. Le petit cimetière clôturé s'adossait au mur du couvent, et les pierres tombales faisaient face aux vitraux, qui avaient autrefois illuminé le réfectoire des religieuses. Le reste du jardin s'étendait en plusieurs massifs parcourus de sentiers gravillonnés. Des générations de mauvaises herbes avaient poussé dans les allées non ratissées et des plantes rampantes s'épanouissaient à présent au milieu des ronces. Au croisement de quatre chemins, sur un piédestal placé dans une large vasque en granit, se dressait une statue de saint Francis, les bras tendus. L'eau s'écoulait jadis de tuyaux en plomb dissimulés parmi les fleurs de pierre autour de la statue. À présent, la vasque était sèche.

D'un pas prudent, Hanna s'enfonça dans le jardin. Après la statue de saint Francis se trouvait un banc, à moitié dissimulé par un hortensia rose. Elle marcha vers lui sur une allée de graviers creusée d'ornières qui crissaient sous ses pas. Le banc était d'un bois argenté, décoloré par le temps et le manque d'entretien. Hanna s'assit et ferma les yeux. Bien qu'elle ait fréquenté l'école du couvent, elle n'était jamais venue dans le jardin des religieuses. À cette époque-là, on le considérait comme un sanctuaire isolé et sacré, notamment parce qu'on ne pouvait y accéder que par le côté du bâtiment appartenant aux sœurs, où les élèves n'allaient jamais. Pendant quelques instants, elle se concentra alternativement sur le bruit lointain de la circulation et le chant d'un rouge-gorge à proximité. Cette gymnastique mentale occupa son esprit et allégea brièvement ses tracas. Puis le rouge-gorge se tut et, en ouvrant les yeux, Hanna vit qu'elle n'était plus seule.

Surprise, elle se redressa. Devant elle se tenait une femme trapue aux cheveux blancs, vêtue d'une élégante jupe bleu marine, d'un gilet de laine, d'un chemisier blanc et de chaussures noires à lacets. Ses mains, serrées au niveau de la taille, étaient pétries de rhumatismes et, bien qu'une énergie tranquille émanât de cette femme, elle devait avoir plus de quatre-vingts ans. Hanna adopta instantanément la voix qu'elle prenait pour s'adresser aux anciens un peu idiots qui fréquentaient la bibliothèque.

— Vous êtes perdue ? Puis-je vous aider ?

La femme s'assit à ses côtés et posa ses mains sur ses cuisses.

— Non, je ne suis pas perdue. Je vis ici.

— Ici ?

Hanna jeta un regard circulaire sur le jardin à l'abandon. Clairement, elle avait affaire à une petite vieille dérangée, dont il fallait prendre soin. Elle avait tendu sa main vers son téléphone et songeait déjà à appeler le poste de police quand elle jeta un coup d'œil au visage ridé à côté d'elle. Elle y lut une expression d'intelligence teintée d'amusement. Puis, les yeux délavés brillèrent avec humour et la vieille dame lui tendit la main.

— Techniquement, vous êtes une intruse, mais je ne vais pas vous inquiéter pour cela. Je suis sœur Michael.

Il fallut plusieurs secondes à Hanna pour se souvenir. À son retour à Finfarran, on lui avait dit que deux religieuses âgées résidaient encore au couvent. Manifestement, il s'agissait de l'une d'elles.

La vieille dame la dévisagea d'un regard interrogateur.

— Étiez-vous élève ici ?

— Oui, mais je suis désolée, je ne suis pas sûre de me souvenir de vous.

— Non, en fait, c'est impossible, je n'ai pas enseigné. Je travaillais en cuisine.

Elle avait dû être une des sœurs converses que les élèves entrapercevaient à l'occasion dans les couloirs. En général, c'étaient des filles issues de familles nombreuses, qui étaient entrées chez les religieuses parce qu'elles n'avaient pas de dot à apporter en mariage. Néanmoins, les nonnes aussi requéraient une dot de la part de celles qui rejoignaient leur ordre, c'est pourquoi les jeunes filles désargentées apportaient une aide domestique au couvent. Durant ses années d'école, Hanna avait toujours pensé qu'elles étaient un peu opprimées, mais la femme à ses côtés dégageait un paisible sentiment de confiance, extraordinairement reposant.

Ses pensées furent interrompues par un gloussement.

— Pas tout à fait une Miss Havisham[1], n'est-ce pas ?

C'était si précisément ce que Hanna avait pensé qu'elle en resta bouche bée. Quelque part, dans son esprit, elle s'était fait une image des religieuses comme des silhouettes voilées qui flottaient à travers des pièces aux volets clos, éclairées par une lueur gothique provenant de chandeliers au métal

1. *Il s'agit d'un personnage du roman de Charles Dickens* Les Grandes Espérances *(1861). Cette vieille fille vit dans une grande demeure en ruine et elle est qualifiée de « sorcière de l'endroit ».*

terni. Ses confortables chaussures à lacets, sa jupe bleu marine et son gilet en polyester ne cadraient pas du tout avec cette image. La religieuse posa une main sur le bras d'Hanna.

— Est-ce que cela vous dérange si je vous pose une question ?

Déconcertée, Hanna secoua la tête et lui assura que non. Elle était une intruse dans le jardin de cette femme, alors elle pouvait difficilement lui répondre autre chose.

— Qu'est-ce qui vous met tellement en colère ?

Hanna ne s'expliqua jamais vraiment ce qui se passa ensuite. La question sans détour sembla débloquer quelque chose en elle et soudain des larmes coulèrent sur son visage. Quelle sorte d'idiote était-elle pour que les hommes la dupent si facilement ? D'abord Malcolm et maintenant Tim. Elle lui avait fait confiance. Pas de la même manière, bien entendu, parce que Malcolm était son époux, alors que Tim n'était qu'un ami. Mais en définitive, cela revenait au même. Ils lui avaient tous deux menti parce qu'ils savaient qu'elle serait assez stupide pour les croire. Encouragée par la question ponctuelle et tranquille de sœur Michael, elle relata toute l'histoire de la trahison de Malcolm, la perfidie de Tim, sa propre vision de la maison de Maggie et le choc en découvrant que son emploi était menacé et qu'elle ne pourrait honorer son prêt. Elle était en colère, elle gémit, elle se sentit comme une parfaite imbécile de ne pas avoir vu ce qui se passait. Et elle n'avait personne à blâmer à part elle-même. Il y eut un long silence et elle entendit à nouveau le chant du rouge-gorge et le bruit des voitures sur Broad Street. La vieille dame était assise à côté d'elle et ne disait rien. Finalement, Hanna attrapa un mouchoir en papier et se moucha. Elle se sentit incroyablement lasse. Elle résista à l'impulsion de poser sa tête sur ses propres genoux, se retourna vers sœur Michael et la dévisagea. Les yeux bleu délavé rencontrèrent les siens avec un air songeur.

— Tu sais, ma fille, il me semble que tu as une fâcheuse tendance à perdre ton temps.

C'était la dernière réponse à laquelle Hanna s'était attendue. Sœur Michael planta ses chaussures confortables dans les graviers.

— Ton mari était infidèle, ce Slattery est un menteur. Tu n'as pas de honte à avoir, ma fille. Mais être assise ici à renifler, alors que tu devrais t'organiser… C'est un péché mortel !

Hanna ouvrit la bouche pour répondre. À son grand étonnement, la nonne lui adressa un clin d'œil.

— Je dirais que ce que tu devrais faire maintenant, c'est oublier tes sentiments et commencer à te défendre.

— Mais comment ?

— Eh bien, la première chose c'est d'assister à cette réunion de consultation à Carrick. Nous ferons profil bas, mais nous effectuerons un état des lieux. J'aimerais bien voir ce Tim Slattery de mes propres yeux.

Chapitre 39

LE MATIN DE LA RÉUNION de consultation, Conor reçut un appel d'Aideen. Elle allait envoyer des textos à tout le monde et rappeler aux gens que c'était le soir même. En ferait-il de même ? Dès qu'il eut garé la Vespa dans la cour, il écrivit rapidement quelques SMS, dont un à Dan Cafferky. Puis il éteignit son téléphone et entra dans la bibliothèque. Il ne pouvait traîner dans les parages en attendant les réponses, parce que Mlle Casey devait partir pour Carrick afin de récupérer la camionnette.

Depuis qu'Oliver avait débuté sa quête, Conor avait examiné minutieusement d'innombrables couvertures de livres. Maintenant, tandis qu'il se mettait à ranger les retours, il en repéra un dans la section « Romans policiers » et l'apporta à Oliver d'un air triomphal. Mais le chien des Baskerville n'avait pas les bonnes dents. Oliver enragea qu'il perturbe ainsi son système de recherche, mais heureusement, avant qu'il n'ait eu le temps de le décrire avec force détails, Mlle Casey appela Conor au bureau et lui demanda d'emmener une religieuse.

— Elle souhaite assister à la réunion de consultation du conseil. Pourrais-tu passer la prendre sur le chemin ?

Conor ne savait pas grand-chose sur les bonnes sœurs, parce qu'on n'en voyait guère ces derniers temps. D'après sa mère, il y en avait partout à l'époque. Vous ne pouviez faire un pas sans tomber sur l'une d'elles. Aujourd'hui, elles ne portaient plus de voile ni de chapelet, alors peut-être ne les remarquait-on simplement pas. Quoi qu'il en soit, cela ne lui posait aucun problème de conduire une religieuse à Carrick. Il allait devoir prendre la voiture, car il lui semblait que la Vespa n'était pas appropriée.

Ce soir-là, il descendit Broad Street et tourna à l'arrière du couvent. Puis il bondit hors de son véhicule et appuya sur la sonnette. La porte s'ouvrit immédiatement et elle sortit emmitouflée dans un anorak gris porté sur une jupe ordinaire et un gilet. Conor l'installa sur le siège passager et l'aida avec la ceinture de sécurité, car ses mains souffraient de rhumatismes. Elle lui expliqua que l'autre religieuse âgée qui vivait au couvent était alitée et que Pat Fitz était à ses côtés. Conor n'avait aucune idée de pourquoi elle souhaitait participer à la réunion de consultation, mais ce n'était nullement ses affaires, aussi pensa-t-il qu'il était préférable de ne pas le lui demander.

Il conduisit lentement jusqu'à Carrick, au cas où une vieille nonne puisse prendre peur, mais ils arrivèrent largement à temps. D'après une affiche à l'accueil, la réunion de consultation se déroulait au troisième étage du bâtiment du conseil, dans la pièce où Teresa O'Donnell avait présenté sa stupide application. Conor se souvenait comment y aller, aussi guida-t-il sœur Michael jusqu'à l'ascenseur.

Quand ils entrèrent, la pièce était à moitié vide et, à l'exception de deux ou trois conseillers du comté, la plupart des gens étaient des fonctionnaires du conseil. Au départ, Conor ne reconnut personne à part Tim Slattery, assis au premier rang à côté d'un homme chauve, doté d'un bloc-notes. Au bout d'une minute, il repéra quelques-unes des femmes qui dirigeaient l'office du tourisme de Ballyfin, puis il vit Aideen assise près de Mlle Casey. Sœur Michael et lui les rejoignirent en avançant le long de rangées de chaises presque vides.

Il prit place près d'Aideen et baissa la voix.

— Où sont tous les autres ?

Aideen haussa les épaules. C'était exactement ce que Mlle Casey avait dit avant sa réunion : la moitié de gens qui disent qu'ils viennent ne le font jamais.

Un type du conseil monta sur l'estrade et leur souhaita la bienvenue. Le but de la réunion, dit-il, consistait à présenter le budget ciblé pour l'année à venir. C'était un plan audacieux, soigneusement étudié qui, d'après le conseil, tirerait le meilleur parti des financements. Comme tout le monde le savait, en ces temps difficiles, chaque centime de l'argent public comptait.

Jetant un œil à ses notes, il appuya sur un bouton et la première page de sa présentation apparut sur l'écran. C'était l'œuvre d'un artiste figurant un vaste port de plaisance.

Au fur et à mesure de l'intervention, Conor se sentait de plus en plus mal à l'aise. Des aquarelles de la marina et d'un complexe du conseil rutilant à Carrick étaient projetées. Entre les images, surgissaient des chiffres, des statistiques ainsi que de courts extraits sonores issus de micro-trottoir. Conor ne reconnut pas une seule voix sur dix, mais toutes les personnes paraissaient favorables à la proposition et les mots extraits de leurs commentaires ne cessaient d'étinceler sur l'écran.

PUISSANT.
EXCELLENTE NOUVELLE.
FÉLICITATIONS !

Puis l'homme reporta son attention sur les statistiques, essentiellement des calculs du nombre de touristes que Ballyfin allait accueillir grâce aux bateaux de croisière.

Dès qu'il eut terminé, Teresa O'Donnell se leva de sa chaise et applaudit.

— En tant que responsable du tourisme de tout le comté, je dois dire que je suis réellement enthousiasmée par cette proposition. Elle a le soutien inconditionnel de mon département.

Le gars du conseil sourit et déclara que la séance était maintenant ouverte à l'assistance. Après une pause, Gráinne de l'office du tourisme de Ballyfin demanda si l'approbation du plan impliquait l'acceptation de l'appli HaHa.

— Parce que si c'est le cas, cela induit des licenciements économiques dans le service du tourisme.

La réponse fut qu'il était préférable de traiter la situation par étapes.

Ensuite Joe Furlong, le propriétaire du grand hôtel de Ballyfin, se leva et déclara qu'il souhaitait exprimer les remerciements des habitants de Finfarran pour le travail effectué dans le cadre de cette proposition. C'était sensationnel de voir que, tout en investissant dans le petit village de pêcheurs qui était le secret le mieux gardé de l'Irlande, il y avait de l'argent pour améliorer les infrastructures de la préfecture. Puis il se rassit pour se joindre aux applaudissements lancés, une fois encore, par Teresa O'Donnell.

Aideen regarda Conor avec tristesse. Incapable de se contenir plus longtemps, ce dernier bondit sur ses pieds. Qui était Joe Furlong, demanda-t-il, pour parler au nom des habitants de Finfarran ? S'il parlait pour quelqu'un, c'était pour les types blindés de Ballyfin. Qu'en était-il du reste de la péninsule qui n'avait jamais eu sa chance ? Qu'en était-il des conséquences de la stupide route nationale et de l'absence d'un haut débit décent ? Qu'en était-il de l'état des routes ?

Hanna vit Tim Slattery regarder autour de lui, l'œil mauvais. Son visage s'assombrit quand il découvrit qui avait parlé, et quand il se retourna, elle constata que ses épaules étaient rigides. Sœur Michael pressa le bras d'Hanna et articula silencieusement les mots « profil bas ». Hanna était sur le point de donner un coup de pied dans la cheville de Conor, quand le jeune homme sur l'estrade annonça que les questions se devaient d'être substantielles. Les commentaires *ad hominem*, précisa-t-il d'un ton pompeux, ne pouvaient être reçus. Conor demeura debout, en attendant les réponses à ses questions. Quelqu'un dans le public gloussa. En jetant un regard à Aideen, Hanna vit qu'elle devenait écarlate. Rien ne se passa durant un instant. Puis Conor s'assit brusquement, se sentant clairement idiot.

Hanna bouillonnait. Elle ne pouvait supporter cette manière cruelle de traiter Conor. Du coin de l'œil, elle vit Aideen en train de chercher la main du jeune homme. Écarlate à son tour, Conor eut un geste de recul. Puis, à son propre étonnement, Hanna se retrouva debout sur ses pieds.

— Puis-je poser deux questions que je crois être substantielles ?

Elle saisit le dossier de la chaise devant elle et parla à voix haute avec autorité.

— Est-il vrai que si cette proposition est retenue, la bibliothèque de Lissbeg sera fermée ? Et ai-je raison de croire que le financement de tous les services sociaux requiert qu'ils soient centralisés à Carrick ? En d'autres termes, est-ce que le budget concernant les infrastructures sociales de la péninsule dans son intégralité sera investi à Carrick et son budget touristique uniquement ciblé sur Ballyfin ?

Plusieurs membres du conseil se retournèrent pour la regarder fixement. Tim, qui connaissait sa voix, resta immobile. Le jeune homme au pupitre eut l'air plutôt désorienté. Alors qu'il fouillait dans ses notes, Hanna s'exprima à nouveau.

— Partout sur cette péninsule, des petits commerces réclament une infrastructure destinée à les aider à s'étoffer. Des retraités qui ont besoin de services sociaux demandent plus d'infrastructures locales et non moins. Je n'ai rien entendu ce soir qui indique que la majorité des communautés de Finfarran profiteront de cette proposition.

Je suggérerais que nos conseillers du comté entendent leurs voix et leurs préoccupations.

Un silence assourdissant s'ensuivit. Puis l'homme chauve au bloc-notes se leva et prit la parole. La question de l'expression des intérêts publics avait bien été établie, dit-il. Les membres du conseil manqueraient à leur devoir s'ils ne respectaient pas les réglementations statutaires sur la consultation publique. Bien entendu, ce n'était pas le cas puisque la consultation était précisément le but de cette assemblée.

Immédiatement, le jeune homme au pupitre saisit la perche. Si un membre de l'assistance avait des préoccupations ou des questions, dit-il, il serait heureux d'y répondre aussitôt. Hanna l'interrompit avec brusquerie.

— J'aimerais que vous répondiez à mes questions, s'il vous plaît. Et à propos des retraités à qui l'on demande de faire des kilomètres pour accéder à un service, sont-ils susceptibles d'assister à une réunion qui se tient à vingt et une heures ?

Gráinne se leva crânement et déclara qu'il n'y avait aucune chance. À cette heure de la nuit, ils ne se risqueraient pas sur les routes à cause des nids-de-poule, précisa-t-elle. Pas plus qu'ils ne voudraient se traîner jusqu'à Carrick chaque fois qu'ils auraient besoin d'un peu d'aide. Comment parviendraient-ils jusque-là, quand les bus étaient réduits de moitié ? Le coût de l'essence les paralyserait, sans parler de l'état des routes.

À cet instant, tout le monde dans la pièce regardait Hanna. L'officiel au crâne chauve s'exprima à nouveau, l'air raisonnable. Les réglementations exigeaient une période statutaire pour les recours. Donc, tout membre incapable d'assister à la réunion pouvait proposer sa contribution en ligne. Ou par courrier. Tout le monde se verrait accorder l'opportunité de réfléchir aux propositions et certains préféraient prendre leur temps. Après tout, c'étaient des sujets sur lesquels les membres du conseil travaillaient depuis des mois. Son sourire en coin suggérait que, contrairement aux membres du conseil, le citoyen moyen avait peut-être besoin de se faire aider pour écrire. Il y eut une vague d'applaudissements, pour laquelle l'élu remercia platement. Voyant qu'il n'y avait rien à ajouter, Hanna s'assit et croisa le regard rayonnant d'Aideen. Elle vit l'expression de Conor qui passait lentement de la perplexité à l'indignation. Puis, alors qu'elle se penchait vers lui, il se détourna brusquement. Grognant intérieurement, Hanna se rassit tandis que l'assemblée s'éparpillait. Une fois encore, elle avait laissé ses sentiments dicter ses actions et agi sans réfléchir.

Chapitre 40

— EH BIEN, tu ne feras jamais une religieuse ! Sœur Michael croisa le regard d'Hanna dans le miroir des toilettes pour dames. Hanna cligna des yeux. Une leçon sur les vertus du contrôle de soi était vraiment la dernière chose dont elle avait besoin. Après avoir passé les dix dernières minutes à gérer un Conor hors de lui, elle était plus que consciente de son malheureux loupé à ce sujet.

Dès la fin de la réunion, elle avait attiré Conor dans un coin. Il s'en était pris aussitôt à elle.

— Est-ce qu'ils projettent vraiment de fermer la bibliothèque de Lissbeg ?

— Eh bien, oui. Je veux dire, il est clair que cela fait partie de leur proposition. Mais nous ne savons pas si cela va arriver.

— Vous étiez au courant. Et vous ne m'avez rien dit.

Se maudissant d'avoir parlé sans réfléchir, Hanna expliqua qu'elle n'en était pas sûre.

— Je l'ai entendu dire. Mais je ne savais pas. Et je ne voulais pas t'inquiéter. Je suis désolée, Conor, je ne voulais pas que tu l'apprennes comme ça. C'est seulement que j'ai perdu mon sang-froid quand j'ai vu la manière dont ce type te traitait.

Elle lisait à la fois indignation et gratitude sur le visage de Conor et, malgré son regret sincère pour ce qu'elle avait fait, elle se retrouva presque en train de rire. Elle s'efforça de garder son sérieux et lui répéta qu'elle était désolée.

— Et tu ne dois pas t'inquiéter. Rien n'a été décidé.

— Mais nous savons maintenant, n'est-ce pas ? Cela fait partie de leur projet ?

— Oui, je crois. Et nous en parlerons demain. Écoute, je ne peux pas laisser les autres traîner toute la nuit. Tu déposes Aideen chez elle et je me charge de sœur Michael.

En croisant maintenant le regard bleu de la religieuse, elle sentit que c'était en réalité elle qu'on prenait en charge. Sœur Michael se détourna du miroir et la dévisagea avec douceur.

— Nous étions supposées être ici seulement pour faire un état des lieux.

— Je sais, je suis désolée.

Hanna se maudit intérieurement et sœur Michael haussa les épaules dans son anorak.

— Eh bien, je suppose que ce qui est fait est fait. Et j'ai cerné ton Tim Slattery.

À la fin de la réunion, ils avaient rencontré Tim sur le seuil. Il portait un costume trois-pièces avec une chaîne de montre en or sur son gilet. Ses longues manchettes de chemise retournées évoquaient Oscar Wilde. Ignorant les autres, il avait marqué une pause et dévisagé Hanna. Puis, s'approchant à quelques centimètres au point de manquer la bousculer, il était passé à côté d'elle d'un pas raide, sans dire un mot. Distraite par le désarroi de Conor, Hanna l'avait à peine remarqué. Mais la vieille religieuse l'avait observé pendant qu'il s'éloignait à grandes enjambées dans le couloir.

— Et je vais te dire à qui il me fait penser : au père McGlynn de Knockmore. (Sœur Michael secoua la tête en signe de désapprobation silencieuse.) Petits esprits et grands ego, les deux font la paire !

À présent, elle regardait Hanna avec perspicacité.

— Et tu devrais te ressaisir, mademoiselle Casey. Les batailles ne se gagnent pas en se ruant sur les autres comme un taureau dans l'arène.

Hanna acquiesça avec humilité. Un moment, elles se tinrent côte à côte et arrangèrent leurs cheveux. Puis, le visage ridé de sœur Michael se plissa.

— Je vais te dire une chose, Hanna. La vie sur cette péninsule devient de plus en plus inéquitable. Ce n'est pas sain. Ce n'est juste pour personne. Et il est temps que toi et moi y mettions un terme.

— Vous et moi ?

— N'as-tu pas entendu dire que ce dont nous avons besoin, c'est d'organiser un recours ? Et tu vois que notre chemin ne sera pas couvert de pétales de roses. Le problème, c'est que les gens en ont assez de remplir des formulaires, de lire des lettres et de faire des commentaires. Ne sont-ils pas suffisamment occupés sans devoir encore assister à des réunions ? Mais à se concentrer sur leurs problèmes personnels, ils perdent le sens de la communauté. Regarde-toi, l'esprit accaparé par ta maison et ton emploi. C'est plus que la bibliothèque de Lissbeg qui est menacée. Est-ce que tu ne l'as pas dit toi-même, quand tu t'es levée pour parler ?

— Oui, vous avez raison. Personne ne va rejoindre une révolution. Tout le monde a bien assez à faire comme ça, à essayer de joindre les deux bouts.

— C'est pourquoi nous devons commencer et laisser les choses suivre lentement leur cours.

Sœur Michael remonta la fermeture de son anorak.

— J'ai passé soixante-dix ans dans un couvent, et je n'ai rien appris de plus que ce que j'avais appris dans la ferme de mon père. Tout dans la vie arrive en son temps. Un temps pour planter, un temps pour pousser et un temps pour moissonner. Et si vous prenez les choses avec constance, vous rapporterez votre récolte à la maison.

Chapitre 41

LE MATIN SUIVANT, Hanna se rendit directement à la maison de Maggie. C'était très bien que sœur Michael soit aussi confiante, mais face à un futur économique incertain, rester cramponnée à ses ardoises coûteuses lui paraissait stupide. Comment Fury réagirait-il en apprenant qu'elle avait changé d'avis ? Elle décida de lui annoncer rapidement et d'ignorer sa réaction. Au fond d'elle, une petite voix lui disait qu'elle aurait eu beaucoup moins à s'en faire, si elle n'avait pas été si despotique dès le départ.

En arrivant, elle trouva l'ami de Conor, Dan Cafferky, debout sur le toit dénudé. Diablo était endormi sur le pas de la porte et, débordant d'énergie, Fury sortit pour la rejoindre. Tout se passait formidablement bien, commença-t-il, et maintenant qu'il avait embauché le jeune Dan, le chantier avancerait à toute vitesse.

Quand Hanna fit son annonce, il se contenta de rire.

— Nous avons fait l'échange hier. Les nouvelles tuiles sont à l'arrière.

— Mais j'ai dit…

— Je sais ce que tu as dit. Mais n'as-tu pas remarqué quand tu l'as dit que je n'ai rien répondu ? Et est-ce que ce n'était pas aussi bien ?

Hanna se mordit la langue et abandonna le sujet des tuiles. Au fond, après mûre réflexion, elle reverrait peut-être son budget. Fury haussa simplement les épaules. Dans ce cas, elle devrait peut-être modifier un peu son approche. Qu'importe. Ils aviseraient en cours de route et verraient bien ce qui se passerait. De toute façon, les budgets étaient toujours modifiés, alors s'évertuer à les graver dans le marbre était une perte de temps.

Plus tard, en conduisant le bibliobus entre les flaques sur la route de Knockmore, Hanna songea à nouveau à sœur Michael. La veille, le trajet jusqu'à Carrick et le retour au couvent s'étaient mués en un conseil de guerre. Sœur Michael jugeait qu'il leur fallait un lieu de rendez-vous pour les opérations. Étant donné sa position, sa fonction publique et la menace de sa fermeture, la bibliothèque de Lissbeg était un choix évident. Et la réputation d'Hanna – son comportement un peu revêche – pouvait jouer en leur faveur.

L'adjectif « revêche » avait décontenancé Hanna, mais elle s'était rendue face à un tel argument. Assise à côté d'elle, sœur Michael avait tapoté son genou.

— Tu es la dernière personne que l'on suspecterait de vouloir fédérer la communauté, alors on aura l'impression que les choses se font naturellement.

— De quelle manière ?

— En établissant des axes de communication dignes de ce nom.

Cela serait la première étape. Réunir les gens, les mettre en contact et leur montrer leur force. Puis, une fois que tout serait en ordre, Hanna et elle rendraient la chose publique : elles organiseraient une réunion dans la bibliothèque, proposeraient une alternative au méga projet du conseil et mettraient toute la communauté à contribution pour élaborer un recours détaillé.

— Mais combien de temps faudra-t-il ? Et comment réaliserons-nous la première étape, sans parler de la seconde ?

— Cela prendra le temps qu'il faut, ma fille, alors tout ce que nous pouvons faire, c'est avancer et labourer le terrain.

La journée avait été longue et Hanna en avait assez des métaphores agricoles. Lui lançant un bref regard oblique, sœur Michael replia ses mains dans son giron et entreprit de lui expliquer la situation.

— On trouve un stratagème pour faire venir les gens à la bibliothèque de Lissbeg.

— Vous voulez dire comme un club de lecture ?

— Non, je ne veux pas dire comme un club de lecture. Nous n'avons pas le moindre espoir si nous pensons petit. Je veux dire un Gros Truc qui éveillera leur curiosité.

Hanna cligna des yeux. Après avoir systématiquement étouffé les espoirs de Conor de lancer un club de lecture, on lui présentait à présent une évolution qui paraissait bien pire. Elle arrêta sa voiture près de l'entrée du couvent réservée aux religieuses et dévisagea sœur Michael d'un air suspicieux.

— Quel genre de « Gros Truc » ?

Sœur Michael répondit qu'elle n'en avait pas la moindre idée.

— Quelque chose va émerger, malgré tout. Tu le reconnaîtras quand ce sera le cas.

— Que voulez-vous dire ?

— Eh bien, tu es celle qui parcourt la péninsule en long, en large et en travers. Je suis celle qui reste coincée entre les quatre murs d'un couvent.

Après être sortie du véhicule, sœur Michael passa sa tête par la vitre entrouverte.

— Et à ce stade, rien ne doit filtrer en dehors de toi, moi et du jeune Conor. Si nous le laissons en dehors de la boucle, il va jeter un pavé dans la mare. Mais dis-lui de garder la bouche cousue. Et garde tes yeux bien ouverts.

Chapitre 42

Les jours où Mlle Casey était en déplacement avec la camionnette étaient aussi ceux où la bibliothèque de Lissbeg accueillait le plus de visiteurs. Conor se disait toujours qu'il s'agissait d'une pure coïncidence, mais dans un coin de sa tête, il savait qu'il y avait un rapport de cause à effet. Il pensait que l'aspect amusant d'une bibliothèque consistait à tomber sur des trésors par hasard, mais Mlle Casey ne voyait pas du tout les choses de cette manière. Les lecteurs qu'il considérait comme des fureteurs ne faisaient que perdre leur temps selon elle. Et les bibliothèques, précisait-elle, n'étaient pas censées être amusantes.

Pourtant, il avait l'impression que les choses allaient changer. La veille, en rentrant chez lui après la réunion à Carrick, Conor enrageait. En partie contre Mlle Casey, qui aurait pu lui révéler certaines choses et ne l'avait pas fait, mais surtout contre les gratte-papier qui l'avaient ridiculisé.

Plus tard, quand il s'était un peu calmé, il avait compris pourquoi Mlle Casey n'avait rien dit. Elle en avait été vraiment désolée et elle s'était excusée. Puis, elle lui avait parlé ouvertement. Ce matin, quand elle était arrivée au travail, elle l'avait mis dans la confidence. Ce qui, quand on y pensait, était plutôt incroyable. Apparemment, sœur Michael et elle complotaient pour confondre les gratte-papier. Tout était encore top secret pour le moment, et elle avait promis de le tenir au courant. Ensuite, elle s'était mise en route pour récupérer la camionnette, mais à peine une minute plus tard, elle avait passé la tête à nouveau à la porte. Il ne devait pas trop en faire, avait-elle dit, mais elle était d'accord pour rendre l'endroit un peu plus accueillant. Elle lui avait paru un peu gênée en prononçant ces mots, aussi n'avait-il posé aucune question. Maintenant, il mourait d'envie de savoir ce qui allait se passer.

Presque immédiatement après le départ de Mlle Casey, un groupe de jeunes mamans accompagnées de leurs bébés en poussette arrivèrent et s'installèrent dans un coin. Une jeune fille rapporta un roman à suspense et emprunta la suite, mais les autres se contentèrent de s'asseoir autour d'une table pour discuter et regarder leurs téléphones. Conor n'y voyait aucun mal, tant que cela ne dérangeait personne. Aujourd'hui, il n'y avait personne excepté Oliver, l'homme au chien.

Aussi Conor laissa-t-il les jeunes femmes bavarder. Pour la première fois, il put fermer les yeux sur leur papotage sans se sentir déloyal vis-à-vis de Mlle Cascy. Et cette sensation était très agréable.

Un peu avant la pause déjeuner, Pat Fitz rapporta un autre roman de Maeve Binchy, que Conor parcourut subrepticement à la recherche de tranches de bacon. Quelques minutes plus tard, une femme à l'air inquiet entra et demanda un livre pour apprendre à changer les ampoules. Conor la conduisit à la section Bricolage et lui trouva un ouvrage intitulé *Astuces utiles pour les propriétaires.* Alors qu'il pivotait pour retourner à son bureau, il écarquilla les yeux avec appréhension. À l'autre bout de la pièce, Oliver avait atteint la bibliothèque aux portes vitrées qui contenait les ouvrages anciens, conservés depuis une éternité, à savoir l'époque où la bibliothèque servait de salle polyvalente à l'école. Il était évident que le meuble ne renfermait pas de publication récente avec un chien noir en couverture. Mais Oliver l'avait ouvert et vérifiait méthodiquement les ouvrages un à un.

Conor traversa la pièce en deux enjambées.

— Écoutez, Oliver, ce meuble ne fait pas vraiment partie de la bibliothèque. Je veux dire, si, il en fait partie, mais vous n'êtes pas censé l'ouvrir.

Oliver le dévisagea à travers ses verres en cul-de-bouteille et annonça qu'il travaillait selon un système.

— Je sais, Mlle Casey me l'a expliqué. Mais elle ne voudrait pas que vous ouvriez cette vitrine.

Oliver fronça les sourcils.

— Tu veux que je te dise, mon garçon, tu ne peux pas suspendre un panneau disant « Bibliothèque publique » si ce n'est pas vrai.

Plutôt que préciser que ce n'était pas lui qui avait accroché le panneau – ce qui n'aurait rien changé –, Conor se plaça entre Oliver et la bibliothèque.

— Vous avez raison, bien entendu, Oliver, mais vous ne voudriez pas que je perde mon travail. Je me dois de répéter les directives de Mlle Casey et je dois refermer cette vitrine maintenant. Je suis vraiment désolé, mais c'est ainsi.

En s'entendant parler, Conor se rendit compte qu'il s'exprimait exactement comme sa mère quand elle essayait d'apaiser son père. Mais comme de toute évidence, à l'instar de ce dernier, la douceur était inefficace, Conor changea de tactique et modela son approche sur celle de Mlle Casey.

— La règle c'est la règle, vous n'êtes pas le seul à faire les choses avec méthode.

Puis, reprenant le livre des mains d'Oliver, il referma la vitrine et regagna son bureau à grands pas. Oliver quitta la bibliothèque, l'air mécontent. Assis à son bureau, Conor baissa les yeux sur le livre. Une demi-heure plus tard, sourd au bavardage de plus en plus bruyant provenant de la table dans l'angle, il tournait encore les pages.

Chapitre 43

À LA SORTIE DE KNOCKMORE, Hanna ralentit et emprunta la route étroite qui serpentait entre les champs et les bois. Chaque semaine, en montant et descendant les mêmes routes de la péninsule, elle était fascinée par les couleurs changeantes du paysage. Maintenant, avec l'été qui avançait, les premières feuilles étaient parsemées d'or. C'était une journée ensoleillée, ponctuée d'averses. Et entre deux intermèdes pluvieux, des oiseaux chantaient dans le vent.

Tout en conduisant, Hanna se dit que sœur Michael avait raison. La menace de fermeture de la bibliothèque de Lissbeg était un symbole fort. Il ne s'agissait pas seulement de son emploi ou de celui de Conor, bien que ce dernier l'ait sans aucun doute rejointe sur la liste noire de Tim Slattery. C'était la communauté dans son ensemble qui était en position de faiblesse. Malgré ce qu'elle avait dit à propos des gens qui n'assistaient pas aux réunions publiques, Hanna avait été surprise par le nombre de chaises vides la veille à Carrick. Pourtant, dès que sœur Michael l'avait pointé du doigt, la raison crevait les yeux. La péninsule avait perdu ses axes de communication. Par le passé, les gens se retrouvaient dans les boutiques du coin et les bureaux de poste, autour de l'abreuvoir sur Broad Street à Lissbeg, aux arrêts de bus des villages, aux portes des forges et dans les laiteries. C'était là qu'ils échangeaient des histoires, partageaient des compétences et des ressources, et gardaient un œil sur le bien-être de chacun. Les supermarchés bondés et les infrastructures du conseil rationalisées à Carrick ne remplaçaient aucunement ces lieux de rassemblement, le rythme régulier des dimanches et des jours fériés quand les gens se réunissaient au pub après la messe pour discuter des événements de la semaine. À présent, les pubs et les chapelles étaient à moitié vides, car le nombre de pratiquants diminuait et bien des gérants de pub fermaient boutique, vaincus par l'alcool à prix réduit vendu dans les supermarchés et par le fait que les gens ne voulaient pas boire lorsqu'ils devaient prendre le volant.

Hanna sourit à la pensée de sa mère et de Maggie. Il y avait eu beaucoup de malveillance dans ces lieux de rassemblement et de curiosité aussi. Mais ce n'était pas l'essentiel. Ce qui importait, c'était le réseau d'assistance mutuelle, qui faisait sentir aux gens qu'ils étaient autosuffisants. D'après sœur Michael, la perte de ce réseau avait entraîné le manque d'équilibre actuel. Ce n'était pas juste, avait-elle dit. Et pire encore, ce n'était pas sain.

Hanna ne trouvait rien à redire à cet argument. Elle craignait en revanche qu'une campagne focalisée sur la bibliothèque de Lissbeg envahisse sa vie privée. Mais, comme sœur Michael l'avait fait remarquer, ses sentiments n'étaient pas le plus important. Jetant un coup d'œil au cadran du tableau de bord, Hanna vit qu'elle était dans les temps. Il y avait une zone d'évitement un peu plus loin devant. Elle se gara et alla s'adosser à un portail. Dix minutes seule au soleil étaient préférables à dix minutes passées dans le parking du centre, avec père McGlynn pour lui faire la conversation. Le champ qui se trouvait au-delà du portail était planté de pommes de terre et elle sourit à la vue des sillons rectilignes. Elle se rappelait les amis de son père réunis dans le petit bureau de poste de Crossarra. Ils y statuaient sur l'état des sillons de leurs voisins. Untel avait le coup de main et les réalisait parfaitement, comme son père avant lui. Quelque autre devait avoir utilisé un tire-bouchon pour tracer la ligne et creusé avec une bêche de traviole. Les pommes de terre, que voyait Hanna actuellement, étaient posées en lignes parfaitement parallèles et les fleurs couleur crème se balançaient sur leurs tiges vertes au gré d'une douce brise. Dans le champ voisin, du bétail s'était regroupé à l'ombre d'un chêne. Pendant qu'elle contemplait ses branches entremêlées, son esprit dériva et revint sur sa dernière conversation avec Fury. Quand elle avait quitté le site, il l'avait attirée un peu plus loin pour que Dan, toujours sur le toit, ne l'entende pas. Puis, il lui avait donné un vif coup de coude dans les côtes.

— Au fait, mademoiselle Casey, qui penses-tu tromper ? Ce n'est pas un examen minutieux qui t'a fait changer d'avis à propos de ces ardoises. C'est Tim le Maître du Temps Slattery et la foule à Carrick.

Puis, constatant son expression mortifiée, il s'était adouci. Tout le monde ne parlait pas d'elle, dit-il. Mais un maçon comme lui rôdait toujours dans les services d'urbanisme, alors bien entendu il sentait de quel côté soufflait le vent. En outre, il avait connu la graine, la pousse et la génération des Slattery sa vie entière.

— Tim est aussi faible que tous les autres. S'il entrevoit la moindre chance d'avoir un nouveau bureau, il tuera père et mère pour l'obtenir, avant de danser sur leur tombe une fois installé.

À ce moment-là, agacée par le coup dans les côtes, Hanna s'était montrée aussi fâchée qu'embarrassée. Maintenant, en considérant les ramifications du chêne, elle prit conscience d'un fait :

si elle n'avait pas été aussi farouchement opposée aux commérages, elle aurait pu obtenir cette information elle-même et se montrer beaucoup plus méfiante vis-à-vis de Tim Slattery.

*
* *

Nell Reily faisait partie du groupe du centre de soins cette semaine. Elle riait et bavardait avec sa mère dans la file d'attente pour commander un café ou un thé. Dès qu'elle aperçut Hanna, elle vint lui parler. Sa maman allait beaucoup mieux, dit-elle, bien que son rhume se soit révélé être une grippe.

— C'est son premier jour au centre, alors j'ai dit que je resterais au déjeuner au cas où elle veuille rentrer tôt à la maison. Les médecins disent qu'elle doit y aller lentement.

Nell sourit à Hanna et lui tendit un morceau de papier de soie. À l'intérieur se trouvait un mouchoir en lin, bordé d'une dentelle délicate en feston.

— C'est la première chose à laquelle Maman s'est mise après la grippe, mademoiselle Casey. Nous tenions à vous remercier pour les livres, quand elle était alitée.

Dans un angle du mouchoir étaient brodées les initiales d'Hanna.

— Il y a de fortes chances pour que vous ne vous en serviez jamais, mais vous pourrez le mettre sous un vase, par exemple. Quoi qu'il en soit, c'est un petit témoignage de notre reconnaissance.

Certains des autres retraités s'attroupèrent pour admirer le présent et s'exclamer sur l'empressement d'Hanna à rendre service. Hanna les écouta avec regret. Quand ces hommes et ces femmes étaient jeunes, auraient-ils imaginé à quel point la vieillesse les rendrait dépendants, ou à quel point ils seraient reconnaissants un jour pour des actes ordinaires de gentillesse ? Connaissant sa réputation de bibliothécaire farouche, elle rougit en se demandant si Nell avait dû faire appel à tout son courage ce jour-là pour l'arrêter sur la route et lui demander un livre pour sa mère.

Nell s'assit à côté d'elle et demanda des nouvelles de Mary Casey.

— C'est dommage de ne pas la voir ici au centre, de temps en temps.

Maurice, le boulanger à la retraite, les rejoignit avec une assiette de beignets. Il acquiesça et baissa la voix.

— Je ne dirai pas un mot contre le père McGlynn, remarquez, mais c'est une honte que tous les gens de notre âge, qui habitent tout en bas de la péninsule, doivent venir ici à Knockmore et nulle part ailleurs. Ne serait-il pas génial d'avoir un centre à Lissbeg ?

Cette suggestion reçut l'approbation enthousiaste des retraités. En préambule, tous assurèrent qu'ils n'avaient rien contre le père McGlynn. Au contraire, sans lui, ils seraient obligés de se rendre à Carrick même pour se faire couper les ongles. Mais ce serait fantastique de pouvoir le faire plus près de chez soi. Idéalement dans un endroit plus accessible, car le réseau de bus était très mauvais. Un lieu à Lissbeg, et peut-être un autre à Ballyfin. Ainsi plus de personnes pourraient sortir et se rencontrer. Malgré tout, ils étaient chanceux d'avoir ce qu'ils avaient et ne s'en plaignaient pas.

Derrière les propos des retraités sur les efforts concédés par le prêtre en leur nom, Hanna décelait une inquiétude cachée : s'ils manquaient à exprimer leur gratitude, ces commodités leur seraient retirées. Hanna trouva injuste qu'ils ressentent leurs existences de façon aussi précaire. Il était tout aussi épouvantable de sentir que, malgré sa propre froideur, ils étaient désireux de lui être reconnaissants. Savoir que la situation pouvait encore s'aggraver la perturbait. D'après Brian Morton, le mégaprojet du conseil impliquait de déménager le service d'aide dans l'énorme complexe de Carrick.

Jusqu'à présent, Hanna n'avait pas songé à l'importance que revêtait, pour des personnes âgées, le fait de partager un espace où perpétuer des amitiés de toute une vie. D'accord, ce n'était pas vraiment si loin de Carrick que cela, cependant le conseil voyait bien qu'avec de mauvaises routes et un réseau de transports inégal, les distances n'étaient pas perçues de la même façon.

En mordant dans un beignet, elle se dit qu'une mobilité réduite n'impliquait pas nécessairement un manque d'énergie. Il ne fallait pas l'oublier. Et contrairement à des gamins comme Conor ou les filles de *La Mercerie*, les retraités avaient beaucoup de temps libre.

Chapitre 44

Le livre qu'Oliver, l'homme au chien, avait déniché dans la bibliothèque s'intitulait *God's Garden*, « Jardin de Dieu ». Au début, Conor n'avait pas été tellement impressionné. C'était une sorte de traité sur les plantes, un recueil d'informations sur les herbes et les fleurs, comment elles poussaient et quelles maladies elles soignaient. La mise en pages était très rébarbative et les photos en noir et blanc. Conor n'avait pas trouvé de crédits pour le texte ni pour les images. Il ne parvenait pas non plus à trouver le nom de l'éditeur. Il se demanda s'il n'avait pas été imprimé par les religieuses elles-mêmes à l'époque. Il parlait effectivement du couvent. Il comportait des plans, dont l'un figurait le bâtiment de l'école avec son entrée par la cour sur un côté et le couvent avec l'entrée des religieuses à l'arrière. Le parking avec son petit portail dans la cour et sa sortie sur Broad Street n'existait pas. À la place se dressaient de hauts murs d'enceinte qui clôturaient un jardin. En tournant les pages, Conor eut l'impression de visionner un film dans lequel la caméra zoomait progressivement afin de révéler plus de détails. Au bout d'un moment, il fut captivé par l'ouvrage.

Puis deux jeunes filles qui bavardaient à la table dans l'angle s'approchèrent pour lui dire au revoir. L'une d'elles l'interrogea sur le livre. Conor avait appris que les plantes avaient parfois deux noms en anglais et un en latin. Apparemment, la plupart d'entre elles étaient médicinales, ce qui impliquait qu'elles pouvaient être dangereuses. Leurs noms étaient écrits dans le livre en gros caractères, accompagnés d'une photo et d'une notice, pour éviter que l'on mette du poison dans sa soupe.

— C'est vraiment chouette.

Une des filles se pencha sur le bureau et plissa les yeux par-dessus l'épaule de Conor. Une femme qui recherchait un livre sur les étagères s'approcha et se joignit à eux. Elle n'imaginait pas que le jardin des religieuses était si grand, dit-elle. Ses souvenirs du jardin dataient de l'époque où elle était à l'école, mais personne n'avait le droit d'y pénétrer. La jeune fille afficha un grand sourire et déclara qu'il ne serait pas étonnant que les sœurs y aient préparé des poisons.

— On se croirait dans un Agatha Christie.

La femme, qui avait à peu près l'âge de Mlle Casey, éclata de rire.

— Je me souviens que ma mère disait qu'elles confectionnaient de très bons médicaments contre la toux. Avec du gratte-cul ou de l'hysope ou je ne sais quoi d'autre. Je me rappelle qu'elles avaient des fleurs de couleurs différentes pour les fêtes religieuses. Ainsi que de la lavande et du romarin pour éloigner les mites de la nappe d'autel. Généralement, je m'ennuyais à mourir dans la chapelle, mais cela sentait toujours bon.

Conor tourna les pages et revint à une liste de saints. Il ne connaissait pas les noms de la moitié d'entre eux, mais chacun semblait posséder sa propre fleur. Sur la page opposée, un plan montrait tous les massifs du jardin longés par de petits sentiers et les noms des plantes écrits sur les parterres en minuscules lettres manuscrites.

Au moment de fermer la bibliothèque, il remit le livre dans la vitrine et le reposa avec précaution sur l'étagère. Contrairement à l'imposant ouvrage avec une reliure en cuir qui présentait d'incroyables peintures italiennes, il ne semblait pas très ancien et ses images étaient plutôt dénuées d'intérêt. Il était assez intéressant malgré tout et Conor avait envisagé de l'emporter chez lui pour le terminer. Mais puisque Mlle Casey le rangeait dans le cabinet vitré, il avait peur de se faire remonter les bretelles.

Le lendemain, il se retrouva à suivre Mlle Casey autour du pâté de maisons, avec *God's Garden* dans une enveloppe matelassée. À sa grande surprise, les gens étaient venus à la bibliothèque toute la matinée pour l'interroger sur cet ouvrage. D'abord la femme de la veille. Aujourd'hui, elle voulait l'emprunter pour sa mère. Ensuite, pendant que Conor lui expliquait que ce n'était pas possible, parce qu'il ne faisait pas réellement partie du fonds, une autre femme arriva. Sa fille – celle qui avait dit que le livre était chouette – lui avait envoyé un texto tout de suite après avoir pris son petit-déjeuner pour lui suggérer de faire un saut à la bibliothèque. À ce moment-là, Mlle Casey s'approcha pour voir ce qui se passait. Conor expliqua qu'Oliver avait trouvé ce livre que tout le monde voulait à présent emprunter. Mademoiselle Casey lui donna raison. Ils ne pouvaient prêter un livre n'appartenant pas au catalogue. Comme la femme en fut contrariée, Hanna proposa à Conor de le poser sur une table. Ainsi les usagers pourraient le consulter sur place. Comme ce n'était pas une propriété de la bibliothèque, il devait le manipuler en personne, et mieux valait qu'il s'assure d'avoir les mains propres. Conor s'exécuta. Des femmes posèrent des questions sur l'ouvrage et deux hommes s'approchèrent pour écouter. Puis, quelqu'un envoya un texto et d'autres personnes arrivèrent pour y jeter un œil. Conor s'était senti un peu idiot à tourner les pages comme si c'était le Livre de Kells[1], et effectivement, il n'y avait pas grand-chose à regarder, mais tout le monde adorait l'anecdote sur la façon dont il avait surgi. À l'heure de la fermeture, la dernière personne à quitter les lieux regarda par-dessus l'épaule de Conor et sourit.

— Tu parles d'un trésor caché ! Et il parle de notre site. Mon Dieu, cela vous fait réfléchir à la façon dont les choses se passaient dans les temps anciens, non ?

Les pieds de Conor ne touchaient plus terre. Ce jour-là, la bibliothèque fermait tôt. Dès qu'ils eurent baissé le store et enclenché l'alarme, Mlle Casey mit *God's Garden* dans l'enveloppe matelassée et lui annonça qu'ils allaient voir sœur Michael. Lorsqu'ils atteignirent la porte du couvent, elle ignora l'énorme heurtoir et appuya sur la sonnette d'un interphone. Il ne s'écoula qu'une minute avant que ne résonne la voix de la religieuse. Quelques instants plus tard, elle les conduisait à l'intérieur.

Ce n'était pas du tout comme Conor l'imaginait, quand il songeait au couvent déserté. Au lieu de toiles d'araignées et de bougies, il découvrit un

1. *Un manuscrit enluminé, réalisé par des moines de culture celtique aux alentours de l'année 800, et considéré comme un chef-d'œuvre du christianisme irlandais et de l'art irlando-saxon.*

canapé et deux ou trois chaises confortables, un buffet, un vieux poste de télévision. Il y avait aussi des tas de statues, d'images pieuses et des piles de CD de Daniel O'Donnell, un chanteur irlandais. Mais pas plus que ce que l'on trouverait chez une grand-mère. Sœur Michael portait un pull-over à col en V et une jupe sous un tablier rayé. Elle passait l'aspirateur dans la chambre de sœur Consuelo, précisa-t-elle, ils devaient donc excuser sa tenue. Sœur Consuelo était l'autre religieuse qui vivait encore au couvent et, d'après ce que Conor pouvait en déduire, sœur Michael était son aide-soignante à temps plein. Il nota la surprise de Mlle Casey quand elle entendit la religieuse dire que, Dieu soit loué, elle avait encore la santé, la force ainsi que toute sa tête, tandis que la pauvre sœur Consuelo se rappelait à peine son prénom. Sœur Michael cuisinait et faisait le ménage, et l'infirmière à domicile passait régulièrement. Alors tout allait très bien. C'était bon de les voir parce qu'elle n'avait pas beaucoup de visites. Que pouvait-elle faire pour eux ?

Hanna sortit l'ouvrage de l'enveloppe.

— Cet ouvrage a refait surface à la bibliothèque hier. Il ressemble à une histoire sur le jardin du couvent, et je me demandais si vous saviez quelque chose à ce sujet.

Sœur Michael prit le livre et l'ouvrit.

— Voyez-vous ça ! La dernière fois que je l'ai eu entre les mains, j'avais passé la moitié de la journée à récurer les sols, l'autre moitié à bêcher dans le jardin, et je pouvais encore être debout à minuit en train de frotter des casseroles. Mon Dieu, il fallait avoir la santé pour travailler ici, je vous assure.

Elle connaissait bien le livre, ajouta-t-elle, parce qu'elle s'en était servie quand elle s'occupait du jardin.

Conor dit qu'elle devait avoir abattu un labeur impressionnant. Sœur Michael secoua la tête. Elle était une fille de fermier, précisa-t-elle, et cueillir de jolies herbes et des fleurs parfumées était préférable au ramassage des pommes de terre ou des bettes sur une colline battue par les vents. En regardant les mains pétries de rhumatismes de la religieuse, Hanna l'imagina adolescente en train de récurer la cuisine et de bêcher dans le jardin. Elle se demanda s'il lui restait du temps pour prier. Elle n'exprima pas sa pensée à haute voix, mais sœur Michael se tourna vers elle et lui sourit. Il y avait des poèmes à la fin du livre, dit-elle. Ils évoquaient le fait que l'on se rapprochait de Dieu dans un jardin plus que n'importe où ailleurs sur Terre. Hanna se souvint vaguement d'une citation extraite d'un poème sentimental un peu bancal qui apparaissait encore sur certaines plaques en plastique dans les jardineries.

— Pensez-vous que ce soit vrai ?

Sœur Michael se tint les mains sur son tablier rayé et haussa les épaules. Partout où Dieu était, supposa-t-elle, on pouvait le trouver, aussi bien dans un jardin que n'importe où ailleurs.

— Je ne sais pas du tout, ma fille, et je ne perdrai pas mon temps à y réfléchir. Je serai morte bien assez tôt et alors, j'aurai ma réponse.

Elle posa le livre sur la table basse et braqua son regard sur Hanna.

— Bon, pourquoi ne laisserions-nous pas tomber la théologie et ne parlerions-nous pas de la raison de votre visite ?

— Eh bien… (Déterminée à ne pas avoir l'air trop surexcité, Hanna désigna *God's Garden* d'un mouvement de tête.) J'ai eu une idée et je veux savoir ce que vous en pensez. Il se pourrait que nous ayons trouvé notre Gros Truc.

Sœur Michael se leva et marcha vers le buffet d'un pas décidé. Ils allaient prendre un petit sherry et Hanna lui raconterait tout.

Selon Conor, le sherry avait un goût de médicament contre la toux. Durant la conversation qui suivit, il n'en crut pas ses oreilles. Mademoiselle Casey et sœur Michael essayaient de trouver un Gros Truc susceptible d'enflammer l'imaginaire des gens. Quelque chose qui leur donnerait la force de se battre. Et il ne s'agissait pas seulement de sauver la bibliothèque. C'était plus vaste que cela, la bibliothèque pourrait donner le coup d'envoi. Cependant, un problème se posait : elles ne pouvaient pas informer les habitants de ce qui allait se passer. Tout du moins au début. En fait, d'après sœur Michael, personne ne devait savoir, pas avant qu'elles ne soient parvenues à tout mettre en place. Conor comprit leur logique. D'après Mlle Casey, Conor était tombé par hasard sur le Gros Truc. Cela l'avait frappée ce matin, quand elle avait vu les réactions suscitées par *God's Garden*.

— Les gens trouvent le livre fascinant. Ils s'identifient, parce qu'il leur rappelle leur passé. (Mademoiselle Casey posa son verre et parla à sœur Michael.) Je pense que la bibliothèque pourrait organiser une conférence.

Quand elle poursuivit, Conor s'aperçut qu'elle était vraiment enthousiaste, même si elle essayait de rester calme.

— Personne ne pourra nous dire que le lieu est inapproprié. Vous donneriez une conférence sur un livre.

Sœur Michael cligna des yeux.

— *Je* la donnerais ?

— Bien sûr. Conor a trouvé le livre. Les gens ont posé des questions. Conor vous a interrogée et vous avez dit que vous donneriez une conférence.

Conor cligna des yeux à son tour.

— *Je* lui ai demandé ?

Mademoiselle Casey regarda sœur Michael.

— J'ai raison ? C'est le Gros Truc ? Vous aviez dit que je le reconnaîtrais quand je le verrais.

Sœur Michael la regarda à son tour et acquiesça.

— Je crois que oui.

Soudain, Mlle Casey eut l'air dépité.

— Le problème, c'est que je ne vois pas où cela nous mène.

Conor non plus. Sœur Michael n'en fut pas perturbée pour autant. C'était un bon début, dit-elle, et c'était l'essentiel. Il n'y avait jamais aucun intérêt à anticiper. Vous pouviez vous lever un matin et être mort l'après-midi même.

Chapitre 45

DANS L'AVION qui descendait vers l'aéroport de Stansted, Jazz referma sa liseuse et attrapa son sac. Les vols pour Londres étaient toujours très demandés par les employés de la compagnie, alors elle avait eu de la chance d'en attraper un qui coïncide avec ses deux jours de congé.

Elle trouvait toujours étrange de faire le trajet depuis la station de métro jusqu'à la maison tout en sachant que sa mère ne serait pas là-bas pour l'attendre. Selon Jazz, sa mère aurait adoré savoir si la maison avait changé, mais il était clair que le sujet était tabou, alors elles n'en discutaient jamais. Peut-être même le plus amical des divorces laissait-il des cicatrices susceptibles de se rouvrir aux moments les plus inattendus.

Avant, ses retours à la maison s'accompagnaient toujours de petits pains faits maison ou de l'odeur du dîner qui cuisait dans le four. Maintenant, le réfrigérateur contenait des plats tout prêts hors de prix et des paquets de saumon fumé, la cuisine semblait inutilisée, et la table du jardin d'hiver où sa mère avait toujours entassé une pile de livres de la bibliothèque était une borne de rechargement pour l'iPhone de son père. Quand Jazz était petite, elle insistait pour poser ses propres livres de bibliothèque sur cette table, à côté de ceux de sa mère. Elles marchaient jusqu'à la bibliothèque ensemble chaque vendredi après l'école et choisissaient leur lecture pour les week-ends à Norfolk. Sur le chemin du retour, les bras chargés de livres, elles s'arrêtaient pour nourrir les oiseaux du parc.

Avec le recul, elle prenait conscience que sa mère avait pris autant de plaisir qu'elle à lire les albums pour enfants. Apparemment, Hanna n'avait pas beaucoup lu durant son enfance. Connaissant le réflexe de Mary Casey de grimacer chaque fois que l'on évoquait la lecture, Jazz voulait bien le croire. Il était étrange cependant d'avoir grandi sans des livres comme *Wouldbegoods* ou *Le Jardin secret*. Peut-être ces histoires anglaises du XIXe siècle n'auraient-elles pas signifié grand-chose pour des gamins du XXIe siècle qui vivaient en Irlande. En fait, elles n'avaient pas reflété ses propres expériences enfantines non plus, pas plus que Jazz ne s'était identifiée aux expériences des enfants américains dans *Les Quatre Filles du Dr March* et *What Katy Did*. Néanmoins, partager les mêmes lectures avec ses amis procure un sentiment d'appartenance. Lors de leur déménagement en Irlande, Jazz avait regretté ce sentiment d'expérience commune. Mais tout avait bien fini, puisque tout en gardant ses anciens amis, elle s'en était fait de nouveaux.

Dans la cuisine, un mot de son père indiquait qu'il avait réservé une table pour le dîner et l'invitait à le rejoindre au restaurant. Jazz prit une douche et se sécha les cheveux, puis elle choisit une robe. Une consigne de son employeur demandait au personnel en congé de voyager en uniforme sur les vols de la compagnie. Pendant un instant, elle envisagea d'apparaître avec son chapeau d'uniforme légèrement usé, qui avait souffert lors des nombreuses heures passées dans des compartiments à bagages. Mais elle trouva injuste de provoquer son père, alors qu'il avait choisi un de ses endroits favoris pour dîner. Elle dénicha une robe grise ajustée avec une ceinture vert foncé et l'assortit de talons verts et d'un châle en cachemire. La personne sophistiquée qu'elle était à Londres ne ressemblait aucunement à la Jazz efficace en uniforme aux boutons de cuivre ni à la jeune fille qui passait le plus clair de son temps en bottes boueuses et jeans à Finfarran. Pendant un temps, cela l'avait déboussolée. Maintenant qu'elle était plus âgée, ces contradictions s'étaient résolues d'elles-mêmes et, quoi qu'elle porte, elle se sentait bien dans sa peau.

Son père était déjà arrivé au restaurant. Il était élégant dans son costume aussi bien taillé que ceux de tous les clients masculins. Il se leva, étreignit Jazz et tira une chaise pour elle. Sur un pied près de la table, une bouteille de champagne patientait dans de la glace, et on lui remplit un verre à l'instant où elle s'assit. C'était relaxant de se faire servir après une dure semaine de travail. Son père commanda pour eux deux. Le *foie gras**, dit-il, et deux feuilles de salade. Suivi par le plat préféré à l'agneau de Jazz. Et pour lui le poisson du jour, accompagné de la sauce du chef. Puis, en souriant à Jazz par-dessus le menu, il suggéra des frites.

— Franchement, Papa !

— Eh bien, avant, tu adorais ça.

— Quand j'avais douze ans !

— Oh, allez, personne ne devient trop vieux pour manger des frites.

Il regarda le menu et exprima une légère surprise. Le serveur réagit immédiatement.

— Je suis sûr que le chef serait heureux d'en préparer quelques-unes, monsieur. Une assiette à partager ?

— Parfait. Super !

C'était à des lieues des conditions exiguës dans lesquelles Jazz était habituée à servir la nourriture. Elle savait que le chef n'interromprait pas sa création de plats étoilés pour préparer une assiette de frites. Il déléguerait à quelque subalterne. Tout ceci n'était qu'un jeu. Son père payait une fortune pour une expérience gastronomique à la mode et le restaurant lui rendait la pareille en se pliant à chacun de ses caprices. En conséquence, tout le monde était content.

Il avait cherché à faire plaisir à Jazz. Après le plat principal, ils partagèrent un dessert composé de meringue, de miel, de chocolat noir et de citron vert, tout ce qu'elle adorait. Puis, à la fin du repas, autour d'un café, il évoqua sa mère à lui. Il l'attendait à Londres la semaine suivante pour faire quelques courses et se rendre à l'exposition florale d'Hampton Court. Cela serait merveilleux si Jazz pouvait rester et passer du temps avec elle.

Légèrement agacée, Jazz choisit un chocolat dans l'assiette qui accompagnait le café. Elle était désolée de manquer sa mamie Lou, qui était de très bonne compagnie, mais est-ce que son père pensait vraiment qu'elle pouvait prendre des congés comme ça ? Il se pencha vers elle avec un air de reproche. Mamie Lou ne rajeunissait pas et sa petite-fille lui manquait. Ne serait-ce pas agréable de prendre une semaine pour se détendre, faire du shopping et lui éviter d'errer toute seule dans la maison ?

— Une semaine ! Je me retrouverais au chômage si je ne faisais que le suggérer !

Il remua son café.

— Et est-ce que ce serait une si mauvaise chose ? Je sais que ce truc d'hôtesse de l'air est une sorte d'aventure mais, regardons les choses en face, ce n'est pas vraiment un travail. N'est-il pas temps que tu penses à ton avenir ?

Il avait un ami qui possédait une agence de voyages. Il y avait un stage disponible au siège et si elle voulait sauter sur l'occasion, il était pour elle.

— Mais je ne veux pas sauter sur l'occasion. Je suis parfaitement heureuse dans mon travail.

— Je sais que tu adores voyager et c'est une merveilleuse opportunité pour débuter. Bien sûr, j'avais espéré que tu irais à l'université…

Jazz se redressa sur son siège et sa tasse de café heurta la soucoupe.

— Je sais. Tu ne manques jamais de me le rappeler. Mais j'en ai par-dessus la tête de te le dire, ce n'est pas ce que, moi, je veux.

Il prit un air peiné. Avant qu'il n'ait pu dire un mot, elle enchaîna.

— Et je ne veux pas d'un stage non plus. Je travaille. C'est le travail que j'ai choisi. Je l'adore, je le fais bien, et il se trouve que je suis sur le point d'obtenir une promotion. Même si tu n'en as rien à faire. Selon toi, ce n'est pas de mon niveau. En réalité, non, c'est au-dessous de ton niveau. Je parie que tu ne supportes même pas d'y faire allusion quand tu discutes avec tes amis tout mielleux !

Depuis le début, elle savait qu'il n'appréciait pas son travail à la compagnie aérienne. Mais elle avait pensé qu'en campant sur ses positions et en réussissant, elle finirait par emporter son approbation.

— J'ai un appartement, Papa, un endroit adorable à moi en France, où je vis avec de bons amis. J'ai mon indépendance, et pour ta gouverne, j'ai peut-être même un plan de carrière. Un de ceux qui n'implique pas de faire appel aux faveurs des riches contacts de mon père.

L'idée effleura Jazz qu'ils devaient se ressembler beaucoup, à se regarder ainsi de travers, de chaque côté de la table. Sa mère disait toujours qu'elle crispait la mâchoire comme son père quand il était énervé. Pourtant, son père perdait rarement le contrôle et à cet instant précis, à son grand désarroi, Jazz se retrouva au bord des larmes.

— Ne me sers pas tout ton baratin sur Mamie Lou soi-disant en manque de ma compagnie. Tu fais seulement d'une pierre deux coups. Tu voudrais que je sorte de ma vilaine petite compagnie low cost, et tu cherches aussi une responsable d'animation. Eh bien, ce ne sera pas moi. Pourquoi ne pas demander à Tessa ? Oh, une seconde, j'oubliais. Tessa a une carrière à mener. Elle a même peut-être une vie sociale qui n'est pas exclusivement centrée sur toi !

Une nouvelle expression parcourut le visage de son père. Une que Jazz ne lui connaissait pas. Néanmoins, elle poursuivit sur sa lancée.

— Je ne suis pas Maman, et je ne vis pas pour te rendre la vie facile. Je verrai Mamie Lou quand elle et moi nous en aurons envie, non pas quand cela t'arrange !

Un long silence s'ensuivit et Jazz eut froid. Elle mit son châle autour de ses épaules. Puis, prenant conscience qu'elle évitait le regard de son père, elle leva les yeux. Son visage était pâle, ses mâchoires contractées, et quand il s'exprima, sa voix ne résonna pas comme à l'accoutumée. Elle était lente et assourdie. Ses yeux avaient la fixité du verre.

— Je ne pense pas qu'il soit besoin de mêler Tessa à cette conversation. Il s'agit de ton avenir, que, pour une raison que j'ignore, tu es déterminée à brader. Parce que c'est ce que tu fais, Jazz. Et si tu es trop immature pour comprendre cela, alors il n'y a rien que je puisse proposer pour t'aider.

Un instant, ils se fixèrent du regard. Puis son père détourna les yeux et quand il reporta son regard sur elle, son attitude entière avait changé. Jazz sentit les efforts de son père, tandis qu'il s'exprimait d'un ton persuasif. Ils s'étaient tous deux mal comportés, dit-il, et la faute lui en incombait probablement. Peut-être était-ce le vin et le champagne qui parlaient. Ou les frites ! Quoi qu'il en soit, c'étaient des âneries. Le stage n'était qu'une idée. Il ne l'intéressait pas, soit. Il lui sourit en levant un sourcil triste et, sans réellement y réfléchir, elle se retrouva à lui rendre son sourire. Son père fit un signe au serveur, qui apparut avec du café tout frais et une bouteille de brandy.

Jazz arbora un énorme sourire.

— Tu ne viens pas de dire qu'on avait trop bu ?

— Je n'ai pas toujours raison sur tout, tu sais. Il se peut que ce soit faute de boisson.

Levant son verre, il la regarda et lui fit un clin d'œil.

— Amis ?

Lorsqu'elle leva son verre à son tour, il lui embrassa la main.

De retour à la maison, il l'embrassa sur la joue. Selon lui, elle dormait debout. Ne sachant pas si elle était éméchée ou fatiguée, Jazz grimpa l'escalier, les chaussures à la main, son châle traînant derrière elle. Cette longue journée associée à la dispute avec son père l'avait épuisée. Malcolm essayait seulement de se rendre utile, leur discorde était donc entièrement sa faute. Quand elle posa sa tête sur l'oreiller, elle se dit qu'elle avait ruiné une agréable soirée pour de stupides histoires.

Au point du jour, elle s'éveilla avec une forte soif et se rendit à la salle de bains. Alors qu'elle se tenait sur le carrelage froid, un verre d'eau à la main, une scène de son enfance lui revint en mémoire. C'était après une affaire remportée par son père qui lui avait valu une énorme promotion. Elle se souvenait de lui surgissant dans la maison triomphant, et faisant valser sa mère dans la cuisine. Elle se rappelait ce qu'il avait dit. Pour être un gagnant, il n'y avait qu'un seul moyen fiable : faire en sorte que votre adversaire se sente bête.

Chapitre 46

LA RENCONTRE SUIVANTE d'Hanna avec Brian Morton eut lieu devant la bibliothèque de Lissbeg. Il lui serra la main et lui expliqua qu'il était venu à Lissbeg pour une réunion. Il allait acheter un sandwich. Hanna, qui avait son déjeuner dans son sac, sortait pour prendre un café. Ils traversèrent Broad Street ensemble et firent leurs achats à *La Mercerie*. Puis ils bavardèrent un moment sur le trottoir, avant que Brian ne suggère de trouver une place où s'asseoir.

— Ce n'est pas facile, car l'épicerie n'a pas de places assises. (Hanna jeta un regard circulaire et fit la grimace.) En général, je retourne à la bibliothèque.

Brian secoua la tête d'un air résolu.

— Tout le monde a besoin de sortir de son lieu de travail pour le déjeuner, et les journées ensoleillées, les sandwiches sont faits pour être mangés dehors.

Zigzaguant entre les voitures, il conduisit Hanna de l'autre côté de la route vers le banc près de l'abreuvoir.

— Pas exactement de la verdure, mais au moins, on peut s'asseoir au soleil.

Hanna n'était pas certaine de vouloir déjeuner avec lui au beau milieu de Broad Street, à la vue de tous. Cependant, elle trouva que c'était idiot. Alors elle posa le café en équilibre sur le rebord de l'abreuvoir et sortit le sandwich de son sac. Elle eut à peine le temps de le déballer qu'un texto arriva sur son téléphone.

TU PEUX DIRE À CEUX DE LISSBEG QUE J'EN PEUX PLUS DE LEURS VIEILLES HERBES

Hanna maugréa.

— Oh, bon sang, je suis désolée, si je ne réponds pas, elle va continuer à en envoyer.

Elle envoya un rapide « Te rappelle plus tard » et, en guise d'excuse, elle expliqua à Brian que le message venait de sa mère.

— Les gens n'arrêtent pas de lui apporter des plantes. Elle pense que ce sont de mauvaises herbes et elle me mitraille de textos.

— Y a-t-il une raison particulière au fait qu'ils lui apportent des plantes ?

Sœur Michael avait soigneusement élaboré une réponse à cette question. Tout au long de la dernière quinzaine, Hanna y avait eu recours si fréquemment qu'à présent elle la débitait sans même y réfléchir. Oliver l'homme au chien était tombé sur *God's Garden*. Conor l'avait aimé et en avait tellement parlé que tout le monde s'y était intéressé.

— Sœur Michael a donné une conférence à ce sujet à la bibliothèque et à présent, la moitié de la péninsule arrête la camionnette pour me faire passer des boutures.

— Mais pourquoi ?

— Je ne sais pas. C'est une force de la nature, cette femme-là, je dois le reconnaître. Elle m'a dit qu'elle voulait donner une conférence et je ne sais pas pourquoi, j'ai cédé.

— Je veux dire pourquoi les gens viennent-ils avec des boutures ?

— Parce que le public de la conférence a décidé que ce serait une bonne idée de redonner au jardin des religieuses sa gloire passée et la plupart des plantes ont disparu au cours des années.

— Cela semble génial. (Brian but une gorgée de café et dévisagea Hanna par-dessus la tasse.) Mais vous n'êtes pas de cet avis ?

Il y avait une réponse soigneusement étudiée aussi pour cette question parce que, comme sœur Michael l'avait prédit, la réputation revêche d'Hanna se révélait à présent utile. Obéissant aux instructions, elle avait affiché une mine irritée tout au long de la conférence. Par la suite, tandis que les gens se rencontraient et discutaient avec enthousiasme du projet de restauration, elle avait affiché un manque d'intérêt maussade, qui les motivait d'autant plus. Elle haussa les épaules et réussit à avoir l'air las.

— Il n'y a peut-être rien de mal à remettre le jardin en état. Mais les gens commencent à se servir de la bibliothèque comme d'un QG.

— Pourquoi pas ? Je veux dire, le projet vient d'une conférence sur un livre.

— Oui, mais la bibliothèque de Lissbeg ne propose pas de conférences. Ni de projets.

Brian arbora un grand sourire en concédant que voir des inconnus surgir à toute heure de la journée avec des pots, cela pouvait se révéler ennuyeux. Et une mère âgée qui se plaint par texto, ce devait être encore pire. Sa réaction fut tellement amicale qu'Hanna se sentit coupable de le tromper et, sans qu'elle sache pourquoi, elle se rappela le ton affligé de Conor quand il lui avait confié qu'il détestait mentir à Aideen. Comme elle l'avait dit à Conor de façon abrupte le matin même, toute exception à la règle mènerait sur une pente savonneuse. Alors, baissant la tête, elle se concentra sur son sandwich et, au bout d'un moment, Brian changea de sujet : saurait-elle, par hasard, où se trouvait une petite plage reculée sur laquelle les phoques se prélassaient au soleil ? On lui avait dit qu'elle se situait quelque part, loin de la route principale dans la direction de Crossarra. Hanna connaissait bien cette plage. Contente de parler d'autre chose, elle lui indiqua la route. Il fallait quitter la route principale menant de Carrick à Ballyfin et prendre un tournant très serré vers le sud. Mais on le ratait très facilement.

— Près de ce pavillon criard avec le panneau en faux vitrail au-dessus de la porte et l'allée de gravier ? Personne ne peut le rater celui-là.

Hanna acquiesça.

— Pas moi en tous les cas. J'habite dedans.

Brian vira au cramoisi. Alors qu'il commençait à balbutier, elle éclata de rire.

— Pas de problème. Vraiment. L'adjectif criard convient parfaitement pour le décrire. Et ce n'est pas chez moi. C'est chez ma mère.

Son apparence, expliqua-t-elle, était une des raisons qui faisaient qu'elle avait hâte d'en partir. Cela et le fait que – avec les mauvaises herbes, les textos et les petits-déjeuners irlandais – sa mère et elle se rendaient mutuellement dingues. D'où le travail de restauration pour lequel elle avait embauché Fury.

Puis, parce que Brian paraissait toujours décontenancé, et qu'elle se sentait coupable, elle se retrouva en train de lui expliquer pourquoi elle était revenue à Finfarran.

— En gros, quand mon mariage s'est brisé, je voulais partir. Rentrer à la maison, je suppose. À présent, j'ai hâte d'avoir une maison à moi.

Notamment pour regagner un peu d'intimité, se rappela-t-elle. Alors pourquoi continuait-elle à se confier à cet inconnu ?

Après le déjeuner, un groupe de jeunes mères arriva dans la bibliothèque et s'installa à une table. Parmi elles se trouvait Susan de la maison d'hôtes de la vieille forge. Elle avait rejoint un groupe de volontaires, qui travaillaient au jardin des religieuses. Günther, son époux, était dehors en train de nettoyer les massifs sous les consignes de sœur Michael, pendant que leur petite fille Holly jouait au soleil avec plusieurs autres gamins. Dans la bibliothèque, Susan et les autres mamans prenaient des notes, assises autour de la table. On avait photocopié les pages de *God's Garden* qui montraient l'agencement original des parterres pour que les volontaires puissent s'en servir. En recoupant les informations des photocopies et d'un livre pris sur les rayonnages de la bibliothèque, Susan dressait une liste des herbes à planter, pendant que Darina Kelly, vêtue d'un cafetan violet sale, faisait tout un bazar pour identifier les boutures. Au retour du déjeuner, Hanna avait aperçu le bambin de Darina, aussi échevelé qu'à l'accoutumée, en train de courir en rond comme un fou dans le jardin. Maintenant, elle observait

Darina incliner un sac en plastique pour faire sortir un tas de boutures, parsemant ainsi de terre la table de la bibliothèque. Hanna ouvrit la bouche, mais avant qu'elle n'ait pu dire un mot, Susan glissa vivement un vieux journal sous les saletés et disposa soigneusement les feuilles et les fleurs dessus. Une des femmes vint s'asseoir à côté de Darina et prit discrètement les rênes du processus d'identification. Elle vérifia les boutures avec les illustrations d'une encyclopédie récente sur les plantes.

Hanna se détendit. Un bourdonnement tranquille émanait des conversations du groupe assis autour de la table, mais comme l'unique autre personne présente dans la bibliothèque était Oliver, qui avait atteint une nouvelle rangée d'ouvrages sur l'électrotechnique, elle se dit qu'elle n'avait aucune raison valable de leur demander de se taire. Elle se connecta à son ordinateur et se demanda pourquoi elle avait accepté aussi volontiers de déjeuner avec Brian Morton. Peut-être était-ce parce qu'elle appréciait de discuter avec quelqu'un de la maison de Maggie, où d'ailleurs le chantier avançait à pas de géant.

Chapitre 47

Ce soir-là, après la fermeture de la bibliothèque, Hanna roula jusqu'à la maison et trouva Dan et Fury en train de travailler sur l'installation électrique. Le nouveau toit était solide et droit comme un i, les murs intérieurs fraîchement enduits. Sans s'embêter à attendre son aval, Fury avait installé des fenêtres à guillotine en bois et une ancienne porte fermière remise à neuf. La sensation de froid et d'humidité rappelant vaguement une cave avait disparu et la maison sentait la peinture fraîche et la sciure. La moitié de la structure de la nouvelle extension était déjà construite. Hanna s'arrêta sur le seuil de la porte et Diablo bondit hors de la chambre, recouvert de copeaux de bois. Levant les yeux d'une prise, Fury inclina la tête vers elle.

— Tu détestes les fenêtres.

— Non. Et j'adore la porte.

Fury se leva immédiatement, traversa la pièce et souleva un drap poussiéreux.

— Alors quel est le verdict là-dessus ?

C'était une série de quatre meubles de cuisine de belle facture, un four qui avait l'air très cher et une plaque de cuisson qui attendait d'être installée. Il les avait obtenus d'un ami, qui les avait récupérés d'une résidence secondaire appartenant à un banquier de Dublin. Après y avoir résidé environ deux fois en dix ans, il l'avait vendue à une idiote qui ne faisait pas dans les cuisines d'occasion. Hanna hésita un instant, n'étant pas certaine de faire elle-même dans l'occasion. Fury attaqua immédiatement en levant les bras au ciel.

— Ah, Seigneur tout-puissant, vous verriez cette grimace ! Qu'est-ce qui ne va pas ? Ils coûtent une fortune, ils ont à peine servi, et j'ai eu le tout pour deux ou trois cents euros. Colle-leur un plan de travail en ardoise par-dessus et ils auront l'air de coûter un million de dollars !

— Oui, mais…

— Mais quoi ? Est-ce que je ne sais pas le temps que tu as passé à Londres à arpenter des brocantes spécialisées dans l'architecture à la recherche de cheminées démontées ? Qu'est-ce que c'est, sinon de la récupération ? Ou de la revalorisation ? Ou tout bonnement du sacré bon sens, quand ils vous tendent les bras.

Un examen plus approfondi révéla que la plaque et le four n'avaient jamais servi et, en regardant les meubles pimpants gris tourterelle, Hanna capitula.

— Mais vous êtes certain de les avoir payés ?

— Très peu de mes amis sont des imbéciles, ma fille. Je ne les aurais pas eus autrement.

— Mais deux cents euros...

— Est-ce que tu vas rester là comme ça ? À cheval donné, on ne regarde pas la bouche.

Au bout de quelques secondes, il la saisit par le coude et l'entraîna vers la porte. Il n'y avait pas d'évier avec les meubles, expliqua-t-il, parce qu'un idiot l'avait transpercé d'un coup de marteau quand on avait retiré la cuisine. Alors il faudrait en dénicher un ailleurs, ainsi qu'un plan de travail.

L'instant d'après, ils fonçaient à toute allure sur des routes de campagne dans la camionnette de Fury, tandis que Diablo, chassé du siège passager, criait son indignation à l'arrière. Quand Fury avait grimpé sur le siège conducteur, il avait fourré un gros paquet bien emballé de papier journal dans les mains d'Hanna. Sans avoir la moindre idée d'où ils allaient, elle garda le paquet sur les genoux et, s'appuyant au tableau de bord de l'autre main, elle ne se concentra sur rien d'autre que de rester sur son siège. Le temps que Fury arrête la camionnette sous le portique de Castle Lancy, toutes les articulations de son corps étaient déplacées.

Elle regarda autour d'elle, surprise.

— Que diable faisons-nous ici ?

Flairant la proximité du chat de la cuisine, Diablo se précipita sur la portière arrière. Fury balança ses longues jambes hors du véhicule et fit le tour pour le laisser sortir. Alors que le chien contournait le bâtiment comme une fusée, Hanna descendit avec raideur, tenant toujours à la main le paquet dans le papier journal. Sans piper mot, Fury lui prit le bras et la pressa vers l'arrière du château, où un chat noir perché sur le toit d'un lavoir était en train de crachouiller des insultes mortelles à Diablo. Fury émit un grognement qui fit décamper le chat et Diablo retourna furtivement jusqu'à la camionnette. Puis, se retournant d'un air triomphal vers Hanna, Fury ouvrit la porte du lavoir. Une ancienne cuve à lessive en cuivre étincela dans un rayon de lumière, une essoreuse mangée par la rouille était inclinée contre le mur et, fixé à une large étagère en ardoise de cinq centimètres d'épaisseur se trouvait un profond évier en faïence.

Chapitre 48

Dix minutes plus tard, après une dispute houleuse dans le lavoir, Fury poussa Hanna à l'intérieur du hall du château et hurla. Un cri retentit en guise de réponse et Charles Aukin surgit sur le palier.

— Montez, je suis dans la salle de lecture !

Après avoir fait de grands gestes d'encouragement, il disparut.

Les doigts osseux de Fury étreignirent le coude d'Hanna, qui se retrouva à gravir l'escalier. Charles, dans son costume bien taillé habituel et ses pantoufles en cuir éraflé, les avait devancés et ouvrait une porte. Il les reçut dans une pièce qui, selon Hanna, semblait tout droit sortie du livre de Mme Gaskell, *Cranford*.

Quelque part dans les années 1800, les Lancy avaient décidé que la demeure d'un gentleman requérait une pièce où le maître de maison pouvait communier avec les classiques. Elle était recouverte d'acajou, avec un rayonnage vitré surmonté de bustes de Platon et d'Aristote. Un imposant bureau agrémenté d'encriers en laiton et d'une lampe diffusant une lumière tamisée complétait l'ensemble. Des sièges à hauts dossiers suggéraient une ambiance d'étude et la cheminée était flanquée de cariatides en marbre rappelant celles de l'Acropole. Mais les Lancy avaient acheté leurs livres en gros.

Concernant ces livres, Hanna imaginait la plaquette publicitaire sur la table de petit-déjeuner du château, proposant d'afficher le cimier de la famille sur la reliure. Les Lancy avaient fait un choix onéreux, mais pas exorbitant. Ce qui était tout à fait logique. Hanna leva les yeux et contempla sur chaque étagère un alignement de veau beige, de lettrage ouvragé et de dos nervurés lie-de-vin. Elle devina que la plupart des livres de la salle de lecture n'avaient jamais été ouverts. Sur les étagères du bas étaient entassés avec désinvolture des volumes reliés de Punch, *The Illustrated London News* et *Horse & Hound*. Ceux-là avaient été feuilletés, même s'ils étaient beaucoup plus récents. Mais les sermons, les œuvres de Shakespeare, les récits, les ouvrages de philosophie et les traités de religion obscurs faisaient office de décoration d'intérieur.

Un instant, Hanna se demanda si on allait lui demander son avis de professionnelle sur leur valeur. Puis elle prit conscience que cela n'avait pas de sens. Fury l'avait présentée comme une personne pour qui il travaillait et Charles Aukin n'avait aucune raison de savoir qu'elle était bibliothécaire. Lorsque Fury claqua des doigts dans sa direction, exactement comme il l'aurait fait avec Diablo, elle s'aperçut qu'elle tenait toujours son paquet dans du papier journal. Elle le lui tendit avec obéissance et il jeta un regard à Charles.

— Tu sais que tu as un évier ancien de premier choix dans le lavoir.

Charles observa avec douceur qu'il ne savait même pas qu'il avait un lavoir.

— Ah, laisse tomber, tu veux, Charles Aukin, tu sais exactement ce que tu possèdes. Il n'y a pas un seul bâton ou la moindre pierre dans cet endroit, sur lequel tu n'as pas mis la main.

Après avoir dénigré Charles en reniflant, Fury se dirigea à grandes enjambées jusqu'au bureau et déballa le paquet. Quand elle découvrit son contenu, Hanna poussa un soupir de ravissement. C'était un lutrin gravé avec un dos à lattes et deux feuilles en cuivre vissées à une tablette étroite, destinées à maintenir un manuscrit ou un livre. Fury le posa debout sur le bureau et fixa Charles Aukin du regard.

— Je suppose que, dès que j'aurai le dos tourné, tu vas refaire un travail de cochon là-dessus ?

Charles se tint à l'écart pour permettre à Hanna de faire courir son doigt sur la gravure. Fury s'était décalé à l'arrière, les mains profondément enfouies dans les poches déchirées de sa veste élimée, et regardait avec colère l'une des cariatides qui soutenait le manteau de la cheminée. Hanna n'avait aucune idée de la raison pour laquelle il transportait ce miracle de savoir-faire dans un vieux morceau de papier journal.

Charles haussa un sourcil vers elle.

— Curieuse de voir quel était son usage d'origine ?

Il traversa la pièce et ouvrit un petit tiroir peu profond de l'une des bibliothèques. Quelques minutes plus tard, il revint avec une boîte en carton rectangulaire. Au grand étonnement d'Hanna, il souleva le couvercle et révéla un psautier datant de la période médiévale.

Pendant qu'elle l'observait, Charles ouvrit l'ouvrage et le plaça sur le lutrin. C'était un recueil de psaumes en latin avec des lettres capitales enluminées et des illustrations à la marge. Les couleurs étaient aussi riches que quand on les avait posées pour la première fois dans un scriptorium du Moyen Âge. Hanna avait vu des photographies de manuscrits semblables, conservés dans de grandes bibliothèques à travers l'Europe. Elle osa à peine le toucher. Fury, quant à lui, traversa la pièce d'un pas raide et s'en empara.

— Nom de nom, bonhomme, pourquoi ne m'as-tu jamais montré ça ?

Charles lui adressa un large sourire.

— Tu ne me l'as jamais demandé.

— Depuis combien de temps avez-vous ceci ?

— Il appartient au château.

Hanna regarda l'ouvrage dans les mains de Fury. Il devait dater approximativement du VIIIe siècle, bien avant la construction du château.

Charles acquiesça.

— Je sais. Il fut acquis à la dissolution des monastères.

— Mais son existence doit avoir été enregistrée.

— Bien sûr. Il était célèbre. C'est le Psautier de Carrick.

Hanna se laissa tomber sur sa chaise. Elle avait lu des choses sur le Psautier de Carrick, le trésor d'un ancien monastère irlandais bâti sur Finfarran. On avait pensé que, quand le monastère avait été pillé par les envahisseurs vikings, le livre de psaumes avait disparu au cours du conflit.

— En effet. Mais je suppose que non. Apparemment, il a survécu et a disparu dans une autre communauté religieuse. Et ces types, contrairement aux premiers, le gardèrent secret. Ensuite, quand Henry VIII eut sa petite dispute avec le pape à propos d'Anne Boleyn, un abbé comprit ce qui se préparait et vendit ses biens. Apparemment, les Lancy payèrent une fortune pour le psautier et l'abbé vécut sur ce profit le restant de ses jours.

— Et vous le détenez de façon officielle ?

— Bien sûr. J'ai même la facture. C'est la propriété des Lancy, absolument certain. Acheté et payé comptant.

Fury était penché sur l'illustration d'un cerf qui courait à travers bois. Hanna regarda le corps rouge et élancé, encadré par des chênes. Ses sabots et ses bois étaient rehaussés d'or et des feuilles vertes avaient été balayées des arbres par son passage rapide. Plus bas sur la page, sur une autre illustration, l'animal se trouvait près d'un rocher immense, d'où de l'eau jaillissait comme d'une fontaine. Des glands pendaient de ses bois entrelacés avec les chênes. Le texte latin sur la page était illisible pour Hanna mais, en regardant les illustrations, elle savait ce qui était raconté.

— « Comme le cerf soupire après les sources d'eau, ainsi mon âme soupire après toi. » (Elle leva les yeux vers Fury.) C'est le psaume 42.

— Au diable tout ça, c'est ma forêt ! Et pas seulement ça, c'est fait avec ma forêt !

Hanna secoua la tête.

— Le papier au Moyen Âge était fabriqué à partir de chiffons en lin, pas avec de la pulpe de bois. Et de toute façon, ce n'est pas du papier, c'est un parchemin.

— Oh, dis-le comme ça te chante, femme, c'est fait à partir des boucs de Günther ! (Fury tapota la page avec le doigt.) Mais je peux te dire que ce rocher s'appelle le Lackatobbar. J'ai passé une bonne moitié de mon enfance à l'escalader.

Il tourna la page et hurla de plaisir.

— Et c'est la Tête de Finfarran.

L'illustration, encadrée par des jets d'eau dont le sommet était strié de cannelures comme des trompettes, montrait un moine se tenant sur un promontoire avec une énorme vague qui s'enroulait au-dessus de lui, emplie de monstres marins grotesques.

Hanna se remémora le verset.

— « Un flot en appelle un autre, quand grondent tes cataractes : ainsi toutes tes vagues et tes torrents passent sur moi. »

— Regarde. (Fury s'était tourné vers un autre psaume.) Regarde ça ! C'est Knockinver.

Hanna retint son souffle devant la chaîne de montagnes qu'elle traversait chaque semaine sur son trajet vers Ballyfin. Les pics familiers et les cols apparurent au cœur des capitales qui ouvraient le texte, tandis que des lances d'argent et d'or tombaient en trombe dans la marge, tirées à partir d'un soleil levant et d'un croissant de lune.

— «… le soleil ne te frappera point, Ni la lune pendant la nuit », souffla Charles derrière l'épaule d'Hanna. Comment n'ai-je jamais remarqué que les images étaient inspirées d'ici ?

— Parce que tu es aussi aveugle que stupide, voilà pourquoi ! (Fury secoua la tête en signe de désespoir.) Dieu tout-puissant, j'espère que le pauvre abbé en a obtenu un bon prix. Il a touché le fond quand il l'a vendu à la bande de sauvages que vous êtes.

Hanna fut étonnée par la réaction de l'Américain. Il se contenta de déposer le psautier dans sa boîte et se retourna pour examiner le lutrin.

— Je suppose qu'à partir de maintenant je devrai garder mes mots croisés dans un dossier.

Tenant le lutrin magnifiquement restauré dans les mains, il adressa un grand sourire à Hanna.

— On ne peut pas nier que ce vieil énergumène sait travailler le bois.

Ce fut seulement à cet instant qu'Hanna prit conscience que Fury avait restauré le lutrin. C'était tellement magnifique qu'elle en resta bouche bée.

Charles posa le lutrin sur le bureau.

— Alors ça fait combien ?

Fury le regarda, le visage impassible.

— Est-ce que je ne t'ai pas dit, quand je l'ai pris, que tu n'avais pas les moyens ?

— Alors annonce-le moi avec ménagement. Est-ce que je dois hypothéquer le château ?

— Je vais te dire ce que je vais faire pour toi. (Fury replia le vieux journal dans lequel il avait emballé le lutrin et fourra les pages dans sa poche.) Je vais te débarrasser du vieil évier qui se trouve dans le lavoir et tu pourras me payer avec ce morceau d'étagère en ardoise.

Hanna avait réussi à se contenir à grand peine jusqu'à ce que Fury et elle se retrouvent dans la camionnette. Pendant qu'ils fonçaient vers l'ouest, le long de la péninsule, avec Diablo qui aboyait à l'arrière, elle jugea l'affaire scandaleuse. Elle ne pouvait accepter ni l'évier ni l'ardoise sur cette base. Le travail de Fury sur le lutrin valait une fortune et il devait être correctement payé pour cela.

Fury se retourna d'un bloc et la dévisagea.

— Comme si je ne savais pas parfaitement ce que vaut mon travail ? J'ai dit à cet homme quand j'ai accepté le boulot qu'il n'avait pas les moyens de me payer. Et je ne t'ai pas encore dit ce que j'allais facturer pour l'évier.

Puis, voyant la mine interloquée d'Hanna, il éclata de rire. L'évier et l'ardoise seraient portés sur la facture avec justesse tout comme l'équipement de cuisine. Comme des trucs ordinaires qu'il aurait pu acheter dans le grand magasin d'équipement pour la maison de Carrick. C'est ainsi qu'il les facturerait et elle le prendrait comme bon lui semblerait.

— Si tu veux te dire que je t'ai escroquée, je t'invite à appeler la police. Et si je te donne quelque chose qui vaut dix fois son prix, est-ce que ce n'est pas mon problème à moi ?

Quant à la question du lutrin, dit-il avec aigreur, il la remercierait de bien vouloir s'occuper de ses affaires. Charles Aukin et lui se comprenaient, et il n'y avait rien de plus à ajouter.

Chapitre 49

Assise à la table de sa cuisine, Mary Casey servit un petit Martini à Pat Fitz et une canette de Guinness à Ger. Pat et elle s'étaient croisées dans le bus sur le chemin des courses hebdomadaires à Carrick. Elle avait envoyé un texto à Ger pour lui dire de passer chercher Pat au pavillon, aux alentours de dix-huit heures. Il revenait d'une réunion et emprunterait ce trajet de toute façon. Cela ne lui poserait donc aucun problème. Mary ne s'était pas embêtée à sortir des cacahuètes ou des chips, car Ger n'en mangerait pas, et Pat et elle préféraient le gâteau. Elles avaient acheté un quatre-quarts à cause des dents de Ger, même s'il y avait de grandes chances qu'il n'en mange pas non plus. Ger faisait la fine bouche devant la moitié des aliments que Pat se décarcassait à lui trouver au supermarché. De l'avis de Mary, une grande part de sa mauvaise humeur découlait de l'incapacité de Pat à le gérer.

Elle coupa une grosse tranche de gâteau, qu'elle posa bruyamment devant lui en lui stipulant de finir son assiette. Tom Casey n'avait jamais dédaigné quoi que ce soit sur sa table et elle n'avait nullement l'intention de laisser Ger Fitz la traiter comme il le faisait avec sa pauvre épouse opprimée. Quand Ger prit une grosse bouchée de gâteau, Mary lança un regard triomphant à Pat. Si on ne lui inculquait pas les bonnes manières dès le départ, disait son regard, on n'obtenait rien de bon d'un homme. Quelques instants plus tard, s'envoyant une gorgée de Guinness, cet avare de Ger annonça que Pat et lui allaient partir au Canada. Il avait travaillé comme une bête depuis bien trop longtemps. Aujourd'hui, tout ce travail était sur le point de lui rapporter grassement, alors il allait escorter son épouse au-dessus de l'Atlantique pour rendre visite aux enfants et aux petits-enfants.

Mary était indignée. Pendant des semaines, elle avait dit à Pat que Ger Fitz n'était pas Tom Casey. Il ne débourserait pas un sou pour faire plaisir à sa femme. Au final, Pat avait cessé de lui montrer les jouets et les vêtements pour bébé qu'elle accumulait pour les petits-enfants à Toronto et les livres touristiques sur la péninsule qu'elle avait achetés pour offrir aux garçons. La semaine passait et Ger n'avait pas reparlé du voyage. Le mépris de Mary s'était intensifié et elle l'exprimait de plus en plus librement. Pat n'était-elle pas en train de se faire des illusions ? Ne manquait-elle pas de bon sens ? Et voilà où elles en étaient ce jour-là. Pat buvait le Martini de Mary et la conversation lui donnait raison.

Ger finit son morceau de gâteau en affichant un air d'importance. Il n'avait pas encore acheté les billets, précisa-t-il, parce que les vacances dépendaient d'une transaction qu'il devait conclure à Ballyfin. Mary bondit comme un tigre. Alors le projet entier pouvait être annulé si son affaire de Ballyfin s'effondrait ? Pat regarda Ger, la mine suppliante, à l'idée de voir son rêve réduit en poussière. Ger secoua la tête. Pas du tout, dit-il, ils seraient partis sous peu, aucun doute là-dessus. La transaction de Ballyfin était solide.

Quand Hanna rentra du travail, Pat et Ger étaient partis, le dîner était dans le four et, assise dans la cuisine, Mary Casey se laissait aller à une énorme bouderie. Hanna la dévisagea et soupira. Immédiatement, Mary l'attaqua, cherchant la dispute. N'était-ce pas agréable, dit-elle, d'être saluée de la sorte ? Pas un sourire ou un brin de causette, seulement un air revêche et le mugissement d'une vache en gestation. Sachant qu'elle n'avait pas le choix, Hanna réprima un second soupir et s'assit avant de demander quel était le problème. Durant les dix minutes qui suivirent, les faits furent exposés, alternant cajoleries et drames. En définitive, et comme à l'accoutumée, la patience d'Hanna se brisa.

— Franchement, Maman, tu n'es pas contente pour Pat ? Elle n'a pas vu ses enfants depuis des siècles.

Mary se rebiffa. Pat était sa meilleure amie. Bien sûr qu'elle était contente pour elle. Elle était ravie.

— Alors, si tu es contente pour elle, quel est le problème ? Pendant qu'elle sera au Canada, tu pourrais partir un peu en vadrouille toi aussi. Le fait est, Maman, que tu dépends beaucoup trop de la compagnie de Pat.

Mary se leva de son fauteuil avec dignité.

— Je n'ai nul besoin de vadrouiller. Ou de recevoir des leçons de ta part. Que Dieu garde ton pauvre père qui m'aurait protégée de ce genre d'insulte et d'outrage.

Elle bondit vers la porte, puis se retourna théâtralement sur le seuil pour livrer son coup de grâce.

— Et je ne dépends de personne, je te ferais savoir. Je suis parfaitement heureuse toute seule !

Lorsque la porte de la cuisine claqua violemment, Hanna alla se verser un verre. Ayant eu l'habitude d'être traitée comme une princesse par son époux, Mary avait horreur de faire partie d'un groupe. Elle avait beaucoup trop d'estime d'elle-même pour se joindre aux réunions enjouées des retraités de Knockmore. La pensée d'être considérée comme une retraitée la rebutait. Hanna soupira à nouveau. Nombre des habitués du centre de soins avaient envoyé des boutures à sœur Michael. Pendant que le travail dans le jardin des religieuses se poursuivait, ils avaient récemment décidé de faire une sortie à Lissbeg. Maurice, le boulanger à la retraite, qui se rappelait Tom Casey de leurs années d'école, avait suggéré que son épouse appelle Mary pour voir si elle voudrait bien les retrouver. On pouvait charger quelqu'un de la conduire de Crossarra à Lissbeg. Elle apprécierait peut-être cette journée à l'extérieur. Hanna était arrivée à la maison ce jour-là pour trouver Mary agacée comme jamais.

— J'ai reçu deux appels disant qu'il y a une ambiance fantastique dans le jardin des religieuses et me proposant d'y aller.

— Eh bien, pourquoi pas ?

— Parce que je ne suis pas encore sénile, ma fille, au point d'aller à une sortie pour retraités ! Et de toute façon, je m'ennuie ferme avec eux autres.

Pourtant, les retraités de Knockmore s'étaient amusés comme des fous à Lissbeg. Ils avaient organisé un covoiturage entre voisins et étaient arrivés avec des boutures pour le jardin, des couvertures sur les bras, des outils de jardin et un pique-nique. C'était une belle journée ensoleillée, et tandis que certains rejoignaient les volontaires pour bêcher et planter, d'autres s'étaient assis pour bavarder et boire un café de *La Mercerie*. Hanna était à son bureau dans la bibliothèque, quand Jean, la femme de Maurice le boulanger, avait passé la tête à l'intérieur pour lui demander si Mary venait.

— Elle serait vraiment la bienvenue, vous savez, mademoiselle Casey. C'est pourquoi je l'ai appelée.

Par politesse, Hanna avait élaboré une explication. Manifestement, Jean était bien trop joyeuse pour en être longtemps chagrinée. Elle avait jeté un regard par-dessus son épaule pour vérifier qu'elles étaient seules, puis s'était glissée vers le bureau avec un air complice. Elle avait adressé un grand sourire à Hanna : Bríd avait demandé à Maurice d'approvisionner *La Mercerie* en gâteaux. Pour les occasions particulières, pour les anniversaires et peut-être les mariages. Un client avait voulu en commander un, mais comme ce n'était pas le truc de Bríd…

— Pour commencer, il fera un essai. Pour voir si cela convient. Mais, mon Dieu, mademoiselle Casey, est-ce que ce n'est pas une idée géniale ? Cela changerait les idées du pauvre Maurice.

Maurice n'était pas le seul à entretenir son réseau. Günther et Susan avaient proposé de fournir des fromages de chèvre à *La Mercerie* à la moitié du prix de ceux qu'elles importaient et revendaient. Bríd estimait qu'ils étaient aussi bons, voire meilleurs, car ils étaient fabriqués sur place. Les fromages étaient vendus dans du papier paraffiné estampillé d'une image de l'ancienne forge. Susan allait fournir des prospectus sur la maison d'hôtes à Bríd pour qu'elle les mette bien en évidence. Pendant qu'elle regardait Jean cavaler vers le jardin, Hanna avait secoué la tête en signe d'étonnement. Chaque jour, de plus en plus de gens créaient de nouveaux contacts. Tout se déroulait selon le plan de sœur Michael.

Le pique-nique des retraités s'était poursuivi jusque tard dans l'après-midi, et ils projetaient déjà de le réitérer. Peut-être pourraient-ils organiser régulièrement un cours d'informatique dans la bibliothèque ? Alors que, toujours en colère, elle buvait du vin dans la cuisine de Mary Casey, l'idée traversa l'esprit d'Hanna qu'un cours d'informatique dans une ambiance détendue était exactement ce dont sa mère avait besoin. Pourtant, c'était précisément le type d'activité que Mary était déterminée à mépriser. Maugréant intérieurement, Hanna donna un coup de pied dans la table. Il ne lui avait pas échappé que, malgré la différence de motivations, l'attitude de Mary vis-à-vis de la communauté était remarquablement semblable à la sienne.

Mary ne revint pas dans la cuisine. Quand Hanna tapa à sa porte un peu plus tard, elle était couchée. Hanna entrebâilla la porte, mais la pièce était plongée dans l'obscurité. La voix de Mary donnait l'impression qu'elle avait pleuré. Alors, au bout d'une minute, Hanna décida qu'il était préférable de la laisser tranquille. La journée avait été longue et ni elle ni Mary n'étaient en état de se lancer dans une autre dispute.

Chapitre 50

UN GROUPE DE VOLONTAIRES travaillait dans la bibliothèque. Hanna s'y était habituée. Aujourd'hui, peu avant la fermeture, le mari de Susan, Günther, amena leur petite fille Holly pour choisir un livre à emporter à la maison. Le bêchage avançait à plein régime, dit-il à Hanna, et Aideen et Bríd avaient fait tout le chemin depuis *La Mercerie* avec des tasses de café pour les travailleurs. Sœur Michael avait dit à Günther qu'il trouverait quelques tables et chaises pliantes dans la cuisine de l'ancien couvent. Il les avait sorties et installées dans le jardin pour que les gens puissent s'asseoir.

— C'est un vrai *meitheal,* mademoiselle Casey. Ce n'est pas ainsi que vous dites ?

Susan avait manifestement appris à Günther le mot irlandais pour désigner un groupe de voisins réunis pour accomplir un dur labeur. Le père d'Hanna racontait que, dans l'ancien temps, vingt ou trente hommes se réunissaient dans les fermes de la péninsule et que le groupe entier travaillait dans le voisinage jusqu'à ce que la récolte de chaque maisonnée soit remisée. Holly informa solennellement Hanna qu'elle voulait emprunter un livre sur les jardins. Un grand, un énorme, comme cela elle pourrait aider son papa à planter les herbes. Pendant que Günther faisait choisir un livre à sa fille, Susan et les autres volontaires installés à la table commençaient à ranger leurs notes. Hanna éteignit les ordinateurs et rangea son bureau. Brian Morton avait été tellement embarrassé par le faux pas qu'il avait commis à propos du pavillon de Mary que, pour lui prouver qu'elle n'en avait pas été offensée, elle avait proposé de lui montrer le chemin jusqu'à la plage où il trouverait les phoques.

Alors qu'elle verrouillait la porte, son esprit pétillait encore à la pensée du psautier de Carrick. L'autre jour, quand ils discutaient autour de leurs sandwiches, elle s'était dit qu'elle adorerait le décrire à Brian. Mais c'était un autre sujet dont elle ne pouvait parler. Lorsque Fury et elle avaient quitté le château, Charles Aukin lui avait serré la main.

— J'apprécierais que vous ne fassiez pas allusion à ce que je vous ai montré là-haut, dans la pièce de lecture.

— Bien entendu.

— Non pas que je sous-entende que vous l'auriez fait.

— Bien sûr que non. Je veux dire, il ne me viendrait jamais à l'idée de le faire.

— Ne soyez pas gênée de faire allusion au reste de mes livres, toutefois. Votre réaction est la meilleure assurance contre le vol que je puisse contracter.

Tandis qu'Hanna rougissait, il lui avait adressé un clin d'œil puis un signe d'au-revoir. Ensuite, elle avait dit à Fury que l'homme devait être fou à lier.

— Le psautier vaut une fortune. J'aurais pu être n'importe qui. Pourquoi pense-t-il pouvoir me faire confiance ?

— Bon sang, ma fille, pourquoi ne le ferait-il pas ? Ne savait-il pas que tu étais une amie à moi ?

L'embranchement qui menait à la plage se trouvait à moins d'un kilomètre après le pavillon et la route était tellement étroite qu'elle ressemblait davantage à un sentier. Hanna conduisait devant Brian. Elle le mena jusqu'à l'endroit où le chemin de pierres laissait place au sable. Puis elle sortit de sa voiture et se pencha par la vitre ouverte.

— C'est un peu plus loin, puis il faut descendre la falaise.

— Je suis désolé, je suis certain que vous n'avez nulle envie de vous balader ici après une journée de travail.

— Non, c'est parfait. J'avais l'habitude de venir regarder les phoques quand j'étais enfant.

Ils marchèrent à travers les ammophilas et les chardons jusqu'à ce qu'ils parviennent au bord de la falaise. Hanna tourna à gauche et conduisit Brian vers des replis dans les rochers qui formaient une sorte d'échelle. C'était un peu l'escalade, mais tant qu'on gardait le rythme, c'était assez sûr. Ils atteignirent la terre ferme sans incidents et Brian enleva son appareil photo de son épaule. Là, une famille de phoques gris se prélassait dans la lumière du soir.

Abrité par un rocher, au pied de la falaise, Brian parvint à les mitrailler plusieurs minutes avant qu'un mâle ne remarque sa présence et ne provoque un exode vers l'océan. Abandonnant sa cachette, Brian descendit plus bas encore sur la plage et prit une série de photos des têtes lisses et brillantes qui flottaient dans l'eau. Les derniers phoques marchèrent pesamment et se renversèrent dans l'eau depuis les rochers. Hanna courut pour le rejoindre.

— Qu'est-ce que vous avez eu ?

— De bons trucs, je pense. Il faudra que je les regarde sur mon ordinateur pour être certain.

Ils contemplèrent les phoques disparaître au loin.

— Un peu injuste de les déranger.

— Oh, ils reviendront. Et au moins, vous ne faites que prendre des photos. Quand j'étais enfant, nous avions l'habitude de les disperser en dansant sur les rochers. C'était stupide, parce qu'un mâle pouvait nous attaquer. Mais nous étions des gamins, nous n'avions aucun sens du danger.

Brian rit.

— J'ai grandi dans les monts de Wicklow et j'ai escaladé les alentours à la recherche des aigles. Dieu seul sait comment la moitié d'entre nous a survécu à son enfance.

Ils approchèrent des rochers désertés par les phoques et s'assirent au soleil. Il n'avait jamais trouvé d'aigle, dit-il, probablement parce qu'il n'y en avait pas.

— Je crois que j'étais inspiré par le personnage de Jack, celui des aventures d'Enid Blyton. Il escaladait des châteaux et des rochers escarpés en short et chaussures à semelles de caoutchouc.

— Et tricot à col roulé.

— Vous aviez les premières éditions illustrées, à ce que je vois.

Hanna secoua la tête.

— Je ne les ai pas lus, mais Jazz oui. Les livres reliés de chez Macmillan. J'adorais les dessins au trait en noir et blanc, alors je lui ai acheté la collection entière.

Brian s'appuya en arrière sur les coudes.

— Les photos en noir et blanc ont le même effet. J'ai passé la moitié de ma vie à enlever les couleurs de mes photos. Je les trouve mieux ainsi. Même les couchers de soleil. Il y a une puissance dans les anciennes photographies que les trucs modernes ne peuvent restituer.

Sans réfléchir, Hanna lui demanda s'il avait vu la collection d'anciennes photos des Lancy dans la bibliothèque de Carrick.

— Il y en a une ? Je ne savais pas.

Hanna regretta aussitôt ses paroles. C'était un sujet périlleux. Plus elle passait de temps avec Brian Morton, plus il lui était difficile de rester sur ses gardes. D'après sœur Michael, le moment optimal pour agir à découvert n'était pas encore arrivé. Elle insistait là-dessus. Hanna ne voyait pas clairement quand viendrait ce fameux moment, ni comment ils le reconnaîtraient quand il se produirait. L'étape une de leur plan se passait tellement bien qu'il ne fallait pas la mettre en danger maintenant. Quelques jours auparavant, quand elle avait fait remarquer que le recours au conseil impliquait une date limite, sœur Michael s'était contentée d'acquiescer. Elle en était tout à fait consciente. C'était comme de garder un œil sur une récolte. Vous ne pouviez pas l'abandonner trop longtemps, au risque de la perdre. Malgré tout, il ne fallait pas se jeter dessus trop tôt. Entre-temps, il était toujours vital que personne ne prenne connaissance de leur plan. Le silence et le secret étaient les mots d'ordre, avait-elle insisté, ses yeux délavés pétillant d'humour. Et la force qui émanait de sa tranquille assurance était telle qu'Hanna s'y était pliée.

Brian lui donna un petit coup de coude.

— Puis-je vous demander quelque chose ?

— Probablement que non.

— Bon, je vais le faire tout de même. Vous ne pouvez faire pire que m'assassiner et m'expédier dans les vagues.

Hanna éclata de rire.

— Continuez alors.

— Aimez-vous votre travail ?

Elle s'était attendue à une autre question au sujet du jardin des religieuses ; celle-ci la désarçonna. Pour gagner du temps, elle regarda Brian en coin.

— Je pourrais très bien vous poser la même.

— Oui, mais j'ai demandé le premier.

— Oh, alors si nous devons nous comporter comme des enfants...

— Absolument. Action ou vérité.

Hanna pesta intérieurement. Si elle n'avait pas fait allusion aux photos des Lancy, ils parleraient probablement encore des phoques. Mais, étonnamment, elle sentit qu'elle brûlait de se confier à lui. Elle examina ce sentiment avec attention. À ce stade, dire la vérité serait un moyen efficace d'étayer ses mensonges en cours. L'espace d'un instant, elle hésita, tiraillée par un dilemme moral légèrement ridicule. Puis elle abandonna et parla. Non, dit-elle, elle n'aimait pas tellement son travail. C'était ironique, parce qu'elle avait toujours désiré devenir bibliothécaire. Mais pas une bibliothécaire coincée dans une petite ville de province, où les gens mettent leur nez partout.

— Je suis partie avec le projet de faire carrière à Londres et suis revenue à la maison avec en tout et pour tout un mariage brisé. Maintenant, je suis la risée locale qui travaille à la bibliothèque du coin.

— Pourquoi la risée ? Des mariages se brisent tous les jours.

— Oui, mais tous les époux n'entretiennent pas une liaison avec une autre femme pendant toute la durée de leur mariage. C'était aussi une amie de la famille, d'ailleurs, et apparemment elle a passé la plupart des étés dans notre maison, pendant que ma fille et moi étions en vacances. Une bonne grosse rigolade.

Hanna planta sauvagement son talon dans le sable.

— Alors, si j'avais fait ce que je voulais, je ne travaillerais pas dans une bibliothèque publique, où tout le monde peut me contempler la bouche ouverte. Je me serais probablement tapie sous une couette pour ne plus en sortir. Et pour l'amour de Dieu, ne me dites pas que j'exagère. D'après sœur Michael, si les hommes ne cessent de me duper, c'est leur problème, et non le mien. Mais ce n'est pas ainsi que je le ressens.

Brian garda les yeux rivés sur la mer sans la regarder. Depuis sa première allusion à son mari avocat jusqu'à la description de sa mère difficile, parler de sa vie intime avait été de toute évidence pénible pour Hanna. La confession un brin bourrue qu'il venait d'entendre l'avait fait paraître aussi vulnérable qu'une enfant. Néanmoins, elle lui avait fait confiance, et ne pas lui témoigner une confiance réciproque semblait injuste. Alors, les yeux toujours fixés sur l'horizon, il lui raconta son histoire.

L'enfance dans les monts de Wicklow s'était poursuivie par un pensionnat en Angleterre, parce que son père avait travaillé dans le Golfe. Il avait passé l'essentiel de ses vacances avec ses tantes.

— Très Kipling et Saki, sinon j'adorais mes tantes.

Il avait obtenu un diplôme d'architecte et avait traîné un peu ses guêtres dans le monde pour gagner de l'expérience, avant de retourner à Wicklow et monter un partenariat avec un ami. Shane, qui avait été à l'école avec lui, était marié et père de deux enfants. Brian s'était marié presque aussitôt après être rentré.

Il n'était pas si facile de trouver des contrats, dit-il, mais Shane et lui avaient travaillé comme des fous pour se faire connaître et, finalement, les missions étaient arrivées. Puis, au bout de deux ou trois ans passés à concevoir des extensions et des restaurants, on leur a proposé le travail qu'ils attendaient, celui qui les propulserait vers une tout autre catégorie. Dix fois plus de pression et toujours très peu de trésorerie. Pourtant, ils étaient lancés.

Brian jeta un coup d'œil à Hanna. Cela avait dû être la même chose pour elle quand elle était allée en Angleterre, dit-il. Tout pour se battre et le monde à vos pieds. Mais alors, Sandra, sa magnifique épouse, était partie et il s'était retrouvé seul.

— Vous voulez dire qu'elle vous a quitté ?

— Non. Elle est morte.

Il parla à nouveau avant qu'Hanna ne puisse réagir.

— Je suis désolé, c'était mélodramatique. Et incroyablement égocentrique. Mais je l'ai vraiment ressenti comme tel. Et je n'ai jamais cru que ça pourrait arriver.

Un cancer. Trois mois entre son diagnostic et son décès.

— J'ai dit à Shane que je voulais continuer à bosser. Je disais que le travail était la seule chose qui me gardait sain d'esprit. Sandra était à la maison jusqu'aux deux dernières semaines et je travaillais chez moi. Et nous avons continué ainsi après qu'elle est partie. J'ai dit à Shane que je ne pourrais pas supporter la compassion ni le fait de devoir voir des gens. Il m'a dit de ne pas m'en faire, de rester à la maison.

Brian força sa voix.

— Une grosse réunion avec le client approchait. Nous avions prévu une préréunion pour discuter de plusieurs éléments. J'avais planché dessus et j'avais tout réglé. Mais le jour J, je n'ai pas pu quitter la maison.

Il souleva ses jambes et posa son menton sur ses genoux.

— Je sais que ça a l'air pathétique. Mais j'étais incapable de passer le seuil. Shane avait besoin de certaines choses pour la réunion. Il avait besoin de moi pour faire la présentation au client. Mais j'ai seulement fermé ma porte à clé et éteint mon téléphone.

— Qu'est-ce qui s'est passé ?

— Je ne sais pas. Je suis allé au lit et j'ai dû y rester une semaine. Shane était probablement dehors à cogner comme un fou à la porte, je n'ai absolument rien entendu. Quand je me suis levé, je savais que nous avions perdu le contrat.

— Mais pourquoi ? Je veux dire, c'était affreux, mais c'était compréhensible.

— Peut-être que vous avez raison. De toute façon, je n'ai pas attendu de le savoir.

Il avait mis sa maison en vente sur Internet à un prix dingue. Enfin, pas complètement insensé, mais assez bas pour être certain qu'elle parte.

— Il ne m'a fallu qu'une semaine pour la vendre et, entre-temps, j'avais conduit jusqu'à Carrick. Et quand l'argent est arrivé, je l'ai envoyé à Shane.

Se reposant sur ses coudes à nouveau, Brian leva les yeux vers Hanna.

— C'est tout moi. Fondamentalement irresponsable, d'un point de vue personnel et professionnel. Mais comme vous, j'avais besoin d'un travail, alors me voici. Surqualifié. Passablement barbé. Mais probablement au bon endroit.

— Mais pourquoi Carrick ?

— Je ne sais pas. Aussi loin de Wicklow que possible. Et il y a plein de rochers escarpés à escalader sur la péninsule. Peut-être trouverai-je mon aigle sur Knockinver.

Au bout de quelques minutes, Hanna dit qu'elle était désolée pour son épouse.

— Elle était charmante. Je pense que vous l'auriez aimée.

Ils s'assirent côte à côte en silence jusqu'à ce que Brian reprenne la parole.

— Tout semble légèrement ridicule quand on l'énonce à haute voix, n'est-ce pas ? Je ne veux pas dire la mort et le divorce, ni même la trahison, mais la manière dont on réagit.

— Oui, bon, je pense que vous remportez la palme de l'exagération.

Dès qu'elle eut parlé, Hanna retint sa respiration, craignant d'avoir paru désinvolte.

Elle regarda immédiatement Brian qui se contenta de sourire.

— Bon, arrêtons de mettre notre âme à nu. Pourquoi ne pas revenir aux livres ?

— Je crois qu'il vaudrait mieux pour nous.

Mais à la place, ils restèrent assis dans un silence agréable à contempler l'océan et à guetter les phoques.

Chapitre 51

DURANT LES QUELQUES semaines suivantes, tandis que certains plantaient les boutures dans le jardin des religieuses, un nouveau groupe de travailleurs se réunit à une table de la bibliothèque. Quand ils branchèrent un ordinateur portable à la prise près de la table, Hanna fit mine de désapprouver, comme il le fallait. Conor joua le jeu. Ils n'utilisaient pas beaucoup d'électricité, expliqua-t-il à voix haute et avec sérieux. C'était simplement que le portable était plus puissant que les ordinateurs de la bibliothèque et ils avaient besoin de beaucoup de gigaoctets pour leur travail.

Le propriétaire du portable était un jeune homme dégingandé prénommé Ferdia, qui était attablé en compagnie de quatre ou cinq personnes, dont Fidelma Cafferky, la mère de Dan. Hanna avait aperçu Seán Cafferky parmi les volontaires dans le jardin. Elle se souvint que la dernière fois qu'elle avait garé le bibliobus devant le bureau de poste des Cafferky, elle avait vu Ferdia là-bas, dans le café internet, en train de parler à Seán. Tout comme sœur Michael l'avait prévu, le réseau se développait de lui-même.

Conor la traîna vers la table.

— Attendez de voir ça, mademoiselle Casey. C'est génial !

Tout découlait d'une suggestion faite par Aideen. Bien entendu, c'était encore en développement pour l'instant, mais cela promettait d'être formidable. Avant que Conor ne puisse continuer, Ferdia l'interrompit pour dire qu'il n'y avait aucun intérêt à parler du multimédia. C'était une expérience interactive, et Mlle Casey devait essayer par elle-même. Il cliqua sur le pavé tactile et une légende apparut sur l'écran.

BIENVENUE SUR LA PÉNINSULE DE FINFARRAN

Hanna contempla, fascinée, les lettres se dissoudre et révéler une époustouflante photo aérienne de la péninsule et une seconde légende.

BIENVENUE AU BOUT DU MONDE

Une série d'onglets flottèrent sur l'écran, de gauche à droite. Ferdia cliqua sur le pavé tactile à nouveau et révéla une carte dessinée au trait, représentant la péninsule avec une série de liens en vert.

Conor ne put se contenir.

— Vous comprenez ce que c'est ? Un groupe s'est réuni. Ferdia a construit un site internet. Il présentera chaque commerce et chaque endroit à visiter sur la péninsule, avec des liens menant sur les sites des personnes ou des scans de leur publicité. Des affiches, des infos sur les services, tout.

Fidelma se pencha et donna un coup de coude à Ferdia.

— Montre-lui le bout sur les écovisites.

La partie sur les visites écologiques marines s'ouvrait sur des photos de Dan montrant la pluie d'étoiles filantes. Elle incluait une vidéo sur l'observation des baleines, des descriptions de différentes formules proposées par Dan et des liens vers des *Bed and Breakfast* de la région qui proposaient des tarifs préférentiels aux clients de Dan. C'étaient toutes de petites affaires spécialisées dans l'alimentation biologique, expliqua Fidelma à Hanna. Parmi elles, une ferme qui donnait des cours pour apprendre à monter des murs en pierres sèches aux personnes qui préféraient rester sur la terre ferme pendant que leurs compagnons participaient aux sorties en mer.

Ferdia cliqua sur chaque onglet pour montrer l'étendue des projets : depuis les graphistes qui réalisaient des banderoles et des faire-part de mariage jusqu'aux boutiques locales, les sites exceptionnels, le château gonflable et les sociétés qui louaient des vélos, les cours de massage et les restaurants. Une splendide galerie de photos regroupait le travail d'un photographe du coin, dont il était possible de louer les services. Celui-ci vous guidait pendant vos vacances et vous dévoilait les plus belles vues et la façon de les immortaliser.

— Et il ne s'agit pas seulement de vendre la péninsule aux touristes, mais de permettre aux gens qui vivent ici de travailler en réseau.

Toutes les personnes assises autour de la table acquiescèrent. C'était le Gros Truc, déclara Conor à Hanna. Sur un forum dédié, les habitants postaient des messages, et tous ceux qui figuraient sur le site pouvaient télécharger des documents sur leurs propres pages et se signaler mutuellement s'ils le voulaient.

— Par exemple, si *La Mercerie* propose une nouveauté comme les chocolats de Bríd, ton gars qui fait les faire-part de mariage sera peut-être intéressé, parce que les gens sont susceptibles d'en vouloir pour faire des cadeaux, emballés dans des petites boîtes. Ou, disons, un coiffeur ferait des coupes spéciales pour le bal de fin d'année. Ou il est possible d'afficher les dates, quand les gars avec les machines viennent dans les parages pour la première coupe d'ensilage.

— Ou s'informer mutuellement si un groupe de cyclistes cherche à déjeuner sur une route en particulier.

D'après Fidelma Cafferky, les propriétaires des petites boutiques ou des cafés devenaient fous à cause du gaspillage de nourriture. Aussitôt ces paroles prononcées, elle claqua des doigts et saisit un calepin.

— Nous pourrions organiser un système de livraison des restes alimentaires pour les personnes possédant des cochons ou des poules.

Ferdia cliqua sur deux ou trois écrans à moitié vides et ouvrit une page qui listait les fleurs sauvages poussant sur Finfarran. Le site était loin d'être terminé, à la fois en matière de contenu et de fonctionnement, déclara-t-il à Hanna. Mais le projet avançait. Il voulait ajouter des rubriques sur le passé de Finfarran et les événements qui ont marqué son histoire. Quelqu'un avait suggéré que les éditeurs du livre *A Long Way to LA* seraient peut-être prêts à le ressortir en e-book, téléchargeable sur une page dédiée à Ballyfin. Ferdia s'intéressait aux photos du XIXe siècle appartenant à la collection Lancy. Est-ce qu'Hanna savait qui en détenait les droits ?

Avant qu'Hanna n'ait le temps de répondre, un des membres les plus âgés du groupe déclara fermement que payer pour du contenu était hors de question. À long terme, il faudrait trouver un moyen pour que le site s'autofinance, mais dans l'immédiat, Ferdia le concevait à titre gracieux. D'autres volontaires collectaient et rassemblaient la documentation. Chacun mettait son grain de sel au sujet des idées à développer. Bien entendu, tout le monde était reconnaissant envers Mlle Casey et Conor de leur permettre d'utiliser la bibliothèque comme QG. Sachant que, sans sœur Michael, elle n'en aurait rien fait, Hanna rougit.

À son grand étonnement, elle reçut une vague d'applaudissements.

— Et comme je le disais, mademoiselle Casey, tout est parti d'un truc qu'Aideen a dit il y a des lustres.

Conor était toujours avide de rendre à César ce qui lui appartenait. Peut-être, cette fois, songea Hanna, y avait-il plus que cela. Avec leur enthousiasme timide et leur capacité à travailler dur, Aideen et lui étaient pratiquement faits l'un pour l'autre. Hanna songea avec plaisir qu'ils avaient peut-être une chance de vivre ensemble, sur la péninsule, sans que l'un ou les deux soient contraints de partir pour trouver du travail.

Tandis qu'elle retournait à son bureau, Hanna jeta un coup d'œil à l'affiche sur le panneau. Elle prit conscience qu'à peine quelques semaines les séparaient du vote des conseillers du comté. La veille au soir, elle sirotait du sherry avec sœur Michael et elle avait répété qu'il était temps de rendre publique l'idée du recours. Il y avait des réunions à organiser, des papiers à remplir. L'échéance était stricte. La religieuse était demeurée inflexible. Il y avait beaucoup d'argent en jeu avec la construction d'un nouveau port de plaisance à Ballyfin, et tout le monde au conseil mourrait d'envie d'avoir de nouveaux bureaux. Qu'ils aient vent de la parole de résistance et tout pourrait arriver. Leur plan était en pleine période de développement, et ce qu'il fallait, c'était de la patience. Les jeunes pousses issues des graines qu'elles avaient semées étaient déjà en train d'accroître leur force.

Chapitre 52

FURY CONTINUAIT d'être injoignable par téléphone. Si Hanna voulait lui parler, elle devait conduire jusqu'à la maison, où à présent, Dan et lui travaillaient dès sept heures du matin, six jours par semaine. Quand il souhaitait lui parler, il faisait sonner son portable à elle et raccrochait avant qu'elle n'ait le temps de répondre. Elle s'en plaignait, mais il se contentait de se moquer d'elle. Parfois, elle se rappelait sa première conversation avec Brian et se demandait si Fury était analphabète ou simplement prudent. Quelle qu'en soit la raison, sa détermination à ne rien mettre par écrit allait jusqu'aux textos. Ce n'était absolument pas une façon de faire des affaires, ou d'avoir une conversation courtoise, lui avait-elle dit. Ne voyait-elle pas sur son téléphone qui venait d'appeler ? Et comme elle savait où il se trouvait, ne pouvait-elle pas venir et lui parler ?

Elle conduisit jusqu'à la maison très tôt un matin, alors que la rosée recouvrait encore les champs. Dan était debout sur un échafaudage et terminait les murs de la nouvelle extension. Diablo, lové sur le siège passager de la camionnette de Fury, était habitué à elle maintenant. Quand Hanna approcha du portail, il ne leva même pas la tête. À l'intérieur, Fury examinait le buffet de Maggie, qui se trouvait toujours dans son angle près de la cheminée. Quand Hanna passa le seuil, elle eut le souffle coupé. Les vitres des portes avaient été nettoyées et les tiroirs se fermaient parfaitement. Le contenu des étagères avait été rangé, dont le vieux verre doseur de Maggie, dans une boîte posée dans un coin. On avait passé une couche de peinture sur l'intérieur et l'extérieur du buffet.

— Alors, quel est le verdict ?

Fury parla sans se retourner, ce qui donna le temps à Hanna de contrôler sa réaction. Le travail de peinture était impeccable. Mais elle n'aurait pas imaginé un seul instant choisir cette couleur.

Fury jeta un regard circulaire, et malgré l'expression polie d'Hanna, il sentit immédiatement sa réserve.

— Eh bien, à l'évidence, madame n'est pas contente, alors quel est le problème ?

— Rien. C'est génial. C'est juste…

— Oui ?

— Je ne sais pas si j'aurais choisi précisément cette nuance de rouge terre cuite.

— Peut-être pas toi, mais Maggie oui.

Il avait poncé la peinture maculée par le temps et elle avait révélé la couleur d'origine en dessous.

— Et justement, j'avais ce qu'il fallait dans mon cabanon, alors j'ai fait le mélange pour toi.

Hanna s'en souvenait très bien. Quelque part entre rouge brique et lie-de-vin, c'était une couleur qui avait été extrêmement populaire autrefois dans les cuisines de Finfarran. Dans le cas de Maggie, elle se limitait au buffet, mais dans d'autres maisons de la péninsule, Hanna se rappelait que cette teinte recouvrait la moindre parcelle de mobilier. Depuis la dernière fois qu'elle était venue, Fury avait nettoyé l'âtre, poncé le plancher et enlevé les couches de graisse et de saleté du vaste foyer. Il avait installé les meubles de cuisine, en même temps que l'évier et le plan de travail en ardoise. Le haut manteau de cheminée était à présent recouvert d'une peinture crème foncé qui, il fallait le reconnaître, se mariait bien avec la couleur du buffet à côté. Mais Hanna avait pensé repeindre le buffet en gris et vert.

Fury fit un mouvement brusque de la tête et sortit d'un pas résolu vers la lumière du soleil. Au bout du champ, à présent nettoyé, le mur d'enceinte avait été reconstruit. Hanna marcha dans les pas de Fury le long de la pente jusqu'à l'endroit où trois pierres qui dépassaient du mur faisaient un échalier. Il conduisait à la large saillie près du haut de la falaise. De ce côté-là du mur, une planche qui reposait sur un socle en pierre faisait office de banc et donnait directement sur l'océan. Elle était peinte dans la même nuance de rouge que le buffet. Relevant sa veste autour de ses maigres hanches, Fury s'assit et attendit qu'Hanna le rejoigne. L'emplacement du banc était parfait, et ici sur la falaise exposée au vent, avec un bateau de pêche rouge qui passait au loin, la couleur était du plus bel effet. Hanna s'assit et s'adossa au mur. Bien qu'il soit très tôt dans la journée, la pierre dans son dos était chaude. À ses pieds gisait le coussin d'œillets sur lequel elle avait posé ses chaussures boueuses lors de sa première visite.

Elle lança un coup d'œil à Fury.

— Vous savez ce qu'on m'a dit un jour à votre propos ?

— Non.

— Que le moment viendrait où vous me rendriez ma maison, mais qu'en attendant, elle était à vous.

Fury s'adossa et contempla le ciel, ses longues jambes étendues presque jusqu'au bord de la falaise.

— J'ai posé les portes de ce buffet pour Maggie quand j'avais dix-sept ans. Elle avait un vieux pot de peinture derrière, dans la remise, on aurait dit de la colle. Mais elle n'avait pas l'argent pour en acheter un autre, alors je l'ai attaqué à la térébenthine. Aujourd'hui, on utiliserait du white-spirit, mais ce ne serait pas la même chose. Quoi qu'il en soit, je l'ai diluée et j'en ai posé une couche sur le buffet, et Maggie était ravie. Elle m'a donné un scone aux raisins.

Hanna se rappelait les scones de Maggie, adoucis par les raisins et levés au babeurre. Le verre vert dans lequel Maggie avait mesuré son lait devait se trouver sur le buffet à cette époque. Est-ce que le Fury adolescent l'avait soulevé et rangé dans une boîte posée dans le coin pendant qu'il travaillait sur le buffet, tout comme il l'avait fait aujourd'hui ?

— Et elle ne m'a pas seulement donné le scone, Dieu la bénisse. Elle m'a ouvert une échappatoire vers l'Angleterre à un moment où il m'était insupportable de rester ici.

Fury recroquevilla ses épaules et jeta un regard à Hanna.

— J'ai aimé travailler pour cette femme. Et je dirais qu'elle savait ce que cela faisait de vouloir partir.

Mary Casey racontait en effet que Maggie avait quitté la péninsule et était partie brusquement pour Manchester dans les années 1920. Elle y était restée pendant plus de dix ans.

— Savez-vous pourquoi elle est allée en Angleterre ?

Fury afficha un air impassible.

— Elle ne me l'a pas dit, si c'est ce que tu veux savoir.

Hanna n'avait aucune peine à le croire. Dans ses souvenirs d'enfance, Maggie était aussi taiseuse qu'une femme pouvait l'être. Il n'y avait aucune raison de penser qu'elle avait été différente quand Fury était adolescent. Mais comme Fury était plus âgé qu'Hanna, il avait entendu des ragots.

— Tu veux que je te les rapporte, je suppose.

— Non.

— Non, eh bien, ils disent que, toi aussi, tu as une peur bleue des commérages.

— C'est vrai ? (Hanna haussa les sourcils.) Et vous les écoutez ?

Fury leva les yeux au ciel et éclata de rire.

— Peut-être que oui ! Mais écouter est une chose. Rapporter en est une autre. Malgré tout, l'histoire de Maggie appartient au passé. La plupart des habitants de la péninsule ont tout oublié à son propos aujourd'hui. Pour parler franchement, la moitié d'entre eux avait oublié son existence même de son vivant. Voilà ce qui arrive quand on vit en recluse, ajouta-t-il avec aigreur

Hanna se souvenait des obsèques, le cercueil paraissait si petit sous la haute voûte de la chapelle. La plupart des personnes qui assistaient à la cérémonie n'avaient pas parlé à Maggie depuis des années. Enfant, Hanna avait transporté de la tourbe pour le feu en ronchonnant ou mangé joyeusement des pommes de terre avec du beurre, mais elle ne s'était jamais demandé pourquoi Maggie était si seule. Les choses étaient ainsi et elle n'avait jamais pensé à se poser des questions.

Fury se gratta le menton. Apparemment, elle avait eu une liaison avec un homme marié de Crossarra. Maggie était toute jeune alors. Quand il lui avait dit qu'ils s'enfuiraient tous les deux, elle l'avait cru. Mais le prêtre l'avait ramené vers sa femme et Maggie avait eu honte.

— On dit qu'elle est partie en Angleterre le jour où il l'a quittée. Finalement, elle est rentrée chez elle, mais elle n'a jamais dit pourquoi. Pour sûr, c'était dans les années 1930, et elle avait dû ne susciter aucune pitié en Irlande. Alors je dirais que les choses ont dû sacrément mal tourner pour elle là-bas, pour qu'elle fasse demi-tour et qu'elle revienne.

Fury jeta un regard oblique à Hanna.

— Entre-temps, le gars avait quitté Finfarran avec sa femme. Maggie possédait cette maison dans le champ, que sa grand-mère lui avait léguée et c'est là où elle a fini ses jours. Elle a passé trente ans ici toute seule, convaincue que les voisins parlaient d'elle. Et vers la fin de sa vie, je dirais que la plupart d'entre eux ne lui accordaient pas la moindre pensée.

Chapitre 53

AVANT DE QUITTER la maison ce jour-là, Hanna essaya de revenir sur la question de l'argent. Si Fury s'écartait du gros œuvre pour appliquer une couche de peinture superflue sur un buffet, c'était une chose, mais qu'en était-il s'il prenait une autre décision arbitraire qui coûterait une fortune à Hanna ? Sans contrat, sans plan, sans échéancier ni budget, aucun élément de ce projet n'était prévisible. En fait, Hanna se dit que le terme même de « projet » était absurde. Alors elle le qualifia de « boulot ».

— J'ai besoin de me faire une idée de la somme que vous dépenserez pour ce boulot.

Fury la prit par le coude.

— Ne t'en fais pas pour ça, maintenant. Viens voir ça.

Empilés sur une palette dans un coin se trouvaient les éléments qu'il avait achetés pour la salle de bains. Hanna, qui s'était habituée à le voir recycler, fut surprise de constater qu'ils venaient du magasin d'équipement domestique de Carrick. Il y a peu de temps encore, elle aurait tempêté contre Fury, qui ne l'avait pas consultée. Aujourd'hui, elle regardait la douche, les toilettes et la tuyauterie en s'efforçant d'en estimer leur coût. Fury vit sa réaction et secoua la tête.

— Je sais ce que tu penses, mais ce n'est pas un bon calcul. Ne jamais bricoler quand il s'agit de plomberie. À long terme, ce n'est pas payant, et on ne récolte que des tracas. Non, ce qu'il te faut dans une salle de bains c'est du milieu de gamme, vendu avec une garantie.

Hanna examina les cartons sur la palette à la recherche d'un lave-linge séchant.

— Ah, je n'achèterai jamais un de ces trucs-là, jeune fille, je ne leur fais pas confiance. Une machine pour chaque boulot, c'est ce que j'en dis. Il te faudra une marque correcte de lave-linge et un sèche-linge séparé.

Fury lui donna une tape enjouée sur le dos.

— Mais ne te tracasse pas pour le prix, je te trouverai les deux quelque part. Cela prendra peut-être un peu de temps, remarque, mais pour sûr, qu'y a-t-il de mal à cela ? Tu apporteras ta lessive de la semaine à la maison de ta maman et pendant ce temps, toutes les deux, vous papoterez autour d'une tasse de thé.

*
* *

La matinée humide évolua en une belle journée ensoleillée. Les travailleurs assis autour de la table de la bibliothèque proposèrent à Hanna de déjeuner avec eux dans le jardin. Elle fut étonnée de constater combien il avait changé en quelques semaines seulement. Quand elle y avait recherché un moment de solitude, il était envahi par les mauvaises herbes. Maintenant que le défrichage et le gros du bêchage étaient terminés, la plupart des massifs étaient replantés et les allées de graviers ratissées et débarrassées des mauvaises herbes. Tous les sacs en plastique et les vieux morceaux de papier que le vent avait apportés et qui s'étaient accrochés dans les haies avaient disparu. On avait taillé les arbustes et redressé les roses qui s'étaient affaissées dans le cimetière clôturé. On avait tondu l'herbe sous les arbres et, là où les quatre sentiers se croisaient au niveau de la statue de saint Francis, des tables et des chaises avaient été installées autour de l'ancienne fontaine, où l'eau s'échappait à nouveau des fleurs de pierre aux pieds du saint.

Tandis qu'Hanna et le groupe de la bibliothèque traversaient le gazon, Aideen arriva les bras chargés de cafés. Nell Reily, assise à l'une des tables, fit signe à Hanna. La vieille Mme Reily était perchée sur le rebord de la fontaine et bavardait avec sœur Michael. Hanna rejoignit Nell, qui lui adressa un sourire rayonnant.

— Est-ce que ce jardin n'est pas l'endroit rêvé pour une petite fête, mademoiselle Casey, et est-ce que les jeunes filles ne font pas un café délicieux dans leur boutique ? Vous savez quoi ? Ma mère s'est mise à adorer le cappuccino.

D'autres retraités de Knockmore assis autour de la table l'approuvèrent. Leur café couvert de mousse avec des dessins dessus était un vrai remontant. Et n'était-il pas merveilleux de voir des visages plus jeunes ?

Hanna jeta un regard autour d'elle et vit que la plupart des autres tables étaient occupées par des employés de bureau qui savouraient des sandwiches de *La Mercerie*. Aideen prenait les commandes et livrait les plats sur son vélo. Cela s'était fait tout seul, d'après Nell, et maintenant les filles projetaient un menu spécial seniors. Une assiette de soupe et un sandwich leur conviendraient bien. Il ne coûterait pas plus que le gros déjeuner du centre de jour. Pourquoi ne pas boire et manger au soleil avec des amis dans ce cas ? Est-ce qu'Hanna avait entendu parler des soins de pédicurie ? L'infirmière à domicile, qui les faisait à Knockmore deux fois par mois, venait de se voir proposer une pièce dans le couvent par sœur Michael. À présent, elle pourrait travailler aussi ici à Lissbeg. Elle ne cessait de faire des allers-retours au couvent pour garder un œil sur sœur Consuelo, alors cela ne lui posait aucun problème.

Dès qu'Hanna eut fini son sandwich, la fille de Susan et Günther, Holly, apparut près d'elle. Elle insista pour qu'elle vienne voir les herbes. Puisqu'elles étaient sorties d'un livre, lui expliqua Holly, elles affichaient toutes un numéro de page. Perplexe, Hanna baissa les yeux sur le massif vers lequel Holly l'avait attirée et constata que chaque bouture était étiquetée avec un nom et un chiffre. Susan les rejoignit. Elle dissuada Holly de cueillir une herbe pour la montrer à Hanna.

— Laisse-les là, mon cœur. Il faut qu'elles prennent racine si on veut qu'elles poussent.

Avec un sourire pour Hanna, Susan lui demanda ce qu'elle pensait des folios. C'était l'idée d'Holly, précisa-t-elle, et ils faisaient référence aux pages de *God's Garden*. Après tout, l'idée de restaurer le jardin provenait littéralement d'un livre. Un des volontaires préparait une affiche qui raconterait l'histoire, expliquerait les références numérotées et indiquerait que le livre se trouvait à la bibliothèque.

— Comme ça, si des gens aiment ce qu'ils voient ici, ils pourront venir et regarder ce qui l'a inspiré. Puis, pendant qu'ils seront à l'intérieur, ils pourront lire davantage sur l'usage des plantes.

Hanna se dit qu'elle espérait que les visiteurs de la bibliothèque auraient envie de lire quelque chose de plus intéressant que *God's Garden*. Ses rayonnages comportaient bien plus qu'un banal texte illustré par des photos d'amateurs. Comme sœur Michael l'avait annoncé, quand ils en viendraient à la fermeture de la bibliothèque, les preuves de l'augmentation de sa fréquentation renforceraient leurs arguments. Si elle accueillait un flot croissant de visiteurs, peut-être devrait-elle installer les ouvrages les moins empruntés dans le fond de la bibliothèque ? Ou même – Dieu lui vienne en aide – une liste des titres que les gens pourraient lire au sein d'un groupe de lecture ?

Elle tressaillit à cette pensée et Susan lui adressa un sourire rayonnant. Est-ce que ce n'était pas étrange, ajouta-t-elle, de sentir que si tout le monde unissait ses efforts, on pouvait affronter le monde ? Hanna se trouva un peu honteuse vis-à-vis de son propre cynisme. Elle acquiesça et déclara que les références aux numéros de pages étaient une idée brillante. Elle s'échappa pour aller terminer son café avec Nell. Tandis qu'elle prenait place à côté de la fontaine, elle perçut un frisson parmi les retraités. Sur l'allée couverte de graviers, père McGlynn approchait.

Il y eut un chœur de salutations et des échanges de regards en douce. Puis, lorsque le prêtre se joignit à eux, tout le monde commença à parler. Mais sous le bavardage général flottait un sentiment d'appréhension. Manifestement, personne n'avait consulté le père McGlynn à propos des sorties à Lissbeg.

Avec une pointe d'irritation, Hanna regarda le prêtre accepter un siège, refuser un café et se mettre à punir son troupeau. Rien de ce qu'il fit n'était manifeste. Il se contenta de mettre un terme à la chaleur ambiante. En quelques minutes, les retraités étaient redevenus silencieux et tout penauds, comme des écoliers devant leur maître. Plus ils s'efforçaient d'amadouer le prêtre, plus celui-ci devenait froid. Après les avoir amenés là où il voulait, le père McGlynn se leva avec un sourire glacial. Il était venu pour rendre visite à sœur Consuelo, dit-il, alors il fallait qu'il y aille.

En se levant, il regarda sœur Michael avec autorité et elle vint se ranger à son côté. Hanna se contint à grand-peine. La chaleur de la religieuse et son assurance furent éclipsées par l'attitude de froide autorité adoptée par le prêtre, pourtant c'était elle et non lui qui avait procuré aux paroissiens ce qu'ils demandaient. Hanna observa le prêtre qui se dirigeait à travers le jardin vers l'entrée du couvent, suivi de sœur Michael. Les retraités échangèrent des regards : en négligeant le prêtre, n'avaient-ils pas perdu sa protection et son soutien ? Au même moment, alors qu'Aideen arrivait avec des cafés et des éclairs, Hanna sentit qu'ils décidaient de remettre leurs inquiétudes à plus tard. Aideen fut accueillie par des rires et des sourires. La vieille Mme Reily se leva de son siège près de la fontaine et déménagea à la table d'Hanna. Le prêtre était dépité, dit-elle à voix basse. Mais pour sûr, le temps qu'il fasse quelque chose, ils seraient tous morts et enterrés.

Chapitre 54

On venait à peine d'acclamer les éclairs qu'un élan poussa Hanna à se lever et à suivre sœur Michael. Elle s'excusa auprès des autres et traversa le jardin avant d'entrer par la porte latérale du couvent. Elle avait retenu le chemin le plus rapide pour se rendre à l'appartement indépendant où sœur Michael prenait soin de sœur Consuelo. Elle se dépêcha de dépasser les portes fermées ainsi que l'entrée menant aux anciennes cuisines. Elle était animée par un sentiment d'urgence qu'elle ne parvenait à comprendre. Quand sœur Michael avait quitté le jardin, elle avait paru aussi sûre d'elle que d'habitude. Mais l'air de suffisance dégagé par le prêtre était plus prononcé qu'à l'accoutumée.

La porte intérieure de l'appartement s'ouvrait depuis un grand hall vide sur un étroit couloir couvert de tapis. Une kitchenette et une salle de bains séparaient les chambres des religieuses du salon. Au bout du couloir, un passage au sol carrelé menait à la porte de la rue. Hanna approcha du salon, le bruit de ses pas étouffé par la moquette. Une fois qu'elle eut atteint la porte, qui était entrouverte, elle marqua une pause en entendant la voix de sœur Michael. À son grand désarroi, la vieille religieuse paraissait bouleversée.

Quelque chose dit à Hanna que ce n'était pas le moment de s'en tenir à ses bonnes manières. Elle avança et colla son oreille à la porte.

À l'intérieur de la pièce, sœur Michael regardait le prêtre avec incrédulité. Ce dernier, assis sur le canapé, étendit les mains en signe de regret. Il était désolé, dit-il, et il savait qu'elle avait voulu bien faire. Mais ni le couvent ni son terrain n'étaient couverts par une assurance de responsabilité civile. Proposer un espace à l'infirmière pour réaliser les pédicures aux retraités et inviter le public au sein du jardin pour quelque raison que ce soit était impensable. Il était certain que sœur Michael n'avait pas eu l'intention de causer de tort, mais elle avait exposé l'évêque à de sérieux risques de poursuite. Et quant à permettre à une épicerie de faire des affaires sur la propriété de l'Église ! Il remua la tête avec tristesse et se leva. Il parlerait à l'évêque le lendemain et lui rappellerait que sœur Michael était âgée. Aucun doute qu'il comprendrait et que l'affaire n'irait pas plus loin.

Mais son utilisation inappropriée du jardin et du couvent devait cesser sur-le-champ.

Sa voix était tellement mielleuse que, n'écoutant que son envie de venir en aide à sœur Michael, Hanna entra d'un pas vif dans la pièce. Le prêtre, qui se tenait près du manteau de la cheminée, la dévisagea avec surprise. Manifestement, le fait que quelqu'un puisse pénétrer dans l'appartement sans utiliser la porte d'entrée était un autre exemple de relâchement inacceptable. Hanna l'ignora et regarda sœur Michael. La petite religieuse trapue était assise dans un fauteuil, l'air désespéré. Ses yeux croisèrent ceux d'Hanna avec désolation. Le prêtre s'avança avec lenteur et tendit la main. On avait attiré son attention sur le projet du jardin, dit-il à Hanna, et il venait d'informer sœur Michael qu'il allait porter l'affaire jusqu'à l'évêque.

Ce fut à cet instant qu'Hanna fut frappée par une idée brillante. Submergée par l'enthousiasme, elle serra sa main si fort qu'il recula et cligna des yeux. Puis, s'agrippant toujours à sa main, elle se retourna vers sœur Michael.

— Nous savions que vous seriez ravi, mon père. N'est-ce pas, ma sœur ?

Ignorant le regard interloqué de sœur Michael, elle serra la main du prêtre avec vigueur.

— Que c'est gentil à vous de proposer de discuter avec l'évêque ! Et n'est-ce pas génial de penser qu'enfin, il y a une chance qu'il se débarrasse de ce vieil endroit ?

Hanna aperçut sœur Michael froncer les sourcils. Père McGlynn n'affichait aucune expression. Hanna laissa tomber sa main, s'assit et leur sourit à tous deux. Aucun doute, ajouta-t-elle, que sœur Michael lui avait parlé de leur projet de recours auprès du conseil. N'était-ce pas stupide de penser à tout cet argent gaspillé dans un énorme nouveau complexe à Carrick, quand il y avait ici de vastes bâtiments que l'Église serait tout à fait disposée à vendre ?

Elle vit la lumière traverser l'esprit du père McGlynn. Pour enfoncer le clou, elle lui sourit à nouveau.

— Nous avions l'intention de prendre contact avec vous, mon père. Parce que, bien entendu, c'est vous qui devrez présenter l'idée à l'évêque. Il ne saurait en être autrement, après tout le travail que vous accomplissez à Knockmore.

Sœur Michael acquiesça. À parler franchement, murmura-t-elle, l'idée venait du prêtre. Et quel soulagement ce serait pour l'évêque si leur recours était accepté. Hanna leva les yeux vers le père McGlynn et afficha un air de ravissement innocent.

— Et n'est-ce pas merveilleux de voir que le projet du jardin a uni tout le monde ? Nous ne manquerons pas de soutien grâce à toutes les bonnes volontés que nous avons déjà suscitées.

Frappée d'une nouvelle inspiration, elle ajouta que le recours n'avait pas encore été évoqué publiquement, parce que, bien entendu, on se devait d'en discuter en premier lieu avec l'évêque.

— Vous-même savez, mon père, qu'il n'est pas possible de laisser les gens venir présenter tout un tas d'idées stupides et disparates. Mais avec l'imprimatur de l'évêque, ils se rangeront forcément tous derrière le même projet.

Elle se demanda si elle n'était pas allée trop loin. Le père McGlynn ne pouvait quand même pas être arrogant au point de faire sienne une idée qu'elle venait à peine de lui soumettre. Pourtant, son sourire suave et la lueur dans ses yeux lui confirmèrent que cela ne lui importait guère. Quoi qu'il en pense, la tentation était bien trop forte pour être rejetée. C'était sa chance de gagner des bons points auprès de l'évêque, et il était clair qu'il avait hâte d'aller les réclamer.

*

* *

Ce fut Hanna qui reconduisit le père McGlynn jusqu'à la porte de l'entrée et lui fit au-revoir de la main. Quand elle revint au salon, sœur Michael était toujours assise dans le fauteuil avec les mains sur ses cuisses. Les yeux bleu délavé brillaient au milieu de son visage ridé. Hanna traversa la pièce d'un pas vif jusqu'au buffet et leur servit un verre de sherry à chacune.

Sœur Michael prit le verre.

— À toi, Hanna Casey ! Ma fille, c'était du pur génie.

— C'est la dernière pièce du puzzle, n'est-ce pas ? Au lieu de construire un nouveau complexe à Carrick et un port de plaisance à Ballyfin, le conseil rachète le couvent et le transforme en centre abritant des infrastructures sociales. Ainsi nous pouvons continuer le travail que nous avons déjà entamé, la bibliothèque de Lissbeg ne ferme pas, et il reste de l'argent pour améliorer la situation partout sur la péninsule : les routes, le réseau, tout ce que vous voulez.

— Et quand as-tu combiné tout cela ?

Hanna afficha un grand sourire.

— Cette idée ne m'avait pas traversé l'esprit avant que je n'ouvre la bouche. Tout cela ne serait pas arrivé si ce petit homme n'était pas venu ici faire du zèle.

Sœur Michael leva son verre.

— On peut préparer le terrain et planter une graine, mais on ne peut hâter la récolte.

Hanna bouillonnait d'enthousiasme.

— Alors, nous y voilà ? Nous organisons une réunion pour rendre le projet public ?

— Nous y voilà.

Ensemble, elles portèrent un toast au « moment optimal ».

Chapitre 55

LA RÉUNION EUT LIEU dans la bibliothèque ; la salle était bondée. Hanna commença par décrire le projet du conseil pour la péninsule. Il s'agissait d'une option, expliqua-t-elle, mais elle impliquait d'investir entièrement le budget de développement de Finfarran sur Carrick et Ballyfin.

— Selon moi, rien ne suggérait dans leurs propos que le projet bénéficierait à toute la péninsule, et je sais que Conor et sœur Michael ressentent la même chose. Lors de la réunion, on a répondu de façon inappropriée à nos questions. Heureusement que les membres de l'assistance étaient encouragés à soumettre des questions et des suggestions en ligne, en amont de la décision définitive.

Inévitablement, Dan se leva et déclara que le processus de recours était une arnaque totale. Des têtes acquiescèrent dans la salle. Quelle différence cela faisait-il si deux ou trois personnes soulevaient une objection ? Pas une foutue différence concernant le vote des conseillers.

Hanna attendit que les voix s'éteignent progressivement. C'était toute la question, dit-elle. Les commentaires individuels resteraient peut-être bien sans effet. Et soulever des objections n'était pas la voie à suivre. La réponse appropriée résidait dans une proposition différente. Une meilleure façon de procéder : réfléchie, chiffrée et manifestement bénéfique à chacun. Et, en fin de compte, ce projet de recours devait être avalisé par la communauté dans son entier.

Depuis le pupitre, elle contempla les visages dans le public. Les réactions allaient du scepticisme à l'enthousiasme naissant. Puis une voix dans le fond fit remarquer que l'argent se faisait rare. N'y avait-il pas des gars brillants au conseil qui avaient déjà étudié les coûts ? Pourquoi croire qu'un autre plan marcherait mieux que le leur ?

Immédiatement, la main de Conor se leva dans l'assistance.

— J'ai assisté à la prétendue réunion de consultation et j'ai écouté les gars brillants parler. Des opportunistes tous autant qu'ils sont, ils meurent simplement d'envie d'avoir une planque peinarde dans un magnifique complexe du conseil. Non, Carrick et Ballyfin auront le mot de la fin et au diable tous les autres.

Hanna repéra plusieurs personnes venues de Carrick et de Ballyfin dans la rangée centrale. Elles se préparaient psychologiquement à une bagarre. Elle se hâta de taper sur le pupitre et d'interrompre un chœur d'assentiments et de protestations.

— La nature clivante de la proposition du conseil est une des raisons pour lesquelles j'ai organisé cette réunion. Nous vivons tous sur la même péninsule. Nous avons besoin d'une proposition de budget qui tienne compte de cette réalité et qui propose des objectifs d'une assistance mutuelle.

Elle patienta une fois encore, un œil rivé sur sœur Michael. Elles en étaient convenues plus tôt : un consensus était nécessaire.

Fidelma Cafferky se leva et posa une question.

— Quelles sont les échéances ? Il faudra de nombreuses réunions pour parvenir à une alternative.

— Nous devrons discuter d'idées, nous mettre d'accord et trouver un format de présentation...

Fidelma regarda Hanna comme pour s'excuser.

— Je suis désolée, mademoiselle Casey, mais je ne vois pas comment cela pourrait se faire.

— Et quelle différence le projet du conseil fera-t-il sur le long terme ? (Un homme qui dirigeait une exploitation agricole aux environs de Crossarra était debout.) Pour sûr, il n'y a rien qu'ils ne nous aient déjà enlevé.

— Mais vous ne voyez pas ?

Hanna s'entendit forcer la voix. Elle fit un effort pour se maîtriser, puis s'exprima avec assurance.

— Avec une stratégie d'investissement différente, l'existence de chacun pourrait être améliorée. Pas seulement les personnes susceptibles de bénéficier du port de plaisance et du nouveau complexe du conseil. Fidelma a raison, il ne reste que quatre semaines pour présenter un recours. Mais la moitié du travail que cela implique est déjà réalisée. Le projet du jardin a permis de créer des groupes de travail et le site du Bout du Monde a déjà collecté une masse d'informations. Nous avons des listes de noms et de commerces, des détails sur les services, des preuves concrètes qui montrent comment la coopération a généré des partenariats et un potentiel de croissance. Nous construisons une infrastructure pour la communauté qui peut augmenter le revenu de la péninsule de façon exponentielle.

Soudain, elle s'interrompit et arbora un grand sourire.

— Et j'ai appris à avoir l'air de ce que Conor appelle « un gratte-papier », ce qui peut nous être utile.

Sa phrase déclencha des rires et elle sentit que l'audience se détendait. Elle redressa les épaules et jeta un regard à sœur Michael. Elle aperçut une lueur d'assentiment dans l'œil de la religieuse, et arriva au dernier point.

— Et non, ils ne nous ont pas tout enlevé. Pas encore. Mais si leur proposition est acceptée, nous perdrons la bibliothèque de Lissbeg. Et il y a de fortes chances pour que le jardin soit fermé lui aussi.

Une semaine plus tard, à la table d'angle, Hanna dirigeait une équipe de travail sur la couverture haut débit à Finfarran. De l'autre côté de la pièce, Pat Fitz donnait un cours sur l'utilisation d'Internet à un groupe de retraités de Knockmore. Dans le jardin des religieuses, des volontaires examinaient des listes de données illustrant des aspects de ce qu'ils avaient appelé le « recours du Bout du Monde ». Dans le salon de sœur Michael, Ferdia, le concepteur de sites internet, préparait une maquette pour des documents papier, basés sur les diagrammes de flux qu'il avait déjà créés pour ses pages web. Aideen et sœur Michael allaient et venaient sur Broad Street pour ravitailler les travailleurs.

À l'origine, le groupe d'informatique de Pat n'avait aucun lien avec le recours. Une fois lancée l'idée d'un cours à Lissbeg, les retraités ne l'avaient pas laissé tomber. Autour d'un café dans le jardin, quelqu'un s'était souvenu que Pat gardait contact avec ses petits-enfants par le biais d'Internet. Est-ce qu'apprendre le fonctionnement de Twitter et de Facebook ne serait pas un superbe moyen de s'initier à l'informatique ? Puis, comme tout le monde était d'accord là-dessus, Nell Reily avait eu une idée : les mêmes cours ne pourraient-ils pas envoyer un message au conseil ? Ces types avaient une réponse pour chaque plainte. Si vous leur disiez que des livres manquaient, ils répondaient qu'ils les enverraient par bibliobus. Mais les cours d'informatique démontreraient que la bibliothèque elle-même était importante. Et en plus de s'initier à l'informatique, les retraités pouvaient flâner et choisir un livre.

En réalité, le recours recevait des soutiens de tous les côtés. Après la réunion publique, Oliver, l'homme au chien, avait accaparé Hanna. Était-ce vrai que la bibliothèque allait peut-être fermer ?

— C'est un fait, mademoiselle Casey, j'aime commencer une chose au commencement, continuer jusqu'à ce que je parvienne au bout, puis m'arrêter. Maintenant, à vingt minutes tous les deux jours, je dirais que j'ai un bon moyen d'avancer dans ma recherche du chien. Alors Dieu sait ce que je ferai s'ils décident de fermer.

Au grand désarroi d'Hanna, il sortit une pancarte avec laquelle il projetait de manifester pour la bibliothèque. D'énormes lettres noires indiquaient : « JE RECHERCHE UN LIVRE ». Heureusement, Conor avait détourné son attention : il fallait qu'il vienne aider avec les cafés. D'après Aideen, les compétences d'Oliver en matière de dessin dans la mousse égalaient presque les siennes.

Oliver s'approcha de l'équipe d'Hanna avec un carnet de commandes. Hanna avait été sous pression au sujet d'un point en particulier : lever l'embargo sur les boissons à l'intérieur de la bibliothèque. Cela allait trop loin pour elle. On avait donc trouvé un compromis. On prenait les commandes avant la fin d'une séance. Puis, les travailleurs allaient se dégourdir les jambes et boire dans le jardin. Cette solution contentait tout le monde.

En plus du soutien en faveur de la bibliothèque, Hanna s'étonnait de celui qu'on lui témoignait. Ferdia avait un frère qui possédait une tondeuse autoportée. Durant l'été, il faisait le tour des habitations pour tondre les pelouses. Il était extrêmement demandé, mais Ferdia garantit à Hanna qu'une fois qu'elle aurait déménagé dans sa nouvelle maison, il lui trouverait une bonne place sur sa liste. Hanna apprécia sa proposition. Cependant, d'ici l'été prochain, elle craignait de se retrouver avec assez de temps libre pour tondre elle-même sa pelouse et sans un sou pour rémunérer quelqu'un. Un jour, Orla McCarthy, la maman de Conor, lui fit signe de s'arrêter sur la route. Elle ne voulait pas un livre, elle se demandait si Hanna était intéressée par les meubles anciens. Elles contournèrent la maison pour aller jusqu'à l'étable. Là, Orla sortit trois chaises en osier et une plus basse pour le coin du feu, avec de larges accoudoirs et un haut dossier. Elles lui venaient de la maison de sa grand-mère et avaient terminé dans l'étable parce que personne n'avait le cœur de les jeter. Hanna fut étonnée. Elles étaient véritablement anciennes, le bois était poli par des générations de mains et l'osier des assises intact. Quand Hanna protesta en arguant que c'étaient des meubles de famille, Orla secoua la tête.

— Ah, pour sûr, quelle insulte est-ce pour le passé, mademoiselle Casey, si personne ne s'en sert jamais ?

Elle aimait ces chaises, dit-elle, mais n'avait pas de place chez elle.

— Quand Conor a dit que vous retapiez une vieille maison, j'ai pensé qu'elles pourraient vous servir. En cadeau, je ne veux pas un sou, surtout de vous. Pas après toute la gentillesse dont vous avez fait preuve pour Conor.

Profondément touchée, Hanna la remercia et Conor les apporta le soir même dans le godet du tracteur. Hanna fut légèrement horrifiée par le mode de transport, mais il lui garantit qu'il avait tapissé le godet de sacs d'engrais propres.

Quelques jours plus tard, Hanna était en train de parler à Fury à la maison, quand une inconnue apparut avec un paquet. C'était la fille d'une dame âgée qui habitait Lissbeg.

— Vous ne me connaissez pas, mademoiselle Casey, parce que Maman et moi avons emménagé à Lissbeg quand vous étiez à Londres. Mais elle est très dépendante de la bibliothèque et j'ai entendu dire que vous luttiez pour la garder ouverte.

Elle était comptable de profession et avait déjà proposé de rejoindre les volontaires qui travaillaient sur le recours.

— J'ai pensé que vous aimeriez peut-être ceci pour votre maison.

Elle déballa le paquet et révéla un dessus-de-lit en patchwork aussi beau qu'une œuvre d'art, à motifs jaunes, verts et gris.

— Maman l'a mis de côté depuis des années. Je crains qu'il sente un peu la naphtaline ! Mais Orla McCarthy a dit que vous aimiez les meubles anciens, alors j'ai pensé qu'il vous plairait.

Après le départ de la femme, Hanna porta le dessus-de-lit dans le jardin et l'étendit sur des ajoncs tout en humant la senteur chaude de noix de coco dégagée par les fleurs jaunes. Fury sortit derrière elle, Diablo sur les talons.

— Il faudra t'installer une corde à linge comme celle de Maggie.

Hanna se souvint du goût piquant laissé par le sel sur les draps de Maggie et la sensation du coton un peu rêche après avoir séché au soleil, et elle sourit. Elle avait mis une corde à linge sur sa liste, dit-elle, juste après la table de cuisine et le lit.

— Eh bien, alors, tu peux barrer le lit. (Fury gratta Diablo sous le menton avec le bout de sa chaussure.) J'ai jeté le vieux matelas de Maggie, mais j'ai gardé le cadre de lit. C'est une merveilleuse pièce de fer et de cuivre et il est joliment nettoyé.

Le lit de Maggie avait de hauts montants à la tête et au pied, et un édredon imprimé de motifs cachemire qui, d'après les souvenirs d'Hanna, pesait une tonne. Elle regarda Fury d'un air dubitatif et ce dernier éclata de rire.

— Tu vas l'aimer dès que tu le verras. Et si ce n'est pas le cas, tu pourras le vendre une fortune à un antiquaire. Du moment que tu partages le profit avec Diablo et moi.

Hanna n'en était pas certaine. La chambre était tout juste assez grande pour accueillir un lit double, une chaise et une commode. À l'une des extrémités se trouvait un placard encastré jusqu'à hauteur de plafond. Elle avait passé plusieurs soirées à peindre le placard et les encadrements de fenêtres d'un gris crème et les murs d'une douce nuance de jaune. Puis elle avait tapissé l'intérieur de papier peint recouvert de motifs cachemire verts. Elle comptait d'ailleurs s'arrêter là en termes de clins d'œil au passé. L'idée de dormir dans l'ancien lit de Maggie allait trop loin. Mais lors de sa visite suivante, elle fut enchantée. Fury avait restauré le cadre de lit et posé une couche de laque crème sur les montants au niveau de la tête et des pieds. Les boules en cuivre lustrées sur les colonnes de lit étaient intactes et étincelaient. Pendant qu'Hanna l'admirait, Fury hurla depuis l'autre pièce.

— Je t'ai commandé un nouveau matelas quand je suis allé chercher de l'apprêt à Carrick et ce dessus-de-lit que tu as récupéré de cette femme aura l'air génial.

Debout dans la paisible chambre à coucher, Hanna n'en revenait pas d'avoir autant de chance. Pourtant, un sentiment d'appréhension couvait sous son plaisir. Chaque jour, elle tombait plus amoureuse de cette maison. Que ferait-elle si elle la perdait ?

Chapitre 56

Le travail sur le recours du Bout du Monde avançait en douceur. Chaque soir, quand Hanna fermait la bibliothèque, elle traversait le jardin pour rejoindre sœur Michael. Ferdia, qui faisait des mises à jour quotidiennes sur le document principal élaboré par les volontaires, avait donné son portable de secours à Hanna. Ainsi elle surveillait la progression générale. L'évêque, qui était favorable à tout ce qui pourrait le débarrasser du couvent, avait étendu la police d'assurance pour couvrir un accès du jardin au public. Au grand plaisir de sœur Michael et d'Hanna, il avait donné au père McGlynn des instructions précises. Ce dernier ne devait pas s'impliquer dans le recours, de crainte qu'on n'accuse l'Église de se remplir les poches.

Les nouveaux groupes qui se chargeaient des différents aspects du recours se composaient d'un mélange de jeunes hommes ou femmes d'affaires et de retraités, dont les compétences et les expériences variées provoquaient parfois des conflits. Jimmy Harty, un homme de soixante-dix-neuf ans, avait autrefois été chef du département de la voirie. Curieusement, il avait atterri dans le groupe « Flore et Faune de Finfarran » et s'était méchamment disputé avec Darina Kelly, sa présidente. Le père de Dan Cafferky souffla à Hanna que l'expérience de Jimmy faisait de lui l'homme parfait pour s'occuper de l'insuffisance du réseau routier dans la péninsule. En quelques jours, Jimmy dirigeait son propre groupe et déterrait un projet non appliqué, sur lequel il avait autrefois planché pour le conseil. S'ils en recalculaient les coûts, dit-il, ils pourraient l'ajouter en annexe au recours. Un graphiste qui vivait dans un village au nord de Knockmore avait été coopté par le groupe pour ses compétences informatiques. D'après la dernière mise à jour de Ferdia, le travail progressait bien.

Tout en sirotant un sherry avec sœur Michael, Hanna considéra le planning punaisé au mur du salon. Jusque-là, tout se déroulait comme prévu, mais la réunion décisive avait lieu dans à peine trois semaines, et personne ne pouvait se permettre de se relâcher. De nouvelles idées ne cessaient de se présenter. Quelqu'un avait fait remarquer que l'accès internet était une question primordiale. Un groupe se constitua rapidement pour se renseigner sur la politique gouvernementale en matière de haut débit dans les zones rurales. Il établit à quel point la péninsule était en deçà des consignes. Pendant ce temps, Hanna et sœur Michael avaient décidé que, parallèlement au recours en ligne complété par des liens, ils avaient besoin d'un document papier à fournir à chaque conseiller du comté qui allait voter. Cela impliquerait beaucoup d'impressions, d'assemblages et de vérifications, mais le jeu en valait la chandelle : pour éviter tout sabotage, les versions papier seraient délivrées en main propre aux conseillers à leur adresse personnelle.

Hanna laissa sœur Michael taper péniblement les ordres du jour du lendemain sur la vieille Remington du couvent. Elle traversa le jardin en sens inverse vers le parking. Susan et la petite Holly étaient assises sur le rebord de la fontaine et regardaient les oiseaux manger du pain dans les mains tendues de saint Francis. Hanna s'assit à côté d'elles pour écouter les cris de joie de la petite fille et le bruit de l'eau qui coule. Il semblait incroyable que, pour le pire ou le meilleur, ces semaines d'effort intense allaient bientôt s'achever. À cet instant, au terme d'une journée épuisante, il semblait fort probable que leur travail n'aboutirait pas. Soudain, Susan lui donna un coup de coude pour lui désigner Holly, dont les yeux étaient ronds comme des billes. Un oiseau avait voleté au bas de la statue et picorait un morceau de croûte près de la chaussure de la fillette L'expression sur le visage d'Holly ramena brusquement Hanna à l'enfance de Jazz à Londres, quand elles rentraient à la maison depuis la bibliothèque et qu'elles s'arrêtaient dans le parc pour nourrir les oiseaux.

Absorbée à la fois par le passé et le futur, il fallut un instant à Hanna pour s'apercevoir que Susan lui posait une question. Avait-elle entendu parler de la bonne affaire que Pat Fitzgerald avait faite avec ses billets d'avion ? C'était une aubaine géniale, déclara Susan. Pat était en train de donner son cours d'informatique et de montrer comment se servir d'un moteur de recherche, quand elle avait cliqué sur le site d'une compagnie aérienne et trouvé cette super offre sur les vols pour le Canada. Comme c'était une ligne nouvelle, la compagnie proposait deux billets aller-retour pour le prix d'un, ainsi qu'un surclassement gratuit en classe affaires. Il ne restait que quatre sièges à ce tarif et les billets n'étaient pas remboursables. Mais cela représentait une réduction incroyable. Madame Fitz avait attrapé son sac à main sans hésiter une seconde.

— Vous voulez dire qu'elle les a achetés sans consulter Ger ?

— Bon, apparemment, ils avaient projeté de faire ce voyage de toute façon. Et vous connaissez la pingrerie de Ger Fitz. Elle les a pris sur sa carte de crédit puis lui a téléphoné, et aux dires de tous, il était ravi.

Hanna se demanda si Pat aurait été si courageuse si son cours d'informatique ne l'y avait pas poussée. Néanmoins, c'était une bonne nouvelle, même si elle risquait d'anéantir cette pauvre Mary Casey déjà pétrie d'indignation. À moins qu'elle n'ait l'effet inverse. Mary en serait peut-être dynamisée. Avec tout ce qu'il se passait d'excitant à Lissbeg et avec toutes les discussions partout sur la péninsule, Hanna soupçonnait sa mère de se sentir délaissée.

Ce soir-là, quand Hanna rentra au pavillon, au lieu de se plaindre de son retard, Mary servit une soupe de poulet bien chaude et une miche de délicieux *soda bread* fait maison. Puis elle s'assit et cuisina Hanna sur les événements de la journée. Qu'y avait-il de neuf à la bibliothèque ? Et quelles étaient ces âneries qu'elle avait entendues sur Hanna qui se battait comme Jeanne d'Arc ? Et surtout, qu'est-ce que c'était que tous ces commérages à propos des gens qui lui donnaient des meubles ?

Hanna soupira, s'attendant à une dispute. Mais, tournant les talons, Mary se dirigea vers un placard et revint avec un sac plastique.

— Des objets de famille et des vieilles choses, c'est ce qu'ils disent qu'ils t'ont donné. Des trucs qui meublaient des vieilles cabanes et qu'on avait flanqués dans des étables ! Eh ben, tu as été élevée bien loin des chaises en osier, Hanna Mariah Casey. Dieu seul sait que tu n'appréciais pas ça pourtant !

Mary laissa tomber le sac sur la table, se tint à l'écart et toisa Hanna d'un regard furieux.

— Et ce n'est pas comme si la famille de ta mère n'avait pas d'objets à elle.

À l'intérieur du sac se trouvait un châle. Éberluée, Hanna le sortit. Il était confectionné dans une laine beige épaisse avec une bande large noire et crème sur tout le pourtour ainsi qu'une frange de la largeur d'une main. Elle pressa son visage contre la laine qui sentait l'huile et la lavande.

Mary leva les yeux au ciel.

— Il était à ta grand-mère. Ma mère. Et à sa mère avant elle. Je ne pense pas que tu sois assez stupide pour sortir avec comme une hippy. Mais tu le jetteras peut-être sur un lit ou le dossier d'une chaise.

Avant qu'Hanna n'ait pu dire un mot, Mary s'éloigna d'un pas lourd, cette fois vers le buffet. Elle en sortit une boîte en carton défoncée.

— Ils étaient aussi à ma grand-mère. Des « jattes », elle appelait ça. Les personnes âgées du coin les utilisaient pour boire du thé.

Hanna avait vu des bols semblables en France, plus précisément en Bretagne. Ils étaient en céramique, dépourvus d'anses, assez larges pour qu'on doive les tenir à deux mains et suffisamment profonds pour y tremper un croissant.

Avec Mary Casey, il n'y avait aucun intérêt à s'extasier. C'est pourquoi Hanna se contenta de mettre les cadeaux dans le sac en plastique et de dire merci. Quand elle se rendit à la maison le lendemain, elle découvrit que Johnny Hennessy avait déposé un sac d'engrais plein de tourbe noire sur le pas de la porte. Elle transporta le sac dans un coin de l'extension inachevée. Elle porta une brassée de mottes de tourbe jusqu'au foyer et prépara un feu, qu'elle allumerait quand elle emménagerait. Puis elle accrocha le châle au dossier de la chaise en osier au coin du feu et plaça les bols sur une étagère dans le buffet, près du verre à babeurre de Maggie. La maison n'était pas terminée et des dizaines de choses manquaient encore. Mais, là, assise près de l'âtre, elle sentit qu'elle était vraiment chez elle.

Chapitre 57

ALORS QUE LE JOUR DU VOTE des conseillers approchait à grands pas, la pression était à son comble. Les participants ne cessaient de vouloir ajouter au projet de recours des idées de dernière minute. Hanna et sœur Michael durent se montrer fermes. Puis, au moment où Hanna s'apprêtait à valider la version définitive, Conor apparut sur sa Vespa accompagné d'un homme venu de Ballyfin. C'était un pêcheur, expliqua Conor, qui l'avait appelé la veille au soir en disant qu'il voulait parler à Mlle Casey. La bibliothèque était bondée. Hanna les entraîna dans la cuisine. Ils s'y entassèrent tous trois, et l'espace en parut d'autant plus réduit.

— Je vous présente M. Lar Dunne, mademoiselle Casey. Son frère et lui possèdent deux ou trois bateaux. Par le passé, ils avaient l'habitude de pêcher avec la flotte.

Lar, qui devait avoir dans les cinquante ans, lança un regard à Hanna. Était-ce vrai qu'elle s'opposait à la création du nouveau port de plaisance ? Pouvant difficilement le nier, Hanna confirma que c'était bien le cas.

— Nous ne sommes pas contre les habitants de Ballyfin. Nous nous efforçons au contraire de sauver des emplois là-bas. Je sais que l'un des arguments consiste à dire que le port de plaisance générera de nouveaux emplois. Les bateaux de croisière vont amener des touristes, qui susciteront à leur tour plus de richesses. Mais nous essayons d'envisager la péninsule dans sa totalité. Même si j'imagine que ce nouveau port est important pour vous en tant que pêcheur…

La voix d'Hanna faiblit. Lar Dunne continuait de la dévisager, ses sourcils broussailleux froncés sur son nez aquilin. Puis il frappa le plan de travail avec une telle violence que les tasses à café s'entrechoquèrent dans l'évier. La dernière chose qu'il voulait, hurla-t-il, c'était un gigantesque port de plaisance et tout un tas de bateaux de croisière. Est-ce qu'Hanna savait combien le projet allait nuire à la vie sous-marine ? Ou à quel point l'industrie touristique avait déjà porté préjudice à la flotte de pêche de Ballyfin ?

— Entendons-nous bien, je n'ai rien contre les visiteurs. Ma sœur a un super *Bed and Breakfast* chez nous, à Ballyfin. Et si les gens veulent venir s'allonger sur la plage, pêcher quelques poissons, pour sûr ils sont les bienvenus. Ils vont boire un verre, manger un morceau et acheter des petites bricoles dans les boutiques pour rapporter à la grand-mère, pourquoi pas ? Mais Seigneur Dieu tout-puissant, la ville est devenue complètement dingue. Et maudit soit le plus petit centime que le gouvernement ou le conseil du comté a dépensé pour la flotte de pêche depuis que cette foutue star de cinéma a écrit son bouquin. Quand j'étais gamin, il y avait vingt bateaux qui partaient de Ballyfin, mademoiselle Casey. Combien croyez-vous qu'il en restera quand ils auront détruit notre jetée ?

Ce témoignage valait de l'or. Des semaines plus tôt, Brian Morton avait dit à Hanna que la ville de Ballyfin était déjà surdéveloppée. À ce moment-là, Hanna avait considéré cette affirmation comme un point de vue subjectif, et elle n'y avait plus repensé. Elle entendait à présent que Lar et son frère n'étaient pas les seuls à s'opposer à la création du port de plaisance. La plupart des pêcheurs de Ballyfin partageaient leur avis.

— Nous pensions qu'il ne servirait à rien de faire entendre notre voix. Tout le monde sait que les types riches des grands hôtels sont de mèche avec les promoteurs immobiliers. Quel intérêt de s'élever contre eux ?

Hanna serra la main de Lar et sortit calmement de la bibliothèque avant de se précipiter pour rejoindre sœur Michael. Qu'importe si elles devaient jeter quelques feuilles déjà imprimées, il était indispensable d'ajouter cette nouvelle page au recours. Si elles se dépêchaient de lancer une pétition, Lar Dunne avait promis de la faire signer aux pêcheurs de Ballyfin.

Quand arriva la soirée décisive, tout le monde était épuisé. La réunion devait se tenir dans la chambre du conseil de Carrick et la moitié de la péninsule comptait y assister dans la tribune réservée au public. Pour ajouter au stress d'Hanna, Jazz avait téléphoné pour annoncer qu'elle serait à la maison pour une halte inopinée. Cet appel engendra une terrible dispute entre Hanna et Mary.

— Bon sang, Hanna Mariah, tu es responsable de la moitié de tes ennuis !

Dans ce cas précis, Mary avait raison, bien qu'Hanna ne soit absolument pas d'humeur à l'admettre. Hanna ne s'attendait nullement à ce que Jazz apparaisse au moment crucial de la campagne. Pour ne pas l'inquiéter, elle n'avait rien raconté à sa fille des derniers événements. À présent, elle n'avait plus le temps de lui parler avant de partir pour la réunion. Elle interdit à Mary d'y faire allusion à l'arrivée de Jazz.

— Au nom de Dieu, que penses-tu qu'il en sorte de bon ? La ville entière ne discute-t-elle pas que de ça ? Tu ne crois pas qu'elle va en entendre parler, quand elle sortira avec ses amies ?

La tête d'Hanna était sur le point d'exploser. Comment avait-elle pu penser à tous les détails, sans prévoir celui-là ?

— J'avais espéré qu'elle ne rentrerait pas avant que nous ne remportions le vote.

Mary Casey la foudroya du regard.

— Oh, tu es certaine de gagner, n'est-ce pas ?

C'était la goutte d'eau qui fit déborder le vase. Hanna lui hurla dessus.

— Pour l'amour de Dieu, peux-tu essayer de te montrer aimable, pour une fois ?

C'est alors que la porte du vestibule s'ouvrit et que Jazz pénétra dans la cuisine.

Hanna et Mary se retournèrent vers elle, le sourire aux lèvres. Après moult étreintes et une ruée vers la théière, Hanna regarda Mary d'un air menaçant et annonça à Jazz avec autant de désinvolture que possible qu'elle devait sortir pour se rendre à une réunion. À son grand étonnement, Jazz afficha un sourire radieux et leva sa tasse pour porter un toast.

— Je sais, c'est fantastique. Au projet !

On en parlait partout sur Twitter, dit-elle, et elle trouvait que c'était génial.

— Qui l'aurait cru, Maman ? Finfarran devient tendance, avec le hashtag #BibliothèqueAuBoutDuMonde.

Hanna se laissa tomber sur une chaise. Au sein des équipes de travail, quelqu'un avait mentionné un compte Twitter, mais n'y allant jamais elle-même, elle n'y avait pas prêté grande attention.

Jazz ouvrit son téléphone et fit défiler son contenu.

— Pourquoi m'as-tu caché que tu te la jouais Jeanne d'Arc ?

Ignorant le regard narquois de Mary Casey, Hanna se ressaisit.

— J'étais beaucoup trop occupée à rallier mes troupes.

Jazz la dévisagea, l'air contrit, au-dessus de sa tasse de thé.

— Je suis gênée de te demander ça… mais est-ce que ça t'ennuie si je n'assiste pas à la réunion ? Il y a un type au travail, Carlos, on se voit un peu. On a pris le même vol et on avait prévu de se retrouver ce soir.

C'était sa première visite en Irlande, expliqua-t-elle, et il n'aurait probablement pas envie d'aller à une réunion du conseil.

— Je ne savais pas pour ta réunion, jusqu'à ce que je la découvre sur Twitter. Mais je peux envoyer un texto à Carlos et annuler si tu veux.

Hanna sentit son cœur se serrer. Elle avait tellement voulu protéger Jazz qu'elle ne l'avait jamais considérée comme une éventuelle alliée. Bien que ce Carlos fût apparemment important pour elle, Jazz était prête à le laisser de côté, si Hanna avait besoin de son soutien. À cet instant, le klaxon d'une voiture retentit à l'extérieur.

— C'est mon chauffeur. (Elle attrapa son sac, se rua vers la porte en étreignant Jazz au passage.) Conor m'emmène à la réunion avec Sœur Michael. Ne sois pas stupide, tu ne dois pas annuler ton rendez-vous. Souhaite-moi bonne chance.

— Bien sûr. Et je twitterai comme une folle. Oh, et si quelqu'un vient te chercher en voiture, est-ce que tu es OK pour que j'emprunte la tienne ?

— Pas de problème.

Hanna regarda autour d'elle à la recherche de son manteau. Son attention se reporta sur des milliers de détails du recours, qu'il était maintenant trop tard d'envisager.

— Souhaite-nous bonne chance.

— Je viens de le faire. Ne t'inquiète pas, Maman, nous fêterons cela demain.

Hanna ramassa ses affaires et courut rejoindre la voiture.

*

* *

Le parking était plein à craquer. Quand ils entrèrent dans la chambre du conseil, il y régnait une chaleur étouffante. La tribune leur offrait une vue plongeante sur les documents reliés de leur recours placés sur les tables. Aucun d'entre eux ne semblait avoir été beaucoup manipulé.

La plupart des sièges étaient déjà occupés. Hanna laissa Conor chercher une place pour sœur Michael et se fraya un chemin jusqu'à un siège inoccupé, au beau milieu d'une rangée, à côté de Gráinne de l'office du tourisme de Ballyfin. Elle disposa son manteau sur le dossier du fauteuil et fourra son sac en dessous avant de se pencher en avant pour écouter.

L'administrateur général du comté débuta la procédure en annonçant d'un air sévère que la réunion n'était pas publique. Les conseillers élus du comté de Finfarran, avisés et informés par les membres du conseil, allaient débattre, réfléchir et se prononcer sur la proposition qui se trouvait devant eux. Il avait pris connaissance du dépôt d'un recours, qui consistait en une proposition alternative, et l'examen de son contenu ferait, bien entendu, partie du débat. Il réitéra sa première déclaration. Il ne s'agissait pas d'une réunion publique. S'il y avait la moindre perturbation en tribune, dit-il en levant les yeux au-dessus de ses lunettes, il n'hésiterait pas un instant à la faire évacuer sur-le-champ. Hanna pria pour que Conor, parmi d'autres, tienne compte de cet avertissement. Elle avait déjà fait la même mise au point elle-même, au cours d'une préréunion à la bibliothèque. Tout ce qu'il y avait à dire figurait dans le recours. Leur présence en nombre dans la tribune devait impressionner les conseillers, mais c'était leur unique raison d'être là. Ils ne devaient pas perdre leur calme.

Durant les dix premières minutes, Hanna était assise au bord de son siège. Elle écoutait chaque point soulevé et épiait la moindre réaction. Puis, tandis qu'en contrebas les voix s'exprimaient d'un ton monocorde, elle s'aperçut que Tim Slattery était assis presque en face d'elle, à la troisième rangée de la tribune circulaire. Le visage de son supérieur restait de marbre. Un court instant, Hanna baissa la tête. Puis, se rappelant intérieurement qu'elle était entourée d'amis, elle la releva. Deux rangées derrière Tim, Conor lui fit signe que tout était OK en levant le pouce. Dans la voiture, il lui avait annoncé qu'Aideen et lui économisaient pour un long week-end à Florence, où ils allaient louer des Vespa. Il donnait des leçons de conduite à la jeune fille, qui s'en sortait très bien. Hanna aperçut Fury, à la gauche de Conor, appuyé contre le mur du fond de la tribune. Assis à l'étroit dans les sièges tout autour d'elle se trouvaient Johnny Hennessy, qui avait été le premier à envoyer des herbes au jardin ; Dennis, de la Coopérative de crédits ; Ferdia, le concepteur du site internet ; Bríd et Aideen ; les retraités de Knockmore et les pêcheurs de Ballyfin ; Günther, Susan et les Cafferky ; la mère de Conor, son père et son frère Joe ; l'ami de Dan à la veste en cuir, le bras entourant sa petite amie au chewing-gum ; et des douzaines d'autres voisins venus de Crossarra et de Lissbeg.

Lorsqu'un conseiller se leva pour poser une question, Hanna sursauta : son téléphone sonnait au fond de son sac à main. Le président lança un regard agacé en direction de la tribune et, pétrie d'embarras, Hanna fouilla son sac à tâtons avant de débusquer son portable. Elle l'ouvrit d'un coup sec et essaya de l'éteindre.

Puis elle vit le texto de sa mère affiché sur l'écran.

JAZZ A EU ACCIDENT DE VOITURE

Pendant un instant, Hanna ne saisit pas. Puis, empoignant son sac d'une main et son téléphone de l'autre, elle se leva en trébuchant de son siège et se dirigea vers la porte. Dehors, dans le hall, son téléphone bipa une nouvelle fois.

EN CHEMIN VERS MARY MERE DE DIEU

Hanna était pratiquement sortie du bâtiment quand elle entendit la voix de Brian derrière elle. Elle ne savait même pas qu'il assistait à la réunion.

— Hanna, qu'est-ce qui se passe ?

— C'est Jazz. Il faut que j'aille à l'hôpital. (Elle le regarda sans le voir.) Oh, mon Dieu, je n'ai pas de voiture. Elle conduisait la mienne.

Quelques minutes plus tard, ils roulaient dans la voiture de Brian vers l'hôpital Mary-Mère-de-Dieu, à l'autre bout de la ville.

Chapitre 58

Après coup, Hanna ne se rappela ni le trajet ni son arrivée aux urgences. Sans un regard en arrière, elle s'était élancée hors du véhicule puis avait poussé brutalement les portes de l'hôpital pour parvenir à l'accueil. Là, à l'autre bout de la salle d'attente, Mary se cramponnait à Pat Fitz.

À la vue de la mine dévastée de sa mère, Hanna se figea. Puis, Pat vint à sa rencontre, les bras ouverts.

Hanna avait la bouche toute sèche.

— Où est-elle ?

Pat lui prit les mains et lui parla calmement, comme elle l'aurait fait avec un enfant.

— Tout va bien, mon cœur. Elle est ici. Ils font leur possible.

Ensuite, Hanna s'aperçut qu'elle était assise, la tête appuyée sur ses genoux. Au bout d'une minute, la main sur sa nuque se relâcha et elle s'assit. Quelqu'un lui tendit un verre d'eau. Puis, Mary se tint à ses côtés et lui serra la main.

— Ils l'ont emmenée en salle d'opération.

— Qu'est-ce qu'elle a ?

— Je ne sais pas. Elle a des côtes cassées, mais ce n'est pas grave. Il y a une hémorragie interne. Seigneur tout-puissant, Hanna Mariah, un gendarme est venu taper à la porte.

Mary regardait la télévision quand on avait cogné à la porte.

— J'ai cru qu'elle avait oublié ses clés. Et alors j'ai vu un gendarme sur le seuil. Deux en fait, dont une femme. Et tu le sais bien, Hanna, quand ils envoient une femme, ce n'est jamais bon signe.

Pat l'interrompit avec douceur pour les informer que Ger était parti chercher du thé.

— Il y a une machine au coin. Il nous apporte une tasse dans une minute.

Hanna essaya de repérer une infirmière.

— Il n'y a personne à qui parler ? J'ai besoin de savoir comment elle va.

On leur avait dit d'attendre à l'accueil, répondit Pat, quelqu'un viendrait les informer.

— Et c'est bien, n'est-ce pas, Pat ? N'est-ce pas, Hanna ? (La main de Mary serrait celle d'Hanna comme un étau.) Ils nous mettraient dans une pièce toutes seules, s'ils pensaient qu'elle ne s'en sortirait pas. Ils ne nous annonceraient pas sa mort, ici, au beau milieu de la foule.

Hanna tendit la main vers son sac. Un panneau interdisait l'usage des portables à l'accueil, alors elle se leva et sortit. Elle s'appuya contre un mur et sentit les larmes ruisseler sur son visage. Puis, elle appela Malcolm. Ses mains tremblaient tellement qu'elle avait peine à utiliser le téléphone.

Il fallut quatre heures à ce dernier pour rejoindre l'hôpital. Quand il arriva, Jazz était sortie de la salle d'opération. Personne ne leur avait encore dit comment elle se portait. Pat et Mary étaient aux toilettes. Ger Fitz était parti chercher une autre tournée de thé. Les portes automatiques s'ouvrirent dans un bruissement et Hanna vit Malcolm se diriger vers l'accueil. Son manteau était moucheté de gouttes de pluie et ses cheveux ramenés vers l'arrière. Hanna tenta de l'appeler, mais sa bouche était trop sèche, alors elle leva. Malcolm se retourna et la vit. Aussitôt, Hanna courut poser son front sur cette épaule familière.

Il y eut de l'attente, et d'autres tasses de thé. Malcolm raconta qu'il avait attrapé un avion à l'aéroport de Londres City pour Cork. Il avait téléphoné et loué une voiture pour rejoindre l'avion. Mary répéta comment Ger et Pat avaient atteint l'hôpital presque aussi vite qu'elle. Les gendarmes l'avaient emmenée. Ils étaient très gentils. Hanna s'assit près de Malcolm et lui prit la main. C'était étrange de ne pas sentir son alliance. Un homme ivre devenu agressif fut éloigné par la sécurité.

Puis, au bout d'un long moment, une infirmière à la mine fatiguée s'approcha et leur annonça qu'ils pouvaient voir Jazz.

Elle était allongée sur un lit, blanche, entourée de perfusions et de moniteurs. Mais elle avait les yeux ouverts. Le médecin qui leur parla dans le couloir déclara qu'elle avait eu de la chance. L'hémorragie interne avait été sérieuse – sa rate était déchirée. L'opération, qui avait consisté à la retirer, s'était bien passée. Face à l'expression d'Hanna, il lui tapota le bras. C'était une pratique courante, dit-il, et Jazz se rétablirait complètement. Son état de santé par ailleurs était très bon, elle rentrerait bientôt à la maison.

Pat et Ger déclarèrent qu'ils attendraient dehors. Hanna et Malcolm s'assirent autour du lit avec Mary. Quand Jazz lui sourit, Hanna se sentit prise de vertige.

— Salut.

— Bonjour. (Jazz tourna la tête sur l'oreiller.) Qu'est-ce que c'est, une petite réunion de famille ?

Malcolm lui caressa la joue.

— Comment te sens-tu ?

— J'ai froid. Je me sens plutôt nulle. Apparemment, j'ai eu un accident de voiture.

Sa voix était un peu enrouée, l'infirmière les avait prévenus de cette éventualité.

— Qu'est-ce qui m'a heurtée ?

— Tu as percuté une vache.

— Eh bien, j'espère qu'elle se sent mieux que moi.

La voiture avait dérapé puis fini sa course contre un mur en pierre.

Hanna réussit à sourire.

— C'est la dernière fois que tu empruntes ma voiture, je t'assure.

Elle vit que Jazz avait envie de dormir. Elle se pencha vers l'avant et la borda.

— Dors, mon amour, nous te verrons demain matin. Et en un rien de temps, tu seras rentrée à la maison pour faire ta danse de la joie.

Jazz tourna la tête à nouveau et son regard se fit plus concentré.

— Carlos... ?

— Il est au courant. Je l'ai appelé. L'infirmière m'a donné ton sac et il y avait environ dix appels en absence sur ton téléphone. Ne t'inquiète pas. Il t'embrasse.

Jazz sourit. Puis, bataillant pour rester éveillée, elle regarda Malcolm.

— Comment se fait-il que tu ne sois pas à Londres ?

— Parce que tu m'as fait une peur bleue et que j'ai dû venir jusqu'ici pour m'assurer que tu allais bien.

— C'est gentil. Je veux dire, c'est gentil que vous soyez tous les deux là.

Mary Casey ne put réprimer un grognement. Hanna lui lança un regard noir. Jazz fronça les sourcils.

— Papa et toi, ça va, n'est-ce pas ? Vous n'êtes pas bloqués dans une horrible dispute que j'ignorerais ?

Hanna défia mentalement Mary d'ouvrir le bec et prit la main de Malcolm.

— Papa et moi, ça va. Maintenant, dors. Demain est un autre jour.

Jazz sourit et ferma les yeux. Sous le regard indigné de Mary Casey, Malcolm et Hanna, les mains toujours serrées, regardèrent leur fille se laisser flotter vers le sommeil.

Chapitre 59

HANNA AVAIT L'IMPRESSION que Mary Casey avait pris dix ans d'un coup. Quand ils sortirent de la chambre, Mary était toujours aussi pâle et ses mains tremblaient. Pourtant, dès qu'elle s'aperçut qu'Hanna tenait toujours la main de Malcolm, elle se ressaisit et leur lança des regards furieux. Hanna fit un pas vers elle et l'étreignit.

— La nuit a été horrible, mais c'est terminé maintenant, Maman. Laisse-toi raccompagner à la maison par Pat et Ger.

Mary regimba.

— Et quoi, te laisser ici avec ce type ? Je ne ferai jamais une chose pareille.

Hanna adressa un regard désolé à l'assemblée, puis conduisit sa mère un peu plus loin dans le couloir. Elle l'assit sur une chaise en plastique, s'accroupit devant elle et lui prit les mains.

Du coin de l'œil, elle apercevait le petit groupe qui se tenait devant la porte de Jazz et qui, par discrétion, regardait dans la direction opposée.

— Tu sais, Maman, il faut que tu lâches prise. Je suis une adulte maintenant et ma vie m'appartient.

— Oui, tant que tu ne laisseras pas ce type revenir s'y incruster.

— Maman ! (Hanna se leva et tira Mary sur ses pieds.) Tu es épuisée, tu vas rentrer à la maison, oui ?

Tandis qu'Hanna refaisait le trajet inverse dans le couloir, Mary se retourna et la regarda dans les yeux.

— D'accord, tu es une adulte. Je vais te laisser te débrouiller. Mais si tu penses que je suis trop protectrice vis-à-vis de ma fille, regarde donc comment tu traites Jazz.

*

* *

Hanna et Malcolm attendaient un taxi près des portes de l'hôpital. De légères traînées roses striaient le ciel gris. Même si Malcolm avait une journée au tribunal prévue, il répugnait à partir.

Hanna secoua la tête.

— Vas-y, tu ne peux disparaître au beau milieu d'une affaire. Tu as entendu le médecin, tout ira bien pour Jazz. Je suis ici. Et elle et toi pourrez communiquer par Skype demain, ou par WhatsApp, ou quel que soit votre mode habituel.

Devant ses hésitations, elle lui sourit.

— Franchement, Malcolm, ça va. Tu peux reprendre un vol et la voir ce week-end.

Il lui sourit à son tour.

— Bon, je sais qu'elle est entre de bonnes mains.

Hanna contempla les traînées qui s'assombrissaient dans le ciel et se demanda si elle avait déjà été aussi terrifiée par le passé. Avec la fatigue, les événements de la nuit commençaient à ressembler à un rêve.

Malcolm lui donna un petit coup de coude.

— Je veux te remercier.

— Pour quoi ?

— Eh bien, pour ce que tu viens de dire. Sur le fait que cela se passe bien. J'apprécie.

Ils se tenaient par le bras. Hanna s'éloigna de lui.

— Quoi, tu croyais que j'allais te laisser tomber ?

— Non, mais…

— Mais j'aurais pu, c'est ce que tu veux dire ? J'aurais pu briser l'image idyllique des divorcés qui s'entendent bien.

— Hanna, oublie ce que je viens de dire.

— Tu es un cas, tu sais ça, Malcolm ? Notre fille aurait pu mourir. Et tout ce qui t'importe, c'est de continuer à dissimuler tes fautes !

Malcolm leva les mains en l'air.

— Écoute, nous sommes tous les deux fatigués. Je t'ai remerciée, ce n'est pas ce que tu voulais m'entendre dire. D'accord.

— Tu as sacrément raison, ce n'est pas du tout ce que je voulais t'entendre dire. Je veux t'entendre dire que tu es désolé. Mais cela n'arrivera jamais, n'est-ce pas ? Parce que tu n'acceptes même pas l'idée d'avoir tort.

Elle le regarda endosser son armure familière. La voix calme, les manières posées, même l'inclinaison de la tête qu'elle l'avait vu utiliser dans la salle d'audience. Quand il reprit la parole, ils auraient tout aussi bien pu être revenus dans la stupide chambre d'hôtel à Londres.

— Je n'ai pas voulu tomber amoureux d'une autre femme. Cela s'est passé. Aurais-tu préféré que je te le dise à cette époque-là ? Est-ce que tu sais à quoi tu ressemblais après la perte du bébé ? Impuissante. Inutile. Tu t'étais perdue.

— Je suis celle qui a dit que nous aurions dû mettre un terme à notre mariage ! Tu es celui qui a insisté pour que je reste !

— Et tu l'as fait. Et tu as trouvé la maison. Et la maison t'a sauvée. Tu le nies ?

Elle ne pouvait le nier. Et elle le détestait de lui faire subir un interrogatoire.

— Tu as trouvé la maison. Et moi, j'ai trouvé Tessa. C'était un mauvais timing, mais ce n'était pas ma faute.

— Et tu as passé les vingt années suivantes à te payer ma tête !

— Je te l'ai déjà dit, j'ai fait ce que je croyais être le mieux.

Hanna appuya son dos contre les rambardes de l'hôpital. Quel était l'intérêt de cette conversation ? Elle en avait fini avec Malcolm, fini depuis longtemps. Et elle en avait terminé avec toute la culpabilité et le sentiment d'avoir été une idiote. Elle se mordit la langue, baissa la tête, avant de relever les yeux vers lui.

— Très bien. Oublie ça. Je suis désolée. Tu as raison, je suis fatiguée.

Le visage de Malcolm s'adoucit et il la prit par les épaules.

— Nous aurions pu perdre Jazz, mais ce n'est pas le cas. C'est tout ce qui compte. Pour le reste, eh bien, peut-être avons-nous commis des erreurs tous les deux.

Il l'attira doucement vers lui ; ses yeux étaient exactement comme elle se les rappelait. De même que la légère odeur d'after-shave et la rugosité de sa joue quand il se baissa pour l'embrasser. Quand il se détacha d'elle, il souriait.

— Ça m'a fait du bien.

Cela avait fait du bien à Hanna aussi. Soudain, elle fut traversée par le souvenir d'une tasse de thé qu'il lui avait servie au lit, après sa fausse couche, et la senteur suave du jasmin qu'il lui avait apporté, la nuit où il avait trouvé le prénom de Jazz. Quand il souleva le visage d'Hanna vers lui, ses mains étaient chaudes dans l'air frais du matin et elle ferma les yeux.

— Il y a eu beaucoup de bons moments, n'est-ce pas, Hanna ? Pourquoi n'essaierions-nous pas de les retrouver ?

Pendant un instant, tout semblait parfait et possible. Puis Hanna ouvrit les yeux et recula.

— Et Tessa ?

— Je n'ai jamais cessé de t'aimer.

— Non, je veux dire, et Tessa ? Que va-t-elle ressentir ?

C'était stupide, elle le savait, de s'inquiéter d'une femme qui l'avait abusée pendant de si nombreuses années. Mais Malcolm et elle étaient divorcés à présent, et Tessa, qui était restée à ses côtés, méritait davantage de considération. Elle le regarda. Elle allait suggérer de ne pas aller trop vite. Malcolm pourrait retourner à Londres pour parler à Tessa. Puis, quand il lui aurait annoncé la nouvelle et qu'il reviendrait voir Jazz, ils pourraient repartir de là. Ce ne serait pas facile. Mais peut-être était-ce possible. Malcolm et elle étaient plus âgés, alors peut-être étaient-ils plus sages. Et peut-être avait-il raison : ils avaient tous deux commis des erreurs.

Puis, alors que son esprit déclinait les différentes possibilités, elle le dévisagea et enregistra sa réaction à la question. L'espace d'un clignement de paupière, il était retourné en salle d'audience, et derrière son armure familière, il soupesait sa réponse.

Hanna plissa les yeux avant de reculer.

— Elle t'a quitté, n'est-ce pas ?

Malcolm demeura impassible, mais elle savait qu'elle avait vu juste.

Tessa était partie. Son ex-mari haussa les épaules.

— Oui, Tessa et moi avons rompu…

— Quand ?

— Qu'est-ce que cela peut faire ?

— Quand ?

— Récemment. Mais cela n'a rien à voir avec nous.

— D'accord. Écoute bien. Il n'y a pas de nous. Plus maintenant. Nous avons une chose en commun, c'est notre fille. Il faut que tu comprennes cela, Malcolm. Tout ce que nous avons eu dans le passé est terminé. Et c'est toi qui l'as bazardé.

Elle avança vers lui et parla d'un ton calme.

— Et il y a autre chose que tu dois prendre en compte. Je ne vais plus continuer à participer à ta fiction sur notre divorce. Jazz est une adulte maintenant, plus une enfant, et la prochaine fois qu'elle me posera une question, je ne lui mentirai pas. Alors peut-être que, avant que cela n'arrive, il serait préférable que tu lui dises toi-même la vérité.

Tandis qu'elle parlait, le taxi s'arrêta près du trottoir. Elle l'appellerait le lendemain, dit-elle en s'écartant de lui. Et si l'état de Jazz devait se modifier, elle l'en avertirait évidemment. Puis elle regarda le taxi s'éloigner avant de rentrer dans l'hôpital. Sa seule véritable erreur, songea-t-elle, avait été de laisser Malcolm Turner semer la zizanie dans son esprit.

Quand elle retourna à l'accueil, les autres étaient toujours là. Mary avait déclaré qu'elle n'irait nulle part tant que ce type de Londres n'était pas parti. Après un regard noir et entendu à l'intention d'Hanna, elle s'apprêta à rentrer chez elle sans opposer de résistance. Pat s'agita, ramassa les manteaux et les sacs à main. Elle invita Hanna à les accompagner.

— Merci, Pat, c'est gentil, mais je veux veiller Jazz. Je reste encore un moment.

Tandis qu'Hanna aidait Mary à enfiler son manteau, elle lui fit un clin d'œil et baissa la voix.

— Tu avais raison encore une fois, Maman, mais ne t'attends pas à ce que je l'admette.

Mary Casey se contenta de l'étreindre avec force et lui dit de retourner auprès de Jazz.

Chapitre 60

UNE FOIS qu'ils furent tous partis, Hanna retourna dans la chambre et trouva Jazz profondément endormie. Une heure plus tard, quand une infirmière jeta un œil dans la pièce, Hanna était toujours assise près du lit.

— Je rentrerais chez moi si j'étais vous, madame Turner. Vous pourrez la voir plus tard. Elle est en sécurité ici avec nous.

Hanna supportait mal de laisser Jazz dans ce lit blanc et stérile, vêtue d'une chemise de nuit d'hôpital et entourée de machines. Pourtant, l'infirmière avait raison. Rester assise là ne servait à rien. Et elle était rompue de fatigue.

La standardiste lui donna le numéro d'une compagnie de taxis et lui rappela de ne pas se servir de son portable à l'intérieur du bâtiment. Quand elle sortit, l'air était encore frais, même si le soleil s'était levé. Malcolm devait être bien avancé sur son trajet de retour, songea-t-elle, et Mary était chez elle dans le pavillon. Avant qu'elle n'ait pu saisir son téléphone, elle entendit la voix de Brian Morton. Il était assis sur un banc près de la porte. Lorsqu'il s'avança vers elle, elle vit qu'il tenait à la main son manteau.

— Il fait froid. J'ai pensé que vous en auriez besoin.

Hanna le dévisagea, incrédule.

— Vous êtes resté assis là toute la nuit ?

— Non. Mais j'habite juste au coin et j'ai téléphoné pour prendre des nouvelles. Ils m'ont dit que le reste de la famille était rentré et que vous étiez sur le point de partir. Je me suis souvenu combien les matins pouvaient être froids après une longue nuit à l'hôpital.

Il aida Hanna à enfiler son manteau.

— Ils ne m'ont pas dit grand-chose sur la patiente, mais j'en déduis qu'elle va bien.

— Elle dort. Ils disent qu'elle ira bien.

— J'ai pensé que je pourrais passer pour vous raccompagner chez vous.

— Mon Dieu, je ne vous ai même pas remercié de m'avoir amenée ici.

— Eh bien, vous le ferez en route.

Pendant qu'ils se dirigeaient vers la voiture, il lui demanda où il devait l'emmener.

— L'affreux pavillon ?

Hanna parvint à afficher un pâle sourire.

— Non, s'il vous plaît ! C'est presque l'heure du petit-déjeuner et je ne supporterai pas les tranches de lard couvertes de poils.

Roulant entre des haies étincelantes de rosée, il la conduisit jusqu'à la maison de Maggie. Hanna se détendit sur le siège passager. Elle sentit ses muscles, contractés depuis des heures, commencer à se relâcher.

Puis, quand Brian s'arrêta devant le portail, elle se souvint que son manteau était resté sur le dossier de sa chaise à la chambre du conseil. Après l'avoir conduite à l'hôpital, il avait dû retourner à la réunion le chercher.

— Oui. Je ne voulais pas m'imposer. Alors je suis reparti au conseil et j'ai téléphoné à l'hôpital plus tard.

— Alors vous avez dû assister au vote. Qu'est-ce qui s'est passé ?

Brian sortit et fit le tour de la voiture pour lui ouvrir la portière. Quand elle sortit, elle vit l'expression de son visage.

— Hanna, je suis navré, la proposition a été validée.

— Vous voulez dire la proposition du conseil ?

— Oui. À une faible majorité, et ils ont vraiment débattu du recours en détail. Mais à la fin, la motion d'origine a été adoptée.

Brian la prit par les coudes et lui dit qu'il était désolé.

— Je sais à quel point c'était important pour vous.

Hanna se sentit anesthésiée. Il lui paraissait impossible que tous les efforts fournis et la créativité insufflée dans le recours n'aient servi à rien. N'ayant pas dormi de la nuit et encore sous le choc de l'accident, elle se souvenait à peine de ce dont il était question. Elle ne voulait pas se lancer dans une conversation, elle voulait simplement fermer les yeux et échapper à tout ce qui l'entourait. Pourtant, il y avait une chose qu'il lui paraissait important de dire.

— Je suis désolée. Tout cela a débuté dans le plus grand secret. Et les deux ou trois fois où nous en avons parlé ensemble, j'ai été loin d'être franche.

— C'est mal.

— Encore une fois, je suis désolée. Je ne voulais pas vous mentir et j'ai détesté le faire.

— Eh bien, je suppose que c'est bien.

Brian ouvrit le portail et ils marchèrent sur le sentier le long du mur pignon de la maison. Quand ils tournèrent au coin, un ciel gigantesque brillait comme de la nacre au bout du champ. Hanna inspira profondément. Après les odeurs d'antiseptiques et la chaleur suffocante de l'hôpital, l'air piquant et iodé de l'océan était délicieux. Ils arrivèrent à la porte et, une fois sur le seuil, elle se retourna. Brian, qui lui tenait le bras, la relâcha en la dévisageant. Il y eut un silence. Elle voulait qu'il reste et il en avait envie lui aussi. Elle ouvrirait la porte et la maison les accueillerait avec son vaste foyer et ses murs fraîchement peints. Elle allumerait un feu pour lutter contre la fraîcheur du matin, elle préparerait du café et le servirait dans des grands bols en céramique. Peut-être parleraient-ils ou peut-être se contenteraient-ils de s'asseoir et de le boire. Ou peut-être iraient-ils jusqu'à la chambre, au cœur de la chaleur profonde et du lit douillet, dans lequel elle n'avait pas encore dormi.

Ils se regardèrent, partageant toutes ces possibilités, mais Brian ne bougea pas. Si cela avait été Malcolm, les choses auraient été différentes, mais Hanna savait qu'avec Brian c'était à elle de décider.

Brian baissa les yeux sur son expression de gravité. Cela aurait été facile pour lui de suivre son instinct, de la soulever d'un geste vif et de la porter de l'autre côté de la porte, comme le héros d'un roman. Mais là, c'était la réalité. Et il était question d'Hanna, vulnérable, en colère, intelligente, stupide et épuisée. S'ils ne faisaient pas le bon geste, il le savait, l'un ou l'autre devrait probablement quitter Finfarran. Mais s'ils agissaient bien, il y avait une chance que leurs vies en soient transformées.

Hanna tendit la main et la posa sur son épaule. Sous la laine épaisse du jersey, elle pouvait sentir le creux de sa clavicule. C'était là où elle avait posé son front quand elle avait couru vers Malcolm à l'hôpital. Elle pouvait encore sentir les gouttes de pluie sur son manteau et la puissance de ses bras, qu'elle connaissait bien. Elle noua ses mains autour de la nuque de Brian et attira sa tête vers la sienne. Ensuite, appuyant ses deux mains contre ses épaules, elle le repoussa.

Chapitre 61

QUAND ELLE ENTRA dans la maison, elle fut accueillie par une ambiance paisible. Elle referma la porte et s'y adossa. Elle aperçut la silhouette de Brian éclipser la lumière sur son passage. Les rayons du soleil avaient commencé à réchauffer la pièce, mais Hanna avait encore froid. Elle s'agenouilla près du foyer, mit une allumette dans le petit bois et regarda des flammes trembloter au milieu des mottes de tourbe. Elle se dit qu'elle était trop fatiguée pour mettre une bouilloire sur le feu, mais l'idée du bol chaud entre ses mains, le goût et l'odeur puissants du café lui donnèrent des forces. Quand le café fut prêt, elle se servit et alla s'asseoir près du feu.

Au départ, elle ne ressentit que le soulagement de savoir Jazz en vie. Puis, la perspective de sa mort la percuta à nouveau comme un coup de poing dans le ventre. Elle frissonna si violemment qu'elle faillit renverser son café. Elle posa le bol au sol, prit le châle sur le dossier de la chaise et s'en enveloppa. Au bout de quelques minutes, le frisson cessa et, dans le silence qui régnait, elle manqua d'éclater de rire en songeant à combien elle devait ressembler à Maggie, ainsi recroquevillée au-dessus du feu, un châle autour des épaules. Elle ne s'était jamais demandé à quoi Maggie réfléchissait, assise toute seule dans sa maison. Hanna repensa à Brian. Comment serait-ce s'il était ici, avec elle, près du feu ? S'ils étaient entrés dans la maison ensemble, elle aurait allumé le feu pendant qu'il aurait préparé le café. Se serait-elle laissé réconforter et chouchouter ? La situation aurait été différente. Mais ce n'était pas cela dont elle avait besoin. Ou envie. Tout du moins, pas encore. Elle avait besoin de comprendre ce qu'elle avait et jusqu'où elle irait pour l'avoir.

Ce n'était pas la maison de ses rêves d'enfant. Le jeune homme naïf avec son chapeau aux bords relevés, son gilet à fleurs et l'épouse aux joues roses, avec son bébé et son jupon matelassé n'avaient pas leur place ici. Ce n'était pas le projet élégant d'un magazine de design ou la retraite idéale loin de l'agitation du monde. C'était un lieu de compromis. La cuisine pimpante qu'elle adorait était d'occasion. Le buffet près du feu appartenait toujours plus à Maggie, voire à Fury, qu'à elle. En fait, aucun des meubles ni des biens qui l'entouraient n'était le symbole d'une indépendance durement gagnée. Ils racontaient l'histoire de sa réintégration dans une communauté que, pendant des années, elle n'avait pas réussi à estimer et qui serait à présent son salut.

Tandis que la lumière des flammes emplissait la pièce, Hanna commença à se réchauffer. Elle laissa glisser le châle de ses épaules jusqu'à ses coudes et reprit sa tasse de café. Elle se sentait étrangement loin des nouvelles que Brian lui avait annoncées. La lutte en faveur de la bibliothèque de Lissbeg avait été perdue. Bientôt – inévitablement – elle se retrouverait sans emploi. Il n'y aurait aucun poste pour elle au sein du département bibliothèque de Finfarran. Tim y veillerait. Avec tous ses nouveaux contacts au sein de la communauté, peut-être était-elle mieux placée aujourd'hui pour trouver un autre emploi. Mais le travail étant déjà tellement difficile à trouver sur la péninsule, quelqu'un proposerait-il un poste à une femme de son âge ? C'était contre cette dure réalité que la présence de Brian à ses côtés l'aurait protégée. Mais la vérité était qu'elle était heureuse d'y faire face toute seule.

On frappa à la porte et Hanna alla ouvrir. Paradoxalement, elle espéra que Brian était revenu. Mais c'était Fury avec sa veste relevée autour de ses hanches maigres et Diablo qui reniflait sur ses talons. Hanna recula pour les laisser entrer. Il lui fallait encore trouver une table. Ses trois chaises au dossier droit étaient disposées contre le mur. Fury en déplaça une près le feu et en mit une autre entre la sienne et celle d'Hanna. Puis, en fourrant la main dans la poche carnier de sa veste, il en sortit un paquet d'une piteuse allure et le posa sur le siège qui les séparait. Diablo se lova aussi près du feu que possible.

— J'ai entendu dire que l'enfant à l'hôpital allait bien.

Hanna sourit. Fury était forcément au fait des dernières nouvelles.

— Elle va s'en sortir. Vous savez aussi que nous avons perdu le vote, je suppose.

— Oui, bien sûr, et je l'ai vu venir. Pour sûr, Joe Furlong, Ger Fitz et les autres types riches avaient tout manigancé depuis le départ.

Sa suffisance agaça Hanna. S'il était si certain qu'ils perdaient leur temps, pourquoi ne l'avait-il pas dit plus tôt ? Parce que ce n'était pas une perte de temps. Mais un triomphe.

— Regarde la façon dont les gens se sont unis. Un type comme le père de Conor, Paddy McCarthy, sortait à peine de sa maison, quelques semaines plus tôt. Il a fini par rejoindre une équipe. Avant qu'on ne s'en rende compte, il s'attaquait à un ordinateur et saisissait des trucs dans des feuilles de calcul. Et les retraités alors ? Ils ne s'aplatiront plus devant le père McGlynn, plus maintenant qu'ils ont goûté à la liberté. Et tous les jeunes gens et leur réseau ? Et sœur Michael, dans le jardin, entourée d'amis, alors qu'elle était enfermée dans l'infirmerie. Et toi ?

— Quoi moi ?

— Tu ne le vois pas ? Tu as parcouru la péninsule pendant des années en faisant une tête de six pieds de long. Et regarde-toi aujourd'hui ! Tu ne touches plus terre et tu souris à tout le monde !

— Il y a de fortes chances pour que je ne sourie plus bien longtemps.

— Pourquoi donc ?

— Parce que je vais me retrouver sur la paille. Nous avons perdu la bataille et ils vont fermer la bibliothèque.

— Ah, ma chère, tu crois que je suis complètement stupide ? Ils n'en feront rien.

Fury fit un signe de tête vers le paquet posé sur la chaise.

— Regarde ce que je t'ai apporté.

Hanna ouvrit l'emballage. À l'intérieur se trouvait le lutrin en bois de frêne avec ses feuilles en cuivre et son ruban de baies nouvellement sculpté. Déconcertée, elle leva les yeux vers Fury qui s'était rassis, l'air content de lui.

— N'est-ce pas génial, mademoiselle Casey, que ce soit un livre qui sauve la bibliothèque et remette les types riches à leur place ?

Prenant le lutrin dans ses mains, Fury sourit à Hanna. Il n'avait pas attendu la fin de la réunion la nuit dernière. Il avait vu dans quel sens allait le vent, alors il avait roulé jusqu'à Castle Lancy.

— Quelque chose me disait que le temps était venu de rappeler deux ou trois services rendus à Charles. Ce vieux schnok était assez correct à sa façon. Et Dieu sait ce que les Lancy doivent à cette péninsule.

Il avait fallu deux ou trois verres, poursuivit-il, pour qu'ils parviennent à un accord. En hommage à son épouse décédée, la dernière des Lancy, Charles faisait don du psautier de Carrick à Finfarran.

Hanna regarda Fury, l'air ahuri. Ravi de l'effet de son annonce, Fury gratta Diablo du bout de sa chaussure.

— Une seconde, le meilleur reste à venir. Le psautier lui-même n'est que la moitié du présent. Charles crée un fonds fiduciaire pour sa conservation et son exposition. Les termes du fonds stipulent précisément où il doit être exposé… Dans la bibliothèque de Lissbeg, en tant que partie du centre de services sociaux nouvellement créé et financé par le conseil. Logé dans le vieux couvent.

— Vous voulez dire que les termes de la donation nécessitent que le conseil adopte notre proposition ?

— Oh, je pense que vous découvrirez assez rapidement que ce sera la proposition du conseil, et non la vôtre. Tout comme l'appli HaHa deviendra le site web du Bout du Monde. Vous devriez donc avertir le jeune Ferdia de négocier sévèrement le fruit de son travail.

— Mais, attendez une minute, qu'en est-il du vote d'hier soir ?

— Il n'y a pas meilleur homme qu'un conseiller de comté pour battre en retraite. C'est une proposition qu'ils ne vont pas refuser. Penses-tu que le gouvernement les laisserait faire ? Ils gagnent une pièce de musée d'envergure internationale et le prix d'un endroit où l'entreposer. Ils seront surexcités et vont remercier Charles Aukin au nom de la nation.

Les pattes de Diablo s'agitèrent dans les cendres. Il chassait des rats dans ses rêves.

Hanna fixa Fury du regard, incapable de réagir. Il se pencha en avant et lui mit le lutrin dans les mains.

— Cela dit, je connais le genre d'absurdités sur lesquelles les gamins des assurances vont insister. Alors j'ai ajouté ma propre clause avant que Charles et moi ne nous serrions la main. Quel que soit le genre de vitrine à l'épreuve des balles dans laquelle ce livre va finir, vous l'exposerez sur mon lutrin ou nous le reprendrons. (Fury inclina la tête et lui adressa un clin d'œil.) Dis à Conor que s'il porte ses gants de moto, il peut tourner une page chaque jour.

Hanna resta assise avec le lutrin dans son giron, les yeux rivés sur le feu. Après quelques minutes, Fury se leva et poussa Diablo du bout de la chaussure. Le chien roula et se secoua avec énergie en dispersant des cendres sur le foyer. Fury regarda Hanna avec désapprobation.

— Ce foyer a besoin d'une balayette convenable et d'une bonne pelle.

L'espace d'un instant, Hanna s'attendit à ce qu'il les sorte d'une poche. Au lieu de cela, il secoua la tête et se moqua d'elle.

— Ah non, mademoiselle Casey, ça c'est ton problème. Je serai là demain pour continuer l'extension. Mais à partir d'aujourd'hui, je te rends ta maison.

*
* *

Abritant ses yeux de la lumière vive, Hanna fit un pas dehors. C'était son champ au-dessus de l'Atlantique, délimité par des murs de pierres et prêt à être labouré. Au-dessus d'elle, le ciel turquoise reflétait la couleur de l'océan. Elle avait une dalle de pierre en guise de seuil et la terre à ses pieds descendait en pente douce vers le bord d'une haute falaise. Au-delà se trouvait une vaste saillie parsemée d'œillets marins roses, avec un dénivelé abrupt plongeant vers les vagues qui dansaient en contrebas. Dans son dos, la maison silencieuse se dressait tel un sanctuaire. Devant elle s'étendait un futur empli d'espoir.

Quand Fury était parti, elle s'était versé un autre bol de café, savourant la sensation de chaleur à travers le vernis abîmé. Des abeilles bourdonnaient dans les herbes. Hanna descendit le champ, le café à la main. Quand elle atteignit le mur au bord de la falaise, une mouette fondit en piqué au-dessus de sa tête. Hanna tint le bol avec précaution et escalada l'échalier. Elle s'assit sur le banc, de l'autre côté du mur. Une libellule se posa sur une fleur, provoquant un éclair de couleurs. Des millions de petites vies bruyantes l'entouraient et les pierres contre lesquelles elle appuyait son dos étaient chaudes.

Hanna inspira profondément et songea au psautier. Un cerf traversait une forêt en courant, ses sabots et ses flancs rehaussés d'or. Plus loin au bas de la page, il se tenait près d'une fontaine et des glands pendaient de ses bois. En leur sommet, des jets d'eau étaient striés comme des trompettes. Là, au milieu des mots sur le parchemin se trouvaient des montagnes qu'elle traversait en camionnette chaque semaine sur son trajet vers Ballyfin. Demain, quand elle retournerait travailler, la bibliothèque serait bondée. Darina Kelly apparaîtrait avec son bambin tout sale, Conor sur sa Vespa et Pat Fitz avec son cours d'informatique pour retraités. De l'autre côté de la route, dans sa boucherie, Ger Fitz grincerait des dents quand il apprendrait pour le psautier. Elle supposait que le cadeau de Charles Aukin à Finfarran avait probablement fait perdre une fortune à Ger. Mais à Pat, qui ne saurait jamais, l'argent ne manquerait pas. Comme les billets d'avion que sa femme avait achetés étaient une bonne affaire, Ger devrait faire contre mauvaise fortune bon cœur.

Hanna sourit et inclina sa tête en arrière. Elle écouta le bruit de l'océan. Jazz était en vie, la bibliothèque était sauvée et, un jour prochain, près de l'abreuvoir de Broad Street, elle savait qu'elle retrouverait Brian Morton. Au loin, oscillant entre le turquoise et l'indigo, l'horizon brillait en une traînée argentée. Le goût du sel porté par le vent jusqu'à ses lèvres se mêlait aux senteurs de miel qui s'échappaient des fleurs.

Remerciements

Mes remerciements à toute l'équipe de Hachette Books Ireland et, comme d'habitude, à mon agent Gaia Banks chez Sheil Land Associates.

Dans la même collection

30 histoires insolites qui ont fait la médecine, Jean-Noël Fabiani
À la folie, Clémentine Célarié
Affaires de famille, Agnès Naudin
Avec vue sur la mer, Didier Decoin
Blanquette, Laure Buisson
Bon à rien, Natalie David-Weill
Ces nazis qui ont échappé à la corde, Jean-Paul Picaper
Code Salamandre, Samuel Delage
Dans la tête de Donald Trump, Anne Toulouse
Dans son cœur sommeille la vengeance, Sonia Mabrouk
Et vous, vous y croyez ?, Hubert Prolongeau
Gump & Cie, Winston Groom
Harry et Franz, Alexandre Najjar
Histoires extraordinaires de la Résistance française 1940-1945, Dominique Lormier
Histoires extraordinaires de la Seconde Guerre mondiale, Dominique Lormier
Je suis né à 17 ans…, Thierry Beccaro
Johnny, le guerrier, Gilles Lhote
Juliette de Saint-Tropez, Valentin Spitz
L'écriture du monde, François Taillandier
L'homme qui fuyait le Nobel, Patrick Tudoret
L'odeur de l'herbe après la pluie, Patrick Jacquemin
La croix et le croissant, François Taillandier
La Fille du delta, Frédérick d'Onaglia
La petite fille du phare, Christophe Ferré
La vie sauvage des femmes, Bénédicte Brézillon
Lâcher prise, Benoît Aymonier

Dans la même collection

Le Pacte interdit, Henri Bellotto
Le Parrain et le Rabbin, Sam Bernett
Le peuple des abattoirs, Olivia Mokiejewski
Le Squale, Francine Kreiss
Les 100000 collabos, Dominique Lormier
Les infirmières de Notre-Dame, * *Flavie*, Marylène Pion
Les infirmières de Notre-Dame, ** *Simone*, Marylène Pion
Les infirmières de Notre-Dame, *** *Évelina*, Marylène Pion
Les jeunes femmes de 50 ans, Mylène Desclaux
Les sandales blanches, Malika Bellaribi
Mademoiselle dite Coco, Madeleine Mansiet-Berthaud
Molière, chef de troupe, Francis Perrin
Mon étrange sœur, Marie Le Gall
N'abandonnez jamais, ne renoncez à rien, Francis Huster
On s'aimera, Clémentine Célarié
Poutine, Frédéric Pons
Quelle histoire !, Michèle Cotta
Requiem pour un chat, Olivier Bellamy
Sortie(s) de secours, Caroline Langlade
Sous le manteau du silence, Claire Bergeron
Un écrivain, Laure Arcelin
Vengeance à temps partiel (série *Sisterhood*), Fern Michaels

Imprimé en France par CPI
en juin 2021
N° d'impression : 2058938
Dépôt légal : décembre 2019
ISBN : 978-2-3791-3063-2

www.monpoche.fr